褴褛王

LAN LV WANG

了一容 著

黄河出版传媒集团
宁夏人民出版社

图书在版编目（CIP）数据

褴褛王 / 了一容著. -- 银川：宁夏人民出版社, 2011.10

ISBN 978-7-227-04822-0

Ⅰ. ①褴… Ⅱ. ①了… Ⅲ. ①短篇小说-小说集-中国-当代 Ⅳ. ①I247.7

中国版本图书馆CIP数据核字(2011)第205422号

褴褛王　　了一容 著

责任编辑　康景堂　王　瑞
封面设计　晨　皓
责任印制　李宗妮

黄河出版传媒集团
宁夏人民出版社　出版发行

地　　址　银川市北京东路139号出版大厦（750001）
网　　址　http://www.yrpubm.com
网上书店　http://www.hh-book.com
电子信箱　renminshe@yrpubm.com
邮购电话　0951-5044614
经　　销　全国新华书店
印刷装订　银川天之健文化传媒有限公司
印刷委托书号　(宁)0004296
开　　本　720mm×980mm 1/16
印　　张　19
印　　数　3000册
字　　数　250千
版　　次　2011年10月第1版
印　　次　2011年10月第1次印刷
书　　号　ISBN 978-7-227-04822-0/I・1255
定　　价　26.80元

◇ 了一容在美国爱荷华大学的讲演席上演说并朗诵自己的作品

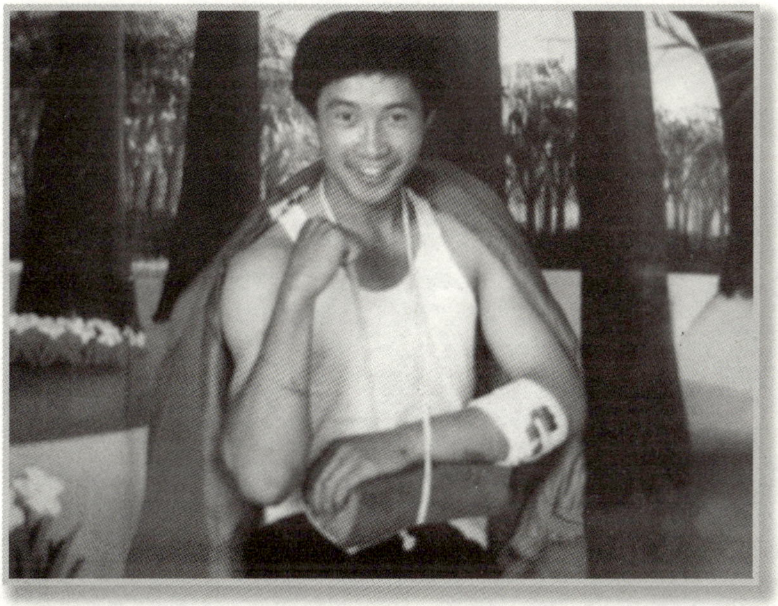

◇ 了一容在巴颜喀拉山淘金死里逃生后

◇ 了一容在全国骏马奖领奖台上

◇ 了一容在西海固的十万大山里

关于《褴褛王》

（代前言）

时间在分秒不息地带走人的光阴和生命，使人来不及回忆那消逝的情境。去年至今年经历的一些自然的光影与图景在脑海里零散地缓缓浮现、隐却。偶有一二图景从脑海跳入面前，清晰地打动着我，激越我的神经。

尤以去年再度去新疆，印象颇深。可能是缘于儿时读过的一篇神话小说，也可能是缘于这奇特的名字——博格达！不说天山的景色让我何其兴奋，也不说那幽蓝阴森的天池水如何激发我的灵感。不是，不是这些！我要说的却是博格达这个响亮、神性、大气、异样、让我灵肉为之一震的山峰，这个西部异域的守护之神！

依旧是在车上无言的仰视，博格达颠峰冰光映日，高插云天；依旧是在车上遥遥相望，博格达峰铁一般地伫立着。我冷漠地凝注着它。那山似是一个令人可望不可即的高度。这个高度永远有一种难以言说的分量。它沉重了我的惆怅，使我的孤独的心变得苍凉。

十多年的时光犹如揭纸张一样揭过去了。

此时，静默冰冻的山峰，就像是一个神秘莫测、气度非凡而睿智的寂寞千年之战神。那一刻，人变得渺小、脆弱。

因是酷日炎炎的夏天，那山峰上的雪，有一面很臃肿，有一面却显得很瘦，展现出山的黑褐色的肌肤，猛然看上去就像一个顶天立地、衣衫褴褛的英雄或王者。

那破烂的衣衫更加凸显出一个英雄的苍凉与孤独。是，我觉得那就是我所倚重的！

博格达峰威严、壮观，仿佛突然从云彩中伸展出来，而山峰与大地相接的下端只有不尽的雾霭。无论你怎么看那山峰，都觉得就像是悬浮在空中的远古大地的投影。

鹰的翅翼的影子似乎围着那博格达峰上的皑皑白雪与云雾一道飞舞和旋转。

在这么多年的时光里，我登过无数的大小山峰，但那光和图景都没有激起我诉说的欲望。我几乎不曾动过一个字。无论江南四大名楼，还是苏杭山水、漓江之水、九寨之水、龙虎山水，我均都没有写过什么。所有的风景，似乎都显得阳刚不足，阴柔有余。这样说，近乎于无理。

但情感谁又能说得清！

每次仰望博格达峰这大自然缔造的王者，却不一样，只觉得不把这仰望里的感觉写出来，就仿佛心中空落落的，就似压抑着我的心脏，使得人的胸腔犹如被什么推动着来书写出来方可平静。

我似乎找到了一种寄托。

这也许就是我找到写作的理由，存在于我老家沙沟村子里的人，尽管衣衫褴褛，但他们比王者更高贵，更能让我感到自信和尊严。

车从博格达的下面缓缓地驶过，望着那终年不化的积雪，望着那仿佛棉花团一样令人心生遐想的白云，我的思绪在怅惘中飘飞。认真端详那山上的雪，就像人的灵魂到了另外一个世界，再看那雪的摆布，这里一缕，那里一片，有些山的肌体竟赤裸裸地暴露在阳光和蓝天之下。那就是博格达褴褛的衣衫，但我就独喜欢这乞丐中的王者的山脉！它使人并不感到卑贱，而觉得骨头里有一种孤傲不群的硬气，这股硬气在向毗连无尽的天山辐射，使得相连的山脉顿然变得气势非凡，蔚为壮观，而纵横错综的冰川雪岭，如条条玉龙在万山空谷间飞舞。

我说不清楚，博格达在我的眼里为何那么阳刚和硬气，为何那么震撼和充满萧杀的悲凉感，如果要我用画笔画它的话，它的线条甚至是简单的，粗犷的，大写意式的，你只能隐约看到它的轮廓和坚硬的骨头。也许只是几根像枯枝或黑色的铁条一般山峰的肋巴。而那些相邻的山脉，我却要用细微的甚至腻人的笔调来描述。

简单中也许蕴涵着无尽的丰富和力量。

这些我都说不清楚。只是闭目回想起来，那山依旧像一个衣衫褴褛的王站在我的面前。

博格达的肌肤上那破烂的王者的衣衫，在日头的强烈的光照下，反射出一种悲怆凄凉的美，甚至显得刺目和令人绝望。

那是多高的高度啊，博格达峰就像经过血与火的洗礼，灵与肉的考验，从地狱和天堂的分水岭走过来屹立在你面前的。你觉得它蕴涵的力量可以让天空为之倾倒。进而，你会想到它曾经是一位从雪域战火里爬出来的战神。直至最后一刻，战神依旧静静地挺立着，但是他的耳朵聋了，嗓子已经哑了。他完全失去了语言和听觉。据说海拔的高度达五千米以上，山上就会寸草不生，生命在那里就显得卑微和脆弱。生命与那样的高度比较，就不免自哀自怜起来。但是，偶尔有人看到博格达雪线以上那不毛之地有豹子和羚羊的足迹！

矗立的博格达峰，抑或我的故乡沙沟，它依旧静默、哑然和苍凉。

这悲壮包裹了我及你们读者的身心！

目 录

绝境

章哈与虎牛来时，老板说得好好的，说是要带他们去挖冬虫草的。可是后来，就变卦了。

章哈是从一个遥远的村子里跑出来的，后来，就落脚在西安的一家拉面馆里，当了名伙计。于是他认识了面馆里另一个打杂的，叫虎牛。虎牛和章哈经过一段时间的相处，便成了好朋友。

章哈对虎牛说："以后多加照应！"

"那是、那是。"虎牛歪歪脖子说。

月底了。老板发工资时扣掉虎牛10块钱。虎牛就偷偷骂老板。见章哈过去，便立即装作若无其事的样子。

章哈说："你骂吧虎牛，我他妈都听见了，但我不会告诉老板那杂种的！"

"谁骂老板啦？我可没骂。"虎牛一拧脖子，小心地走到一边去了。

章哈怅然地望着虎牛。

一有空暇，章哈的目光便穿透饭馆的窗户，远眺那座久久屹立的大雁塔。章哈出神地望着塔顶，禁不住便想起家中的亲人。几年来一直没给家人写过信了。也许家人早以为自己不在这世上了吧！他有些伤心。

章哈常常沉于冥想之中。

忽然一天，餐馆里来了一位穿白风衣，顶黑礼帽的中年人。中年人把那顶西部旗帜一样黑色的卷舌礼帽从头上拿下来，轻轻地扣放在那张圆桌上，然后，点燃了一支黑色的“雪茄”。他向老板张口要了两盘凉的，一盘热的，外加一瓶啤酒一碗白皮面。

章哈和虎牛每每走近，那人便抑低了声音说：“小伙子，想不想挣钱？”

“大把大把的？”

这世上，谁不想挣大钱呢？

“怕是骗人哩吧？”虎牛不信。

“谁骗让他妈不得好死！去了你们就知道了。”

“犯不犯法？”虎牛对自己这样一个人能挣大钱感到有些怀疑。

“正经生意，到青海挖冬虫草，吃过喝过一月落七百，去不去？”那人左看看章哈，右看看虎牛，笑着摇了摇头：“不去算了！”

“让我们想想。”章哈知道那个什么草是一种药材，只有青海才有。

虎牛已然有些热眼，在一边暗暗给章哈递眼色，让他赶紧应承下来。一顿饭的工夫之后，章哈和虎牛就给那人说，我们给老板打声招呼，咱们即刻就动身。

饭馆老板听说章哈与虎牛中途不干了，要走人，就不给工钱。

章哈说：“我再问一声，给么不给？”

“都是一月一付，中途不给！”老板娘斩钉截铁地说。

章哈急着要走，又知强龙压不住地头蛇，人家不给也拿人家没办法呀！就说：“算了，不给算了，我给你们不给口唤，后世里清算！”

虎牛也说：“后世里算！”他一步三回头，真希望老板能忽然发个善心，把工钱给了他们。

但是，老板夫妇没有一点害怕后世里遭受惩罚的意思。

出西安城时，章哈给虎牛指着大雁塔感伤地说：“虎牛你知道吗？我对着那塔作过多少想家的梦啊！我常常梦想与家人团聚。现在又要走了，心里不免有些难过。”

“是啊！人一辈子就是今儿在这明天在那儿，没个定所。”

“你为何不好好念书，跑出来做啥呢？”虎牛怨着章哈。

“那你呢？你不也跑出来了吗，那你又是为了啥呢？”

“我和你不一样啦，念书念不进去，穷在家里没事干，烦！”

“你人年岁不大，烦什么烦，我还没了娘呢！”章哈说。

娘便是在他出门去玩的那时节殁的，连声招呼也不打。他回来，见娘像睡着似的。那是人一辈子也忘不了的！后来，有了后娘的日子就难过啦。他只好逃了出来。烦着呢。

车载着他们往青海前行。接下来，换了一趟车，再后来他们就到了青海的湟中。湟中和西北的许多个县一样，没什么特别。街上空空落落，行人稀稀疏疏。有人说，到青海不看塔尔寺，就等于没去过青海。著名的塔尔寺就建在湟中县，正好在路旁。那寺院，人看后，会想起一些远古的传说和虔诚的朝圣者，还有听起来让人跌入一种遥远深境中的诵经声。

下了车，青海客人对章哈、虎牛说：“现在，我就是你们的新老板了。”

章哈、虎牛点点头。天气冷得连牲口都紧缩了毛。章哈跺着脚，打着牙。他的那只漂亮的金条一样闪光的鼻子湿湿地红了起来。

虎牛显得有些软弱地对青海客“老板、老板”地巴结个不休。老板连买盒烟也让虎牛去跑腿。

章哈与虎牛跟着这位新的老板住进了一家私人旅店。

老板说：“现在天气还冷，待过一段时日，才能挖冬虫草。咱们暂时在这里缓着。”章哈和虎牛一伙就都只好点点头。大家吃宿在旅店里，一切费用老板支付。每天大伙只是打牌、吸烟、饮酒、看录像，无所事事。待过了四十天时，大家自知已是欠下老板的债了！老板忽然一改往日的笑脸，道：“妈妈的，天气一直不好，这次我定是赔了。你们一伙在这里吃喝下来，花费真是太大了！想不到你们这么能吃。”

第二天清早，老板迎着冷风出门去了，直到晚上才回来，回来时带着两个满面肃杀且丑陋的汉子。

老板给章哈一一介绍说，两位是他的侄儿和外甥。其实大家都看出来了，二人是老板的保镖。老板将章哈一伙叫来，说是挖药希望不大了，去淘金子。

淘金子？章哈与虎牛一听，先是感到有些诧异，复又觉得已经被金子陶醉了双眼。好奇与富贵梦刺激着大家的心身。说不定乘着老板不备能带回一疙瘩呢。有人离奇地想。

老板说："谁不想去可以，但是得付了误工费，强人所难的事，日妈妈的老子不干！"虎牛不自觉的将手伸进自己的衣袋里。口袋里空空如也。钱早完了！

收拾了半夜，才算把一切准备齐全。在手扶拖拉机上搭上了一顶帐篷，车上带了十几袋子面粉，四袋子洋芋，六袋子炭，四塑料袋子馒头和二十多斤清油以及其他所需物品。老板带领章哈一伙与庄里另外九辆手扶一同上路了。途中经过了十来个县，又碰上了近百辆同样装扮的手扶。长长的队伍日夜兼程，浩浩荡荡向目的地进发。一到夜里，队伍便犹如一条火龙，煞是好看。

章哈与虎牛跟着老板在手扶上度过了漫长的半个月时间，饿了就在路边的食堂里吃饭。

在接近格尔木护矿检查站时，虎牛从手扶上掉下来摔了一跤，趴在地上直呻吟。"这狗日的不想去了咋的？到时丢到沙漠里饿死算啦。"老板粗火地叫骂着，让两位保镖送虎牛到另一辆运物品的手扶上去。虎牛上去，见车厢里有两位漂亮的小姐裹着毛毯躺着。听了她们的自我介绍，虎牛方知两位是老板雇的厨姐。

已是夜里。昏暗的灯光似在向大家说："欢迎您到格尔木来做客！"

老板说："下来，下来歇歇脚。"大家从手扶上下来，老板便急急忙忙与手下人推推搡搡把一群沙娃带进了格尔木检查站。大家尚未醒悟过来，老板就已让沙娃们入了死亡保险。签完字时，章哈像猛地触了电一般恐惧。他似乎预感到一些不祥的什么。但是，已经晚了。

虎牛从西大滩出来的几个人口中得知，凡是进戈壁滩的沙娃们，几乎都是九死一生，有病死的，有受不了苦逃跑时被老板打死的，也有坠金而死的。总之，各种各样的死法都在那片荒漠里演绎着。

车辆重新启动了。虎牛又上了老板的那辆手扶。

过了武警驻守的护矿岗卡，章哈发现许多淘金者身上皆带着武器。有人已从手扶隐蔽处抽出了枪支，向远处作瞄准状，或举起枪挥舞着，嘴里发出野兽样的叫声。老板的保镖忽然拿枪口指住章哈，"不许动！当！哈哈。"一声肆意的野笑。章哈望着黑森森的枪口，脸上神经质地哆嗦了一下，笑着说：“天好冷啊！”

“去你妈的，去了不好好干活，才冻死你哩。”脖子后的黑痣上长着一撮毛的保镖骂道。

从格尔木过来，又走了一天，终于到达了西大滩。映入章哈和虎牛眼帘的是一眼望不到边的大戈壁滩。车辆分了路，各奔自己物色的采金点去了。踅来顺去的叉路旁偶尔能看见以前淘金者挖过的沙坑。

手扶“哐哐哐”像位患哮喘病的老人，咳嗽着，在沙漠戈壁的原野上奔跑。虎牛要去撒尿。老板说：“你就就着车帮尿，车不停！”虎牛便就着车帮尿了半天尿不下去，急得泪花在眼眶里打转儿。他回头见老板盯着他，就不由有一些淡淡的羞耻感。也许他还没有像猫狗那样养成随地大小便习惯。他有些不相信老板一伙是怎么在手扶那么大的颠簸中旁若无人地尿下去的。

“老板，我尿不下来，憋得快难受死了，叫手扶停一停吧，停一停吧！”虎牛一次又一次央求。“去你妈的！”老板从虎牛屁股上踢了一脚，将虎牛踹下车去。虎牛叫一声栽入沙坑。他爬起来，解开裤子，眼泪和尿水一起流了下来。他想，逃吧。

这茫茫的戈壁，一满的沙漠，每条路大同小异，且几天不见一丝阳光，迷路的可能性极大啊！能逃到啥地方呢？老板保镖的枪子随时会像长眼睛的流星一样撵上你。虎牛手提着裤子追赶起手扶。有枪声划破辽旷的漠野。子弹落在虎牛不远的左右，激起一层沙漠的烟浪。虎牛听到手扶上不断传来刺耳的笑声。“你妈的！你们会打死他的！”章哈忽然从车上站起来满面通红地制止老板的手下。“我打死你！你吵什么？”一撮毛用红木枪托砸着了章哈。

“我说你们会打死他的！你们不能打死他，打死了谁淘金子？”

“闭嘴！用不着你操心，老子打了多年野物怎么会没分寸？你个杂种！”

“再不要乱开枪，节省些子弹打野驴。”老板正了正那顶旗帜样黑色的礼帽，眉头蹙了一下。

手扶速度慢了的时候，虎牛就追上来，章哈伸手把他拽上车厢时，见他的眼泪又一次流下来。

手扶像一只酒醉的游魂行驶在荒凉而寒冷的沙滩上。老板的人个个穿着羊皮坎子。章哈与虎牛穿着几件毛衣，一件棉袄，依然冻得浑身发颤，流着鼻涕眼泪，脸也肿了。

有人说："过了嘉峪关，眼泪擦不干。"而章哈曾幻想坐在火车上过嘉峪关该是一种别有情味的享受。而此刻，他的心里却凉透了。

凛冽肃杀的寒风夹杂着星星点点的雪碴，打在手扶车厢上。啊，雪山！看见雪山了。章哈心里喧腾着，目光显得兴奋而阴郁。他从来没见过那么壮观的一座雪山。与天际相接，和白云做伴。看起来离大伙很近，可走了几天，却依然那么遥远，犹如旷漠中的海市蜃楼，可望而不可即。

老板说，日妈妈你们晓得吗？咱们看到的是中国有名的巴颜喀拉山。老板歪着嘴，样子极其的夸张。片刻，目光便陷入一种神往与虔敬之中。大概老板在作祈祷。不知为什么，老板竟会如此地敬畏一座雪山？他把帽子谦卑地拿在手里，久久地注视着雪山。

他们在巴颜喀拉山山脚下安营扎寨，搭起了几座帐房。

当天晚上，两位漂亮的女厨为大伙做了一顿白开水煮洋芋面。这两位女厨浑身散发着一股令人渴望的味道。

章哈去问女厨，为何饭里不放一丝盐？

"小子！去问老板吧，老板让咋做我们就咋做。"一名女厨清脆地说着，系紧了那条苜蓿花篮的围巾。她的声气里明显有着一种莫名其妙的骄横与优越。

章哈气愤地说："我这就去问老板。"

虎牛跑过去拉住章哈说："算了吧，你别没事寻事，你会被打死的！"

"我不怕他们！他们不会这么早就弄死咱们的，他们还要等着我们淘金子呢！"

"老板，这么苦的生活，叫我们怎么干下去？"章哈问。

"苦？就这条件，淘完金子咱们就离开这里，老子和你一样也不想呆呢。"老板嘲讽地说。

章哈嘶哑地吼道："那饭里咋不撒盐？"

"日妈妈你没看这鬼地方的气候和水土，为了生存，明白吧？"

章哈怔愣了一阵，转过身回自己的帐房去了。

第二天，老板就带着沙娃物色地点，最后选择了一块认为有金子的地方，叫大伙挖。按老板的意思，大家必须得挖一个宽15米、长80米，约一人深的坑。

沙娃们起初个个犹如刚刚丢出圈的骡子，撒着欢儿干。灰色的沙土在他们头顶飞扬。当挖到1米左右，水出来了时，大家在激动与兴奋的同时，情绪已低落下去。这时，老板的保镖忽然出现在大伙周围，呵斥不休。大家穿上了雨鞋，站在稠稠的寒冷渗骨的冰水中继续掏沙。然而，越往下挖，冻得越牢，只好靠太阳一边晒消，一边再接着挖。风卷着雪碴和沙子，天气变着法儿作冷。章哈与虎牛他们哪里敢歇息，只有拼命掏沙才有望获得一丝自给自足的热量。

老板和女厨们在帐房里围着火炉玩牌。他们打情骂俏的笑声和天气的寒冷形成一种撕扯人心的反差，在沙娃们的耳际久久萦回。

章哈与虎牛互相照顾着把泥沙扔到坑沿上较远的地方，以不至影响后面的工作。“我们非死在这里不可！”虎牛小声跟章哈忧伤地说。“别说话！老板的人来了。”章哈斜视到一撮毛与另一个叫青龙的保镖走下坑来。他俩背着枪，手里拿一把小铁锨，常常会出其不意的在工地出现、徘徊。他们让沙娃们只管老老实实干活，别说话。他们担心沙娃会商量出什么，抑或造反和逃跑。

那个因浑身刺满龙而称作青龙的保镖刚才已听见虎牛在说话，就过去打了虎牛两铁锨背，还要用脚踢时，章哈以自己的身子挡住了：“大哥，他心慌得不行，就让他说两句吧。”

“去你妈的！这小子一直不服。”一撮毛一巴掌打在章哈的左脸上。

青龙听了一撮毛的话，道：“不服？哪一个不服？”他丢下虎牛撵向章哈，在章哈的腿腕上狠狠砸了两锨背。

青龙和一撮毛走后，虎牛问章哈打疼了没有，说一路上给章哈添麻烦了。

“还说这些干什么。”章哈豁达地笑了笑。

“都是我刚才嘴长，章哈你知道不，我现在快疯了，这鬼地方让我一夜一夜地失眠，我的心老跳，我担心我是活着出不了这戈壁滩了。”

“别胡说！”章哈过去捂住虎牛的嘴，用棉袄袖口替他抹了泪。可是自己竟然猛烈地伤感起来。

“章哈，你怎么不骂我‘他妈的’了，我知道你说话总喜欢带上他妈的，我听伙计们说，上次你见老板一伙朝我放枪，你对他们竟敢用‘你妈的’，可是你今天怎么不对我也骂呢？”

章哈的泪水差点下来。

在这一片被世事隔绝的地域里，谁会想到这些沙娃?

章哈想，一定要活着走出去，把这些公之于世。可是，那又能引起什么呢?他不知道。章哈不敢想这戈壁外面的世事，一想便觉得心若猫抠似的。他抡起那把洋镐挖向一块冻硬的沙层。虎牛的铁锹也铲了下去。

又挖过一道覆盖的土层和中间的大石子，再挖时，就出现了混合沙。马上就要洗沙、淘金子了。老板兴奋得有些忘乎所以。

章哈和虎牛商量着逃跑的计划。两人已血痂满手，憔悴得人不人鬼不鬼。两人梦中常沐着寒夜冷透心底的风回家。更为严重的是，他们的腿、脚已然冻肿得像充了气似的。

现在，在章哈与虎牛看来，金子已不再让人那么留恋了。

夜里，风沙携着一股邪气噬虐着帐篷，忽而如鬼怪，啾啾呜呜地鸣叫；片刻，又幻化为一股忧伤的调子；继而，又如万马狂奔的阵阵声荡过；突然却静如止水。

章哈、虎牛像两只狗从帐篷的一角里爬出来，一前一后，先是装着撒了泡尿，接着东张张西望望，见老板的帐篷一片死寂。俩人就向远处跑起来。沙子陷着人脚总跑不快，还发出可怕的响声。这已经是俩人第四次实施逃跑了。前三次，还没行动起来，就泡汤了。因为每次他们一走出帐篷“撒尿”，青龙与一撮毛就在外面巡视着。他俩只好又溜回帐篷。

可是今天，逃跑的梦想终于实现了。两个人如惊慌失措的野兽，撒腿狂奔。他们总是觉得身后有什么东西在追赶着，仿佛是老板和他的保镖正站在远处的黑暗里，阴险地笑着，扣响了扳机。子弹像长了眼睛似的循着他们的身影飞来。

但是，老板并没有追出来。大地和老板或许都正在做着酣梦。虎牛觉得这沙漠中的一切都像是不复存在，却又是那么的真切。漆黑无比的戈壁深处似乎传来死亡之神的狞笑，还有狰狞着面目的被金钱扭曲了灵魂的笑脸。

两人沿着迤逦的沙岭蜿蜒而行，奔走了一天一夜。他们几乎穷尽了自己所有的努力，绕来绕去，第二日拂晓，他们发现自己依然在那个焚烧得面目全非的死尸旁打转。那些该死的岔路，看是都一模一样。还有，你明明是向着雪山想反的方向前行，可是走一圈。却把人又抖了回来。两人双腿像挂满了铅，口干得连嘴皮都裂开了无数条血缝。

“我们已没有出路可走咧！我想家，我真的好想家！我快要死了！”虎牛斜倚在章哈的身上。声音凄惨。

绝境，绝境！人到了绝境中方觉得世上凡是与生命无关的东西，都是假的。没有比生命更珍贵的啊！

“你千万要挺住啊，我感到很孤独。”章哈鼓着气把虎牛拖扶到一面避风的沙丘旁，说：“你先歇会儿，我去弄点雪来解渴。”他爬滚下一座沙坑，捏了拳头大一个混合着泥沙的雪球，又向着虎牛缓缓爬去。他想，现在即使有一疙瘩金子与他手里这块雪球对换，他是决不会留下金子的。

虎牛舔吃了雪水，精神陡地一增。已经一天一夜没吃东西了！看来，想侥幸逃走是不可能的。如今，再继续固执下去，极有抛尸戈壁的可能。饿也会把人饿死。何况他们的肢体都已经濒于瓦解了。

两个人抱住哭了一会儿。虎牛说与其逃不出去饿死在这里，还不如回老板那里去。章哈吃力地点点头。他仰望苍天，有一只黑鹰扇动着一对磨盘样的翅膀，似欲在这片戈壁上觅一顿美食。几天以来，太阳连个踪影也不见。“快爬起来！那只该死的黑鹰要冲我们来了。”章哈大声地叫着，把虎牛扶立了起来。他用身子挡住虎牛。

那只鹰扇得沙飞石走。它从低空卷动着强劲有力的冷风，又缓缓升了起来，遥远而去，直至消逝。

黑鹰，据当地人说，性凶猛，常捕食野狐、狼、羚羊等动物。

他们还听说这野戈壁经常有野狼出没，许多迷途走失的远客，便成了它们口中的美餐。

想到这些，两人就一阵绝望，感到心似震荡的琴弦跳得厉害，浑身的汗毛根根倒立起来。一定得在天黑前赶到帐篷那里。于是重新振奋起来的两人相扶着返回。

帐房的方向传来一声沉闷的枪声。

“老板会处死我们的，等待我们的是枪和子弹！”章哈步伐犹豫地说。

“回去吧，与其饿死或被野狼吃掉，不如就被他们杀死吧，我现在才体会到人总归比野兽亲切一些。”

章哈点点头。

黄昏的时候，两个年轻人就出现在帐房前的一座沙丘上，他们肩膀搂在一起，搀扶着。

一股亲切的青烟从帐房头顶升起。两个年轻人的脸庞就挂上了红绸一般高兴而又凄怆的微笑。

老板和青龙发现了他们，提着枪奔了过来。章哈与虎牛闭上疲惫的眼睛，等待着老板的惩处。老板叫青龙捆缚了章哈与虎牛，把他们带到帐房前的一片空地上。

青龙把半桶冷水从两人的头顶灌下去。两人哆嗦着叫出声来。他们的身上迅速结出冰来。青龙把两枚红铜色的子弹头不断在鞋帮上擦磨，说让俩逃跑的小子尝尝这洋花生的滋味儿。他把子弹推上枪膛。大地与高天开始颤栗。纷纷扬扬的雪花忽然倏倏地飘落下来。

章哈用一双布满绝望的眼睛审视着那支兽眼一样洞开的枪口。他的嘴巴动了动，且挂着一丝不易觉察的冷笑，什么也没有说。他那变得凝滞的身体只是轻微地摇晃了一下。虎牛的双目紧紧地关闭着，颇有几许极端疲惫后的安宁。

远处巴颜喀拉山的绝峰开始被雪片笼罩了，一派莽莽苍苍。

老板忽然目光迷茫，嘴里喃喃地发出一些含糊的声音，听不清在絮叨什么。他又望着那似恼怒的雪山。

老板从青龙手里接过枪，吼叫一声枪便响了。子弹射进皑皑的雪幕中。他冲过去对嘴角尚有一丝不屑的章哈用枪托猛地抽打，每一下都竭尽了全力。青龙与一撮毛在章哈身后用脚狠踢。

章哈想：要打就打我吧，虎牛的身体已是再也经不起折磨了！

此时，虎牛跪倒匍匐在老板的脚下，像一条狗一样蜷曲了身子，把脸贴在老板那双穿着黑色高筒靴子的脚上，泪流如雨，求他们饶恕章哈。说逃跑的主意是他出的，打他吧别打章哈。

章哈实在想不到年幼于已的虎牛会这么做："你妈的虎牛，你找死？你站起来！"

但是，他知道虎牛是为了他才这么跪下的，才跪下那一双膝盖的。你想，人随便能跪下自己的膝盖吗？

由于章哈躲闪了两下，青龙的脚便落空了，弄得青龙在老板和跑来围观的众沙娃面前很没有面子。他恼羞成怒，冲章哈说：“你他妈妈的还有两下哩，老子要和你单挑（一对一的打斗）！”

老板极想看看二人单挑，就点点头。

章哈被松开了绳索。他差不多两天一夜没进食物了，那里有力气斗呢？但是青龙说不打不行，强迫章哈动手。

老板的笑声有些像深宫内的太监。

虎牛想不到几个沙娃也在笑，到底有个什么笑头呢？那笑有似划破玻璃样的刺耳。

青龙不等章哈准备，上前就一顿猛踢猛打。

章哈挨了几下，实在遏抑不住胸中的绝望与怒火（人在绝望之际，总是会有意想不到的神力）。章哈百感交集，想到自己这些年浪迹与漂泊的生涯，一种赴死的悲壮与伤心充盈了他。他用三十六挑打、七十二擒拿中最狠的“恩断义绝”与“情愁恨海”击中了对方的咽喉与睾丸。青龙像车上扔下的一条满载的麻袋，叫唤了一声栽倒在地。人们一片愕然。人们总是喜欢追随和膜拜胜利的人。不管胜者代表邪恶还是正义。大家这时都对章哈投之以微笑。

一撮毛见青龙败了，就绕到章哈的身后，暗自下手，用铁锨铲伤章哈的腿。章哈脸色一寒，便跌倒了，鲜血粘糊糊从腿上流出来，染红了地上的沙子。虎牛滚爬过去，捧住章哈的腿，哭得惊天动地。

老板让人把章哈与青龙都抬回了帐房。

第二天，包扎了腿的章哈又和虎牛继续投入了淘金的工作。

沙坑中的伙计，不时有人泣哭，不时有人栽倒。在这个荒凉的地方，病了千万要挺住。躺倒就无望再走出去了！

淘金子时，沙娃们把那种特制的上大下小形似洗衣用的搓板一样的东西，焊接在一个金属斗子上（名曰金床子），用锨将含金的沙子铲到金床子上，接着把积聚的水用手扶加泵抽到一件特制的胶皮筒里冲洗金床上的沙，并摇摆金床子。那确如海里捞针呀！剩下的工作由老板带保镖自己处理，被雇的沙娃们，一般是很难见到金子的。

世上，人往往总是自己享受不到自己所种的果子。

有几天，虎牛头烧得实在不行，就栽进冻水里弄得脸冲了气似的肿得紫红紫红。

老板手里的药像海洛因一样贵重。在虎牛实在难以支持的情况下，老板才吝惜地发几粒。章哈气愤至极，上前去抢夺老板手里的药时，结果严重腿伤的他哪里是老板保镖的对手，又美美挨了一顿。

在这个戈壁滩里偶尔拉进来的柴、米、油、药等物资都成几倍地涨了价。

章哈的腿脚冻伤并发了炎，要化脓了。没办法，他只好在胶鞋里偷偷垫进去一些烂棉花、布条条。不料叫老板的保镖发现，又打了几铁锨板子，骂他撑坏了胶鞋咋办？到哪里去买？章哈不敢反抗。

每天，沙娃们眼望巴颜喀拉山的绝峰，在心里无数次呼喊着家乡的名字，思念着远方的亲人。

有一天，青龙与一撮毛到北边打野驴去了。章哈见虎牛难受得在地上蛇一样蠕动着，头烧得手掌都搭不住。他跛着化了脓的腿去帐房向老板讨药。可是，在接近帐房的时候，他听见老板粗烈的喘息与女厨受活的呻吟。章哈小心地揭起帐房一角，见老板将一名女厨的双腿恣意地架在自己的肩上，身姿昂扬着，来来回回显着他的能耐。

章哈茫然而恐慌地站在那里发了一阵呆，最后只好退了回来。

没讨着药，只好又赶回工地上，见虎牛正难耐地撕扯着自己身上的衣裳。章哈爬过去紧紧抱住他，哭着说："你安静一会儿，看到你这样，我快难受死了。是我害了你啊！现在我才觉得，我不该带你来的。那时，我想着带你来，挣一笔钱，回老家过安安稳稳的日子。"

"哈儿哥，我怕是不行了！看来，我是活不出去了。当初，我应该劝住你不来才对。可是，我太需要钱了，我娘老了，我想让她的晚年过两天好日子。可是我快要死了！"

"你他妈的别再说不吉利的话行吗？我现在越来越感到心上恐惧。"

虎牛剧烈地咳嗽起来，有些痛不欲生。章哈放下虎牛，又一次奔向老板的帐房。当他从脸上红扑扑往出渗汗珠的老板手里讨了药赶回工地时，虎牛的嘴巴不知怎么却深深地埋扎在沙土里。他赶紧过去搬了一下，见虎牛僵硬地倒向一边，已经死了。

冷风簌簌地狼一样来回地窜动回响。

章哈想，也许他们当初更应该选择狼群。当人在绝境时，兽类往往会显现慈悲和母性的一面。不是曾有狼孩的传说吗？

伤心像水流一样冲上来，撞击章哈的胸口和咽喉。已不能把他活着领出去了！能带走的只有今生今世那片相逢的情分。

沙娃们从沙坑一个个奔了上来，他们铁青着脸孔，呆呆地看着地上的虎牛。时间在那一刻里冻结了。

章哈希望巴颜喀拉山能忽然峰倒雪崩，掩埋掉这世上的一切哀伤。

虎牛被埋在一堆沙丘下，.他已永远不能活着走出那片沙漠戈壁了。老板说，虎牛是病死的，知道吗？

没有人回答。

有一个多月的时间里，章哈不知道他们给老板淘了多少金子，那是一个永远不可能知道的数字。

章哈双腿冻烂化了脓，深深铭刻着那段灼心的人生伤痕。在那段时间里，他周身共计挨了30多铁锨背，轻重不一，差不多每天能挨一下。

最后，除去吃喝，老板开给章哈320.8元钱，外加青海湖牌香烟一条，计价30元。

跟老板在青海，章哈第一次学会了吸烟。

褴褛王

就在尕细目准备接儿子出青年劳教所前五天的那个星期六下午，突然收到儿子的一封来信，信上说他将于本月的十日刑满释放，叫家里无论如何也要来接他一下，说他没有一分钱了。

要是继续流落在外，真令人担忧。

儿子在信上说的“十日”，就是昨天。

这可把尕细目急坏了。之前，也就是上个月他去看望儿子，儿子说他大约在下月的十五日出来，叫家人一定来接他。尕细目没想到儿子出来的时间提前了五天，令尕细目恼火的是，儿子的信件竟然在途中压了整整一个月。而水城到水镇的信件一个星期怎么说也应该到了。何以拖了那么长的时间啊？

但有什么办法！

确实，没有一点的办法。问题要出肯定就出在从水镇到水村的这个环节上。

如此说，那要埋怨乡邮递员？不，乡邮递员本身只负责将信件从县城送到水镇政府，这就算是完成了自己的工作任务，不可能一直送进各个村子，再说一个乡镇的村子可多了，又相对比较分散，一个村子到达另一个村子有时候大约得走上一天的路程，而且山大沟深路也并不好走。显然，叫一个乡镇邮递员给各个村子都把信送到，确乎是不大现实的。

如此看来，怨邮递员是没有什么道理的。

那要埋怨镇政府不成？当然也怪不着人家。但作为水镇政府的人也的确把村上老百姓的事情不当个事情了，不就是一封信嘛，水村的人经常有上镇上去的，捎上也行啊！带个话都成。干吗心那么瞎？难道收公粮、摊派义务劳动给他们挣荣誉捞好处的时候，就想起老百姓用得着老百姓了，就不顾惜老百姓的死活了。光要求叫老百姓如何、如何，自己却连这么一点不费吹灰之力的事情都不给办。尕细目心里这么想的时候，肚子真是胀，胀得有些难受！但是，尕细目把他们也没治（没办法）。尕细目除了对自己喂养的牛有办法，再对任何人都没有丝毫的办法！

无论如何，埋怨是没有用的，说不准劳教所的人见没有家人来接碎尕细目，大约还尚未把他放出来哩。这样一想，尕细目便草草收拾行装翻山越岭走出山谷，乘夜车去了劳教所所在地的省府水城。在路途的班车上，尕细目想起老婆送他上车时哭着嘱咐他的话，叫他一定无论如何也要把碎尕细目给她领回来。领不回来她就不活了，活着也没有个意思了……

尕细目郑重而严肃地点着头颅，说你就放心在家吧，我一定把碎尕细目给你领回来。领不回来，你把我的饮食扣掉！因为以前他们经常这样开玩笑，一旦尕细目做错什么，妻子便会大声宣布：我要扣掉你的饮食！他说，老婆子我走了，别忘了给牲口添上把草料！

老婆便点头，说路上有小偷，要多留个神！

尕细目此时的心里异样沉重，有些难言的辛酸。他只要一闭上眼睛，老婆那一双被岁月和生活磨损的面容就清晰地显现在面前：双目里满含浑浊的、擦都永远擦不干净的泪水；黑红黑红的吊脸膛，仿佛布满纵横交错的水渠与沟壑。和城里的女人相比，这个年龄出现这般苍老的境况，真是叫人不敢多看啊！说实话，自己活到这个岁数，从来没拿过别人的一根针线！而这个碎尕细目大人的话从来都不听，常常这个耳朵里进去那个耳朵里出来。送到学校里念书，却没朝书本上正视过，竟跑出去到水城闯荡走了。真是不听老人言，学坏在眼前，这不，尚没混出人样却把偷人的学会了，看守所都出进过几次了。最后这次就被判了刑，在水城青年劳动教养所劳动改造。

碎尕细目那次初到水城，在南门汽车站一带混。不久，便认识了一帮盗窃自行车的娃娃，紧接着就也加入到这帮娃娃的行列。先前他胆子比较小，渐渐竟能单独行动。据村子里以前和碎尕细目一起在水城盗窃过自行车的一个娃娃讲，说是什么刑警队的人教唆他们去偷车子的，车子一卖把钱给人家，人家给几个娃娃多少给一点饭钱就叫他们再继续去偷，还打保证说不要害怕被抓，抓住了有我们呢。那里面的人还对他们说，你们只管放心去偷吧，以后吃香的喝辣的有的是，只要你们他妈的大法不犯，就谁也不会把你们怎么样，就谁也把你们没办法！现在你们他妈只消别杀人，再干啥都没人管，上面不追查绝对没人管。能管得过来吗？就连一些重大刑事案件都管不过来！那个娃娃说得有根有据，说刑警队的人还有万能钥匙哩，刑警队的人专门给他们出售这种能打开任何陌生锁子的钥匙。这钥匙就像一个绝对优秀的男人，想打开哪个女人的芳心就打开哪个女人的芳心，一点麻烦都没有！娃娃们把这种钥匙买去，用不上几天，又叫人家逮住，人家装模作样地把钥匙没收掉，接着重新再卖给娃娃。水城那个刑警队的人，老婆在水城开个大餐厅。刚开始，有些跑出门的娃娃就在餐厅里给帮忙打杂，后来刑警队的那个男人见手脚麻利的娃娃，便说，小尕子，你想不想轻轻松松地挣钱，想不想吃好吃的穿好穿的啊？

想啊，怎么不想，娃娃眼睛猝然一亮，激动、亢奋地点头。但一听说是叫他去偷自行车，眼睛马上黯淡下来，脸孔红了，就不大愿意。

怕什么，一切有我嘛！那个黑马大个儿的人姓蔡，别人都叫他蔡黑子，继续鼓动说，他们能把你抓进去，我就能轻而易举地把你放出来，再说你的年龄十四五岁的样子也够不上判刑，怕啥？想跟上你这个戴大沿帽的老爹吃香的喝辣的，你尕子就听我的没错。但有一点，倘若叫人抓住，千万不能说是我教你这么干的，你说了就永远没有人把你再从这里面放出来了。知道吗？千万，打死也别交代，还有抓住那一次就说那一次的，以前的什么也别说就说什么也没干什么也不知道，别人干没干也一律不知道。明白吗，记下了吗？

娃娃点着头。娃娃说后来他们被抓住，那个脸面漆黑人高马大的男人果然就把他们又放了。放了几次。但是每次到正规场合，蔡黑子就显得极其严肃，讲话一本正经的样子，似乎绝对的公事公办。娃娃说蔡黑子的形象他永远都不得忘，就是烧成灰粉他们也能认识他。

尕细目觉得娃娃的话不能相信，他们毕竟还没有辨别是非的能力。你想，堂堂刑警队的人，以及看押犯人的监狱长一类，怎么会干那种偷鸡摸狗的事，怎么会知法犯法？一定有人扮演执法人员在社会上招摇撞骗。说实话，公家的人即使你给上天胆，他们也不敢教唆娃娃干坏事，也绝不会毁坏幼稚的娃娃的心灵。是啊，人家是公家的人，公家的人还能干坏事？这显然是不可能的。也许是联防队的人。听去过水城打工的人回来说那些联防队的人大部分是临时雇佣的，给的工资底，为了生计，他们就勾结街头的小混混干些歪门邪道的事情。再说那些被雇佣的，之前原本就是些小痞子、小流氓，干上联防队的工作后，更仿佛给身上加了一层保护膜，愈加肆无忌惮和逍遥法外的样子。但是，这又是谁的错呢？可真正的警察原本人手不够啊！既已如此，那为何不把他们规范化，为何就没有人管？

尕细目还是觉得想不通。他简直坚信碎尕细目就是被这些人逼上梁山的。他想，也许劳教所的人见家里没有人来接，会很负责任的，说，家里人大约是记错了时间，再叫等上一天吧！就这样，碎尕细目也许依旧在劳教所的大院子里耐心地等待着他的到来。他想，人家确实是没地方给咱们打电话啊，要是有地方打，劳教所的人早就把电话打家里来了。多好的一些人啊！尕细目心里莫名的感动，眼睛里由不住浸了一丝泪水。

第二天天刚一亮，夜车到达水城。尕细目走下了车，站在水城街头揉揉发困的两眼，开始高一脚低一脚地走在水城的柏油路上。他寻思着现在就走劳教所，还是先给劳教所的人打个电话问问情况再过去？这里打电话真的极其方便，哪像水村，多少辈子人了啊，还没个电话。水村的人命苦啊，即便是河里流淌的水都是苦水，乡亲们吃水要到十多里的水镇去用牲口驮。驮回来装在窖里。大家都说：水村沟，秃山头，乡亲们吃水贵如油！尕细目昨夜也是担心碎尕细目担心得一夜都没睡，在那辆快进博物馆展览的破烂夜车上一直蜷缩到天亮。

他决定先问问情况，于是很快在路边的商店里找到一部公用电话。尕细目从衣服口袋里摸出一张揉得乌黑而绵软、豁豁牙牙的碎纸片，他照着那纸上的号码拨过去。片刻，电话里传来一个女人好听的声音。但是那女人的话他听不大明白。他请公用电话的主人帮忙给听一听。人家一听，才弄明白那是网络管理的总机，说“请拨分机号码”，要查号的话“请拨零”。那人问尕细目知道分机号码吗？尕细目说他曾去劳教所的时候，那里的人就给了他这个号码，怎么说变就变了。那人斜眼望了尕细目一下，解释说不是号码变了，人家这是电脑管理的总机，你具体要找谁，要找那个科室还得更加具体的号码。那人说要不要我给你查查。

尕细目点点头。

那人问尕细目要找谁哩。

尕细目说找他儿子，并告诉了儿子名字。

那人说，老叔您光知道名字是查不到的，劳教所那么多人，也许同名同姓的人不少，比方你娃叫李四，也许叫李四的在劳教所就有三四个哩。老叔，你得知道负责释放你儿子的人的办公室电话。这样就好查找了。

尕细目只是摇摇头，因为他什么都不知道。

尽管如此，那人还是给胡乱地查了一个号码，叫尕细目试了一下。没人接。那人突然醒悟似的说，我想起来了今天是星期天，一般情况下单位上的人都在休息，我觉得你最好自己过去看一下。那人叫尕细目掏上三块钱的电话费。尕细目觉得有点贵，没打通还要这么多，但又一想人家刚才也忙活了大半天，没功劳还有苦劳哩，给人家吧。于是从裤裆里挨着肉的衣裳口袋里小心翼翼地拿出钱给了人家，然后系上裤带朝着劳教所的方向慌慌张张走去。到劳教所大约还有五六里路程。城市的柏油马路不像山村的山道，柏油马路即使一口气走上二三十里，但人依然仿佛才走了八九里路程的样子，丝毫不觉得累。而山里的路实在太难走了！

尕细目迈动庄稼汉子的大步向劳教所走着。他心里突然地觉得劳教所的人辛辛苦苦照看了碎尕细目一年，在那里吃人家的、住人家的，等于人家把咱们的娃娃白白地养活了一年，容易吗？不容易啊！可人家竟然没找咱大人的麻烦，够可以的！国家的背子真的宽，背了那么多那么大的担子也不觉得重、也不觉得累，毫无怨言啊！尕细目这样一想，就很是感动，并且还有些说不出来的内疚，便想怎样报答一下人家劳教所的人。出门在外要处处小心，他躲躲藏藏跑到一个无人角落，从裤裆里秘密地数出些零钱，生怕被谁看见抢了去似的。尕细目买了几斤水果，就急匆匆重新向劳教所奔去。一路上，他总是担心水果的礼物有些轻拿不出手，但实在没更多的钱来买贵重东西，倘若不节省一点，连回家的盘缠就都没了，就连家也回不去了。他虽然内心不时的忐忑，担心劳教所的人会嫌弃礼物太少，而遭人家的鄙夷，同时又觉得礼物无论多少都是人的一片心意，千里路上送鹅毛礼物虽轻，但情义重嘛！

尕细目这样一想，心理上便安慰了许多。

他走进劳教所的时候，前院的大门开着，关押犯人的后院门上那牛头大的锁子，锁了几道。远远望见院墙上的狗牙齿形的铁丝电网，以及墙壁上安装的铁匣子报警器（上次同来看儿子的一个水城的人告诉他那个铁匣子叫报警器）让人心里产生敬畏。尕细目还透过后院四楼上的玻璃窗户，看见几个劳教的年轻娃娃在打乒乓球。他的心里猝然有些酸楚，就想碎尕细目肯定连乒乓球都打不上呢。尕细目的肠子就像被刀子绞了一下，难受得浑身连连抽搐。

尕细目想找个人问问，可一连问了两个似乎什么都不知道。

一问三不知，尕细目想，不知道这样一些人在这里是干什么工作的？后来，在前院的楼道里撞见一个冷漠寡言的女人——仿佛是劳教所的家属——在奋力地洗衣服。之外，其余的办公室都锁得实实的。尕细目向那个女人问了几声，却没问出一句话来，人家好像把他的话没当个话，像是吹了一丝看不见的风。他以为那挨千刀的女人是个聋子，结果人家竟然终于用水城的鸭子话愤怒的样子说，我不知道！为什么叫鸭子话呢？因为水城的地方有河有水，尕细目他们习惯把那里的人叫水鸭子，大人给叫成鸭子，小孩给叫成鸭娃子。鸭子在江河里就会如鱼得水的。

尕细目只好去值班室的门卫跟前打问。门卫说他迟来了一步，碎尕细目昨天就走了，走时留下话，说家人如果来，就说他已经走了。具体走什么地方了，却没说。

尕细目就慢慢顺着墙壁滑下来，蹲在了值班室的门前，揪着自己的头发，嘴里自言自语，说那正是我的个娃娃！为啥把娃娃不多留一天啊？也不知他是在对谁说，在问谁。

尕细目叹息而无可奈何地摇着头颅。

一天时间，吃你们的能吃多少呢？

尕细目说着，提在手里的苹果哗啦就掉落在水泥台阶上，水果骨碌碌一个劲儿乱翻滚。

片时，他用双手扪住脸面，眼泪就顺着手指头缝流淌下来。尕细目觉得自己对不住碎尕细目，好长时间了也没顾上来看一回，一个是路远，一个是田里的活计太多，还有一个是没钱啊！农人在田地里刨两个钱不容易啊！

尕细目道别了看门的门卫，走在水城繁华、热闹的南门广场上寻找碎尕细目。找了大半天，也没找见。尕细目心急如焚，又走进汽车站的候车室里细细地寻找。还是没有找见。他异常沮丧。但他不死心，又在车站旁边的一些饭馆里来来回回地找，看看给没给人家打工。还是没有！尕细目更加垂头丧气。

尕细目在水城找寻了两三天，连碎尕细目的头发丝也没见。尕细目的钱也花光了，自己想回家也没钱了，就连住一晚上旅店的钱也没了，被人家店房的老板赶出来在大街上逛来逛去。

尕细目一天没吃东西，饿得两眼昏花，腿子酸软无力。他强打精神支撑，心里说不信一两天不吃还能把人饿死！

尕细目一边继续寻找儿子，一边希望能找个活计干干挣点钱。问了几家餐厅，人家嫌他年龄大，端菜盘子都不要。他饿得实在忍无可忍，就等着吃饭馆的残汤剩饭。吃剩饭也不见得经常能吃上。尕细目穿得又脏又破烂，衣衫褴褛的他经常出入餐厅，人家怕影响客人吃饭，就把他当疯子赶出来，说下次再来就对他不客气。

后来，尕细目就到处捡酒瓶和易拉罐换钱买饭。可是，第二天，就被三四个和儿子年龄相仿的捡酒瓶的孩子用酒瓶砸破了头。尕细目再不敢捡酒瓶了。尕细目知道他是争不过这些孩子的。环境，以及生存的竞争使这些孩子变得很凶残。尕细目又找到建筑工地上去。工头问他能干什么？尕细目说你看我能干什么就给我安排什么吧。工头瞅瞅尕细目说，我看你什么也不能干，我这里不缺人，你走吧！

尕细目离开建筑工地，来到马路上望着车水马龙的街头，感慨不已。尕细目弄不明白那些行色匆匆、来往穿梭的人到底都在慌慌张张地忙些什么，他们紧紧张张狼追一样奔行在路上。另有一些人，只管开着好看的小车无所事事地在路上溜达，不知靠什么吃饭？尕细目觉得自己今年好像有些不大吉利，农村人常有句话说：人有三年旺，神鬼都不敢撞；人有三年败，步步倒霉坏人害！尕细目如此一想，就非常伤感，更加觉得下贱和卑微。

尕细目不敢在水城久留，儿子找不回来，连家里的农活都耽搁了，一大家口人还要等着他养活、依靠他来吃饭哩。尕细目决定从水城走回村子去。水城到村子大约是三百八十多公里路程，步行的话，一天预计走近百里路程。这样大约就得走八九天时间。尕细目想路上没一分钱，怎么办？过去人往新疆走，骑马就得二十八马站，从新疆回来能死两三匹马。而他是徒步跋涉。尕细目又反过来想，人家连新疆都能走回来，我怎么就走不回家呢。

尕细目朝四周一看，才发现自己就站在回水村的道路旁边。他开始在心里犯嘀咕，走还是不走。他心里乱得一塌糊涂，也更加伤感和忧愁。尕细目从来没有这么难心过。

说不定儿子已经回了家，尕细目决心走回家去。

尕细目又饥饿又疲惫，像个醉汉似的走在人行道上，眼里看不见行人，时不时地撞上他们，直到走出水城才回过神来。此时，他的双手特别的脏，手掌干得像只鸡爪，指甲里嵌满了污垢。他走累了，顺势坐在路边上，在嘴里酝酿了一口唾沫一饮而尽，然后陷入沉思。他的衣服上，就连头发上也粘上了令人恶心的和不堪入目的脏东西。那分明是露宿街头、垃圾点，多日没脱衣服、没洗脸的缘故。

尕细目行走了两天，路上能见到的充饥的东西实在寥寥无几，困了就躺倒在路边睡一觉。渐渐的，尕细目感到前面的肚皮快要粘贴在后面的脊背上了，肠子也似乎明显地细了。

尕细目终于走到了水城管辖范围的另一个市，准备穿街而过好继续向水村进发。尕细目一路上得要经过好几个这样的小城市哩。此时，尕细目饿得连眼睛都有些发花，头重脚轻，头脑中时不时会产生一种奇异的幻觉：把马路当作流淌的清油，把马路旁边的房子当作面包和馒头的山峰。有时路途的遥远以及徒步行走那种腿脚的酸痛，使尕细目情不自禁地想：倘若能长上一双翅膀，一下子飞回水村，那该多好啊！尕细目觉着一个人有了翅膀，还会少走许多弯路，只要掌握好方向直线飞去，很快就能飞到自己想要到达的地方。比班车还快！但他又一想，这个世界上的一部分人很高级，虽然没长翅膀，但却能坐飞机，又快又不费力气。尕细目觉得自己这辈子永远只能在地面上仰望一下那闪光的铁鸟了。这样一想，就有些心酸，就觉得自己是头牛或者是头驴，很低级，不配做一个人。

尕细目拖着沉重的步伐走着，尽量对那些差强人意的事情不去想，也努力不去看那街道两旁的瓜果及蔬菜，不去嗅闻店铺和餐厅里散发出来的香气。尕细目想，一个人，无论干任何事情都要有坚定的意志。否则什么也干不成。但是，他的眼睛还是难以克制地看见两个孩子在偷吃街道旁菜摊上的西红柿，伸手的速度比猴子还快。孩子偷到东西后并不慌张，而是一边在街上继续大摇大摆、洋洋得意地行走，一边在油腻的衣服上擦几下西红柿，接着便若无其事地大口大口地吞吃西红柿。两个孩子总是吃不到一半就随手扔到地上，又到下一个摊子上继续去拿。他们的样子就仿佛是在拿自家的东西。尕细目努力向前的脚步更加缓慢和艰难了。他的肚子里就跟蛰伏了一群虫子突然拼命地咬。这时，他又看见一个矮小的男人，走在他的前面，眼睛滴溜溜地乱转，用眼角东瞧瞧西望望，专往人多的地方挤，不久便看见矮子拉开了一个穿戴时髦的买菜女郎挂在胳膊上的皮包拉链，手伸进去掏钱。女郎还在那里和人讨价还价。矮子的手指似乎只那么轻巧地一张一合，一个棕色的钱夹就到了他的手上。简直跟魔术师一样神气。这倒是其次，更精彩的是那人刚转过身就开始拿出钱夹里的钱悠然地数起来。女郎依旧毫无察觉。钱夹被那矮子顺手丢在地上。没想到她的钱转眼却到另一个人的手里。

尕细目丧气地觉得自己怎么满眼看到的尽是这样的事情啊!

当那个女郎取钱买菜的时候，发现钱夹不见了。她顾不得自己的形象和气质，在周身查找一遍，没有找见便大喊大叫，头发立刻被自己抓得像只抱窝的母鸡。

尕细目对那女郎既轻蔑，又同情，反倒对那矮子有些佩服。当这个念头在尕细目心底不知不觉滋生的时候，他进一步想，我何不也到那摊子上取个西红柿驱驱饥饿呢。尕细目没想到自己竟然已经站在了西红柿摊子跟前。他的目光霎时间变得从未有过的锐利，并且充满疑虑而又迅速地扫视了周围一圈，他趁买主和顾客讲价之际，学小偷的样子：右手做掩护，左手从里面自右胳膊肘或者更准确的说是从右腋窝下面伸过去拿到了一个西红柿。尕细目并没看清西红柿的面目，但感到一个实实在在的东西被他牢牢地捏在了手里，然后顾不上细想顺势塞进了衣服口袋里。这一系列的动作很轻，很沉稳，不慌不忙。之后，每当他回忆起当时的情景时，这短暂而又漫长的时刻永远鲜明、清晰地铭刻在他的心尖。他无法理解，他怎么会如此狡诈，况且还是在那种被饥饿折磨得思绪模糊，昏头昏脑的情况之下。

他脸色苍白，腿子重得拖了死人一般。那是一种难言的恐惧、惭愧、内疚和极度复杂的感受。没想到自己竟然沦落成这个样子！

尕细目努力向前走了几步，弯腰捡起被那俩孩子扔掉的半个西红柿，心里轻松了一下，那种说不清的难受的感觉似乎找到了开脱的理由：卖主即便现在抓住他的话，他就说自己在肮脏的路面上捡了半个西红柿。这有罪吗？

这样一想，尕细目心里倒有几分淡淡的窃喜。他拿袖子擦擦那半个西红柿，用三根手指剔除掉别人用嘴咬过的地方，似乎完全干净了，才举起咬了一口。尕细目心下笑一笑，还有点骄傲，顿时好奇心促使他想看看那个卖西红柿的傻瓜此时在做什么。他一转身，见那人立在自己的面前，一时张皇失措，咀嚼西红柿的嘴巴半天都合不拢。他的下巴颏触电一样颤抖着。人家怎么就偏偏能看见他……不过，他还是控制住了自己。

你说怎么办吧？买主的目光死盯住尕细目。

我没偷（西红柿），我是在路上捡的。尕细目辩白，但是有些底气不足。

捡的？你能啊，你再捡一个给我看看！

你怎么不相信人？我一生没偷过人的一根针。真的！他说。

是的，尕细目想想自己以前真没拿过别人的点滴东西，所以，说话似乎比先前的口气大了一些。但是，活到这个岁数却做了一回偷人的贼，实在不大光彩。总而言之，人，做个一时半刻的好人可以，要一生一世坚守住自己真不容易啊！

尕细目不安地嘟囔着。同时，他感到极度羞愧和内疚。这种感觉强烈而痛苦地纠葛在一起，使尕细目的面目都显得有些扭曲。

你不承认是不是。买主的声音高起来。

尕细目更加忐忑，依旧口齿不清地嘟囔着。

尕细目的身边迅速包围了一群人，响起一阵哄笑，还夹杂着骂声。周围的人无论是听他说的还是没听他说的，都只望着这位卖主，看卖主到底如何处理这个偷了东西的贼。

活该他倒霉，他想，应该把他这样的人的手砍掉！因为他觉得他现在渴望的不是赦免，而是惩罚！他不希望人怜悯，他憎恨自己。但是，他又多么盼望宽恕他一次，就一次！这并不是什么深重的罪孽。何况，他（偷西红柿，而不是别的）是有原因的。但是，谁会管这些！怪你已经偷了人，反正你讲也讲不清，何况谁有耐心听你的那些鸡毛蒜皮的经历和苦难。因为这所有的人都是些卑下的凡人。真主啊，你知道，只有你知道！如果真主能给这些人降以性灵的话，于是他们就能大彻大悟！所有的人便都会明白过来！

尕细目感到筋疲力尽，无比悲伤的沉沉地跌坐在地上，似乎处于一种半昏迷的状态。一时间周围变得鸦雀无声，可是不一会儿就又响起了一片指责和谩骂声。

说偷了人还要赖皮。

说干什么不好干吗偷人啊？

狗能改掉吃粪便的毛病吗？永远都改不掉！

他其实什么正当的活计都能干，可就是不想干，就光想偷人！

打一顿放了算了！

诸如此类的话，大家都在七嘴八舌地议论。

尕细目心上一阵恶心，一阵孤独悲凉的绝望感，这种感觉像皮鞭子一样抽打在他的灵魂深处。他多么想找一个了解他的熟人把自己心里的苦水给哭诉一下啊！但是，出门在外，举目无亲，就连一个村子里的人也没碰上！有谁能够主持公道，谁？没有人，谁都想欺负一下弱者。但是，这明明是自己的错误，自己不要把那该卸掉的爪子伸出去，谁会想起你，你那猥琐的丑陋的样子别人永远都不会记起的。会埋怨就埋怨自己，不会埋怨只好埋怨旁人了。

可是，令他奇怪的是，突然他不但一点都不想怪罪自己了，反而对默默无闻、从来都不能引起人们关注一次的他因为被这么一大群陌生的人层层包围感到刺激和自得。

只要把偷的西红柿赔了，这次就放过他。卖主说着从后衣领上把尕细目缓缓拎起来，就像是拎起一只死鸡似的。

尕细目被衣领勒得气都上不来了，脸面通红，眼泪花儿在眼窝里旋转着。尕细目瞪着卖主。这是个干瘦干瘦的高个男人，头发有点卷曲，颧骨很高。他把拎尕细目的手慢慢松开，接着用这只手拨开衣襟，领袖似的把那手握在腰眼上。他的一只脚还站成稍息的姿势，有点自得和胜利地上下闪着，好像终于可以扬眉吐气了，那意思是：你这个不知好歹的小偷，瞧我把你逮住了不是？

尕细目两颊通红还未消散。他的双手合在一起抱住胸部，低着脑袋，哐哐地咳嗽不止，嘴唇枯干，呼吸很不平稳，时强时弱。太阳光线透过人群的缝隙飘忽不定地照在他脸上，他那凸凹不平的病态的面容上有着一种痛苦的极其绝望的表情。

你瞧，凡是上了年龄的贼，偷人的时节一旦被抓住就显得特别可怜！刚才被小偷掏了钱夹的那个时髦的女郎从卖主身后挤进来说着这番话。她的嘴唇像是被鲜血染过的一样红，眉毛本来寥寥无几，但是却描绘得又宽又厚，并且一直从太阳穴那里冒过去，几乎快要连接到耳朵上了，整个形象显得非常庸俗。我的钱说不准就是这个老家伙偷的，她指着尕细目说。叫赶紧送派出所去，说是先送过去了再说，别再那么啰嗦。

我没偷你的钱包！

尕细目声嘶力竭地申辩，心里更加害怕了。

那你说你都偷了些什么？卖主问尕细目。

讲，都偷了些啥？于是那个时髦的女人过来帮腔。

尕细目揉揉浑浊的眼睛，立稳身子，做出坦荡的样子从口袋里缓缓地捞出那颗西红柿，微微伸开手掌说，你们看，这就是我刚拿的西红柿，就拿了这一个！

尕细目想，自己只要知错改错，把偷盗的西红柿交出来人家会原谅他的。万一执拗下去，人家把他真的扭送到派出所，消息很快会传到水村，那自己的老脸面……到水城去领刚刚因偷盗刑满释放的儿子，结果儿子没带回来，自己也变成了贼。多么有意思啊！他在心里嘲讽自己。同时他觉得自己竟然在这么短的时间内变得如此世故！但是，他又暗自思忖，他凭什么肯定只要他老实交代，人家就会原谅他呢？为什么，为什么就这么断然肯定呢？凡事要多长个心眼的呀。但除此而外，还有何办法！他感到沮丧，还觉得有些窝囊。他恼恨得想嘲弄自己一番。尕细目的心底蹿起一股无可奈何的隐隐的、带着些许邪恶的无名火。

就偷了一个？还不老实，我看你不见黄河心不甘啊！那个卖主给旁边的人说，我明明看见这个贼一边走一边在吃我的西红柿，竟然只说是偷了一个。他说，我原本想，几个西红柿偷了就偷了，也没什么，只须他承认个错误，便放他这一马。不曾想他是这副德行，这就怪不得人了！走吧，到派出所你就能说老实话了，说不定她的钱夹……哈哈，你还是去跟派出所的人往清楚说吧！一面说，一面拉拉扯扯地推尕细目。

那个女人听了卖西红柿人的话，一下子好像已经真的找到了偷他钱包的贼，显得那样振奋，也帮忙把尕细目往派出所拉。她的高跟鞋当当地气咻咻地敲击着地面。

你把我要往哪里推？我不去！尕细目用尽全身的力量甩开拉他们的手。他心里暗暗地祷告：真主啊，我已经承认了自己的错误，我就拿了他的一个西红柿，你是看见了的。可他们干吗要把我往绝路上逼？

我明明看见你拿着我的西红柿在吃。卖西红柿的人用眼睛剜着尕细目，像是对一个干了愚蠢的错误，被人当场捉住了却还想狡辩的人憎恶至极的样子。

尕细目不想继续狡辩，狡辩也无济于事，反而连自己都感到糊涂，仿佛他不但偷了西红柿，还窃去了那女人的钱包。即使他讲出刚才偷钱包和西红柿的另有其人，人家会相信吗？一定不会！人家肯定认为他是在转移目标。这是毫无含糊的。另外，既然如此，人家要叫他带他们一同去把偷西红柿和偷钱的小偷找回来呢，那怎么办？目前的状况已经很麻缠了。他不想再惹是生非。即便是找到，那些经常偷东西的贼也不是好惹的。何况能不能找得到，依然得打个问号。如果找不到的话倒霉的还是自己。这样一想他就什么也不想解释了。此时，尕细目只是悲凉地觉得一切都糟透了。简直倒霉死了！

那你说我拿了你的几个（西红柿）？尕细目想尽快摆脱这件事情，温婉地问卖主。

你自己清楚，不是一天两天了！还要我给你说来听吗？

这似乎蕴含着某种命运，冥冥之中难以逃避的灾难。尕细目勉强站稳，闭上眼睛，脸孔对着人群转过身去。他突然转过身来，全神贯注地、恶狠狠地、满怀凄凉地望着那个卖西红柿的人。

卖西红柿的有点生气了，狠狠地推搡尕细目。他甚至觉得尕细目的眼睛里流露出一丝嘲弄的神情，似乎蔑视他把一个小偷毫无办法。

怎么？要赖皮！那个丢了钱的女人分明是在给卖西红柿的男人使用激将法。这个卑鄙的小女人！从她说话的口气上能听得出来，这女人的心里一定是说：这么个毫不起眼的蓬头垢面且穿得破破烂烂的人偷了东西竟没人把他敢动一下。

尕细目倒吸一口凉气，再次闭上双目，但什么话也没说，只是深深低下头去。突然他好像有了一个好主意。你们搜我的身，好吗？尕细目说。

那个丢了钱的女人原本是想叫大家搜尕细目的，但听尕细目这样说，反改变了主意，说，谁知道你把钱转移到什么地方去了，如果是给了你的同伙，搜狗的爪子！

尕细目沉默了一会儿，有气无力地说，那你们要把我怎么办？

去派出所啊！卖西红柿的人说，好像他抓了个贼要立功了的样子。

尕细目站着不动，心说我不会去那里的。傻瓜才到那里去，到那里首先免不了一顿暴揍，接下来是没完没了的审问，他心里惦记着家里的牲口——担心妻子操心不好，还惦记着家里那二亩薄田。有一阵子，他对自己这种怕去派出所的心理有些生气，自己又没犯什么大法。而真正的惯犯，以及那号地痞、恶棍一类，你一旦说去派出所，他们反而比受害者更加理直气壮！这都是听村子里常外出的人讲的。他想，怎么那样的一个地方倒似乎对坏人有利，对好人反有一种威慑的力量呢？

你干吗这样瞧我，你大概还不知道我的厉害？卖西红柿的人见尕细目不但对他的话置若罔闻，还两眼直勾勾地瞪他，于是不耐烦地叫嚷起来，并顺手从旁边的菜摊子上抓来一个秤砣。

不就一颗西红柿嘛，统共能值几个钱？饥饿没解决，已把那贼的名声背了，莫非还要命不成？尕细目听见那个丢钱的女郎还一个劲儿埋怨着，说什么一群人把这么一个小偷没治啊！尕细目还没反应过来，就觉得头嗡的一下，就一声不响地跌倒在地上，什么也不知道了。他醒来的时候，感到身体的每个零件都显得麻木和僵硬。头上哪来的血顺着脸颊流下来。血仿佛是从一蓬乱草丛中流淌出来。他有些纳闷。仔细努力地回想了一下，才明白过来：那是一个黑色叫驴卵子样面目狰狞的秤砣……接着，他再次觉得头脑一阵阵眩晕。他觉得自己简直快要死了。血流得把眼睛黏糊住了。他似乎连伸手擦一下血的力气都没有。他感到很累很累，想就此好好睡一觉，这感觉刚一萌发，身子便已随着这种感觉开始向一个峡谷缓缓滑落下去。就在这种迷糊和困顿中，尕细目似乎看见儿子在大声喊叫他，像是要把他从这甘愿沉睡的坠落中唤醒。尕细目眼睛瞪得好大，他强打精神，不敢松懈自己。四肢都放松了，精神就容易溃散，精神溃散了，肉体就会灭亡。他给自己打气的样子，就好像是手里拽着一根绳子，只要手一放松，就会永远沉入黑暗的深渊。

那女郎眼见要出人命，就趁混乱溜之大吉。卖西红柿的指着尕细目说，你给我装死，好好装死啊，我一会再来收拾你！说着退出围观的人群不知去向，工夫不大连他的西红柿摊子也消失了。人群也都陆续散去。最后只剩下尕细目躺在地上。他的手里还拿着那个来之不易的西红柿。为了这个西红柿，他付出的代价是脑袋上挨了重重一秤砣。幸好没给打死！

尕细目的心里面笼罩着一层迷茫的痛苦和伤感，难过极了，即便是他被人用秤砣打得半死，也并没有唤起人们——哪怕是一个人的同情和恻隐之心！

一股细微的风吹动着尕细目鸡窝样的头发和乞丐样的脸庞。刹那间他恍惚觉得那卖西红柿的也许还会走回来。一种极大的恐惧感紧紧攫住他的心脏，一阵痉挛传遍全身，使得他头晕目眩，连天都在旋转，再来一秤砣……那实在太恐怖了。他像一只遇到天敌装死的小虫子那样，一动不动地趴在地上，屏住呼吸。但是，等了好久都不见有人过来。看样子是恐惧引起的担心。他偷偷抬起头观察周围的动静。身边的人走得连影子都没了。尕细目长出一口气，翻起来赶紧摇摇晃晃地逃离了现场。但是他头上的血还在朝外面渗。他想弄点黄土涂抹在伤口处止住血。但这里到处是混凝土建筑和沥青马路，要找一把像样的泥土都实在困难。

他一边沿着马路走下去，一边用手掌按住流血的伤口。不一会儿，他的手上沾满了血，黏糊糊的。他渐渐走出了市区，来到郊外，这时候风一吹，反而更清醒了，只是伤口跟锥子攮的一样疼，一直深深疼进去，达至头脑里面的某个神经似的。这种疼痛让他感到神志恍惚。他站在大路旁边暗自思量。他心里感到难以言传的痛苦和忧伤，他觉得自己的精神有些错乱，既不能判断是非，也无法为自己辩解，他想他压根就不应该偷人……不论偷的东西值不值钱，都不应该偷。可是，现在该怎么办？不能让人说自己的儿子其实是跟父亲学的。说实在的，他以前从来没偷过人。想到他从没干过这勾当，却走上这一步，他有些自责和憎恨自己。那么，他到底怎样才能洗清他的过错，才能堂堂正正在村子里面做人，在妻子和碎尕细目面前做人。

当然，这件不足一提的小小的丑事他如果至死不提，就永远没人知道。况且他是一个受害者。都怪那该死的迟到的信件。对，他一定问问到底是谁，是那个瞎了心的压了那封信件。如果他回到水村，看见碎尕细目平平安安就当什么事也没发生，倘若还没有回来，那我就得到镇政府问问。到底是谁那么心黑呢，封锁了一封来自狱中的信，而坑害得他们一家无法安生。现在想一想，自己这些天所遭遇的一切苦难都缘自于那封迟到的信，对，要是早早收到那封信，根本就不会出现这么多麻烦。如此一想，心里面既是憎恨，又感到无可奈何。

尕细目忍着头上的剧痛又继续向前走了一段，看见一条宽阔的渠里流淌着黄色浑浊的水，他猜想大约是人们经常提到的黄河，就走过去坐在河沿边洗了手上的血，还给伤口捞了些水，想这样可能会止住血。但是，这种让他后悔不迭的行为像是一根冰冷的钢针从受伤的地方钻了进去，几乎使他窒息。他几次想从口袋里拿出那个西红柿，然而又担心忍不住会把它吃掉。是的，吃完就什么也没有了！那将会让他更加感到饥饿和恐慌。有一个能充饥的东西留在口袋里面，无论如何也让他感到踏实和安慰。

河岸边的沙石路基上零散休闲的人们在那婆娑的垂柳下面散步和游戏：有做扩胸运动的；有像是一对情侣边走边唠嗑的；有猛然蹲下又猝不及防立起来锻炼的；有咿呀唱歌的；还有像是学狗咬的（也许大地方的人觉得狗叫的声音就像歌一样动听）；更还有学狼嗥的（也许他们很向往大山的世界吧）。反正什么稀奇古怪的动作和稀奇古怪的叫声都有！他们大约是用这种方法来遣散心中变态的孤独和苦闷的。尕细目看得目瞪口呆。这时，河面上吹下来一个小孩子的尸体，面目全非，忽隐忽现。尕细目心上很着急，水流这么湍急，他又不会水，一个人是无能为力的。尕细目看看岸上有没有人出手打捞，打捞的的话他一定加入进去，但发现那些人根本就无动于衷的样子，依旧继续他们的散步和游戏。尕细目想着现在的社会，人大约是太多了，人把人都不爱了，人对人都无情无义了！据说在一个大城市里的一座楼上，有两个人门对门住着，其中一人被绑匪杀死在自己的房子里一个多月了，连苍蝇在尸体的各个窟窿和角角落落把儿子孙子都下满了，对门的人竟丝毫没有发觉。简直令人难以置信。后来警察问对门的邻居了解一些情况，那人说，自己的事情都忙不过来，谁还管别人的死活。尕细目突然觉得自己有一种发自内心的悲凉感，同时又觉得以他一人的力量又能把这个世界上人的自私自利和丑恶怎么样呢。于是又对自己暗暗嘲讽，觉得自己现在还是好好想想自己目前的处境吧。碎尕细目如果能回到家，那最好不过，免得再误入歧途。当然，事情尽不能刚往好处想，假使碎尕细目继续在外流浪呢。这样一想，他就又记起那封信，一股无端的火气在心底游走。村主任栓儿不是天天往镇政府里跑的嘛。他的上级路线走得可好了，舔腚的功夫很深！但这和我尕细目都没有关系。问题是他现在越想越清楚了，是的，村子里的信件一般都是托他从镇上带回来的，因为村委会还订了一份《水城日报》，村主任经常要上镇上去取，怎么会没把碎尕细目的信一道带来呢。这是肯定了的，信件封口是拆开了的，只有水村的村主任有拆开任何人信件的权利，他说是他要负责检查信件里面有没有对水村不利的秘密。他说在村委会这里不能有秘密存在。一旦有秘密，那一定不是什么光明正大的事情。秘密在他这里绝对是不允许的！也许村主任栓儿眼见接碎尕细目的日子过时了，才托一个孩子把信送来。他当时只想着信件可能在水镇压得时间久了，倒是一点没怀疑信件在村主任那里。何况事情那么急，谁还记得问这些啊！这一秤砣倒似乎把他打得幡然醒悟了。一定是村主任栓儿在捣鬼。怪不得他先前一段时间看我的眼神有些怪异。对，反正那种眼神无法说清。我倒是把这些给忘了。今天似乎真是鬼神在冥冥之中帮助和提醒了我。也许村主任以前对他格外地照顾，所以他不曾对他产生针尖大的怀疑，更不会想到他对他尕细目有什么瞎心眼。但是害人之心不可有，防人之心不可无。尕细目想起那时候村主任把他也列在特困户里面，每次上头给特困户送来救灾扶贫的物资，村主任家从中落一头牛，一定得给他尕细目一只牛蹄子，上面给特困户一只羊，村主任拉去这羊，但得给他尕细目留一副羊耳朵。这只是个比喻，意思就是说上面的救灾物品村主任拿去多的，但总是多少得给他们几个特困户一点。否则签字的时候，没个特困户来抹平这笔账显然是不行的。特困户得把村主任拿去的物资算在自己的头上。这样的特困户在一个偌大的村子里得好几家，上面一旦调查扶贫物资的发放情况时，特困户就得按照村主任给他们教的话去说，一般是：给我们的东西我们统统都拿到了手，感谢党、感谢国家和政府，感谢扶贫工作组，还感谢村委会，感谢水村有这样的好主任……诸如这类感激和动人的话得说一大堆。如果这帮特困户有谁不按照村主任的安排说话，那牛蹄子和羊耳朵就永远休想见上。人家会另外在村子里物色一个特困户。特困户嘛，谁不会当特困户呢？在这十年九旱靠天吃饭的村子里，谁又不是特困户呢？所以，这种人人都想白白得到一点东西的美事有谁愿意放弃和拒绝啊。可是不知道为什么，村主任似乎怀疑起尕细目，认为尕细目向村子的人泄露了他的秘密，所以，拿下了尕细目的特困户资格。那么扣压碎尕细目的信件，也是自然而然的。上次县上给村子里发放的盖羊棚的石棉瓦一个也没给尕细目，听说是除了给大傻瓜给了几个，其余的村主任栓儿拉了两手扶拖拉机拉到城里卖了。最近这次，县上叫村子里的人退耕还林、还草，扶持村民们养牛，上面给每户人给了一千块钱让盖牛棚，村主任以他一贯的手段利用特困户落了那笔款子。但是依旧没得尕细目的特困户当。尕细目感到万分纳闷，想去问个究竟。后来还是好朋友大傻瓜悄悄告诉了他，说村主任嫌他口风不紧，老是走漏消息。

尕细目说，我没有啊！

大傻瓜说，反正有人在主任那里告了你的状。

尕细目气得肚子痛，但没办法。令他想不到的是，堂堂的村主任怎么会听信别人对他的诬陷和诽谤呢？特困户不给得当也就算了，干吗扣留人家的信件呢？儿子肯定因为家中没人去接在伤心呢；也许，儿子自暴自弃，破罐子破摔，索性一错到底下去。尕细目想到这里，似乎对不住儿子，不由一阵内疚。假如碎尕细目因这封信件仍然没回水村的话，他栓儿……渐渐地在尕细目的心里开始孕育着一个非常可怕的计划。

路上开往水村方向的车辆，他一个都挡不住，只好一路走，一路要饭回到水村。

尕细目进门的第一件事便问儿子回家了没有，看见妻子摇头，他一下子就倒在炕上起不来了。尕细目一睡就是一个星期。在这一个星期里，他的脑子一直都处在一种梦幻般状态，时间仿佛过了十年。感到凄凉、孤独。憔悴，疲惫不堪，常常会使人掉入一种迷茫的幻觉，梦魇不断，总是无法摆脱偷盗后的空寞。已经做过一次小偷！那作贼的一幕一幕从面前闪过。当他的头脑在这种纷繁的混乱思绪中稍许清醒的时候，他觉得倘若不是村主任扣留儿子的信，他怎么会沦落成这样——

这是早上大约十点左右的样子。在如此晴朗的日子，在此时此刻，阳光像一枚圆圆的小铜镜子那样从尕细目破烂的木窗户孔里斜射进来，在他的枕头上、脸上慢慢移过，一直照在火柴旁边玻璃瓶子制作的煤油灯盏上。他似乎看到灯盏燃起来了，那黄豆大的火光逐渐变得越来越大，甚至映亮了整个水村。于是，他真切地觉得一阵弹簧被猛然松开般的兴奋感和快慰传遍了身体的每一个角落。他一骨碌翻起，把眼屎擦去，鬼使神差般地从炕上跳下来洗了脸，趁妻子不注意抓起那盒搁置在窗台上的火柴迅速揣进口袋里，一言不发地走出门去。

也许火柴盒里的火柴根剩下不多了。当时他的心里甚至有点莫名奇怪的感觉和淡淡的遗憾。

他一边走，一边回味刚才拿火柴的细节。在他的潜意识里，总出现这样一个虚拟的镜头：就是他的手刚刚抓起火柴盒的时候，还禁不住摇了摇火柴盒。而火柴盒里发出的是空空荡荡和寥寥无几的声响。这声响叫他感到空虚、害怕和失魂落魄。他不知道在遗憾和担心什么。

脑子依旧只是混乱和不很明确的一团糟糕。他只记得在他拿起火柴的那一瞬心里重了一下，使得浑身抽搐和打了一个激灵。在家中一蹶不振和躺倒炕上的这段时间里，尕细目似乎显得更瘦弱了，只剩下一副骨头架子，眼珠子吊死鬼一样深深陷落进眼眶里去了。尕细目这样的农民在水村确乎有一大批，他们的内心与灵魂多是复杂的，难说清的，也可说是扭曲了的。他们的内心和灵魂一直在一种奔突中进行较量，寻找平和宁静的理由。他们的复杂在于平时看起来显得低三下四和自我作践卑微的样子，甚至是无限的忍耐和顺从有余。但是他们的内心和灵魂里却暗暗蕴藏着一种激情，甚至是一种强大而炽烈的激情，这就像是引燃的木炭或者地火，外表上总是覆盖着一层灰烬，但里面却炽烈地暗暗地燃着，一旦突然的爆发，就会令你感到震惊和匪夷所思，乃至觉得后悔得不可收拾。

当尕细目沿着木贱民家那低矮的三十年前筑起的黄土墙走着的时候，心里莫名地一酸。三十年就这样眼睛一挤过去了。可是，妻子却追出来问他：“上哪里去？”

他没有回头，对妻子说：“你先回去，我马上回来。”

他继续向前走，看见村子里碾米的石碾子房的门大开着，他想进去看看，他小时候夜里每当被父母揍一顿赶出来时，就一个人藏在这间黄泥房子里偷偷地哭泣。但他觉得现在到那里进去干什么呢？他的样子显得对童年怀恋的样子。尽管童年想起来并不那么美好。他的脚步一直没停，转眼走过了那碾米房，看见白正午家的破门。白正午过去一直牧羊，是个老羊把式，国明党的时候屡屡被抓去当兵，今天在这个部队，打散了明天又到了那个部队，自己说他当兵的时候很勇敢，国民党往往是自己和自己的部队混战，他一枪一个，说是有一次一个弟兄的肠子被打出来了，对他哀告说，老哥你能不能给我给上个快刑，折磨得我难受哇。他手臂撑起一枪就把他结束了。人有时候在世界上肉体的苦难使得心灵上太折磨了，需要一下子结束。尕细目还想起他小时候跟上白正午放过几回羊，有一次老白在土崖下面，他在崖上用土坷垃相互投掷，看谁把对方能打中，老白来了一个海底捞月的姿势，土坷垃划着弧形飞上来正中他的嘴唇，嘴巴肿了好多天，当即可把那老白差点高兴死了，走到哪里说到哪里，说他打过仗，把子就是很准。但是老白已经去世好多年了。老白的老婆也已经去世好多年了，那个女人以前经常被老白在夜晚揍得吱哇叫。老白没在的时候，老白的老婆子就和孙子媳妇天天吵架，整个村子都能听见，最经典的话是老白老婆叫孙子媳妇核澈拔一根阴毛吊死去。孙子媳妇核澈原本是从一个叫三营的川道地方下嫁过来的，自觉有几分姿色，常常不甘和落寞地站在大门前观看穿得比较新的走水镇赶集的小伙子。

尕细目不知道为什么会回想起这些，每当他经过这里都会想起这些过往了的事情。他还看见走村子学校要经过的那个土坡，他在这坡上用打碎的砖块磨制滚动的陀螺。回想小时候的这些事情，多么伤感，多么好啊！好像一切都是昨天才发生的。似乎有种恍若隔世的感觉。村主任栓儿是个年轻人，上过黄土水县的高中。到村主任栓儿家还得往下走，要经过碱水沟，经过何生活家的小巷，才就到了。何生活家和村子里的马家是世仇，一直一个不服气一个，互相争斗，已经争斗了三四辈人了。尕细目这样想着的时候，就已经过了何家巷子，来到村主任家房子的砖墙后面。他不禁把手里的火柴在衣服口袋里往紧捏了一下，感到无助和孤单。村主任家的房子是全村子里最阔气的，统统是砖和混凝土修建的，房子前面有一个很大的园子，统统种满了苹果树和梨树——县上扶贫给的好苹果树苗全让他栽在自家门前的园子里了。这么大的一个水村，家家都穷得吃了上顿没下顿，而唯独村主任家每顿都是肉和清油，还有白米白面。水村的大部分人连见一下大米的脸面都那么艰难。而村主任，凭什么？村主任和大家一样也种着几亩薄田，加之在水村这样恶劣的环境，又没别的什么收入，也就是说凭借自身的条件不会有其他来钱的路子。那他是怎么富的？难道水村就他一个聪明、有本事，而别的人都是傻瓜？这是全村人牺牲自己扶持了他一家人的结果啊！

那众人愿意吗？

众人的心上都是不愿意的。但人家是村主任！村主任在水村是个大官。这村主任说的是民主选举产生，其实都是镇长早物色好了然后做大家的工作给放上去的。胳膊能拧过大腿吗？不可能的。别得罪人家说不准偶尔还能得点好处。否则，你还得处处受欺负吃亏。这不，村主任只是听信别人对他尕细目的诬陷，就拿下了他的特困户，扣留了儿子的信件，落得这样下场。水村的人实在是忍受不下去了。尕细目不禁在心上替全村人默默祷告：上面的人啊，与其叫大家背个得东西的名声，你还不如不要给我们给东西啊，啥都不要给好吗？一点都不要给，免得叫我们大家背个得东西的名声啊！也把你们上面人的好心白浪费了啊！

尕细目有时候一个人独自思索，尽管自己嘴上说不眼红人家，但觉得自己实质上还是眼红了的。不眼红怎么会莫名其妙地生气呢？他有些鄙夷自己，觉得自己像一只讨厌的小虫子。他甚至弄不明白，自己到底是要为村主任的荣华富贵高兴呢，还是要替村子人鸣不平。良知和道义折磨着他。他有时候确实很糊涂。眼红，眼红你也去当村主任啊！你们没本事，还不服气别人。真是不如人又不服人！他弄不清楚，自己对村主任有怨气，是实实为那封信件，还是因为别的。

说不清楚！

尕细目狠狠跺了下脚。他自艾自怜，心里乱得如一堆鸡毛似的。

尕细目从村主任房子后面走过去的时候，脑子里一片空白。他向右绕了一圈，走到村主任家大门前面，看见一道雄伟的铁门。那铁门跟城里单位上的铁门一模一样，紧紧关闭，大门旁边的铁链上拴着一条二转子狼狗。他看见村主任栓儿正站在混凝土的平房顶上指挥两个工匠在后院里盖牛棚。一副傲慢和盛气凌人的架势。然而，每次镇长来村子时，栓儿却像个小学生一样远远就跑步前去迎接。他还把镇长接到家里，叫老婆给做好吃的，吃完就在他家休息。村主任还经常叫老婆给镇长洗衣服洗脚呢。

尕细目继续向前走了走，觉得他现在所在的位置，村主任应当能看得清清楚楚。但是村主任丝毫不理睬，对他睁眼不看。人家眼中哪有他，就连把他当是个人的概念都没有。也许人家觉着他是一只小虫子吧。他来的时候曾经浮想联翩，想着见到村主任将如何理直气壮质问他为何要扣压信件。他甚至想得心潮澎湃，脑子激动得无法自已。可是此时此刻，他一见人家村主任那气势和派头，自己立时就跟一只皮球被什么戳破似的，浑身都蔫瘪了。

尕细目又开始一边往回走，一边把口袋里的火柴丧气地揉成一团。他诅咒着自已，觉得自己就是那种干不了大事的人。他觉得他把自己早就看透了。

傍晚，尕细目才回转家里，他记不起自己这一天都干了些什么，总之家的这一段距离似乎比水城到村子还要遥远。他几乎把村子的各个巷子都走了一遍，走进家的时候，归巢的麻雀在院子周围的树梢上唧哩乌拉地乱叫。夕阳把整个山谷映得如书上的画片。黄土墙壁上布满斑驳的光点。院子的中央散放着几十个胡麻个子。一个个胡麻的个子都极小，才一尺粗细的腰。那座背靠院落的东边用黄泥修建的高房子，此时因年久失修，已经快要倒塌了，看起来跟个精神溃散的老人似的显得疲惫不堪。

太阳刚落下去，一席凉风卷来一坨乌云，乌云携带着零星的雨点。

尕细目与妻子两个立时开始在院子里双双摞一个简易的胡麻垛子。尕细目的妻子，这个吊脸孔，和善，但个子比尕细目总是高出一大截、手指粗糙的女人，她茫然若失地干着活计。她的样子跟一台老化的执拗而笨拙的机器。儿子不在，眼下，这偌大的院落里只剩下他们两个人。

尕细目说胡麻个子要抓紧时间摞，雨水进去就会腐烂的。

他们一边东拉西扯地聊天，一边干活。时间倒也过得飞快，等他们将胡麻个子弄成房子码头一样的形状之后，雨却停了。

晚饭是黑面条就芥子叶子窝的酸菜，菜里和了一两个绿辣椒角，略微撒一丁点盐，很是可口，尕细目一边吃一边说这菜特别开胃。转眼竟吃了三碗。

他有些诧异自己今天怎么如此能吃，问老婆：“今年吃的还够吗？”

老婆说："不够，哪里够啊！"

他一言不发。是呀，年年都不够。然而，他之所以心不在焉，是因为他心里惦记着另一件他想忘记却怎么也忘记不掉的事情：他偷了一颗西红柿。他为什么要偷一颗西红柿呢？他心里一遍又一遍自问自答：因为饿！但是寻根究底，还是那封迟到的信让他沦落成个贼。如果早收到那封信……他对这件事耿耿于怀。

老婆突然说了一句："很不幸我是女人，如果我是个男人，我较量不过他栓儿，我就用一把火……"她的话没有说完，因为她发现丈夫的嘴角流淌出淡然怪谲的一笑。她觉得那笑意味深长，也极阴森，仿佛是坟墓的死人带出来的。她有些不可思议地望了望丈夫的那干瘪的脸孔，开始急急忙忙收拾炕桌上的碗筷。

第二天早晨，天刚蒙蒙亮，麻雀像每天傍晚时那样，唧哩哇啦地鸣叫不休。麻雀吵闹的时候已经形成规律：一是天刚蒙蒙亮，一是傍晚牲口进圈。此刻，远处山梁畔的野鸦也在嘎嘎叫；就连下地耕作的牛偶尔也发出一两声哞叫。牛叫声刚落下去，乡民耕田吆喝牲口的声音便升上来，一时间多重声音此起彼伏，汇集成一支动人心田的田园交响乐。

尕细目跟往时的早晨一样，起来得异常早，先到山上耕地。一架地回来，他卸了牛，给牛槽里添上半背篼草。牛伸长那粗糙的舌头，将一把把铡刀铡的青草轻而易举地卷进嘴里时，他想，得先把村主任家的那条狗干掉，方才能进得去家里。灶房地下那半个野苦荞面饼子上为老鼠准备的三毒药不知道是否还在。他憋足气走进灶房，目光斜着在地上瞄来瞄去：那小片苦荞面饼子依然平静地躺在灶火门下面的鼠洞旁边。他长长松了一口气，一阵浪涛从心头掠过。可是妻子在灶房里抹来扫去，不肯出去使得他难以下手。这件事情不能叫妻子知晓，他不想连累任何人。平时他可以随意找件什么事情把妻子支使开。可是现在，他不知道让她去干什么，觉得让她去干任何事情都可能露出破绽，引起怀疑。

他站立在妻子身后心急火燎，迫不及待地盼望她快点离开，妻子不在身边他就可以放心着手干了。他开始在地上缓缓走来走去，十分苦恼，茫茫然看了看四周。

像是天意似的，妻子说她到邻居家借个萝卜叉子。

快去快回！他抑制不住自己的喜悦。但他依然如此警告妻子说，扮演得相当沉稳。

当然，尽量等他一切准备就绪再让她回来。他心里仿佛是在给某个帮助他的天使默默嘱咐。

妻子的脚步声从院落里消失之后，他依旧不甚放心，走出去把大门闩了，这才忐忑地走回来。可他突然感到妻子中途会折回来，大门要是闩着……这种毫无理由的预感竟然如此强烈，简直不可理喻。他只好重新转身去拿开门闩，叫大门像刚才那样张大。他甚至问自己干吗这么紧张和多疑。他已经做过一次小偷。他无比自责地伸出牙齿咬住下嘴唇，摇了摇头颅。面孔显得痛苦和幽怨。

他先是打算把儿子曾经念过的书撕下一页，包住那小片放上毒药的饼子。可他一抓起书，儿子小时候的一幕幕情景都出现在面前。心里一阵绞痛和酸楚。他吹去书本上的尘土，小心地放回原来的纸箱。正好看见窗台上一双他曾经织的破烂了的毛线手套。他戴上一只手套把那小片饼子命一样牢牢捏在手里。

妻子嚷嚷着走进大门。

尕细目只好将手套连同饼子一道塞进衣裳口袋里。心狂跳不止。

老汉，你的脸色很不好！妻子说。

我感觉这两天好多了！他说。

你到炕上休息去。这一段时间你好像换了一个人。妻子忧伤地埋怨说，你如果再有什么三长两短，我该怎么办？

放心，不会的，老实给你讲，还是走动着好些，经常睡在炕上把没病的人也会睡成病的！他说，我到村头走走，马上回来。

尕细目感到一切都是那么妥帖和自然，在去村主任家的路上，什么人也没撞上，就连一个小孩也没撞上。他站在村主任家门前的墙角下，把饼子径直投给了那二转子狼狗。那狗可能平素吃的好东西多了，也大约是想换换口味吧，它一个鹞子翻身呱唧一下就将那饼子吞进嘴里，似乎后悔还没品尝出什么味道就已吃得一干二净。随后它耸起耳朵，朝着饼子飞来的方向，警惕而又猜测地继续期待着。

这算是什么狼狗！

那是从水镇的地摊上买的上好的老鼠药，大家叫那药为三毒药。据说那毒药三代范围内毒性威力丝毫不减。对付一头大象绰绰有余，区区一条小狗……顿时，他激动得仿佛从一个极高的铁索链上飞速滑落下来，使得心头阵阵战栗和痉挛。他不敢继续沉浸在这种难以自制的慌乱的欣喜里，立时转身逃走。要是撞上人怎么办？不会那么巧的。倘若真的撞上，那就是命该如此。命，命这个东西你有时候不相信是不行的。这个世界必须有一些神秘的力量才会有更大的力量。当然，小心为好。那干吗不在晚上来呢？晚上黑灯瞎火什么都看不见，什么都容易干成。但是自己心里就像是再也等不及了，跟催命鬼在身后催促似的。

但现实总好像跟人作对，尕细目刚刚还在为路上没撞上人而感念神秘的力量，转眼就朝这边走来一个赶牲口的老人。尕细目急中生智紧走几步钻进那座碾米房。他觉得这碾米房对他真是难以琢磨，像是暗中被谁差遣在那里保佑他。碾米房就像一枚打开的花朵，在那里独自开放。在碾米房，他仿佛前所未有的安全。他又想起童年，想起被父母赶出的深夜。一时显得脆弱、凄凉。但是，他暗暗给自己鼓劲。

回到家里，妻子的午饭已经晾在桌子上，他草草吃了一碗。

一切都顺顺当当。只是口有些说不上来的干，他把一碗凉水痛快地一饮而尽，仿佛要平复一下难言的心情。可是随之就感觉到一股轻微的，甚至是令人惬意的凉气从一个已经衰竭了的隐秘的地方掠过。这是从未有过的感觉。他和衣躺下来，但是脑子里胡思乱想。他尽量想把刚才的事情忘掉。那条狗它挣脱了锁链……嚎叫着疯狂地奔跑……不再想它。他觉得自己的心也似乎挣脱了什么，在向着极度的远处飞去。他轻轻吁了一口气，沉沉入睡。这一觉他睡得酣畅淋漓，那种焦灼的、不安的、灵魂被折磨得干枯的感觉稍稍得到了缓解。

他听见有人进了他的屋子，就醒来了，一睁眼，看见自己的老婆。她搬来一只破烂的木头凳子，斜着坐在他身边。他真想紧紧地抱住她入睡。她是他唯一可信赖的人。因为他再也没有别的可以抓住的力量。他显得那么孤单、脆弱和无所依靠。他半睁着眼睛，一动不动地望着她，似乎在竭力回忆什么事情。

哦，你醒来了！今天吃得那么少……她像大人对待病中的孩子一样，静静地守护着。

“啥时间了？”尕细目急忙抬起身子，伸长脖颈向窗外看。

“睡着吧、睡着吧，太阳还没落山。”妻子给他掖紧被子。

“村子里发生了什么事情没有？”他觉得妻子好像什么都已经知道了。

“没有啊！”妻子说，不解地望着他。

难道它还活着吗？尕细目暗暗思忖。他翻身坐起来，心里烦躁不宁。

“你哪里不舒服吗？”妻子问。

“我在家睡觉！”尕细目答非所问。

“这我知道，”妻子说，“你的头有点发烧，好像着凉了。”

“你一直在我身边吗？”

“我出去还萝卜叉子，听说栓儿家的二转子狼狗突然生病了，一庄子人给灌浆水，但还是死了！”妻子说，“死得美！”

尕细目呆呆听着，片刻却情不自禁地脸上浮出一抹微笑。

“你说那狗真是病死的吗？”妻子问他。

“我怎么知道？”尕细目觉得妻子以询问的目光看他，担心败露的恐惧感使他一肚子气，他特别讨厌别人猜测和怀疑他。哪怕事实摆在面前。妻子知道了这件事对她有什么好处啊。

妻子看见尕细目严肃而恼怒的表情，就再不敢那样看他，只对丈夫说，你需要多休息。但是，她又不由自主地补充说，镇上卫生院和派出所的人来调查，说那狗是中毒死的，但没调查出是谁干的，最后认为是老鼠吃了药之后叫狗给吃上了……

妻子出去之后，他松了一口气，渐渐又开始满不在乎地思量，仿佛思绪被什么东西牵引着向深渊下坠落。贼做了，狗都毒死了，还有什么怕的呢。下一步怎么办？所有的一切，都不能和另一个人商量，都需要他自己慢慢盘算。他说不清楚为什么要这样做。他觉得人活着做一些事情，无须想那么多，也似乎容不得你把它想透彻。

妻子又走进来，说天凉了，炕有些潮湿，她想烧烧炕。妻子到处在寻找什么。尕细目问她在找什么。她说火柴不见了！

尕细目一怔，脸色变得蜡黄蜡黄，他的手暗暗捏住衣服口袋，那盒已经所剩不多的火柴依旧安然躺在口袋里。他心不在焉地说，你是说那火柴盒子吗？里面的火柴早就没了，火柴皮也老了不能用我扔掉了。

家里已经没有火柴了。妻子看了丈夫一眼，哦了一声，说她出去借一盒。村子都是这样，借火柴、借食盐、借米面，形成了习惯，待等方便时去水镇购买回来再还给人家。火柴和食盐一类一律都在水镇去购买，火柴购买一般都购买一包，一包是十小盒，用完了再购买。妻子出门借火柴，又不能断然阻拦，如何是好。总之管不了那么多，还是干自己的事情吧。尕细目见妻子走出大门，不容多想，他立刻慌忙下炕，趿拉着鞋子走进放置柴火的土窑拣了一根干裂的木头棒子，接着在曾经养过蜜蜂用泥做的蜂箱内找到一团破布和烂棉花，缠在木棒上，做成一把火把的形状。他想在木棒上再倒上些煤油。可是灯盏却找不见，得抓紧时间。他心急火燎，出入一个又一个的房子。平时当你并不怎么需要它，它始终就在眼前，可是此时你翻遍所有房子也不见它的影子。尕细目觉得头都有些大了，突然他眼睛一亮，灯盏在灶火门前的砖头上搁置着。准是老婆引火时放在那里的。他给木棒的棉花和破布片上倒满了煤油，用从村主任家的田地里捡回来的一片塑料薄膜包起来，以免煤油都散发掉了。然后，他把木棒藏在大门拐角的过水洞里。要是被村主任当场抓住怎么办？他把牙齿一咬，顺手拿起搁置在灶房窗台上用来宰羊的牛耳尖刀，揣进怀里。

这两天他一直呆在家里，尽管心里面在进行复杂多变的较量，甚至苦思冥想，设置了无数悲惨结局。但是，他的外表却显得出奇平静：老婆，你要是比现在年轻二十岁，你怕是要随远路上的客跑了！

那你呢，你要是再年轻些呢？老婆半微笑，半嗔怪的眼睛斜视着。

会怎样呢？用鼻孔笑着。

还不领个骚女子回来！老婆意思含糊地剜了一眼。

嘿嘿嘿……尕细目笑得跟个孩子似的。

两天来尕细目总能听到老婆从外面带回关于那狼狗的消息，村主任的老婆还为那狼狗哭了一场。哭吧，也应该哭一哭了。他心里想，难道刚叫你一家人笑，叫全水村的人哭吗？你等着瞧吧，我还要叫你想哭都哭不成的时候！

有人说那狗说不定是被谁有意毒死的！老婆说。

他的心里不由一阵抽搐和痉挛。

他一言不发地听着。

说当然老鼠吃了毒药，叫狗给吃上了的可能性最大！老婆说，你想想看，那个人吃了豹子胆敢毒害村主任家的狗，除非是他不想活了。

他的心里并没有因为妻子说“他不想活了”而感到悲伤。相反，他心中倒有几许得意和大义凛然的豪气。

老婆继续说，你想想村主任和镇上是什么关系，镇上又和县上是什么关系。谁能惹过村主任啊？水村栓儿人家就是一个王、一个土皇上，人家要是给镇长把什么人告一状，镇长给派出所的人点个眼子，那可不就倒霉了！人家村主任还连脸面都不现。她问丈夫，你相信我的话吗？

哼！尕细目一声冷笑，缓缓说，舍得一身剐，敢把皇上拉下马！这你相信吗？

敢把皇上拉下马的能有几个？

老婆很不屑。

他栓儿这么的对待老百姓，他的这个土皇上也当不长。

尕细目咬牙切齿。

也确实是已经到咬牙切齿的时候了。

让我的儿子至今的流落在外，他想。

老婆熟睡的时候，他悄悄翻起来出了房门。老婆倘若醒来时问及，就说不知怎么半夜肚子疼，走茅房呢。

老婆的呼吸依旧那么均匀而令人羡慕。

她睡得跟死去似的。

他蹑手蹑脚从过水洞里拿了那木棒，迈出大门，向村主任家走去。

星星像开在天空田野的碎花朵。

月亮像一个羞涩的处女。

尽管月亮和星星映照着，但是人站得稍微远一点就认不清楚是谁。当然如果站近了还是认得的。但是，像这一夜了，村里农人们干了一天的活计都累了，大约已经统统睡去。除非那些闲着游逛的、偷鸡摸狗的。

月光把尕细目的影子拉长、拉变形了，显得像鬼魅一样。

影子一会走在他的前面，一会又走在他的后面。他想把那影子用脚踩住，但总是踩不住。

他一边加快步伐走，一边手伸进怀中握了一下那把牛耳尖刀。那刀把子被他的体温暖得热热的。刀子不久前还有人借去使唤，说是一只羊病了，使唤罢之后夸奖刀刃好锋利啊！

这把刀子两天来几乎一直没离他的身。有它在身上，他常常莫名的觉得自己似乎强大起来，也不再那么感到惊慌、恐惧、害怕和不安。

现在，他走着走着突然就有些紧张。

仿佛把什么东西丢失了。

他又检查了一下衣服口袋。

口袋里的火柴，除了盒子被压扁一些，并没什么意外。他悬起的一颗心又重新落进胸腔里。

此时天空的月亮看上去像一张村子里女子们的剪纸，随细微的风飘拂。

星星散乱地撒满天空，像点燃的灯盏一样在静静地闪烁。

看见碾米房的时候，他又想起了童年。童年就像是一首父母唱给他，他又唱给儿子的歌谣：哦呀哦，娃娃睡觉觉；睡着醒来要馍馍，馍馍啦？猫叼了！猫儿啦？钻洞了！洞儿啦？消失了——噢——呀——噢——

思绪一直处在梦幻和迷乱的状态。

从白正午家门前过去。突然一种物是人非，人去屋空的凄凉感觉强烈袭上心头。

过了学校的那土坡，他出了一口长气，感觉就像是走了几十年，终于爬上那山坡，现在就要下山了。有些欣喜，也有些难过。用悲喜交集形容最贴切不过！

他走到村主任家的大门前，稍有犹豫，似乎担心那已经确凿的知道死去了的狼狗会突然一跃而起。

尕细目推了一下铁门。

门里面闩牢靠了。

怎么办？

这时他看见门前原先拴狼狗的地方有一码砖头。那一码砖头是村主任家曾经盖房子没用完堆放在那里的。他抱了一些砖头放到墙根底下，踩着砖头爬上墙后骑马一样骑在墙上面。他手按墙头，屁股朝前挪动，一直挪到村主任家的牛棚上，才站立起来。他走上牛棚的棚顶时发现累了一头汗水。他顾不得擦掉汗水，就寻找到达院内的途径。

好像事先安排妥当似的：院内倚靠牛棚恰好立着一架木梯。

轻而易举就进到院墙里。这曾是他来的时候多次忧虑的一个问题。都已经迎刃而解。

真是车到山前必有路啊！

院子宽敞而开阔，就像一个练兵场。整个地面全是用水泥包了的。这得用多少袋子水泥啊！

这号人根本就不知道心疼水泥，用不完可以给村子里的人送上一袋子或者半袋子的，好把那水窖底子也维修一下啊，何必那么浪费呢！

尕细目轻轻地抽去闩着铁大门的钢筋棒。

以免发生不测，好及时逃跑。

在他抽去那钢筋棒的时候，他感到那钢筋棒散发出一丝深秋夜晚的冰凉气息，这气息顺着指头浸入骨髓。

这么多的房子！

村主任他会睡在哪一间房子里呢？

当然一定是睡在大房里。这是村子里人的习惯，也是一种封建的思想。

他到大房的窗子根下听了听。

似乎都睡熟了！

妻子她醒来了在寻找他吗？突然冒出这样的念头，不由打了个激灵，莫名紧张。

其他房子也得听一听。他蹑手蹑脚地走向旁边的房子，心怦怦地直跳。

这一听，真是出乎意料：村主任和老白的孙子媳妇核澈正在这间小房子里说话。

核澈说：我现在越来越害怕！

你怕啥哩？村主任栓儿说，有我胸怕啥哩！

我一怕被人发现，毁了你的名声；我二怕越来越割舍不下你，而你又会有新的心上人，村子里总是不断嫁过来新的媳妇——有比我更好看的在等待你呢，到那时你肯定会变的！

你快别乱说，我现在心疼你都来不及呢，怎么会想别的女人！他说。

有权势，当官的人一般都这么会哄女人！孕细目想。

我说的是将来，你快不要哄我了，我也说的是实话，老牛都想吃个嫩草哩！

嘿嘿嘿！屋子里传出一阵快意的笑。

他似乎听见核澈在炕上隐忍地听从村主任的各种摆布。

幸亏长了个心眼。

要不然叫这家伙又像漏网的鱼一样逃之夭夭。现在显然不行，等等吧，等深夜的时候再下手。有什么等不住的，那么长的时间都等过来了，还在乎这一阵子？

尕细目走到门角下的一个像是个水泥凳子的东西，坐在上面。大约过去一个小时，他的浑身变得僵硬，脖子都直了。

到时候了！他刚站立起来，活动了一下身子，大房门却开了。根本来不及逃去。他的手本能地抽出刀子，牢牢握在手里，张皇失措地朝旁边一堵墙后面躲藏。可是人家也走进这里要解手的样子。他吓得突然一愣，就心慌了，他似乎想转身逃走，但是人家已经像只麻雀扑进他的怀里。完全是撞到枪口上了，怪不得的！他用尽吃奶的力气一刀子戳过去。

咯嘣一声！

仿佛戳在皮带上，可是刀子再继续用力向前，似乎不费力气，就长驱直入。整个过程就像先是扎在西瓜皮上，一经扎穿瓜皮，到达西瓜瓤子之后，简直就不费吹灰之力，刀子就跟自己往里面钻似的。

他往外一抽刀子，鲜血就顺着刀子箭一样射出来了，糊了他一手。

可能是扎入最要命的地方，人家一声不吭就倒在尕细目的怀里。一种同情和善良的本性使他扶住一看，才看清楚原来是栓儿的儿子。这是一个十三四岁英俊而貌美的小伙子！在月光下，他仰着脸，露出一排雪白的牙齿，似乎微笑着，有话要说的样子。这孩子，平素一点也不像他老子那样嚣张和目中无人，见谁都和善微笑。很多人都暗暗夸奖他呢。

一阵寒战掠过他的脊背。

心口像搁置着一把匕首那样冰冷，一阵接一阵的战栗。小伙子静静倚靠在他的怀里。他打算把他拖到一个干净点的地方，可是浑身一点力气都没有了。这个小伙子随着生命的离去，似乎突然变得沉重起来。他想怎么死人一般好像都比活人重啊！只好任由小伙子的身子软软地从他的怀抱里滑落。

尽管他拿定主意要干掉这个被大家暗地里称作土皇上的村主任。但是，内心总是一直处于胆怯和矛盾中，时不时希望突然发生一个什么转机，让自己从这里面挣脱出来，一切都保持原来的样子。

自己已经真的杀了人!

杀了一个不该杀的孩子。

此刻，尕细目有些六神无主，扔下小伙子就往大门外面逃，可是当他的手接触到那个钢筋门闩时，突然变得出奇的冷静。他想，他到底是干什么来的？连他自己一时都感到糊涂。

软蛋!

孬种!

他在心里反复诅咒、骂开了自己。他顿了一下，又从从容容地返回去。他思量了一下，把大房门从外面轻轻扣上。免得村主任的老婆跑出来坏事。女人总是比男人忠诚，只要丈夫本事大，怎么作践她都会忍受。他同情她。然后他径直去村主任所在的房子大了胆敲门。

里面悄无声息。

一瞬间他仿佛什么都不害怕了，这个世界似乎没有他害怕的东西。他的心里变得狠毒和邪魔起来。

尕细目在心里发出一阵狂笑。

里面悄无声息。

尕细目似乎有些得意，更加肆无忌惮的样子。

你们出来吗？再不出来，我就要用火攻你们呢!

尕细目在门外怀着胜利，口气倨傲的说。

是谁？

里面传出村主任沙哑的、瞌睡懵懂，然而又吃惊的声音来。

老子是尕细目，你把门开开，我向你问个事。

你现在问，行吗？

我叫你把门打开再说。

你先回去，明天说不行吗？村主任的声音恼恨中显得有些微弱。

不行！我问你开不开（门）？你不开我就放火烧死你们。你不相信吗？我手里拿的是煤油浸泡过的火把，只要一点燃，塞进你的窗子，你的房子虽然是砖头水泥的，但你房里能烧的东西还少吗？足以把你们烧成灰粉！

房里的电灯拉亮了。村主任家的屋顶上安着一台小型的风力发电机，全村一到夜里就只他家灯火辉煌。

接着，门颤巍巍开了一条小小的缝子。

尕细目一只手里提着刀子，另一只手拿着木棒刚闪身进去，却被村主任跳过来从后腰十指交叉牢牢抱住，那两只手，仿佛锁子似的，锁得很紧。

快过来帮忙，核澈！

村主任大声对在炕上用被子包裹成一团吓得半死，瑟缩发抖的核澈说。

那女人只像是已经成了一堆稀泥，动弹不得。

尕细目没想到对手会如此迅速地抱了他，一时慌了手脚，差点就要被摔倒。他本能地用手里的那根木棒打对方的头。

但是人家把脸紧紧贴着他的后背，够不着打。

尕细目只好扔了木棒，双手握住刀子把，倒转刀尖，从腋下伸过去朝后用力来回地捅。

他不知道到底捅了人家有多少刀子。反正身后面的人已经软塌塌地跪在了地面上，肠子流得满地都是，但是那两只抱着他腰的手，就像是焊接在一起丝毫无法松开。

尕细目用劲扳开村主任那手指时，发现那双手满是汗水，汗水几乎把手洗了。

怪不得这双手锁得这么紧，他记得就在他的刀子来回扎的时候，对方企图抽出双手逃开，但那双手仿佛成了铁焊接的一般怎么也抽不出来。

尕细目瞧了瞧倒在血泊中的村主任，一时有些激动和难以自控。他显得从未有过的兴奋，还有种快感。伴随着这种快感，他把那个在被窝里抖得欢实的女人就像一条蛇一样拽出来。

那个女人光着身子，吓得面如土色，只顾蜷曲起两腿把脑袋尽力地埋藏在膝盖与胸脯快要够到一起而构成夹角的那个空间，两只手拼命地蒙住眼睛和脸面。

她抖得更加厉害，简直像筛糠似的，嘴里只说着一句：

“饶了我啊！”

尕细目仿佛没听清楚女人在说什么，照准她的后脑勺一连就是三刀，扎进去的地方都是同一个部位，只是一刀子比一刀子扎得深。

血格外地多，仿佛这个部位比任何地方的血都多。血就像突发的岩浆猛地射到他的脸孔上。

他的眼睛立时被黏稠的血液迷糊住了。

他闭上眼睛甩了甩头，用手掌和手背反复擦着眼睛以及整个脸面。

一股腥臭和咸涩的味道布满了屋子。

眼前一阵眩晕和恶心。他不知道是舌头品尝出了这种味道，还是鼻子里面闻到的。总之，这种味道令他几乎跌倒在地。但他显得很快活。

过了片刻。

尕细目倚靠在墙壁上，审视着两个死人。

他们肯定是死了。他想。但他很快又开始产生怀疑，担心他们会突然跳将起来掐住他的脖子。一阵恐怖和恶心使得他一连打了好几个激灵。也许他们还没死，只是昏迷过去。他想。

他得稍稍在这里守他们一会。

他静了一静，感觉心似乎悬在嗓子眼上，马上要从喉咙里跳跃出来的架势。

他侧耳倾听夜的动静。

似乎只有星星和月亮在交谈和言语。

一阵狂喜而又凄凉的泪水涌出眼眶。

可是过了一会儿，他对自己流泪感到鄙夷。他抹了眼泪朝大房走去，心里想着，干脆一不做二不休……

大房里的灯亮着，也许里面早就听见了动静，只是里面的人不敢出来而已。

可是大房门怎么也叫不开。

尕细目无论用威胁的话还是欺骗的话，不管什么话人家好坏就是不开门。这样一来，反倒加剧了他的一种憎恨感和强烈的厌恶感。

夜是那么宁静！

他运足力气踢门。把脚都踢疼了，却只有哐哐踢门的响声划破夜空。

他又用左右肩膀轮换撞门，撞了几次，也还是没有撞开。这门似乎成了蛇咬的了，没办法了。他还真不相信狼是啥颜色的了。要想进去就没有进不去的，他想。

他把刀子的刀锋向外，把刀背一下子紧紧地咬在口里。看样子他的脑子是清醒的，并没有一塌糊涂，思维也还没乱套。他攀爬到门上的通风口，推开通风，就看见村主任的女人依偎在她小儿子的身边。是的，不是孩子依偎在她怀里，的确是她依偎在孩子的身边，似乎大气都不敢出。

孩子仿佛睡熟了。他也许只有一岁半或者两岁。

你把门开一下!

尕细目对村主任的女人说。

女人声气不吭，头都不抬一下。

她大约给吓得半死。心里也许盼望出现什么救星或奇迹。

村主任的女人平素是很牛的，一副狗仗人势的样子。她见了全村所有的人都挺起胸脯，就仿佛是要把乳房挺上天去，看那样子，好像全世界只有她的乳房才算是乳房，而别人的乳房都他奶奶的是牛屎。

尕细目默默地口里噙着刀子，从通风里爬着向屋子里进发，爬了一半，进到腰的部位时，似乎给卡住了。他满脸汗水，又往回倒退了一截，重新朝里面费劲地爬，拿出入虎口入针孔的精神，才终于爬进去掉到地上。胳膊和腿子通通叫门窗的边子给刮破了。他站立起来，把刀子从口中抓到了手里，向炕边缓缓走了两步，停下来冷冷地望着女人。他的眼神使人感到十分害怕。他的目光透出一种强烈得令人痛苦的感情，但同时他的眼神却又是凝滞不动、近乎疯狂的。

那女人吓得魂飞魄散，坐立起来吱哇嚎叫一声把孩子抱到炕角下，缩成一团，嘴里只顾说，饶了、饶了！再瞧那女人的脸，黄得像一张黄表纸；嘴唇变得就像一片紫色的破布；眼皮立时竟然起了一层可怕的红疹子。她的嘴巴里依旧唧唧哝地祷告什么，叫饶去她和她的孩子。

尕细目说，我不可能把你饶的，把你饶了，以后我后悔了怎么办呢？你是不知道，可我老婆知道，我这个人最容易后悔啊，等到后悔了，机会也过去了，而我自己呢，也完蛋了！你这个傻瓜，明知道我不会放过你们，却还来求我！他面带一种狰狞的微笑。这微笑是冷的、凉的，带着铁的颜色和金属的硬度。

你不要害怕，我得先割下你的乳房。

女人说，孩子他叔，你把我杀了吧，我平日里不知道天高地厚，以为孩子他先人是个土皇上，就多了几分得意，便把谁也不往眼睛里去。还有……还有我家里的东西我知道都来路不正，我以前想，也没人敢把我们怎么样，我们给镇上的人把东西喂上着哩，那镇上的人又给上头的人喂上了——她不说是送，而说是"喂上了"！

可想而知，不喂上能当上官吗？这一层层像猪一样喂上去，遇上点麻烦，总得站出来说句话吧，就当不说句话那也总得哼哼几下吧！

女人继续说，我常常想，这谁把我们有治啊！在这么个巴掌大的小地方谁敢惹我们啊！我有时候想着、想着，我就……

女人说着就有些像是找到了感觉，进入到一种状态。她连自己眼下的处境都抛到了脑后。但这自得只是瞬间的。这让她自得的东西，确实是一种特殊的东西，也许这东西会让人产生瘾的。

尕细目说，你废话少说，我都知道。这不就是毒瘾吗？你男人的毛病没成想给你也传染上了。我发现你现在也中毒了，我要把你的乳房割掉，看你还翘尾巴吗？

女人一听，就又从虚幻中回到现实。她说，他叔，我不相信你会有这么大的胆子。你就不怕法律吗？

法律，哼！你是说死吗？我怕啊，我怎么不怕，可是我已经干掉了你的丈夫和儿子，你想一个已经杀过人的人还在乎什么呢？这个世界我没什么可怕的了！你知道吗？其实这个世界还有比死亡更可怕的事情呢。我告诉你吧，那就是贫穷！这些年，我们这号人在村子里穷怕了。人穷了就会被你们这样的人欺负。还有，说句心里话，我本来是不想杀你的儿子的，是他自己撞到我的刀口上的，没办法。可是现在，我的主意变了，我一个都不想留你们了……

他喋喋不休地说着。

尕细目说着说着就一个箭步蹿到炕上。他似乎比平日显得敏捷显得力大无比。你们见没见过那种患精神病的人？但凡患精神病的人都似乎比常人身手快，力气大，有时候说起话来还头头是道，但做起事来却很诡异。尕细目现在的情形，其实就是这样的。他就像是一个精神病发作了的人。

女人把孩子放在身后面，拉过被子盖住孩子，自己则用整个身体护在孩子的前面。她一抬腿子就跪下了，并且用双膝当做脚，跪着走到尕细目跟前，双手和脸面轻轻摩挲着尕细目的裤管，然后头慢慢的顺着裤管深深地滑下去，声泪俱下地亲吻着尕细目的双脚。她显得卑微、无依、轻贱、脆弱、易碎和难过。她仿佛是来到了主宰她命运的天神的面前，嘴里还一个劲地絮絮叨叨地说着什么，就像是在祷告。

她的声音听上去若隐若现。

尕细目把刀子举在半空，仔细地听着。他想听听这个将死的女人如此虔诚和逼真地跪在他的面前，到底是想玩什么花招。

他终于听见女人在低低地说：

你把我千刀戳，万刀子刮，我毫无怨言，但求你……求求你饶了孩子，他刚到这个世界上，是没有罪的。我死了，你把他抱去吧，让他给你当儿子吧，等你老了走不动了他好给你端屎端尿伺候啊……求你求你……

女人给尕细目噔噔地磕头。

他朝那女人的身后望了一下，眼睛里微微涌上了泪花。

女人见尕细目有些动心，把头磕得更加响亮。

尕细目把拿刀子的手慢慢垂落下来，有点犹豫地跳下炕，垂头丧气地走出门去。

女人不等尕细目走远，就跳下来把门咣当一声关了。

尕细目停下脚步，疑惑地听着。他希望这不是真的。他折过头看了一下，一股令人厌恶的说不清楚的东西和对他的不信任在刺激他走回来推开了门。他二话没说，一刀子就割开了在门后吓得眼睛发蓝的女人的脖子上那根最大的血管……然后一刀刀割着……

女人一个跟头栽倒下去。

尕细目说，是你自己害了你!

女人的整个身子在他的脚下时不时抽搐一下，再抽搐一下。他面无表情地抬起目光看了看那个在被子下面，十分安静地睡着，但却看不见其脸面的孩子。此时，他不想打扰他的睡梦。他的心里也许想：让他多睡一阵吧!

他轻轻地走出来到隔壁村主任歇息的屋子里。地上的血发出一阵阵雨后野狗身上发出的味道。他从小对这气味很敏感，唯恐避之不及。他下意识地想用胳膊掩住鼻孔，但却打消了这个举动，嘴唇只嘲弄地微微掠过一丝苦笑。他心中想着，这个名字叫栓儿的村主任，原本姓王，大家都王主任长王主任短地叫着，现在他将不复存在。可是他又一想，这个村上的王主任虽然死了，但以后还会有马主任、牛主任、朱主任的。他继续思索着，要把他们的灵魂烧掉、烧成灰烬，这样，他们的灵魂就会散失的，就再也不会回村子里祸害大家的。他捡起慌乱中丢弃在地上的木棒，从口袋里掏出火柴，战战兢兢地点起火来。

可是，火柴盒子里只剩下三根火柴棍，片刻间就已经全部浪费光了，可是火却没有点着。

他局促地在转着圈子，想着也许天马上就要亮了。他把那扔掉的火柴棍又一一捡拾起来，仔细打量到底是什么原因使之不能点燃。也许是火柴头发潮了，他想。突然，他发现有一根火柴头的另一边还没有弄坏，那粉红色的凝结在一起的磷粉就像一个古老村落里的老奶奶讲的童话中迷人的含苞欲放的小花朵，暗暗地用力向外凸出来。他欣喜若狂，小心翼翼用这根火柴在没划过的火电的角上恰到好处地迅疾一划。

哧喇一声。

火柴就奇迹般地点燃了。

缠了棉花和布条被煤油浸过的木棒刚刚挨上燃烧的火柴，扑通一下就烧起来了。他举着木棒，先从易燃的被子点起，然后是沙发、彩电和桌子……他仰头挺胸无所畏惧的样子。

他点燃了屋子里所有能燃烧的东西之后，又到另外几个房子里分别统统放了火，最后将木棒扔进火中，这才摇摇摆摆失神落魄地向大门外走去。此时，身后猝然传来孩子撕心裂肺的哭声。他听见那声音一下比一下凄惨，一下比一下揪心。那孩子每叫唤一声，尕细目的脚步就会停顿一下，神经也猛地一收缩。他感到浑身疼痛，心就像被扔在火中沥炼似的。

尕细目茫无目的地竟然走到村子外的那条牲口都不喝的苦水河边，他沿着那条河岸脚步踉跄地行走着。他的思维说不清是清晰的还是混乱的。他把匕首顺便丢进了河心里。心想，流水会冲走刀子上面的血迹。他趴伏在河沿边一遍又一遍的洗手，总觉得洗不干净。然后一遍又一遍的洗脸。之后，他突然记起他的衣服上也糊上了血迹，便下意识的脱下衣服在河里不顾一切地洗起来。他想，走到这一步，一切似乎都到了非这样不可的地步，别无出路！现在那令他感到万分害怕的一幕幕情景再次浮现在他眼前。另外，他还想不通的是，当大火燃烧起来，他怎么才记起当初没问问儿子寄给家里的信是不是村主任扣留的。可当时的情形他致死难忘——根本容不得他喘口气，他刚一进去人家一把就抱了他的腰……

但是眼下，那封信似乎已经不重要了。当然，只要再冷静地想一想，那封信件也许根本就不是他所干这一切的理由，只能当这件事情的导火索而已。实质上，他内心潜伏着更为疯狂的别的理由！

他一边想拼命地拧干衣服，一边怎么想也想不明白：全村的人，家中都赤贫如洗，唯独村主任家却富丽堂皇；还有，那些衣衫褴褛者的妻子，竟然靠给村主任出卖自己的肉体来获得一丝好处。

他想，现在他把所有的本能，所有的冲动，所有的情感，所有的一切都发泄了。可他把自己的一切也都搭进去了。现在，自己必须坚强起来，因为窝囊和忍受就等于是生活和他人的奴隶。他不想再当奴隶！生活和生命只能在这种毁灭与自我毁灭中走向结束。因为他觉得别无选择！也许他这么做都是为了逃避那难以忍受的生活的艰辛和苦闷吧，他无奈地摇头。

尕细目拧干净了衣服上的水滴，抱在怀里，他没有顺原路返回，而是绕了一圈才走回到家门口。他刚打算闪身从门里进去，可是好像身后有个孩子拽住了他的衬衫衣襟，不让他进去。他吓得赶紧闭上眼睛。在门廊的阴影下、在暗中，这种被人拽住衣襟的感觉非常强烈，根本不像是幻觉。他还觉得拽他衣衫的就是村主任的小儿子布布。他几乎肯定是那孩子。

他吓得面如土色，立刻出了一身冷汗。

在回转的途中，尕细目一闭上眼睛，脑海里立刻出现一幅火光冲天的画面，就在这画面中，一个精灵样的孩子在慢慢爬行。

他猛然睁开眼睛，眼前只是一片漆黑。

为什么会有一种罪恶感？尕细目在心里反复拷问自己，为什么无法超越这种恐惧和不安？他莫名地觉得这种东西似乎比世界上一切有权有势的人和一切的法律的力量大，也许这就是村子里人两厢互相指责对方时常提的一句：你把天道良心坏了！他忍不住心里就默默背诵老人一代代传诵下来的这些话，似乎是无意识的：只有你让我严守真理，无法无力唯一伟大，清高至真主。主啊，你饶恕活着的和死了的，饶恕我们的家乡和一切穷人！

尕细目害怕极了，比在任何时候都慌乱地伸手猛烈地扯动和摘自己的衣襟。

衣服哧一声，被撕破了，似乎衣襟被扯去一片。

他的胆子都快被吓破了。

他不知道自己怎么会害怕到如此程度，并且怎么会害怕一个死去的孩子！

他的口里叨念着一些儿时学习的凌乱的经文，心里不断地祈祷，说他当时什么也不知道，脑子里只一片空白。他说，他觉得只有那样做，心里才痛快，才感到无比舒服。这他没有撒谎，这的确都是真的！

尕细目情急地转过身子想给孩子跪下，可是月光缓缓照射过来，恰巧照在门缝上：那片撕掉的衣襟被夹在门缝里。原来关门的时候，由于紧张和慌乱，衣角被夹在门缝里了。于是他松了一口气，怀着气愤的心情从门缝里生硬地拽出那片衣角，心里虚虚地一笑。

但是，随即脚下又被什么一绊摔倒在地，他赶紧爬起来，头皮阵阵发麻。他想：看样子，孩子是真的跟着他的！只不过人到那一世，活着的人是看不到的。据说人如果长上一副狗眼睛才能看得见另一世界的人！

尕细目手里提着那些湿衣服，心跳得就像没命地飞速奔驰而临近悬崖的马一样，他找到铁锨，迅速在快要倒塌的高房子后面的果树下挖了一个土坑，把衣服连同那片被门缝扯破的衬衣全部填进坑里埋了，然后把土坑上面平整得看不出什么痕迹时，心方才不那么紧张了。但是，他突然感到自己可耻，觉得这一切都很肮脏！

他溜回屋去，妻子醒着，她仰躺着问：你去了哪里？

尕细目上了炕，盘腿坐在窗子跟前，身子尽量远离妻子。他突然问妻子，你见我的《十二复生》了吗？

在房顶的木椽子下塞着！妻子说，你害怕了吗？

尕细目一愣，心突突跳着，但随即就觉得妻子并不知道什么，可能只是觉得人都是有罪的吧。“我们皆是世上的罪人！”（穆斯林民谚）是啊，人在这世上往往睡一觉醒来，便会突然感到无比害怕，觉得那么无助，并且说不清楚的特别的伤感。真的想大声地哭上一场，想向谁去诉说。可却找不到被诉说的对象。也许只有那些真正皈依的人才会找到忏悔的目的。也许每个人心里都有忏悔的对象的吧，只要愿意抑或相信，便会找到自己的依托的啊！

尕细目从椽子的缝里抽出那本油印的薄薄的用阿文写的伊斯兰教生必读的小册子：《十二复生》。他战战兢兢地依着煤油灯读着。他小时候进清真寺学过一段时间的经文，一些简单的经文他是能读下来的。他随手翻开，是《十二复生》前言中的第六节《打算场立公道》：

等世尽，复生起，真主判断；命天仙，把文卷，现在面前；

秤称盘，念文卷，吹毛细算；你亏他，他亏你，都在当面；

谁亏谁，拿还报，真主公断；手所干，手说话，不准口辩；

脚所干，脚说话，不准舌言；立公断，有期限，五十万年；

谁的是，谁的非，细打细算；不由你，半分毫，会说能言；

干好人，进天堂，如同闪电；干歹人，进地狱，难把身翻。

尕细目突然双手撕扯头发，开始哽咽着放声诵读起来。那是一种由衷的悲伤。哽咽声逐渐变成了越来越大的号啕。最后，他几乎是绝望至极地把自己的脑袋垂落在那本小册子上，之后，疲惫无力地闭上眼睛休息。

不知道什么时候，他竟然困顿地躺在妻子的胳膊上睡着了。睡着的他，似乎梦见了什么伤心的睡梦：一丝泪水顺着眼角流淌下来。

妻子用被子的一角轻轻揩净了他的眼泪，并把他搂在怀里，吹灭灯盏睡了。

第二天清早，尕细目穿了一身更加破烂的衣裳。妻子并没问衣裳的事，因为妻子的哥哥从另一个叫瓦房沟的村子赶来叫他一起到他们那里一家私人办的砖瓦厂干活，说一个月能挣二三百块钱呢！妻子以为男人穿这身衣裳是为了去干活。

一切都是命运的安排！他想这下可以避一避了，反正别人一时半会也怀疑不到他头上。

妻子的哥哥对他说，你怎么瘦成了这个样子，跟一把木柴似的。

哥哥你知道吗？昨天看上去还挺精神，他这是一夜之间的工夫，就成了这个样子的，他好像有什么心事！

妻子说。

妻子的哥哥说，你们村主任家失火了，全村的老百姓还有警察在那个院落周围站满了!

尕细目只是木然地听着，好像心不在焉，可精神马上要崩溃的样子，一旦崩溃，他觉得他有可能会发出歇斯底里的大喊：是我干的，你们来抓我吧，来啊……

他和妻子的哥哥向村子外走的时候，他的心仿佛在嗓子眼里悬着。他一边走一边看着天空，天空似乎变得惨白的样子，大地上的一切颜色也仿佛和以前不一样了，一派惨淡萧瑟的景象。他们在路过村主任家门前时忍不住也挤进人群里看了看。

没人理他们两个!

尕细目看见村主任家的院子里搭了一个帆布帐篷。

但却什么也没看见。

警察不让大家靠近，那些敬业的警察们戴着白色的手套和口罩，照相的照相、记录的记录，有几个穿白大褂的在帐篷里出出进进，还有几个专门给维护秩序。

尕细目脸色顿时煞白，阵阵痉挛扭曲了他的脸，嘴唇边浮现出一丝绝望般的恐惧和紧张。他不顾妻子哥哥的劝说，也不顾维持秩序的警察的阻挡，硬是奋力豁开人群挤到离帐篷门口最近的地方，抬起脚跟翘首向里面看，几具尸体被白布盖着，有一具的头颅暴露在外，似乎被烧得焦黑，看起来面目全非，根本辨认不出是哪一个的。他还想继续再靠近一下，好好看看，被一个警察走过去，扭住推出来。可他似乎还有些不甘心的样子。

人们对尕细目的这种冒失和诡异的行为感到惊讶和诧异。他被妻子的哥哥拉着往出走的时候，一些人都开始好奇地看他们，仿佛还在议论什么。

他很好奇，支棱着耳朵仿佛是要听清楚他们到底在议论些什么。但是妻子的哥哥不容分说拽了他就走，并且不住地埋怨他，问他，你难道想惹麻烦吗?

尕细目白了妻子的哥哥一眼，心事重重，一言不发，好像对妻子哥哥的话不以为然。

妻子的哥哥匪夷所思地打量着妹夫。他们离开人群走远的时候，妻子的哥哥突然问尕细目，你说谁会有那么的胆子，敢干那样惊天动地的事情？

尕细目看了妻子的哥哥一眼，没有回答。

我想，肯定是有杀父之仇的人干的，否则……妻子的哥哥说着摇摇头。

他们一路无话，一直走到妻子的哥哥家所在地的那个村子，他们直截到那家私人的砖瓦厂去了。厂里已经把他们的食宿都安排好了。住在厂子里干活比较方便些。窑一旦装上，妻子的哥哥就一刻也不能离开，他是个烧砖瓦的行家，要时刻观察窑内的烟火。怎样的烟、怎样的火烧出来的砖的颜色他这行家都能说得分毫不差。妻子的哥哥在厂里算是有面子的人，他叫妹夫来这里打杂挣点钱好维持生计。

一连两天，尕细目都不说一句话，吃饭的时候，吃上几口嘴就搁置在碗边上发起了呆。妻子的哥哥以为是尕细目想念孩子，就百般劝解叫他别伤心，尽量把心放宽，等手头上挣点钱再去水城寻找儿子。

有天晚上，尕细目对妻子的哥哥说，哥哥我给你说一件事情，我在心里埋了很久，从来没给人说过，但我时常感到不安和害怕。

你说吧！

妻子的哥哥感到妹夫说话的口气十分严肃，便感觉事情很严重，眼睛一动不动地盯着妹夫的一双干枯的碎眼睛。

那是几年前的事情，上面对计划生育抓得格外紧，水镇的任务也很大，镇长说水村这次任务完成的好，村主任就能成为优秀村干部，还会申报人大代表或者政协委员，将来要到水城参加计划生育优秀村干部交流会，还要和来自五市八县的村干部进行交流先进的工作经验，计划生育工作特别突出的还要给予表彰奖励，树立为先进村干部，到时候将组织大家学习和效仿。

水村的人一看这次计划生育工作比上几次严，知道躲避也是躲避不过的，就都乖乖地等着人家来结扎。

村子里够上结扎要求的妇女几乎都结扎光了，但是只有村主任家门里的两个叔父的妇人却跑掉了。谁也不知道跑到什么地方去了。这样一来，水镇下达的工作任务就没法完成，村主任栓儿邀功心切，急得眼睛都红了、烂了，他找来自己家门里的亲戚朋友来商量。也没商量出什么所以然来。后来听说村子里大傻瓜家来了一个走亲戚的女子，就计上心来。

村主任知道大傻瓜和尕细目的关系好，就找来尕细目说，老哥，我找你办件事情，你完成了，我给你报上特困户的名额，今年的扶贫项目很大！

你说吧！尕细目说。

村主任道，你晓得，咱们村子完不成计划生育工作任务，是要挨罚、受批评的，大家都来想想办法呀！我听说大傻瓜家从别的村子逃来了一个不想结扎的媳妇子，我看你能不能设法把大傻瓜引开，让我们结扎小分队的人进去把她给结扎了，好给咱们村子凑一个人数。

你不晓得，那还是个没结婚的女子，是大傻瓜妻子的侄女。

管她是女子还是妇人，你把这件事情办成了，村上少不了你的好处。你赶快去把她给我监视住，人如果不在了我就叫你吃不了兜着走！

我还是有些怕！尕细目说。

你这人的脑子仿佛是石头的，转不过弯来，既然人家村主任说是正确的没有错的，你就去办好啦，啰嗦什么！那些追随村主任的人给村主任帮腔。

你怕什么怕？天塌下来还有大个子哩，挨不到你的！村主任说。

尕细目心里总是觉得不对劲，但还是去按照村主任的吩咐办了。他把大傻瓜两口子骗到家里给他修理羊圈，然后找借口溜出来给村主任打报告说，那女子正一个人在家里拉布鞋底子呢……

村主任带领计划生育小分队以迅雷不及掩耳之势冲进大傻瓜家去，摁住那女子，捆绑后塞了嘴，很快就给压住结扎了。

妻子的哥哥听了也有些激动，说，那些人工作起来一点文明都不讲，我们这里也是，村主任带领一帮人翻墙上房，围追堵截。曾有一个女人身体不好，大约是有病哩，对他们如狼似虎的追赶感到恐怖极了，吓得跑了几架山，终因身体不济，活活地给挣断了气，死了……还有，他们那些人如果发现谁家里没有人他们就拉人家的粮食、牵走人家的牛羊，反正是见什么拿什么，凡是值钱的统统被席卷一空……他们就这样来争当那个什么优秀村主任，只是还没听说有把人家的女孩子给结扎了的，这倒是件稀奇的事情！那我问你，那个女子后来怎么样了？

听大傻瓜说，姑娘羞的说不出口，消息传出去后也没人去说媒了，一年复一年在家里坐着。尕细目顿了一顿说，你想，农村里的人嘛，找女人就是为了生儿育女，不生养谁还要她干什么啊！

那后来呢？

就上吊自杀了！

告了吗？

她们家没一个能成事的，谁是告状的人？再说一告状就会牵扯到很多人，说实在的确实也没地方告，就是有地方告，也不一定能有好的结果！

他们两个就都沉默了。

一会儿，尕细目说，我做的这件昧良心的事，我给谁都没说过，我想把它忘掉但我一直就是忘不了！

尕细目说着脸上掠过一阵苦恼、沮丧、懊悔和难言的笑容。他把头深深低下去，沉思默想，想了很久。他的心急剧地跳动着，思绪也猛烈地翻腾着。

不知过了多久，尕细目又说，我明明知道村主任的为人，但我还经常做他的帮凶……

但愿这农村能够好起来啊，农民的肚子普遍都能够吃饱啊，也不再受气啊，妻子的哥哥感叹说，人活着就是为了呼吸，呼——是为了出这一口气，吸——却是为了争这一口气啊！

尕细目突然对着天空笑了，因为他看见两个警察向他走来。

他们来这里干什么？妹夫，你知道吗？在来厂子里的路上，我就已经有不祥的预感了！妻子的哥哥说。

尕细目说，哥，我知道你是你们家最聪明的，我知道你早明白了，他们是来抓我的！尕细目说着眼前似乎突然幻化出一幅火光冲天的画面：一个像精灵宝贝一样的孩子在对他微笑，向他招手。也许在那一个世界他们会成为朋友……于是，他向这里走来还在老远的警察缓缓伸出了双手。

警察走到跟前只问了一句，你就是尕细目吗？

尕细目郑重其事地点点头。

警察就顺顺地给尕细目戴上了手铐，领上他走了。

他没有回头，只一边走一边说了句，哥哥，家里就托付给你了！

他似乎终于明白儿子为何盗窃的原因。宣判和执行他死刑的那天传来儿子再次被捕的消息。这不幸的消息，使得他的灵魂就像是冰一样慢慢地凝结住了。

一个文学青年的死

我怀着虔诚的心情走进图书馆。尽管已经进入暖季，但是西北荒僻山沟的早晨，气温依然格外的凉。阅览室那位胖得近乎溢出酱汁来的女图书管理员见了我，脸色十分淡漠。每次，我们来此借书，她都一副闷闷不乐的样子，仿佛我们获得了许多营养与好处，而她却做出了巨大的牺牲。

这是一位四十岁上下的女人，她丈夫我曾经见过一回，脸整个是肿着的，连眼皮都浮肿得犹如金鱼的眼睛，抑或电灯泡子一样。听说她的丈夫患了严重的肾炎，也可能是别的什么疑难杂症，也未可知；另外还有一则关于她丈夫的病源的说法，说是他到过一个那种女人出没的地方逛了一回，就患上了这病，后来花了无数的钱，走了无数的地方，找了各种各样的大夫，用了各种各样的方子，都没能看好。

有人说，这个女人之所以变得尖酸刻薄，主要跟丈夫的这个病有关。她还那么年轻，时常不悦的样子，完全像是丈夫给不了她一个女人应有的欢乐似的。她对一切都感到心烦，没有好感。因此，她对周围的一切都看不惯，老是一副跟人吵架的姿势。尤其她是不喜欢听或看到别人有什么高兴事情的。你们说说，我来这里，无非就是看看书。况且图书馆的书就是让人看的。是的，即使是公家的书，她也要让自己家的人看。记得有一次，一学校老师来图书馆，向她要了本杂志正在翻阅，她的侄女突然来了——正好也向她问这本杂志。当姑姑的啥话没说，就直奔那个老师要过杂志来，给了自己的侄女。她的这个行为，我们倒觉得真实，符合她的身心和修养，乃至有些可爱。

然而，今天我仔细打量她的脸，不觉心里有些发毛。这张脸让我这个嗜好书籍，老喜欢奔这里来的人会不由自主地感到惭愧和畏怯。我觉得自己就跟个经常蹭饭的人一样，毫无骨气。我有时怨愤，诅咒人不能有一点点权力，人一旦有芝麻大点权，就总是不免要刁难人和给人施展。即便是一个看门的，也会让你受不了。当然，这种干啥的人天生就像是干这一行的，脸上、表情、眼神里仿佛是带着的。譬如说看大门的，也天生具备这天分：见了穿得破破烂烂的，就耀武扬威，呼三喝四，话就大的了不得；倘若是遇上个衣着亮堂，尤为大腹便便者，就摇头摆尾一副笑逐颜开的样子，忙忙跑前跑后欢迎起来。

当然，这也不为诧异。

女图书管理员先开口了，“又来看书了，经常看我们的书，也不请人吃个啥！”

“下次一定请你！”我说，说这话的时候，心里暗暗有些自愧，且有些戚然。一个人过分迷恋什么，其实也是很可怜的。譬如，我有个朋友喜欢赌博，把家里的钱都输给了人，就又一次次向自己的老婆讨私房钱出去继续赌博，每一次他都涎着一张灰暗、内疚而惭愧的脸，屈着双腿抱住老婆的胳膊央求着，样子像个要吃妈妈奶头的孩子，可怜巴巴的；还有，我另有一个朋友喜欢抽烟，可以说嗜烟如命，然而又没有钱买烟，就到处捡拾别人丢下的没有燃尽的烟把来抽，尊严、骨气全失了。他们需要抽烟和赌博，而我们需要读书，都一样的。说实话我们需要读书，就像我们需要光明一样，可能光明就是我们生命中的真理。

“说话不算数！”她不屑一听的样子。也许在她，老是觉得我沾了她很大的便宜，欠着她很大人情似的。确实也是这样的，虽然是图书馆的书，如果他们不乐意把书借给我，或者不让我碰一下书，我是一点办法也没有的。我不会讨好，亦不会耍赖。

当然，我不能亏说里面所有的图书管理员，这里另有那么一位大姐，人却格外好，表情恬静，处处现出大气，脸上时常挂着一丝微笑，你问话时，她的眼睛里就隐隐显出乐观、满意和真正意义上的安详的样子，无论我借什么书，她什么话也不说，就只管借给我了。她的那种微笑，甚至让我莫名地产生一种幻想，想着她们的家庭一定是世界上最幸福的家庭，她本人一定是这个世界上最幸福的人；还有，她一定在一个非常温馨的环境里生活着的。然而，后来才知道，事情恰恰并非是这样的，事实上她是一位被丈夫抛弃了好些年的女人，有着许多的不幸。然而了不起的是，你却从这位女人的脸上看不出来不幸、看不到苦难和酸楚。女人真的是个个的不一啊！可是，我不免要想，那么在这么多对鸡零狗碎的事情斤斤计较的女人中，唯有她怎么能够那么令人感动呢，她怎么能够那么善良呢，她怎么能够那么和蔼可亲呢？

我想，在这样的环境和天地里，在这样的女人面前，借自己喜欢看的书，心里就会洋溢着甜蜜、丰满、柔和的情趣。有一次，看着这位大姐一声不吭，那动人微笑着的表情，真想情不自禁，满心爱戴地叫一声：我的好姐姐！

今天的这个女图书管理员，我当然也不能冤枉她，她虽然有时会说几句挖苦的话，不免把脸吊得长长的，但是你不吝送她几句赞美之词，她的心就软了，还是会把书借给你的。

女图书管理员用一只毛巾擦着柜台上的玻璃，突然抬起不大愿意看我的眼神，扔来一句：“尕希姆自杀了，你知道吗？”

我吃了一惊，背子里似一股凉气猛地灌将下去。

尕希姆是我们这里有名的文学爱好者，算是一个有上进心的文学青年吧。我还是不肯把女图书管理员的话当真，觉得不可信：

“别开玩笑了吧！”

“你真的不知道？”

“前天我还见过他的，”我说。

女图书管理员说：“真的，在乡下的一所学校里。”

这个女人真会编故事，变着法儿咒人，可能认为我和尕希姆这种看上去精神有点问题的人，一准都会自杀。

我心里有些羞愧。图书管理员今天是不会叫我把新来的杂志带回家去的。但是她的玩笑也未免开得太大了点。就在前天，我还和文学青年尕希姆在一块儿聊天呢，他有自杀的迹象吗？没有！

我又想了一会儿，觉得尕希姆那天还是有一些不大对头。

我和文学青年尕希姆经常在这位女图书管理员跟前借书，尕希姆有时为了把书借走就会死缠硬磨，管理员有些烦他，但是我们有较长一段时间不来借书的话，女图书管理员就会问我们："最近干吗去了，也不来借书。"每个人都有百无聊赖的时候。

图书管理员又重复了一遍："尕希姆自杀了，真的！"

我盯着她的表情，望了一会儿。

"不信算了！"她把头长麦穗那样吊下去。

我有些震动："伤得重吗？"

她说已经死了。

"什么时候？"

"昨天晚上！"她说。

昨天晚上？她告诉我是在乡下一小学里，在女朋友宿舍两个人双双走了！

女图书管理员不耐烦地抬起头来。

我愈加惊愕。

女管理员说，消息是可靠的，一大早公安人员领着法医去验尸和鉴定文学青年尕希姆留下的遗书去了。

我感觉有些疲惫。

一个生命正值旺盛的青年走了！恐惧包裹着我。一个非常年轻和熟悉的人突然死了，有些瘆人。文学青年尕希姆太年轻，文学青年尕希姆我们曾多次来图书馆借书，一起说了那么多话。

世界很虚假。我莫名孤凉，就想找个人说说话，好打发掉这不安和孤凉。我觉得现在大脑有些缺氧，思维有些混乱和模糊。

从图书馆的书架上我拿下那本半个月前文学青年尕希姆发表有一篇散文的杂志。散文题目叫《沙沟山游记》，那是我们一大帮人组织去了一趟沙沟山之后，尕希姆最大的收获和成果。那次，还来了一位远方的女编辑，尕希姆爬到一陡峭险峻的峭壁折了一捧野花送给了那位女编辑。稿子就是寄给她的。这是文学青年尕希姆唯一正式发表了的作品。之前，他写了那么多稿子，可每次一经寄去，都仿佛泥牛入海。这篇散文似乎是文学青年尕希姆专门为给这个世界、为给大家留作纪念而发表出来的。文章里提到了我，提到了主麻和御用文人伊斯玛。我被他描述成一位有思想的人，所以我把写我的那段话看了好几遍。他把伊斯玛站立的剪影，写成山上的一个自然形成的石猴，把主麻写成一个饥饿艺术家，因为主麻太瘦了，好像家里经常不给他饭吃。比较写到的别人，我自己还是挺满意他对我的那段描述，说我的目光如何炯炯有神，头发如鲁迅笔下的野草什么的，令我油然自豪。那位女编辑他最应该写到的，可是上面却没有她的名字，也许是寄到她手里，出于编辑崇高的情操，她把写她的给删除了。其实没有必要删除的。杂志一来，尕希姆就第一个告诉我，让我到图书馆去看看。我悄悄去看了几次。有些东西就像是安排妥了的。我读着他发表的文字，发现杂志上尚有文学青年尕希姆的笔迹。看来这本杂志尕希姆曾借去过，他把自己的这篇文章的好几处地方在旁边又重新作了批改和订正。这本来是违反图书馆规定的，但是如此一来，这本杂志上的这篇文章，当人们重新再阅读它的时候，似乎觉得更安全、更稳妥、更耐人寻味了。尕希姆亲笔书写的那些文字比起书上的铅字显得更小，却更富魅力，也现出人应有的情味。

我指着杂志上的那篇文章对图书管理员说："你看，这是文学青年尕希姆写的！"

她放下手里擦玻璃的毛巾，接过杂志去，用莲藕一般的手指头小心翼翼地沿着那篇文字行走，她的指头慢慢地行进着，又跨越了几段，此时，我发现女图书管理员慢慢掏出手帕，轻轻揩拭着眼角渗出的泪。这次，她却并没有责备文学青年尕希姆在借阅的杂志上的那些涂改。她为什么哭了呢？是文学青年尕希姆的文章感动她了吗？是因为尕希姆是这里的常客，突然没有了使她有些难过吗？不知道。反正，我想以后这里就会只剩下我这一个常客了。而文学青年尕希姆从此不会再来了。他永远地消失了。

图书管理员看完了文章，浑身像是哆嗦了一下，须臾又把杂志放到柜台的玻璃上，终于赞了一句："写得好！"她略微顿一顿，长叹一口气又说："以前我还骂他，光看我们那么多书，自己也不写上一篇出来。他说，'我以后发表出来你看！'我嘲笑他，'你如果能发表牙长那么一截，我就也跟上你叫尕希姆算了。'没想他还真发表了！"

后来，听里面几位读者议论说，文学青年尕希姆是因一场旷世之恋自杀的。接下来，我头脑有些混乱，听不清他们在说什么，心里一片茫然。

匆匆走出图书馆，来到街头，我有一种近乎怪异的心理，渴望告诉全世界的人尕希姆自杀的消息，好让他们也分担一些我的慌乱与困惑。

那一阵，我感到恐惧和孤独。

我一步一步行走在这个名叫沙沟的小县冰凉的街面上，望着静悄悄的，像是有点陌生的县城，想起沙沟那条悠长的河流，想起石子铺就的这条古老的土街和那些消逝的寂寞日子。在一瞬间里，我把自己的人生迅速捋了一遍。觉得自己就像是一根冰草。那一天，我想了许多自杀的事情，我想起有个卧轨自杀的诗人叫海子，他的诗那么阳光，他那么热爱这个世界，热爱每一位亲人，似对这个世界那么留恋，但是却选择了自杀；还有一个叫顾城的诗人，他也是自杀的，同时他还剥夺了另一个女人生存的权利。我们沙沟县的文学青年尕希姆到底属于这两个人中的哪一列？我不得而知。我觉得人的生命轻贱得很。那么轻贱、渺茫。

有一只野鸽子从天空低低地飞过，翅膀的声音像思绪从天空划过。我抬起头，第一次发现沙沟这里的天空原来是那种旷古寂寞的天空，充满了忧伤意味和悲凉的情调。我甚至在极短的时间里发现了许多我往日里根本无法想见的事情。现在，我知道了：人是要死的，没有谁躲得过。

生命其实非常脆弱。

老实讲，在沙沟这个小县里，我的朋友少得很。

多时候，人都是独来独往的。

在街上，我碰见了阿米乃，她也算是一个文学爱好者。文学青年尕希姆自刎的两天前，我们几个人还在一块聚过，那天还有另一个叫耶尔古拜的。我们四个分手后，就再没有见过文学青年尕希姆，那天是我们和文学青年尕希姆的最后一面。

我还记得那天的情形，阿米乃在文学青年尕希姆他们单位的乒乓球室打完乒乓球，我在尕希姆的宿舍翻书籍，临离开宿舍时阿米乃还拿了文学青年尕希姆的一幅钢笔字。我记得文学青年尕希姆递给她字时说：“留作纪念吧！”

其实，现今细细回想那天的事情，文学青年尕希姆已流露出他离去的念头，只是我们没有去往这方面想。也不可能想。我们往往都会这样判断：他一个年轻得让人羡慕的小伙子，何以会轻生。然而，真正的情况是：人却是愈老愈害怕死，老了的人才最担心死亡。

我们总是喜欢拿常规的思维去判断和推理文学青年尕希姆的死，我们根本没有想过他会是那种唯美的追求者，理想和爱情的献身者。他会为爱而义无反顾的自杀。

文学青年尕希姆之所以走上这样一条路，我们先简单了解一下他的个性。据说，他是一个多才多艺，又多情的青年，忧郁、多愁善感，同时又十分自负、孤傲，时常在孤独中。他对爱情孤注一掷，死不回头。

我告诉阿米乃文学青年尕希姆自杀了。

“呀？”她显然吓了一跳。阿米乃的脖子特别短，发出呀的时候，那个呀音极其尖细响亮，下巴和脖子贴在一起了。阿米乃这个女子特别要强，在各方面都喜欢出类拔萃，她上中学的时候就因为善于雄辩，因参加县、市各类演讲比赛频频获奖，而名噪一时。因她个性有点像男孩，所以我们一群都从不把她当女孩看，就连我这么神经敏感的人和她在一起并肩行走也感觉不到她是一个女的，倒像是一个小弟弟。她有时还主动和耶尔古拜搂肩搭背，说说笑笑的。

耶尔古拜比较坏，他满脸坏笑，把阿米乃像一个篮球一样夹在腋下，哈着长长的腰，一起一伏地前行。关于阿米乃的考学和怎么参加工作，听说还有一段传奇故事呢。阿米乃初中毕业那年，在参加中专考试前，给市上一所中专院校的校长写了一封长信，校长被她信中的文采深深打动，竟然没有通过考试成绩就破例招她进了学院。这件事情曾一度引起沙沟全县人民的轰动，说这个女孩子了不得，不简单，不是一个平地里卧的鸟。果不其然，她毕业前不知怎么就认识了一位大官，听说也是被她的信感动的，就帮了她的忙，一毕业就分派在沙沟县电视局工作。这个单位不是一般人想进就能进的，进去的人多是一些大官的老婆、美女什么的，同时也是他们养尊处优的场所。所以，阿米乃和尕希姆成为朋友也是情理中的事情。人以群分，物以类别嘛。特别之人必和非常及另类之人在一起，这一点是毫无含糊的。

我说：“我刚从图书馆出来，听说公安上的人已去验尸了。”

阿米乃说愿这个消息是假的！

我说：“是真的。”

阿米乃给耶尔古拜打了电话，耶尔古拜骑着自行车来了。

阿米乃就把文学青年尕希姆自杀的消息给耶尔古拜说了。

“造谣。”耶尔古拜说，还疑惑地笑着朝我脸上看。

“真的，当时我也不相信。”我说。实质上，我已经相信这件事不会再是假的了。因为回想起来，文学青年尕希姆曾间接向我们透露过要自杀的事情，只是我们没有察觉罢了。

我们三个人默默地走着。此刻我想和耶尔古拜、阿米乃找个清静地方坐上一会儿，让这仿佛置身于难以言说的心情得到片刻的宁静与休息。我提议说：“我们到体育场的草坪上去坐一会儿去吧！”

他俩便点点头。

体育场修建在这小县的河道旁边，没有赛事的时候，这里就成了一个空阔和无人打扰的清静场所，也成为我们几个年轻人经常散心和聊天的地方。

那阵，我的心狂跳不羁，感到茫然、无依。因为我的朋友文学青年尕希姆死了。此时，我感到莫名的虚弱，多么想要一种强大的安慰和支撑啊！最主要的是，我总是会情不自禁地把自己设置到这个故事当中去，好像这种事情只有我能干得出来。我想，我自己遇到这样的事情，我会怎么办呢？也会这么做吗？有些细节我都能想得出来。真是心有余悸。

在体育场那宽大无人的草坪上，我们三个人展开腿子坐下来，想让那些真正的青草，让被阳光晒得温热的泥土来温暖我们感到发冷的身体。我们这里的草坪是自然生长的真正的草坪，阴凉柔韧的绿茵一直延伸到体育场之外的小河沿边。草坪上覆满嫩嫩的草，草和杂花相衬相映，现出五彩缤纷的美丽：金黄的，辣红的，淡紫的。从这里向河岸的远处看，荒山上星星点点的绿树中间被人踩出一条绳索一样仿佛通向天空的小白路。这里没有灰尘，没有我们不愿看到的慌慌张张跑来跑去的人。这里也没有那么多无聊的赛事，好像也没有苍蝇的打扰。平时拿一本书躺在地上阅读，可以使人不知不觉打盹和睡着了。当你醒来，翻身爬起，发现那些被你压弯的小草会讶异地打量着你，并像是责怪蚂蚁会进入你的耳朵，随之小草又恢复了原状，仿佛在倾听你均匀的呼吸，吸收走你呼出的一丝丝废气。

依照尕希姆平时的表现，我们做出分析，认为谁都可以做这样的事情，唯独尕希姆不会有那么大的勇气。

杀人和自杀都是需要勇气的。

但是，我终归觉得我们都没有看到问题的实质，以及没有看到文学青年尕希姆的个性以及骨子里的一些东西。尕希姆其实是一个执著的人，一个表面隐忍、乐观，然而内心却极其顽固、执拗的人。想到这里，我低下头颅，无休止地回忆着，跟他们又谈起文学青年尕希姆生前的一些事迹。

文学青年尕希姆他的短暂的一生是那么的孤独、伤感、忧郁、绝望、无奈而凄楚。他别了这个地球，别了这些朋友，也别了在他认为视之如命的文学写作和书法艺术。

美好如斯的太阳，在天空深望着我们。

就在一刻钟前，头顶突然有一大片不知哪里来的乌云遮住了天空。正当我们坐在草坪上的时候，那朵乌云却散开了，好像要向我们表明什么似的。那朵云不会是尕希姆吧？太阳穿透了云层，打量着我们三个人。以前，我从未注意过太阳有这么美和超然。现在，我能感受到了。就连那一株株小草，以及地上爬行的最卑微的小小蚂蚁虫子，都显得那么亲切，令人心生怜悯和同情！我想，自己即使是当一只蚂蚁也不错啊！

真主有时会在某些特定的时段，使你身边发生的一些奇怪的事情和你内心的一些想法巧妙发生配合与联系，从而产生意想不到的深刻效果，发人深省，就像是有意要让我们多加思考，抑或多的体味人间百态万象，体味人生的真谛似的。

突然，我因自己还苟且偷生而感到庆幸、感到些微的知足和感动。我还可以去图书馆借书，我还可以欣赏别人的文章，还可以吃、可以睡，可以在沙沟的地界上走来走去。尽管有时我也那么孤独。其实，谁曾没有过孤独呢？谁曾没有生发过杀人和自杀的念头呢？只不过各个情况不同罢了。文学青年尕希姆是为情所困，也许别人是为别的什么，也可能是为一嘴吃的。我记得还是在我流浪的那会儿，我曾经和一位撒拉族老人在穿过一座荒无人烟的峡谷时，就在我俯身山泉喝水的那一刻，差点被那老人从背后自我的后脑勺一驴腰子石头把命送了。后来，他把石头撇了，说他听见山谷里古怪的叫声，惊醒了他，他害了怕，才把石头撇了。后来，我与那老人和衷共济一同穿越了峡谷之后，他告诉了我这些，说起初他是想从我身上图得一笔钱财。老汉就是想图财害命。

一样的，我曾经也有过好多次想要杀别人和想怎么结果自己的想法，也常常会沉于这种冥想中不能自拔，尤其是对那些现出强大而骄横不可一世的人、在背后放暗箭的人，这两种人都是我曾经想过怎么干掉的。这样的罪过不知道别人有没有过，一次我被人诬陷，解释又没有办法解释，那时我就想这个世界怎么这么卑污，就有一种不想活的感觉，就想先把那几个人怎么干掉，然后自己怎么尊严地结束自己。但是，过后，自己又觉得非常羞愧和懊悔。但是每次在局中的时候，就会失去理智，就会胡思乱想，脑子里那根弦就绷得很紧，如果再紧上那么一点点，一切就都完了。我有时特别佩服那些出家的人，他们把一切都放下了。

放下就轻松。人最难得的是放下啊！

我低着头，他们两个都以为是我在流泪呢。其实我不会流泪的。文学青年尕希姆的亡灵如果看见我流泪的话，会和我走得很近的，我想。我曾听人说，在死者面前谁越显得脆弱，死者的亡灵就会纠缠谁纠缠得越紧。不禁心生害怕呢！

耶尔古拜说："早知道他会走这条路，真想美美揍他一顿，让他清醒过来。"

阿米乃附和着。

这时候，远处的跑道围栏边，有一个女子面向着阳光奋力地劈叉、压腿，正如火如荼地锻炼身体，喘息之余不停地揩着头上的汗水。

我看不清那女子的眼睛。

我说："你们看！"

耶尔古拜说："瞧瞧那个女的，多么的热爱生命！"

这时，那女子疯狂的动作，抡拳挥腿，但是由于她可能不够专业，腿子的筋没有拔开，所以显得笨拙和滑稽，就像是一个肥胖的熊猫在那里吭哧吭哧地打东西。

我看着有些哭笑不得。

我们三个分手时，经过那个练得热火朝天的女子身边，这才看清她原来是不久前我县的一位有名的失了恋的女子。这个女子也曾说过要自杀。

我们对她说："歇歇再练吧！"

她手没停，一边连续出拳，一边说："不，我要练好功夫，把那个负心的人给打死去！"

我暗暗有些担心这个女子。

耶尔古拜和阿米乃却大了胆子叫她停下来。

这个女子突然一个扫绊子腿，收了功。她告诉我们，以前她想自杀，但是，后来她改变了主意，准备要好好地练功，等到能够对付得了他前男友的时候，就把他干掉。

我想这个女子的神经可能不大正常，否则怎么会一个人没命地劈叉、压腿，还勇猛地跳得那么高频频出拳，打扫绊子的时候，宽大的裤筒扫得地上尘土飞扬的。

我想对那女子说几句话，但是个性使得我还是什么也没有说出来。我们避开那女子走了。

我们三个人在一个十字路口分了手，他俩是一路，我得向另一个方向走。等到我一个人的时候，我显得更加孤独，无精打采地回了家里去。

我仿佛受了一场匪夷所思的惊吓，翻身倒在床上睡下了。我连转动一下脖子都感到没有信心。

我静静地躺在床上，望着窗孔。透过窗户，我看见阳光和那灰蓝色的天空，突然一阵异乎寻常的恐慌。我的心脏莫名地跳着。我觉得文学青年尕希姆的魂灵就躲藏在那冥空中的某个地方，正暗暗地从窗孔里窥视着我。我想摆脱这阴魂不散的纠缠，便尽力闭上眼睛。

但是，文学青年尕希姆的身影却硬是要跳进我的脑子里来，似一个执拗的虫子，搅得我痛苦不堪。我只要一闭上眼睛，脑子里就会出现我和文学青年尕希姆之间那些生活的碎片。这些碎片就像一本被撕碎的书页一样，在我面前飞舞。

碎片一：那是个太阳还在睡觉的早晨，我沿着沙沟河岸的一条细小的甬道跑步。在那条被小草掩映的甬道上，我碰见了文学青年尕希姆。我们到底是怎么认识的，是谁说的第一句话的，现在已然是想不起来了。我只记得他的牙缝很宽。问我在哪里上班。之后，我又问了他。他告诉我他刚刚从乡下一所学校调到这里的文化馆工作。他还说他是搞书法的，说以前曾搞过一段时间的文学。我想，怎么没有听说过他的名字。我坦率问他发表过一些什么。他毫不惭愧地说，还没发表过，就只是一篇一篇地写。

他非常诚恳。他脸上的肤色有点黑，头发四六式地分开着，脸和身材都有些瘦，但似乎非常有劲儿。他的嘴只要一张开，就比一般人的嘴大，大三分之二吧。他的牙缝中可以塞进去一根筷子，牙齿黑黄而短小，犹如钢笔笔尖一样。他笑的时候，喜欢扭动头颅和身子。

也许女孩子会喜欢他的，我想。

他的内心大致上是刚直、善良、多情而又极具伤感的。

那次，他带我到他的宿舍，请我看他搞的书法。

他的宿舍在文化馆那顿旧楼的最顶层，小小的，布置非常简朴，一张旧木桌，一把腿子用绳子维系的木椅。桌上摆着一些书籍。他的床铺上也堆着一些书籍和杂志，几乎把半个木床都占了。他坐在木椅上，我就只能坐在床沿边。

他句句都不离一个"搞"字。我觉得"搞"字不适宜用在艺术创作上。然而这个字从文学青年尕希姆的嘴里说出来却显得神圣。

他给我看他写的字。我经常读帖，虽不敢说懂书法。但他的字确实写得遒劲有力。

在那一瞬间，我对尕希姆产生了好感。后来，我自文学青年尕希姆宿舍后面的窗户望着那颗升起的日头，沉默了一阵。那天，他给我讲了他读书上学的艰难，由于父母都是大山深处的农民，家里的那个穷不能言述，而哥哥却争气考上了大学，毕业后参加了工作。他是哥哥和嫂子供养读完小学、中学，而后考上师范学校毕业的。我倾听着他的声音，想着他家到底能有多穷。

之后，我怀着他给我的对于生活的前景和希望，离开了他的单身宿舍。

碎片二：那是一个秋天的黑夜，已经是半夜两点多了。我由于经常性的失眠，独自在街上散步。夜晚长长的街显得寒冷和凄清。

我缓缓地像个迷茫的孤魂走在湿漉漉的沙沟的街上。月影西斜。我的影子清晰地洒在地上。也许这个名字叫沙沟的小县，所有的人都已经在梦乡之中了。

夜，更加的清凉!

当我经过文化馆的时候，突然想起了文学青年尕希姆。我站在文化馆的门口，不禁望了望文学青年尕希姆的宿舍。那间小屋的灯光却神奇地亮着，宿舍门微微张开着。

我想：文学青年尕希姆在干什么呢？他怎么还没有睡呢？

我轻轻地走上了文化馆的那顿旧楼，之后，悄然立在文学青年尕希姆的宿舍门口，呆呆地望着：文学青年尕希姆他身前放着一洗脸盆清水，水里倚着盆壁立放着几支大小不一的毛笔。他一面以手中的毛笔蘸盆里的清水，在擦洗得异常干净而明亮的水泥地上忘我地书写王羲之的《圣教序》。他的表情严肃，脸孔凝重，身影似乎斜着贴在水泥地上。我看见他全神贯注，仿佛要把所有的力量都集中在毛笔的笔尖上。文学青年尕希姆的身影在灯光下摇曳着，一会儿，像是一张剪纸或者画片。但是他的嘴巴、他的眼睛等，看上去却给人有如攀登峭壁，有些可怕。他的嘴巴是微微张开的，光着膀子。

我不敢惊动他。

后来，文学青年尕希姆仿佛是在思索一个什么疑难问题，抬起头来。我发现他目光如炬。须臾，他仿佛才从艺术世界回到了现实，对我笑了，接着长叹一声，收了笔。文学青年尕希姆挪开盆里的水，请我坐在床边。

文学青年尕希姆这个练字的镜头，时常会出现在我的脑海。文学青年尕希姆的半个脸面也时常会映在我脑海中那一盆清凉的水中。

那天，我们伏在文学青年尕希姆宿舍的后窗户上，遥望夜空。灰蓝而清馨的空气里，传来潮湿的夜色的味道。一簇簇冰冷的星辰挂在天际。我们想着那每一颗星星都代表着这世上的每一个生命。他说，一颗星辰的陨落，就意味着一个生命的消逝。

我问他，哪个星星是你？

他随口笑着说，天上最亮的那一颗！

我没有说什么，只凝重冻结一般地沉默着。

人都是在无形中确定自己的位置的。但是作为人往往又都非常迷茫和孤独，就像进入一个深邃的山谷而无法找到出口。每一个人在遇到坎坷和挫折的时候，更是找不到路标，甚至自暴自弃。

碎片三：文学青年尕希姆和我成了朋友。

一天。太阳红得如一个火球。屋子里热得人受不住。

我去找文学青年尕希姆，提议我们到沙沟的小河对岸的杨树林去聊天。

文学青年尕希姆高兴得很，一声不吭跟上我就走了。

我们一路上边走边谈。我问文学青年尕希姆，找上对象没有？

文学青年尕希姆说，以前谈过一个，后来分手了。他说，现在又谈了一个，在乡下的一所小学里教书。他在这方面倒是抓得挺紧！我问他以前的那个女朋友是否漂亮，白还是黑，胖还是瘦。

我对这些问题总是感到好奇。

文学青年尕希姆也不好好说，一再打断我的话。当然在我的不懈努力下，他还是告诉了我那个女子是一所卫校毕业的，在一乡政府的卫生院工作，脸盘子大，白净皮肤，身体的线条匀称，在身上戳一指头，能戳出来水。他先是引她到这小县唯一的一家舞厅跳舞。他说跳舞的时候，他闻到她身上特有的温馨和催眠般的气味。他紧紧地抱着她。文学青年尕希姆那颗旷世孤独的心，似乎得到了片刻的慰藉。那女孩温顺而极有教养地贴在他那有力，且出身卑微然而却十分孤傲的怀里，感觉着音乐起伏的旋律，以及时而激越时而舒缓的鼓点。

但是非常遗憾，文学青年尕希姆家的人都不同意那个姑娘和文学青年尕希姆结婚。不同意的原因是这样的，因文学青年尕希姆和那女子的家分别都居住在两个偏僻山沟的村子里，据说相互隔着一道山。这两个村庄的人常因一些风俗习惯上的问题发生纠纷，从而集体械斗相互打死了人。所以家人不同意这门婚事是非常自然的，主要是父母都在那个村子里居住，把一个打死多个左邻右舍的另一村里的人的女子娶来，显然在这个村子的人是不会答应的。

那个女子家也是一样。

文学青年尕希姆从父亲倔强的胡须上，感觉到事情是没有希望的。在那段时间里，文学青年尕希姆觉得所有的压力一起落到他头上，压得他喘不过气来。他觉得无奈。

分手毕竟是痛苦的。他们在街上租的一间小屋里分手了。她没有吃一口他为她专门买的她平素最喜欢吃的花生。她为他穿上她精心为他在时装店里挑选的衬衣。

他们抱头痛哭了一场。

文学青年尕希姆说他曾一段时间总是会想起那个女子，想起她的善良和她对他的好来。他说一想起来，就觉得心里面猫爪子一般抓心的难受。

我问文学青年尕希姆，再见没见过那个女子？

文学青年尕希姆摇摇头。他用手掐着身边的一棵小草，说那女子到一个很远的地方去了，再也不会回来了，她说她看见他就会伤感的。

我陷入沉思。

文学青年尕希姆后来告诉我，他现在又谈了一个，说是个小学教师。文学青年尕希姆说，这次家人都很关心他的婚事，并且都非常支持。他说他的年龄也到结婚的时间了，这个小地方比不得大城市，到年岁不结婚，人们就会议论纷纷的。

文学青年尕希姆说，这次她找的这个对象，没有想到他们之间竟然又一次产生了巨大的爱情，碰撞出了新的火花。他突然沉重地说，这将是他最后一次谈恋爱了。

碎片四：由于忙，有几天没见文学青年尕希姆了。我只是偶尔听说文学青年尕希姆快订婚了，就是和那个小学的教师。我也为他暗暗高兴。

也就是尕希姆自杀前的一个星期天的下午，我在家里看书，阿米乃和耶尔古拜不约而至。我们谈了些什么，我已忘记了。总之我们都很开心。谈到亢奋时，我们提议上街头走走。

来到街上，时间大约时下午快接近五点钟了。天气依旧很热，有一些轻微的风吹拂着。环城山峰的梯田里绿意盎然。

前两天一直下着连绵的细雨，路面上积水的地方依然有一些潮湿和泥腥气。

下雨的日子，总是会让人联想到缠绵的爱情。

我们说起文学青年尕希姆，并谈起他最近在一家文学刊物上发表的那篇《沙沟山游记》的散文。

耶尔古拜说，文学青年尕希姆确实是一块写作的料子！

阿米乃说，没有想到那篇散文会写得那么好！

我们顺道走到文学青年尕希姆单位门口，碰见文学青年尕希姆单位的头儿，那个喜欢照相的小个子馆长，他以前也写点文字，可是等到不写东西了之后，就把写东西的人贬斥得一文不值，尽管他不怎么发福，但是却极力表现出自己富态、傲慢和大官的样子。不就是一个小科级，有必要目空一切吗？

没当过大官的人当上个小官就这么个姿势！阿米乃低声说。

馆长傲岸地审视着我们。

“请问文学青年尕希姆在吗？”耶尔古拜问。

“谁知道呢！”他没好气地说，“一天不务正业！”他仿佛跟文学青年尕希姆有仇似的。

我们都弄不明白。

据我们所知，文学青年尕希姆每年在春节前夕，都会无偿地给老百姓写对联。文学青年尕希姆干这样的事情，单位从上到下没有人能够胜任，包括这个本来很瘦，但却要装出大腹便便的人。

耶尔古拜偷偷对我说，文学青年尕希姆的上司跟他们单位的那个马局长不能比，说他们的那个上司尽管文化程度不高，但很好学，给职工找着办事情，尽管不那么严厉，但是职工却很尊敬他，大家也很自觉，他给职工办的好事连职工自己都想象不到。他时常微笑着说，到处都是我们的人！

我们躲开那个人，去找文学青年尕希姆。

文学青年尕希姆听见我们来了，从宿舍里走出来，他正往身上穿一件新上衣，有些激动，招呼我们到他的宿舍坐。

文学青年尕希姆今天穿得像个新郎官。他从来没有穿得如此新过。他给我们每人倒了一杯糖水，说他换衣裳准备出个门，走个哪里。我们也没有细问他去哪里。突然，他莫名其妙地叹息一句：“天不遂人愿，你想做啥都做不成！”

我想，做不成也没有关系。

文学青年尕希姆说他要给我们开柜子，拿些好吃的。可是找了半天，却没有找见钥匙。

后来，我怀疑他是害怕打开柜子之后，被我们看见什么。我想，是害怕看见什么呢？是他要自尽的那把小巧玲珑的精致的匕首吗？总之，那天他没有找见钥匙。

可是，耶尔古拜却一直唠叨，说文学青年尕希姆根本就没有诚心给大家拿好吃的。

阿米乃也一本正经地对耶尔古拜说：“算了、算了，人家留着给女朋友吃呢！”

文学青年尕希姆却呵呵笑了。

后来，耶尔古拜说他还有一点事情，要先走了。

剩下我们三个。他们两个突然说起打乒乓球的事情，就都来了兴致，像男孩子的阿米乃就问文学青年尕希姆拿没拿文化馆活动室门上的钥匙。

文学青年尕希姆说，他正好拿着。

他们俩在活动室打乒乓球。我在一旁观看。后来，文学青年尕希姆把拍子塞给我，叫我也学着打一打。我笨手笨脚的，总是接不住阿米乃的球。

文学青年尕希姆想起什么似的对阿米乃说：“你们见过我最近的书法作品吗？等会送给你们一幅。”说一会到宿舍去拿。

我说不去宿舍了。

阿米乃也说，快六点了，还得回家帮母亲做饭。

尕希姆说他去拿下来。随之，就紧紧张张跑宿舍去拿他的书法作品去了。

现在，想起那天的事情来，他是那么不安、那么的焦躁，一会干这个一会又干那个，慌慌张张没有着落的样子。他的魂魄似乎已游历在身外。

文学青年尕希姆拿来几幅硬笔字。

阿米乃赞美不已。

尕希姆说：“你喜欢就送给你，作个纪念吧！”

现在回想文学青年尕希姆对阿米乃说的话，竟然是一句永别的话。

之后，文学青年尕希姆就送我们下楼。他突然把头转过来对我说：“我准备写一篇小说，可是怎么也写不下去。下雨的这些天我一直写，可是只开了一个头，却写不下去。等以后由你来写吧！”

我问他：“写啥？”

“你以后就知道了。”他说：“这几天雨怎么这么多！”他愁肠百结的样子。

我隐隐觉得他仿佛有什么心事。但我又不能肯定，就问他：“什么时候结婚啊？”

他说那女子退缩了，说有些不怎么愿意。但他似乎又回避这一类话题，什么也不想说似的。后来他一连重复几遍说：“我想做一件事情。”

我好奇地问他，什么事情？

他说，你以后就知道了！

我当时有点不高兴。阿米乃也责备他不信任我们，说有什么神神秘秘的。

但是，我看见他很凄凉的样子，不免又心生同情。我在他跟前，听到他的呼吸似乎比以往急促，我从他的呼吸里感觉他那么孤独、哀伤。

阿米乃匆匆走了给她妈做饭去了。

我和文学青年尕希姆又在沙沟的街头徘徊了两圈。说了一些文学方面的话题。

我们慢慢走着，空气里散发着悲伤的气味，似乎世上的一切都飘荡着凄凉哀婉的音乐。黄昏惨淡的阳光下，文学青年尕希姆的脸色显得黄中泛着一丝青黑。我们在大街上，倾听着节奏缓慢，催人泪下的沙沟县城少年宫楼顶那显得苍凉的钟声。

我说，时间不早了，我得回家了。

文学青年尕希姆说，我们一起吃个饭吧！

我说，我们都把钱省省，还是算了吧。

他说，请你吃一碗面的钱我还是有的。说完，就拉我去了街道边的饭馆。

从饭馆里面出来，文学青年尕希姆凄楚地说："弟兄们，你说爱情在人的心里到底有多重啊？"

我信口说："就像旷世之寂寞，千年之孤独。"我还忍不住给他讲述了一段关于我的生涩的感情历程，告诉他我曾苦苦地恋过一个美丽的女子，那时我在青海的一个荒无人烟的地方淘金子，因受不了老板的毒打，逃跑了，当时被老板的手下围追堵截，奔命般逃跑在路上，当时连喘息一下和给那女子写一封信的时间都没有，在慌乱中我给她寄去了两张白纸——当时，我的意思是：我和她的爱情一切尽在不言中——哪里想到，人家却理解成是这是一个无言的结局！哥们，我的那短命的爱情就这样完了，可是你知道吗？我是那么爱她，爱得就想在自己的身上深深刻下她那动人的名字。你知道吗？那是个自尊心很强的女子，听说她大哭了一场，从此我们就断了。现在想起，我心里还隐隐作痛呢。"我用脚拨着地上的一颗石子，接上说，"但是，失去的再也回不来了，只留下了说不尽的遗憾。"我说不下去了。后来我告诉他，我至今依然珍藏着她给我的一首诗歌，我把它保存在我的一个父亲送给我的小书柜里，至今不敢去打开它。

文学青年尕希姆似乎很喜欢听我的隐私。

因为我从来没有给任何人说过自己的这件事情，说一次，虽然会轻松一次，却也会重新疼痛一次，如果生命能从头再来，我不会再那么愚蠢的。

尕希姆把头低了下去，犹犹豫豫的。

我问他："你怎么了？"

他吞吞吐吐，似乎想给我说什么，但最终只说了一句："以后你就知道了！"

然后，他就一步三回头地往他单位的方向走。

我记得，当时他离开我的时候，走了十多步，忽然回过头来，像是打算追过来对我有许多话要说的样子。但却又突然刹住了脚，朝我挥了一下手，笑了笑，就走了。然而，我无法忘掉他那迷茫、无依，像个无辜的小孩子一样忧郁的眼睛，以及那凄凉地微笑。现在，回想起来，当时他如果把什么都对我说出来，该多好啊！但我又想，一切又都是人的命运。也许，当时他的魂魄早已经离开了他的身体，飞向那远的有一天我们都要去的世界了。

碎片五：从生到死，中间就隔了一天，文学青年尕希姆就在乡下的一所小学的宿舍里，在她女朋友的房子里，用一把小巧玲珑的匕首自刎身死，同时也带走了他的女友。据说，他在从县城到乡下的路上，身背一只黄挎包，乘坐班车去的，他去时包里背着一本《神曲》，还有一沓带格子的信纸。在颠簸的班车上，他用那些信纸写下了两封遗书。这是他离开自己的宿舍后最后的绝笔。后来，他的哥哥把他的信给我看了，上面涂满血迹，有些字迹被血覆盖住了，从字里行间我能看出文学青年尕希姆那激荡不安、孤傲狂放的性格和矛盾复杂的心理，以及那颗思想斗争得异常激烈的年轻的心灵。

有人说，这两封遗书远远超过了他所有的书法作品。

我也是这么认为的。

听说文学青年尕希姆自刎时用的是左手，匕首插入自己的喉咙之后，刀子就自己出出进进，直至生命停息。鲜血将他带在身上的那本古旧的但丁的《神曲》染红了，同时鲜血也将那诀别这世界的两封信溅得面目全非。

文学青年尕希姆两次婚恋都失败了，第二次是因为女方家嫌尕希姆家太穷了。

碎片六：有一个人曾给我讲过尕希姆家里的情况。他说，那时他在一个小学教书，有个星期天他和同事背着土枪到山上打野兔。天气特别热，他们转了几十架山梁，一直到下午，只碰到两只兔子，都没有打中，他们转得腿子又酸又疼，乏得站都站不住了，后来又渴得受不了，就想找个人家要点水喝。结果，他们就走进一个山沟里的人家，院子也没有围墙，只是用一些干朽的向日葵秆子当做篱笆围成一个院落的样子。里面倚着山梁的崖壁凿有两孔窑洞。他们走进窑洞，老半天才看清里面的情形，可以说什么都没有，炕上连一张席子都没有，一张羊皮是他们一家人唯一的被子。有个脸孔黝黑的女人立在窑洞的炕沿边羞愧地望着他们。

家里没有舀水的家具，他们两个老师把一个破木桶扳倒，蹲下来喝了水。后来，他们看见窑洞的墙壁上凿有一排坑窝，用泥修得光光的，恰好能伸进去人的头颅，便有些纳闷，不知是干啥用的。

他们问："这是干啥的？"

女人不说，只羞愧地笑一笑。

后来他们好奇，追问得紧。

女人就说："你们猜！"

他们说是点灯用的。

女人摇头。

他们猜不来。

女人后来告诉他们，说是吃饭的碗。

女人家连一个吃饭碗都买不起，吃饭的筷子是山上折的藤条棍儿。家里的粮食只有半袋子玉米，他们两个看着心上就难过得不行，后来一人给放了五块钱，才走了。后来，他们才知道那就是文学青年尕希姆的家，而那个女人就是尕希姆的母亲！

1999年8月30日于西吉

2011年5月11日改定于银川

女军人

阿依莎是牛头洼村的，地地道道山沟里的女娃，她在外面当兵，今年退役刚回来。就是这样一个山沟沟里的女孩子，人们却非常喜欢她。阿依莎长得像画上的女子一样，那不是一般的美，是谁看了都会动心的清俊，男人见了她若得不到，脸上一定会长疙瘩的。这个疙瘩叫相思美丽骚疙瘩。那可是一种痛苦和折磨人的事情啊！阿依莎的皮肤就是特别白，嫩嫩的，表面隐约有一层少女特有的细毛毛，就像甜桃子上的那层绒毛。她的一双眼睛跟山泉一般清澈，波光莹莹的。她的双眼皮不像城里女人的双眼皮是拿刀子割下的，阿依莎的双眼皮，我敢保证是天然的，是在牛头洼长下的，所以抓人心哩，撩拨得小伙子们心烦意乱的。

完美的人儿总是完美无缺，残缺不全的总是毛病多多！

只要退役姑娘阿依莎往你跟前一站，你的眼睛保准会看直的，禁不住要深深地发出一声叹息，用这叹息来掩饰自己内心的波澜。如果你是个攒劲（出色、优秀）小伙儿，就赶紧来牛头洼追求阿依莎，不然你会后悔一辈子的。

阿依莎走到哪达，哪达就会漾起一阵涟漪。

阿依莎从村头走过来的时候，人们都争着抢着看。其实大家别以为光男人喜欢看好看的女人，其实女人也喜欢看好看的女人。那可是养眼的事情啊！村子里一百年就出了这么一位绝色佳人，所以招收农村女兵的时候，人家一眼就看上了阿依莎，加之她又是个高中生，就被人家直接给接上走了。

阿依莎不在的这三年里，村子里真正寂寞了许多，荒凉空落的，男子就像把精神和魂儿丢了，一个个的球头子无精打采的就像没血的死羊。

阿依莎回来了，她退役真正回牛头洼来了。她穿着笔直的军装，踩着轻捷健美的步伐走过来了，向乡亲们挥着白荷花般婀娜的手，娃娃们追逐着她恋恋不舍，羊和狗也都摇着大小各异的尾巴跟在阿依莎的沟蛋子后头。

阿依莎就给娃娃们散洋糖。阿依莎散完洋糖，说，娃娃们，好好去耍吧！

可是，娃娃们依旧不肯离开，觉得跟着阿依莎特别享受，还有的娃娃喜欢闻阿依莎身上发散出的一股子说不上来的令人能够忘却痛苦和烦恼，感到安全、缱绻和踏实的香味。阿依莎身上这香的味道，就连蜜蜂和蝴蝶都要追上来闻。在古老的村道上，受到过军人训练的阿依莎，气质和精神方面的潜质仿佛在部队上被完全挖掘出来了，走起来手自然地甩上，短短的剪发头显得愈加精神和振奋，散发着青春的活力。

阿依莎的那身材，那就更不用说了，被军装一衬托，刹那间亮出端庄的条子来，胸脯挺得特别高，看上去果实累累，但却高不可攀，神圣不可侵犯的架势！

阿依莎回到家里脱下军服，穿上了从城里买回来的裙子，就像仙女儿下了个凡尘。总之你可以展开想象，想象阿依莎要多好看，她就有多好看。

一村子的小伙子们撵着看阿依莎，有个老汉说，这些年轻人，今晚肯定是睡不着了。

一个小伙子问，那可怎么办呢？

赶快追啊！老汉教唆说。

可是，退伍姑娘阿依莎心高气昂，一般的小伙子她看不上。她喜欢有理想的那种，最主要的是得真心喜欢她疼她。她渴望那种美好纯洁的爱情。一个女人的感情世界不能缺乏这些。现在，出类拔萃的小伙子也许有，可是能够付出真爱的并不很多。放眼世界，大部分年轻人的心都很花，往往站着这一山看着那一山高，吃着碗里的又不免望着锅里的。所以，退伍姑娘阿依莎作为一个漂亮的女子显得特别小心和谨慎，对身边的小伙子进行细致的打量和排查。最后，终究还是没有发现自己满意的。

阿依莎近日的心里也渐渐有些烦心和忧愁，优秀的小伙儿哪里去找寻啊？但是，阿依莎不愿意再想这些。她想给村子里做点事情。

做啥事情呢？

村子里有个破学校，却没老师。老师都嫌这里偏远落后，不肯来。另外，家庭条件好点的娃娃，因这里没有好老师就撤身到村子外面上学去了。一部分娃娃宁愿在村子里玩耍，也不到学校里去读书，先前自愿来的两位代课教师，就都回家抱着鞭杆子打牛后半截（犁地）去了。

阿依莎找到村主任说，我要让牛头洼村失学的娃娃重新回学校里念书！

村主任说，好啊！你有这个心劲，我们举双手赞成。

村主任让阿依莎把学校收拾了一下，扫了一大堆的土，铲了一摞草。阿依莎把那些土填进学校门前的雨水冲裂的大坑里；草呢，她背到村子的孤寡老人王奶奶家让晒干了当柴火烧。阿依莎还像过去的红军一样给王奶奶担水、扫院、扒炕灰。

学校的里里外外总算是收拾干净了，以前的课桌也摆放停当和抹干净了。可是，眼前有一个非常大的困难，就是学校距离阿依莎的家太远了，差不多有七八里路程呢。有人会说，那让阿依莎住到学校里去啊！不行的，学校里没有宿舍、没有电、没有水。什么都没有，只有一间学生娃娃的教室。

村主任说，你要教书的话没办法，只能自己克服这些困难了。

阿依莎啥话不说，用力点点头。

娃娃们听说阿依莎阿姨教他们念书了，都蜂拥而来。他们都喜欢这位美丽的军人阿姨。娃娃们觉得和这位美轮美奂的退役军人阿姨在一起，他们会感到快乐。

刚开始，阿依莎起来得特别早，往学校跑，就像当兵的时候跑步一样跑到学校去。那时在军队每次跑步，还不得几公里吗？跑了一段时间，阿依莎瘦了，加上操心一学校的娃娃，又是批改作业的。另外，她是教娃娃们所有的课程，一个人真是累得够呛！

有一天，阿依莎放学回到村口的时候，村子里的俊美小伙子社目把他家的白骟马送到了阿依莎的手里，说，以后你每天骑马去学校吧！

阿依莎说，那怎么行啊？马要是饿了怎么办？

每次去的时候，我帮你驮点草料，你就放心吧！社目说。

阿依莎说，我当兵当的是步兵，不是骑兵，我没有骑过马，我害怕马哩！

没关系，白骟马很乖，非常老实，你叫它怎么它就怎么。他摇摇头，接上道，再说，军人不敢骑马说出去会惹人笑话的。社目接着说，你骑上去我看看。

阿依莎就接过了缰绳，她抚摸着马的脖子和背子，热热的，绵绵的。这匹白骟马就像托尔斯泰笔下的那匹名叫霍斯托密尔的老骟马一样，身材高大，浑身雪白。看样子，这匹马在年轻的时候和那匹曾经的霍斯托密尔有些不相上下呢，唯独那沾满了牛蒡刺球的鬃毛完全是黑色的，前面有一条腿子的内侧弯膝的下方有一圈在发炎，烂了，蝇子时而飞起，时而落上。就是这个烂糟糟的地方使得白云——这匹马的名字叫白云——不停地颤动着，惊走了蝇子。这匹白马的脑袋非常大，瘦骨嶙峋，椎骨突出，脖子跟耕地的夹板一样硬。它的脑袋似乎再也没有昔日的高傲了，沉重地低垂着。眼睛的眼角流淌着泪水。耳朵不像年轻力壮和威风凛凛时候的样子了，像折断了似的，仿佛从来也不动上一动。

这匹老了的马，但却不使人讨厌。可是生活中那些老了的人，有时却非常的不学习贤惠，使人颇烦。

阿依莎要骑上白云试一试。

她往马身上一跳，用力过猛，结果从另一边掉下去了。

社目哈哈笑着。

阿依莎坐在地上，手里抓着马的缰绳，生开了闷气。

白马却好像是因为自己犯下了过错，显得特别内疚的样子，用蹄子在地面上轻轻地刨动着，弯过脖子，用嘴想把美丽的阿依莎拉起来。

社目跑过来把阿依莎扶起，说，让我帮你上马！

阿依莎说，不用，我自己能行。

吃一堑长一智，这次阿依莎动了脑筋，她把马牵到一个塄坎边，踩到塄坎上，抓牢马鬃，一下子就跃上了马背，端端正正骑在白云身上了。刚开始，阿依莎略微有点害怕，骑在马上显得手足无措，担心马一动自己就会掉下来。她闭上两只大眼睛，深深吸一口气，然后挺挺饱满的胸脯，顿时那种巾帼不让须眉的男儿气概就出来了。她的胸脯两边的乳房将衣服完全顶得高高的，看上去有如塞进去两块砖头，瓷实而又摇摇欲坠，一下子军人英姿飒爽的气质把社目迷住了。

可是，马却不走。

马怎么不走呀？退役姑娘阿依莎叫起来。

社目像是从睡梦里醒来，说，你用腿子一开一合，就这样张开，然后再这样一夹，用两只脚后跟磕打马肚子的前浅窝，催动前进。

于是，白云的头颅就一摇一晃，骄傲的秀鬃也在一抖一甩地走起来。

社目还一边做着示范动作，一边补充说，如果你要白云向左走，就拽左边的缰绳，要白云向右走就拽右边的缰绳，朝某个方向转弯就一直拽着缰绳向这个方向转。好、很好！对，就这样！

社目夸赞着阿依莎。

阿依莎学会了骑马。每天早上，社目就把白云送过来，阿依莎便骑着白马去学校教书。这大约是一匹纯种的高贵的经过民间骑手训练过的好马。阿依莎骑上白马嗒嗒地疾走如飞，穿过树林，越过山岭，攀上那个学校所在地的山嘴上。她从马上下来，又从马后面卸下社目每天用铡刀铡碎驮在马上的青草。他拴好马，把草倒在地上让马去吃草，自己就去教室里上课了。

等到晚上，阿依莎骑着白云回来，社目就早早等在阿依莎家门口去拉马。社目把马拉回家自己照料。让阿依莎照料他是不放心的，另外他知道阿依莎也干不了这个。第二天他把晚上喂好的马又给送过来。

时间长了，人们就说社目把阿依莎那个了。

是的，任何地方任何角落都总是会有一些爱嚼牙的人，他们喜欢造谣生事，喜欢捕捉一些没有影踪的事情，喜欢以背坏别人来取悦大家。当然，社目对阿依莎是有好感的。是男人对阿依莎都是会有好感的，因为她的确非常迷人！

一些人因为环境和自身条件所限，知道自己没有资格去追求阿依莎，所以心里就特别难受，就把阿依莎说得坏坏的，想让她在大家心目中的地位一落千丈。

好心好意的社目更是遭小人嫉妒，把他说得一无是处，说社目这个癞皮狗，癞蛤蟆想吃天鹅肉，臭虫还想成个精，没有个掌握。反正说什么的都有，尽其侮辱之能事。

大家说得多了，沸沸扬扬的，也传进了退役姑娘阿依莎的耳朵。她心里非常难过，觉得自己家乡的人怎么会这样啊？她把家乡人的心态分析了一下，似乎想明白了，但又似乎想不明白。最后她归结于人性的使然，是嫉妒和自私在作祟。但是，她要保护社目，不能让这个无辜的好小伙子受到伤害。阿依莎想到这里，就不再让社目送马过来了。

可是，那匹白马日复一日地驮阿依莎已经驮习惯了，一到时间自己就来了，在门口等候阿依莎。阿依莎一边骑着马往学校走，一边默默地流泪。

阿依莎的讲课在远近都出名了，学生给家长传播，家长又相互传播。每次阿依莎讲课的时候，教室的外面就悄悄地男男女女站着一帮子人在听阿依莎的声音。阿依莎讲课的声音真是特别好听，就像把人心里封闭得严严实实的那双耳朵给轻轻地打开了，任由那声音如温润的微风细细地吹进去，滋润着人的心肺。阿依莎的声音比电视上某些节目主持人和专业播音员的声音还要悦耳动听，似乎有一种特殊的磁性。

人们都说，阿依莎真的说的比唱的都好听。

又有人说，那阿依莎要是一旦唱起来，那树枝都会跟上她婉转的旋律摇来晃去的，小鸟都会飞来静静倾听的。

阿依莎的课讲得好，名声越来越大。有一次，上面来了一帮领导和专家要听阿依莎的课。结果就听了。一听，都傻眼了，不说内容讲得是否合理科学，单普通话一项就把所有的人都统统听醉了，发现阿依莎的普通话和口才在全县也找不出来几个。那些人咂嘴叹息说，阿依莎这么好的人才尖尖，放在这小山村里当代课教师完全是埋没了。加上阿依莎天生丽质，那么的美，他们都可惜得很呢。

不久，就有县广电局的给阿依莎打电话。电话打到了乡上，乡上来人给阿依莎通知的，说是广播电视局的编辑部主任，姓胡，名字没知道，请她到广电局来试着录制一下节目。

阿依莎想，去还是不去？

阿依莎本来不想去，但她又觉得可以去开阔开阔视野，加上担心辜负了人家的好意，就有些心动。一个星期六的早上，阿依莎坐班车来到了县城，见到了那位邀请她的胡主任。本来，阿依莎对做节目主持人的事情兴趣并不是很浓。另外，她的那些娃娃她放心不下。那些娃娃们的一双双企盼的眼睛令阿依莎心疼。但是阿依莎就是想证明一下自己的能力，证明一下乡里的姑娘一样可以干城里人能干的事情，还可以干城里人干不了的事情。

编辑部的胡主任是一个碎个子，人穿得特别洋气和时尚，差不多快五十岁了，但脸上看上去就像是三十七八岁的样子，显得特别年轻、麻利和精干，说起话来柔柔的，和风细雨一样，能激发人的情感。他的名字大家从来都不叫，都只叫他胡师。所有的人都胡师、胡师地称呼他。人们想，大家这样称呼他的原因不外乎是因为他对电视机、摩托、收音机、摄像机等维修得特别好，只要一坏，他鼓捣几下就又完好如初了。所以，他当了一二十年的编辑部主任，但大家也不叫他主任，却硬是愿意叫他胡师，或者胡修理。

胡师经常骑着自己可以放进展览馆的那辆三轮摩托车，带上摄像机到风景好看的地方取一些外景。记得有个从上海来鸡窝崖乡中学支教的潘姑娘，长得非常漂亮，胡师去采访了一天。到了晚上，星星都漫天悬挂了，他还意犹未尽，把她架在自己的三轮摩托上要拉到一个山色幽美的乡村景区拍摄个人写真。因那个姓潘的女孩子想沽名钓誉，有些急功近利，所以就任由胡师调遣。关于小潘，原本就是来此镀金的，正在寻找出名的机会呢，一看是电视台的，希望能宣传一下她支教的动人事迹，所以就什么也不说，只管跟上胡师走。于是，摩托载着小潘向深夜的山谷纵深处前进着。

但是，学校的校长害怕了，支教的女老师被一男人深更半夜拉上走了，要是出个什么事情，他的校长不保不说，教育局长、县长等等都会受到影响的。结果，校长就找了一辆车去追。追上以后，发现人家两个在摩托上亲嘴呢。但是，校长硬是把小潘喊下来领上走了。后来，被人们传说成是校长和胡师两个争风吃醋呢。

阿依莎见到胡师说，您好，我来了!

胡师说，听说你的普通话和口才特别出众，没想到山沟里还真的藏下个金凤凰。你来，试试节目主持人，看怎么样。他添上说，咱们这里开设了有线电视自办节目，看的人还挺多的。

主要是学校离不开人。阿依莎淡淡地说。

噢，乡下的学校嘛，耽搁一天两天的没事，再说这次对你也是一次机遇，你可要抓住啊！

阿依莎点点头。

两人就进入了工作，胡师给阿依莎教着如何摆姿势，如何让摄像机录出非常好的效果。胡师经常用手扳阿依莎的脸，一会让左一点，一会让右一点。拨脸的时候，就严肃且堂而皇之地接触到了阿依莎那看上去神圣的皮肤。胡师还赞美阿依莎的手长得特别好看。他一会说是她的手丰满，有福气，一会又说是指节长长的，就像弹钢琴的手。你想，能弹钢琴的手是非常高贵和高雅的，那样的手不是一般的手，象征着一定的身份和地位。胡师一边赞美的时候，一边就怜惜地轻轻抚摩着那一双手。

阿依莎就有些害羞和不好意思。

阿依莎没有被男人这样抚摸和赞美过，心里有些甜蜜的幽怨和难过，也有些几分感慨和伤怀。但是，她还是比较自持的，她抽回了自己的手，说，胡老师，我们抓紧工作吧！

胡师说，不急，电视台的工作就这样，不紧也不慢，稳稳来吧。

阿依莎说，我还要早早回去教我的书呢，娃娃们还在那里等着我呢！

噢，是吗？真是个好老师，我要是那些娃娃，该多么幸福呀！

阿依莎不想得罪胡师，笑着说，是吗？那你变成个孩子吧，变成了我带您回我们村子给您教唱歌。

胡师就很想听阿依莎唱歌，在录制节目的机房，人来人往是放不开的。胡师就说，我们到山上去取一些外景吧，山上风景特别美！

阿依莎和胡师就来到了山上。

风景真的很美，天蓝、云白、草密、树高，诗意流淌，比电视上和画片上的还要好看。好看得很！胡师扛的摄像机，脖子里挂着心爱的照相机。胡师的录像技术和摄影技术在县上那可是一流的，真正出了名的，并且是县里在省上唯一的摄影家协会的会员。阿依莎刚一到广电局，大家就告诉了她这些。大家之所以给阿依莎一件件介绍着胡师的优秀，讲了胡师那么多好话和胡师的能耐，似乎是希望和为他们能孕育出一个新版的编辑部的故事来而作铺垫呢。现在的老年男人和美貌女子之间擦出点离奇惊险的火花的事情，生活中屡见不鲜，又不是说没有。

一开始，胡师让阿依莎做了许多姿势，拍摄了一组又一组的照片，蹲在花朵跟前的，扶着草草叶叶的，趴着的，躺在山坡上的，站在山巅上远远眺望的。各种各样的都有。

阿依莎高兴起来了，胡师就让阿依莎唱一首歌儿给他听，说是让他听听，看好听不好听。他一说完，就特别夸张地侧着身子伸长脖子，似乎这样就可以伸长耳朵，并且把手掌拦挡在耳轮外面，以使阿依莎的声音每一丝一缕都不要流失，都要完完全全地灌进他的耳朵里去。胡师那样子和情形，仿佛阿依莎的美妙的声音哪怕失去点滴，都会令他遗憾和痛不欲生的。

阿依莎唱了，唱的是藏族的民歌。阿依莎是在西藏高原当的兵，所以就学会了那里天籁般的歌声。阿依莎的声音原始、混沌、清凉透骨，她的歌声翻山越岭，在云层间穿行。

胡师听得都哭了，掏出花手绢抖了抖，一点一点地揩着眼睛。

后来，胡师找了一个绝佳的位置，让阿依莎把要录制的节目录制了。再后来，天黑下来了，有点微微的凉意。阿依莎哆嗦了一下身子。

胡师慌忙把自己的外罩一边脱下来给阿依莎披在身上，一边乘机说，今晚我们就在这山上呆一晚吧。你瞧，山上柳绿花红，真是太美了！他还说，阿依莎，看见你我感觉就像回到二三十年前，不瞒你说，我的心一下子变年轻了，脑子里飘的全是诗一样的东西。胡主任最后添上说，让我们在野外的夜晚升起一团篝火，体验一下生活吧，我们一定会看到许多奇异的天象！

家里不也可以看吗？阿依莎说。

胡主任说，这野外漫天的星星跟在家里看感觉怎么会一样呢，那完全是不一样的，月亮比在家里看上去亮得多，星星就像灯盏给我们照亮，没准还真的能看见月亮上的嫦娥和她的小白兔呢。他继续说，夜晚的云彩变幻起来也非常好看，简直美极了。好浪漫的哦！

胡师一边在渲染山上夜晚美的景致，一边脸上流露出一副诗人才有的高傲和正人君子的神情，但是当阿依莎不注意的时候，便迅速露出奸猾狡诈和色迷迷的真实表情，偷偷地打量和久久注视着阿依莎的大腿、膝盖、臀部和高耸的乳房。胡师在这方面确是非常老到的。

阿依莎仿佛意识到和觉察到了，低下头去。

可是胡师却仿佛受到了鼓舞似的，更加放纵了自己的目光。

阿依莎是有自己的做人原则的。当然，她的个性使她不会跟人断然翻脸的。她尽管自尊自爱，尽管不愿意随波逐流，但也不会让别人下不了台。她希望自己不受伤，也不伤人。

退役姑娘阿依莎听着胡师的话，似乎听得非常入神和向往，脸上溢满了微笑。

天越来越黑，一只老鸹突然发出怵人而惨凉的叫声，把阿依莎吓了。阿依莎像是突然明白过来似的，说，胡老师，我从小胆子小，在这深山旷野的，就咱们两个人我害怕，我有些害怕，咱们还是回去吧!

胡师是奸猾的，活到他这个岁数和年龄的人都已经活成人精了，是不会强人所难的。胡师说，你要是不想在山上呆，那我们就回去吧!

阿依莎借助月光，仿佛看见胡师的脸上掠过一丝难言的忧郁和遗憾。但是，阿依莎的主意就是很正，就是不入胡主任的圈套，就是不听胡主任说怎么的就怎么的。是的，别的可以听，牵扯到原则性的问题是不容许迁就的。所以她要回去，当然胡主任是一点办法也没有的。

他们走到山下，来到路上放摩托的地方，胡师长长地叹息了一声。

阿依莎是不想得罪胡主任的，说您叹息干吗？不必叹息，路还长嘛。

阿依莎的这句话，让刚刚灰烬火灭的胡主任一下子又死灰复燃了，激越着，话又多了起来。胡主任用摩托把阿依莎高高兴兴地带到县城，在街头吃了点风味小吃，就把她送到了宾馆。宾馆的这间房子是胡主任的编辑部专门为阿依莎开的。阿依莎来县城的这两天就住在这家宾馆的标准间里。

阿依莎从胡主任的摩托上下来，对胡主任说，您辛苦了一天，早点回家休息吧!

胡主任本来想跟随阿依莎到宾馆再聊聊天，见阿依莎在下逐客令，就也说，那你也早点休息，明天我过来咱们一起吃早点。

阿依莎笑笑，点点头，就进去了。

第二天，阿依莎留下一张便条，就走了。离开宾馆的时候，她突然觉得有一种说不出的如释重负的感觉。

她知道村子里的那些娃娃还在等着她。阿依莎不回去，娃娃们会伤心的。当那些天真烂漫和淳朴善良的娃娃的面孔在阿依莎的面前慢慢的一个个掠过时，阿依莎再也待不住了，感觉心急火燎的。

阿依莎走到距学校还有一二里的时候，就看见那些娃娃追了过来，高声喊着阿依莎老师、阿依莎老师。娃娃把阿依莎紧紧包围了，唧唧喳喳地叫着，仿佛一群小麻雀围着老麻雀，亲的了不得。

阿依莎离开村子孩子们都听说了，有些家长说阿依莎老师这次一走，恐怕不会再回来了。你想，上面的人那么重视，肯定是提拔上走了，怎么还会回这穷山窝窝。

娃娃们可不听大人的话，说我们的阿依莎老师一定会回来的。他们坚信这一点，阿依莎老师是舍不得他们的。因为朝夕相处，娃娃们和阿依莎老师之间已经有了深深的感情，就像亲人一样。在娃娃们看来，阿依莎老师不仅仅是给他们教书，同时也在各个方面照顾他们，让他们能够健康成长。

有几个女孩子都激动得哭了，不知道是因为阿依莎回来高兴得哭了，还是因为先前见不到阿依莎老师心里感到特别思念和委屈，就流下了眼泪。

阿依莎的心里也暖暖的，一股热流在心尖层层荡漾开去：多么好的娃娃啊！

再说胡主任虽然没得上阿依莎的便宜，但他的肚量还不至于特别小，他把阿依莎录制的节目在县上的有线电视上编辑好后给播了。播放之后，一下子引起了全县的轰动。都认为阿依莎是个人才，都议论说阿依莎的普通话特别好，比以前所有的那些播音员和节目主持人都优秀，说完全是国家级的水平。

宣传部那位碎个子的罗副部长，他兼的是精神文明办的主任。最近，他每逢见人都要提一提阿依莎，说是太好了、太好了！

别人不知道，问什么太好了？

罗副部长就说，那个阿依莎啊！

别人还在疑惑的时候，罗副部长就把阿依莎在县有线电视台亮相的事情给大家说了，说他这次发现了个播音人才！他说他要给领导建议把这个阿依莎调到宣传部来工作。后来，罗副部长打电话到广播电视局的胡主任那里一打听，才了解和知道阿依莎没有正式工作，只是退役复员回来后的一名代课教师，没有办法调动。罗副部长非常遗憾，说真的太可惜了！

罗副部长是个热心肠且浪漫的人，他以前学过音乐，吹拉弹唱、打球照相，真可谓是多才多艺，虽然说不上行行精通，但也都可说得过去。他搞宣传确实是一块材料，但就是喜欢美女，只要哪里发现美女他总是要想方设法的接近，总是要沾染一下。他时常把自己装扮成一个艺术家出现在人们的面前。以前他走站身上都要带一把竖笛，多在热闹的场合演奏，或者女孩子多的场合吹响，抑或在领导们吃饭的桌上出场。譬如每当领导们吃得乏味，加之喝点酒无聊需要娱乐一下的时候，罗副部长就出现了，就吹起他的箫。箫声听上去就像是一个孤魂坐在夜晚的树上独自消愁。有时，罗副部长用箫声娱乐了领导，得到一两句夸奖，自己的虚荣心马上就得到一种满足。他最喜欢在夜晚给喜欢他的漂亮女人吹箫。他曾经说，晚上吹箫是最美的一种享受！

到了后来，有一次在一家宾馆里，罗副部长喝了许多酒，遇上了一位喜欢听他吹箫的按摩小姐，他们交流了许多，谈人生、谈艺术，都流泪了，他一激动便把自己的那把陪伴他多年并给他带来无数快乐的箫极其慷慨大方地赠送给了那位按摩的小姐。之后，过了一段时间，人们又发现罗副部长又有了代表和装饰自己的另一样乐器：葫芦丝。他不管出门走到哪里，总是要给葫芦丝系上一根细绳，幽雅地背在身上，一旦遇到知音或者适宜的场合，就从身上取下来吹奏起来。别人也许会不好意思，会觉得羞愧，但是罗副部长似乎从来都显得特别自然、大方，从来不知道难堪和羞涩，他就像一个高明的政治骗子一样落落大方。每次演出，他都会款款地出场，似乎非常神圣、庄严和虔诚。一点都不留痕迹，天生的一般。

葫芦丝是南方热带地方的一种乐器，天气越热吹出来的声音越是好听，雨天一旦被淋湿就吹不响了。如果你闭着眼睛听这种乐器的演奏，身心就仿佛一下子来到了云南。罗副部长吹得最拿手的是《月光下的凤尾竹》。罗副部长为了将自己包装得更加像一位大艺术家，就自己也学那些大字不识一筐的演员和半调子节目主持人，自己掏钱出了一本书，把自己的明星照堂而皇之地印在封面上。翻开书，里面却不伦不类，像一本摆在地摊上的旅游册子。但是，那些不明就里的人，那些浅薄和不知好歹的人，却还以为他是一位顶尖级的大作家呢。尤其是一些只有脸蛋，没有内涵的娇生惯养的女孩子看见罗副部长这么“才华横溢”，就乖乖地俯首称臣了。

罗副部长和文化局的头儿张罗着搞文化广场活动，要组织一台节目。本来广电局的那位女播要来主持这台文化广场活动节目的。

但是，这位主播被罗副部长否定了。他叫人捎话让阿依莎来主持这台节目。

捎话的人告诉阿依莎县上最近要搞文化广场活动，请她去做节目主持人。

阿依莎说是她不能离开孩子的。

捎话的人说，难道全县的文化广场活动不比你教的那几个娃娃的事情重要嘛，再说，这也是给你一次锻炼的机会。上次你在电视上主持的节目罗副部长都看了，觉得挺好，所以专门邀请你来当这次文化广场活动的节目主持人。他接着说，再说，罗副部长说了就一半天时间也耽误不了多少课程。

阿依莎还是说不去了！

罗副部长会不高兴的，那人说，你看着办吧，这可是上面领导的意思，这次活动非常重要，县上想借助这次活动把全县的各项文化事业推向一个新高潮。他顿了顿又说，你这个娃娃怎么这么不懂事啊，这是多么好的展示自己才华的机会呀，有些人特别想上台，但是却永远没有这样的机遇。你再仔细想想看吧。

阿依莎见这样说，就感觉到有些政治任务的意思了，再推辞就显得没有大局意识和大局观念了，无论干什么还不都是为人民服务嘛，她就说，除非是星期天，如果在上课期间，我是绝对不可以离开的。

没有问题，那人说罗副部长说了，文化广场活动就是要选在全县干部职工休息的星期六和星期天搞，这放心好了。

既然这样，那好吧！阿依莎答应了。

星期六那天晚上，县城电影院门前的广场上灯火辉煌，阿依莎穿着绿裙子，化了点淡妆，嘴巴抹了一丝口红，如深秋香山的枫叶，整个人看上去显得美丽、自然、丰满，落落大方。她早上就来了，草草熟悉和准备了一下。台词早有人给串好了，阿依莎只需好好临场发挥就行了。

阿依莎的节目主持的相当成功。她天生就是这方面的人才，面对观众和手握话筒，她的声音变得越来越好听，一举一动越来越富于表情，骨头里似乎会产生一种奇怪的超常的因子和兴奋。她的姿势把观众的心像阳光融化冰雪一样融化了。她的面部表情在灯光下璀璨夺目。

引来阵阵热烈的掌声。人们似乎没有心情看其他表演节目的人，而是在看阿依莎楚楚动人的美和她主持节目那游刃有余的风采。

阿依莎实在是太美了，标致极了。她的腿子那么的修长，修长而丰腴。

她的腿子不像有些姑娘，修长却瘦削得像一只圆规或者干柴棍棍，看着人心里就痛苦。阿依莎的每一处地方你根本就看不够，光看她的身材就是一种享受，有如享受一道精神大餐。何况，阿依莎在台上踩着有韵律感的美的步伐，迷幻般的身影在台上晃来晃去，一出声那更是迷人而富有穿透力了，不仅能够穿透人们的耳膜，还可以穿透男人的心肠，久久地震撼其灵魂。

罗副部长那天几次激动地走到前台的一角，来到阿依莎的跟前表示关切和慰问，用赞美的眼神和不惜奢侈的语言赞美阿依莎。当然，胡主任那天也在场录像，他今天非常识趣，只匆匆跟阿依莎打了声招呼，就不敢再造次和轻举妄动。你想，阿依莎这次是谁请来的啊？是罗副部长，又兼任的是精神文明办主任，那是个什么概念，想必大家都非常清楚。除非胡主任他是不想混了。所以，他今天除了摄好自己的像，就规规矩矩呆一边去，这里根本没他的节目。

罗副部长和文化局长马旦既是政治伙伴，又是兴味相投的密友。这次活动当然有文化局的份，他们是主办单位之一。罗和马两个人经常在一起谈工作，喝酒品评人，也聊女人，当然聊得最多的话题还是以女人为主，这是他们的共同爱好。他们聊各种各样的不同身材、不同气质、不同长相的女人，聊到意见和观点统一的时候，就一边猛然拍手，一边发出英雄所见略同的感慨。

今天，马旦就坐在最前台的罗副部长身边。这是一个绝佳的观看台上演员和节目主持人的位置。台上的演员和主持人的一举一动他们都可以在这个位置上看得清清楚楚，连嘴唇张开牙齿闪烁，眼睛眨巴眉毛动弹，都可看得一清二楚。马旦和罗副部长两个看得一丝不苟，津津有味的。马旦每每看到阿依莎的闪光的某个举动或者地方，就不失时机地用膝盖暗暗地碰碰罗副部长的小短腿，两个人就会心地笑一笑。

罗副部长的个子不大，马旦的个子也不高，但这两个人的心眼却都异常之多。马旦的心计可谓多得无以计数，他的腿比罗副部长的还短，就是体积略微大一些，看上去显得稍稍粗一些，走路非常像腆着肚子，横了身子趸着往前推进的螃蟹。每次，当罗副部长为自己的个头矮、腿子短而发出感叹的时候，马旦主任就给宽慰说，你娃娃别这么垂头丧气的，俗话说浓缩的都是精华！而当马旦局长在情场失意的时候，罗副部长就像布什拍打着布莱尔的肩膀那样拍打着马旦的肩膀安慰说，人小的鬼大呀，想想伟人拿破仑个头不高却尽干的大事！

于是，两个人就哈哈地大笑起来，似乎重新有了面对一切、挑战一切的力量，以及有了战胜所有一切悲痛的勇气。

阿依莎唱了一首西藏的民歌，还跳了一曲舞。

当阿依莎表演节目的时候，突然却没有了掌声，一个掌声也没有。没有掌声，才不会觉得奇怪，因为大家都看得陶醉了，入迷了，进入了美的享受的最高境界，而把俗世间的一切演戏、伪装和做给别人看的那些装扮的东西都统统遗忘了，所以他们都忘记了鼓掌，忘记了身在何处，只看得目瞪口呆，涎水满嘴。你们想，这样的情景，大家还哪里顾得上鼓掌呢，深怕因为这嘈杂的掌声会把这精彩的、美的东西破坏了。

只有那些傻瓜才在这时愿意胡乱鼓倒掌呢。但是，连最傻的傻瓜都进入了最佳状态，连大气都不敢出，眼睛眨都不眨一下地观看和倾听。掌声在这一刻简直成为了多余。直至阿依莎表演结束了，大家还沉浸在那种美的享受中。过了好一会儿，才响起一阵飓风般的掌声，掌声久久地久久地持续着。

这次鼓掌，当然也是罗副部长带头鼓的掌，他拼命地鼓掌，把巴掌都拍红了，有些隐隐地疼痛。但是，罗副部长在娱乐和讨好自己喜欢的美女的时候，是一点都不惜力的，也能彻底放开，不像有些人遮遮掩掩的。罗副部长在这一点倒是比胡主任、比马旦局长都显得坦率和令人觉得佩服。他该怎么着就怎么着，仿佛因为这些都是艺术的一部分，是很自然的事情，没有必要躲躲闪闪的。他自己呢，也似乎觉得自己所做的一切都非常高尚与合情合理及无可非议的。

罗副部长发着感慨，对马旦说，都说美女全集中和聚居在大城市，我看不尽然。

马旦也附和说，就是的，我发现乡下大多数女孩子都长得丑陋，但是偶尔会有那么一半个美女，那可是真正的美女，纯粹的天然的美，简直能把人美死了！他还说，你就拿新疆达坂城的姑娘来说吧，我在那里考察过，你几乎很难见到一个像歌王王洛宾先生歌子中唱的那样的，但是十里五里偶尔见上那么一半个好看的，那可真是白而俊俏，辫子又长又粗，一直从腰里、从屁股蛋子上、腿腕子上吊下来，甩打在脚腕子上，因怕踩坏了，就打一个结，吊在小腿肚子上，简直他娘的就跟仙女儿似的，让人想入非非啊！

罗副部长点着头，舔舔嘴唇，又点点头。他对马旦的话表示非常同意和赞成。

这次，阿依莎一下子被人们记住了名字，真正成了全县知名的美人。一个县能出这么一个美人也不容易，这要是搁在古代那可就了不得了了，一旦选美的来选准的话，就会被送进王宫成了王妃，没准还能成为皇后娘娘呢。你想，那这片土地就都会不一样了。一人得道，鸡犬升天啊！那是会被记载和写入历史的，那将是一个女人的辉煌，也是一个村子、一方地域的骄傲和自豪啊！

罗副部长的葫芦丝在这台节目里当然必须是要展示一下的。这与其说是给全县的干部职工和广大百姓表演和带去欢乐，毋宁说是他在向阿依莎献殷勤，向阿依莎表现，表现自己的艺术才华呢。葫芦丝是这场晚会的压轴节目。

只听阿依莎说，下面将由我县多才多艺的罗副部长为大家用葫芦丝演奏一曲《月光下的凤尾竹》，它将把我们带到那神秘梦幻和多彩多姿的美丽云南，让我们在那里参加少数民族的泼水节吧！

台下开始报以热烈的雷鸣般的掌声，掌声此起彼伏，一浪盖过一浪，罗副部长就在这激动人心的掌声中迈动着自己矫捷的碎短腿腿，一溜小跑上去了。但是，掌声久久难以平静，使得罗副部长不得不在那里心花怒放地等待和用捧着葫芦丝的手向下压按示意：好了、好了！并一再点首致谢。他还不时地把眼睛瞟向阿依莎，看阿依莎看她没有，看阿依莎对他具有这么多热心的崇拜者是什么反应，是否已经产生了好感和崇拜。一位国外的艺术大师说过：音乐是刺激情欲的最好的手段！罗副部长这次表演，主要是想凭借自己卓越的音乐才能，通过这次在大庭广众之下的抛头露面，以及音乐（特别是葫芦丝）对人的——也就是对阿依莎的——本性的影响和呼唤，从而博得她的欢心，一定要把她征服，而好任意摆布她，笼络她，玩弄她于股掌之中。这一点是显而易见的。

对于台下一边摄像一边观看演出的胡师胡修理，这在他是非常痛苦的，尤其是在这个人人都特别爱吃醋，都因想要得到自己想得到的，但却又无法去追求而不得不怀恨在心的世上。当然，更加令广电局的胡主任难过和觉得悲哀的是：在罗副部长面前他还不得不隐忍自己的感情而表面客客气气的，甚至莫名其妙的格外亲切地对罗副部长用脸上的表情去赞美和施以微笑。其实，他的心里火烧火燎一般难熬、痛楚和凄怆。如果心细的人留意一下，就一定会发现他就像一只躲在远处狺狺地叫着却不敢靠近那头守在骨头跟前雄壮大狗的小狗儿。

不言而喻，胡师获取果实和生活资料的法宝是给别人摄像。这在罗副部长，又算个什么呢？他管着他们这些人。从这个意义而言，那人家罗副部长摄取生活资料的法宝就更高明和更厉害，人家这是无形的，看不见、摸不着的，但却时时刻刻又无处不在的力量。往往无形的力量，才是最大的力量！

谁都知道，罗副部长这个人有个不好的毛病和缺点，格外喜欢美女。可现在又有谁不喜欢个美呢？都喜欢得很。不是说一个有毛病的人，就一定一无是处，就彻底坏透膛了，那是不符合人性和客观规律的。罗副部长除了喜欢美女，其他方面甚至还显得分外可爱呢，据说他帮助那些害重病却没有经济能力看病的穷苦人到处找领导要钱，并让媒体的朋友呼吁社会捐助。为此，他还曾被一病人的家长给纠缠上了——因为他答应帮助病人的父母向有关部门要钱，但是没有要上。然而，那家的家长却说他搭的他们的孩子的皮向有关部门真正要上了钱，自己却独吞了。最后，他被闹腾得没有办法，只好自己把两个月的工资给了人家。马旦局长曾为此嘲讽他自作自受，罗副部长只长长叹息一声，笑了笑。

据说还有一次，一外地学生出门旅行，把钱包丢了，几天没吃饭，饿得蓬头垢面的，于是就跪在街头化缘，向路人要回家的盘缠和路费。

罗副部长那次和马旦局长正好路过，罗副部长立刻凑上前了解情况。当听完这个孩子的泪汪汪的讲述，他竟然毫不犹豫，慷慨解囊给了那孩子回家的路费。

马旦局长拦挡说，这些人你不能同情！

为啥？罗副部长问。

这都是些骗子！

那你为啥不去做这样的骗子？罗副部长有些恼火地说，如果让你在街头向人伸手要饭，你去吗？

话不能这么说，马旦说，我怎么会去要饭呢？

这就对了！罗副部长说，我不管他是不是骗子，如果人家向我伸出了手，那一定是有难言之隐，骗与不骗是他自己的事，而我们帮不帮人家则是我们的事。

马旦摇摇头，又眨巴眨巴眼珠子，只好苦笑点头。

记得那晚文化广场的活动结束之后，一些人走了，一些人却怎么都不肯走，脖子伸得像大雁一样够着看阿依莎。他们都不相信模样会有那么好看的姑娘，都想听阿依莎说话。他们看阿依莎的话是怎么从阿依莎的嘴里飞出来的，怎么那么好听。

罗副部长说，看你们这些人烦不烦，就像没见过世面。

那些人见一个当官的这样说，就只好散了。

曲终人散，周围变得寂凉了。

天上的月亮好像比灯光还亮。罗副部长迈动碎短腿腿子走到阿依莎跟前，把一瓶饮料递过去，一个劲说，绝了、绝了，真个绝了！

阿依莎有些害羞说，罗副部长把人夸的不知道做啥了。

马旦从旁边插过来说，领导可对你重视得很，你可要会来事啊！

阿依莎一听这么说，就更难为情了，但她鼓了鼓劲，似乎用完所有的力气才勉强发出声音来，说，我就是不会来事！

阿依莎的话听上去有点生硬，就像说我就是不会来事，看你能把我怎么样。

这么多才多艺，重视人才的好领导，你娃可是很难遇到啊！马旦继续带着一丝微笑说。

阿依莎勾下头，没有说话。

罗副部长却说话了，他对马旦说，你这个马忽悠，别再在这里忽悠了，你忙你的去，我送阿依莎老师去休息。

马旦就用一种诡谲的眼神看了罗副部长一下，说，好好好，我这个局外人先走一步了。

马旦走了，罗副部长送着阿依莎往她住的招待所走。罗副部长嘴巴有点笨拙地说，马局就是那么样个人，喜欢开个玩笑，你别多想。

阿依莎说，没关系！接上道，您的葫芦丝咋吹得那么好！

是吗？感慨和赞叹说，啊呀，就是的，我有时一个人一吹就是半夜，就好像进入一种——他把手从头上到胸部一划拉——继续说，如痴如醉的状态，那个颤活劲儿呀！他嘴巴啧啧地说，就甭再提了。罗副部长这么说着，仿佛自己已经进入那种美妙忘我的境界。

他们就这样聊着走到了县招待所门口。

两个人站下又说了几句，似乎没有话了。

那我走了，阿依莎说。

不邀请我进去吗？罗副部长说。

时间晚了，您回吧！

罗部长听了，脸不知为什么一下子红了，装出一副非常无辜和手足无措的样子，但他还是说，我其实想进去跟你好好聊聊天，聊艺术，我特别喜欢听你说话。他还说，听你的声音就像小时候听我妈讲故事那样好听和让人觉得踏实。

阿依莎微微笑了笑，没有说话，只用手做了个再见的动作，就进去了。

罗副部长一个人凉在那里，背在背子里的葫芦丝就像一个被人冷淡了的孩子似的晃荡着身子。他抬起头向天空扫了一眼月亮。月亮非常亮。他嘴里叨咕骂了一句什么。声音很小，谁都没有听见。

这时，马旦蹑手蹑脚地走到罗副部长跟前，拍了他的肩膀一巴掌，把罗副部长吓了一跳。

怎么样，有情况吗？

他沮丧地说，有个鸟，没事（不行）的！

消消火！马旦说。两个人就来到马旦的办公室。马旦给罗副部长倒了一杯收藏的好茶叫喝，一边安慰他。那杯茶水艳艳地冒着热气，在两人的面前轻轻地缭绕。

一时间，他们都闻到了那股异样地扑鼻的香味。过了一会儿，马旦见罗副部长的情绪好了点，就笑了起来说，你看这茶香吗？浓浓的，又淡淡的。又接上说，你不要喝，你只闻，其实比喝还舒服呢。

接下来，两个人就开始谈阿依莎的大腿、臀部、乳房等，一个说那里如何如何，另一个说脸蛋、眼睛如何如何，嘴唇又如何如何性感，等等。再接下来，两个人就吃不上葡萄说葡萄酸。他们说到兴奋和激动的时候，便情不自禁地双手相击，拍得山响，不禁失声大笑，感慨赞叹起自己说，啊哈，咱们这一群嫖客啊！

马旦说，人家不叫咱们染（来往），把他妈的蛋肯定没空下着，一定是有人了！他们猜测是胡修理？部队的首长？不一而足。

罗副部长说，你这个人咋这么俗气！

马旦说大俗的大雅呢嘛！

第二天，阿依莎就回去了。

一个星期后的一天下午，阿依莎正在给娃娃们上课，村主任来找她说，阿依莎，学校现在再不要代课教师了，以后上面会派来正式的老师。他说，真的没有一点点办法，像你这么的人才梢梢，在咱牛头洼村糟蹋了、可惜了，我劝你到城里找自己理想的工作去吧，那你一定会干出一番大事业来的。

村主任的话里好像还含有话，肯定是有人给村主任打了招呼或者说了什么。阿依莎想。

阿依莎真的不想走，她舍不得这些娃娃，娃娃毕竟是无辜的。

村主任看见阿依莎不情愿走，就只好说，阿依莎老师，你今天还可以继续上你的课，晚上散学了你就先回去，回去等我们几个村干部商量商量，看有没有啥办法。他说，但实际上是没有啥办法的，说实话，我们这个干部也不算个什么干部，也挺难肠的，早上让干，下午如果不让干了，我们就不干了！

阿依莎就像水潭里给丢进去一块大石头，内心掀起巨大的波澜。她是准备了要在村子的学校里好好教书的，没想到学校刚有起色，那些适龄的顽童娃娃刚都基本收揽到学校里，却不要她了。

村主任走了。

阿依莎站在教室的土讲台上，觉得腿子酸得站不住，觉得浑身软软的，心里从未有过的疲乏。她在心里堵着一句话，就是想给娃娃们说一句，做人难得很！但她不能在课堂上给这些天真无邪的娃娃说这样沉重的话题。她只是说，这个“人”字写起来非常简单，一瞥一捺的事，但是若要把这个“人”字真正地立起来站稳，叫不要永远歪歪扭扭的抑或爬伏在地上，真是非常难的！

娃娃就像是没有听懂老师的话，都说是他们均立得特别端，跟线杆一样直。

阿依莎就笑了，笑得很美很美。

散学后，阿依莎送走了娃娃。

那些娃娃站到山梁顶头，还说，阿依莎老师，你心慌吗？心慌了我们给您唱一首歌子。像是班长么谁带的头，就唱起什么赶海的小姑娘。

这里其实是没有海的，娃娃却最喜欢唱这首关于海的歌子，因为他们心里能够想象到过海，他们心里的大海是何其的宽阔和美好啊！

阿依莎心里的那个重，就跟吊着一疙瘩铅似的。

娃娃们的声音到了山梁的另一边了，愈渐遥远了。

天上的晚霞就跟一个箩面的女人，肩膀上披着一件奇异的纱衣在箩啊箩的，面粉变成烟雾一样的东西纷纷扬扬地洒下来。

阿依莎牵着白云，从学校的坡子上下来。白云的蹄子踩得干硬的地面呱嗒呱嗒的响。

一阵凉凉的晚风吹了过来，让阿依莎浑身打了一个激灵。她拉着马停下来，回头望了望学校，心里想：人家明天还要她来学校吗？

不知道。

她想，回去给社目子怎么说呢？还让他再照常送白云来吗？她抱住了白云的脖子，顿时，马的身上的温度传递到她的身上，心里开始热热的。

这时，这瘦削的老马仿佛知道了什么似的，用蹄子刨着地面上的土，显得有些不安。

天堂里的孩子

鳖晒盖尼的上身时常穿着一件显得特别短，并且异常破烂的三道弦背心，黝黑的肚子瘪瘪的凹进去，背子里的背疙瘩压得他仿佛直喘气似的，扣在当背心里，如一只站立着的丑陋的王八或者怪物。鳖晒盖尼还特别爱流鼻涕，鼻涕时常像两根泡软的粉条从鼻孔里探下来，冰凉地在嘴唇上边甩动着。

我们就大声喊："过河了、过河了，鳖晒盖儿，鼻过了河沿了！"

鳖晒盖尼就全身鼓劲，用力深深向上一吸，那鼻就像一条蛇虫子一样忽悠一下收缩了上去。然而，过不了多久，那两根清幽幽的粉条状鼻涕就又悠悠晃晃地试探似的，抑或左顾右盼着慢慢吊下来，悬在空中来回不停地荡着。

"鳖晒盖儿，你这个垫窝子啊，"我们就又大喊，"（鼻）又过河了、又过河了！"

有一个女娃娃对鳖晒盖尼说："你不擤鼻是对的，时常擤鼻就把鼻子擤烂了，"她建议说，"你用袖子的袖口这么擦一下，再这么揩一下，左右两下，就会特别干净的，你就永远不会吃上鼻涕的！"

何家的斜眼子黑蛋乘机说："鳖晒盖儿，你这个吃鼻的货！”他还在鳖晒盖尼的背疙瘩上敲敲打打，就像验西瓜一样，并趴下耳朵贴到背疙瘩上去听一听，说是看背子里的那个疙瘩是个什么样的声音。

这时候，娃娃们这个跑过去揪鳖晒盖尼的头发，那个拿巴掌做的砍刀砍鳖晒盖尼的脖子。

鳖晒盖尼却一点脾气也没有，忍气吞声地将脖子一缩一缩，鼻孔吸溜吸溜地吸着鼻，那个背子里的背锅就一凸一凸，仿佛是一个受气皮胎，任人宰割。

何家的斜眼子黑蛋话不多，但特别阴险，眼睛生得不正，往往看右边的时候却真正是在看左边，看左边的时候实际上是在看右边。他的眼睛盯着你看的时候，往往像是漫无边际地看着别的什么地方。娃娃们都极其畏惧黑蛋。

黑蛋经常寻机会阴治鳖晒盖尼呢，他双手捏住鳖晒盖尼的脖子，轻而易举地就把他摁倒；他让鳖晒盖尼从他的裤裆里一回又一回地钻过去，还给鳖晒盖尼的嘴里抓着喂屁。他的屁谁都知道，特别臭，简直能把人恶心死，就跟狐狸放的骚似的！于是，大家就猜想黑蛋他妈一定给黑蛋吃了像他的屁那样的一种什么东西。

黑蛋对鳖晒盖尼的那个背疙瘩显示出十分浓厚的兴趣，反复研究和把玩，把它折磨够了，才把鳖晒盖尼像扔一只猫娃子一样丢开去。

鳖晒盖尼就一个脑栽子，跌倒在那里，大约得休息上好半天。多时候，娃娃们在一起玩耍，鳖晒盖尼就成了大家发泄和出气的对象，以及揪头衔毛的活靶子。

就拿大家玩的一种藏麻麻活的游戏来说，藏的人一旦被捉住，是要学驴叫的，并且还要被从腿腕子上美美踏几脚，以示惩罚。因而，没有娃娃愿意当“贼”去东躲西藏的让“兵”们去寻，人人却都要争着抢着当“官”和“兵”。就像玩打仗的游戏一样，娃娃们都愿意扮演神兵天将一样的红军，而不愿意扮演像电影里那样贼眉鼠眼的日本太郎。每一次，只有鳖晒盖尼来充当被捉的“贼”，而其他的娃娃自然就都扮演“官”或者“兵”。

当然，别的娃娃是轻易不会当“贼”的，即使偶尔当一次半次，依旧是要奸溜猾的，对于玩输之后的惩罚从不兑现，娃娃们多时候是看人下菜，对此不公也没个人监督，只是应付一下就蒙混过去了。

但是，每次鳖晒盖尼一旦被谁找见和捉住，大家不仅让他学驴叫，叫完了还要美美挨一顿揍。

鳖晒盖尼却从来没有怨言，即使有时候被人家踢疼了，眼泪青潺潺地和着鼻涕一道流淌下来，但忍耐和阳光般的笑容依然浮在他的脸孔上，等到惩罚结束之后，他就又吸溜着鼻涕一颠一晃奔跑着躲藏去了，那个背子里的背疙瘩就像他把谁家的东西窃取来背在自己的身上奔跑似的。

有一次，鳖晒盖尼被斜眼子黑蛋从打麦场的麦摞空里揪了出来，他悲凉地吸着鼻涕，三道弦背心被撑起来，背子里的肉疙瘩裸露在外面，那背疙瘩在那一刻就像一个逝去的孩子的坟丘。

斜眼子黑蛋却自鸣得意地说："把你个鳖晒盖尼，我把你个碎狗日的有个啥逮捕头哇，你不管藏到哪达，就是钻到老鼠洞里去，我也能把你随便寻见，依法逮捕你。好了，你现在就乖乖地学驴叫吧！"黑蛋经常把"寻"见说成是"形"见，把猫啊狗啊做爱，说成是："狗形（寻）儿子着呢"。遇上这一类事情，他的兴趣大得很，就会显示出前所未有的强烈兴趣，说："大家们，走，看走！"引上一伙孩子跟上他去看热闹。那是黑蛋一群最爱看的热闹。

这一次斜眼子黑蛋一边命令鳖晒盖尼学驴叫，一边还在鳖晒盖尼裸露出的背疙瘩上用手摸来摸去，说是要看看这个东西最近长了没有，到底大还是小，看痒痒还是不痒痒。

如果换成别个孩子，碰上这样的欺辱肯定是会反抗和生气的，要嘛就会哭泣起来。但是，鳖晒盖尼的脸上没有愤愤不平的表情，始终洋溢着愉快和欢乐的微笑。

鳖晒盖尼吱昂、吱昂地学驴叫起来。

他的叫声划开刚刚昏暗下来的夜空，在村子的头顶上一圈圈地萦绕开来。

哈哈哈，大家发出会心地笑声。娃娃们都争竞着说："鳖晒盖尼学驴的叫声那是最像驴的叫声的，别人的却都不怎么像。"

"不像就没有个啥意思！"有一个斜眼子黑蛋的忠实追随者这样说。

听了鳖晒盖尼此起彼伏的驴叫，斜眼子黑蛋看上去特别满意，就跟吃了一颗洋糖似的，但他依旧装扮得很严肃，脸上浮现出似笑非笑的表情。

鳖晒盖尼在学驴叫的时候，显得一本正经的样子，用大拇指头压住一边的鼻孔，皱紧眉头，缩短鼻子，像驴那样面向着天空张开嘴，鼻涕在嘴巴上自然地搭出一座颤颤悠悠的桥梁，才开始叫唤起来。他完全像是在干一件被人们认为很有意义的事情或者进行一场别出心裁的演出工作似的。

就这样，鳖晒盖尼便在斜眼子黑蛋的命令下一遍又一遍地放声大叫：“昂——吱昂——吱昂！”

声音听上去不像是鳖晒盖尼那个年龄的娃娃发出来的，音量拔得特别高，凄凄惨惨的，就像一只找不见妈妈的小毛驴，在荒漠的山沟里孤凉地号叫着，声音翻山越岭传得遥远，引得山背后谁家的驴也“吱昂、吱昂”呼应起来。

“果然是碎叫驴的声音！”黑蛋兴奋极了。

“这会儿再学学草驴（草驴就是母驴）！”斜眼子黑蛋这个大娃娃头儿，命令鳖晒盖尼说。

“吱杠——吱杠、吱杠！”第一声拖得长，紧接着的两声紧紧张张的，有些局促和慌乱，且带着一丝淡淡的幽怨般的沙哑。

大家说：“就是这么个、就是这么个的，一模一样（跟草驴叫的）的啊！”

娃娃们让鳖晒盖尼周而复始发出不同驴的叫声，没完没了，后来鳖晒盖尼的声气几乎都快要断了，嗓子都涩了。

可是那些身体健康的孩子们却依旧不依不饶，不让鳖晒盖尼停下来。

大家伙被逗得大笑，笑得连肚皮都疼起来，因为鳖晒盖尼有时发出“吱杠”声的时候，不小心连鼻涕都就吸进嘴里去，呛得眼泪都出来了。

可是，斜眼子黑蛋却永远没有个限度，且还要在鳖晒盖尼的腿腕子上用脚踏。一踏，鳖晒盖尼就自不而然一个马爬步跌倒在地上。

斜眼子黑蛋一声不响，微微欠下身子重新把鳖蛋拉起来，刚拉起来，却猛然又抬脚踏下去。这突然的袭击总是令鳖晒盖尼猝不及防，一个跟头便栽倒在地上。鳖晒盖尼的狼狈相以及在一瞬间出现的诙谐与滑稽，使得大家无比开心和快活，简直把娃娃们都乐死了，拍着巴掌，身子前仰后合，仿佛鳖晒盖尼的缺陷成为他们快乐的源泉，他们觉不到鳖晒盖尼会有疼痛。

有一次，鳖晒盖尼叫出一声：“疼死了！”

他们不相信似的看着鳖晒盖尼，说：“那就再来一下，你就不觉得疼了！”就又从他的罗锅上面一拳砸下去，疼得鳖晒盖尼跌坐在地上。

将孩子们的兴奋推向了高潮！

终于，鳖晒盖尼再也翻不起来了，展展地伏在地上，于是斜眼子黑蛋让娃娃们排着队从一动不动的鳖晒盖尼的头上叉着腿耀武扬威地跨过去，然后丢下鳖晒盖尼扬长而去。

每一次，当我走远，就想：鳖晒盖尼一定非常伤心，见着大家一定会躲得远远的。可是，等到下次见着大家时，鳖晒盖尼却仿佛早已忘记了上一次发生的事情，就跟什么事也没有似的，自己又高高兴兴地加入进来，凑到这一伙娃娃们跟前任人捉弄和摆布。因为他不跟大家玩，一个人也挺可怜的。

记得马五子家房背后的园子里种了一园子向日葵。鳖晒盖尼特别喜欢看向日葵开出的花，黄黄的，温暖而热烈。鳖晒盖尼每次坐在一个高的地方，望着那些火焰一样的花朵，一看就是半天。等到向日葵花落籽实的时节，斜眼子黑蛋就逼迫大家去偷向日葵。

黑蛋说："我们去掰马五子家的向日葵，不管谁倒霉被人家抓住了，就不准当叛徒，如果供出我的话，我就平谁的背锅子（就是罗锅）哩！"

我们说："马五子那人狠的不得了，我们害怕呢！"

斜眼子黑蛋就把眼一瞪道："怕啥哩？想吃向日葵就跟我走！"

鳖晒盖尼被斜眼子支使在最前头，其他的娃娃随在后头。大家猫着腰，就跟串联的特务似的。大家在向日葵丛中轻轻地穿行。阳光洒在娃娃们的脸孔上，跟向日葵的花朵一样金黄金黄的。

突然，我顺着芭蕉扇一样大的向日葵叶子的空隙间，发现遗漏下来的阳光洒在鳖晒盖尼的脸上，鳖晒盖尼的脸孔顿时变得犹如魔幻中的向日葵。

我有些吃惊，第一次暗暗地从侧面打量和观察鳖晒盖尼的脸，发现他的头发像零乱的向日葵的叶子，脸像向日葵的盘子，耳朵像是向日葵的花瓣闪烁着金黄色的光。

我揉揉眼睛重新看，依然发现鳖晒盖尼的脸就是一只向日葵的脸，俊黄俊黄的。我万分惊讶，尽管娃娃们都知道，鳖晒盖尼是一个被大家公认的缺心眼的有智障的孩子，而且他的背子后面还锅盖一样扣着一个背疙瘩，成为大家戏谑的目标。此刻，他的那个罗锅却被向日葵叶子盖住了。

我又回头看了看别的娃娃的脸，他们的脸孔也很美，但就是没有鳖晒盖尼的那么金黄。我又回过头来看溜在后面，阴着面孔监督大家的黑蛋的那张脸，在向日葵叶子间竟显得有些黑。

此刻，鳖晒盖尼完全是平静的、坦然的样子，他仿佛不是来这里偷东西的，反倒像是来真主的园子里游玩似的。我想，在鳖晒盖尼的眼里，天一定特别蓝，云一定特别白，小鸟和虫子的叫声肯定是特别动听的，就像唱歌的一样。在他的心里，所有的一切只是为了和大家在一起玩，世界上的一切都是那么自然和格外地美好！

别的那些娃娃，他们一个个心事重重，脸上布满忐忑不安的表情。

就在这一刻，我第一次觉得鳖晒盖尼和我们原来是不一样的。他的脸面是平静的、神圣的。他的样子，让人觉得他可以和向日葵、小草、地上芬芳的泥土以及蚂蚁，等等进行交流和对话，乃至悄悄地秘语。

我第一次对鳖晒盖尼背子上的背锅子产生了一丝说不清楚的敬畏感。

那天，鳖晒盖尼只眼睁睁看着别人一个个把向日葵的头颅拧断，可是他的力气小，半天也不能得手。斜眼子黑蛋的办法大，他一边催促责备，一边教鳖晒盖尼怎么从向日葵头的下面塞进去一根木棍，向两边劈开，然后就轻而易举地掰下向日葵头来。

我们一群已经掰了两三个向日葵头了，有些用手掌蹭过覆在向日葵头表面的那一层绒毛，用指甲叼出向日葵，发现瓤子都不是特别饱满。

黑蛋就呲眉瞪眼地责怪："去，再掰去。都他娘的把籽儿饱的掰上！"还扑上来把鳖晒盖尼和我分别自后面踢了一脚尖子，踢得人烧辣辣地疼。

鳖晒盖尼就又跳跑到向日葵丛中去了。

黄了的向日葵一般杆子都有些干枯。

我奔到前面刚刚摁倒一个向日葵正准备往断扭向日葵头的时候，园子的主人马五子来了。我翻身趴伏在地上，他追过去抓住了鳖晒盖尼，我看见他给这个碎背锅子来了一个猴儿剜牙茬——就是以拇指和食指揪住耳朵，用中指钩住耳垂下面的牙茬骨，向上用力剜。对此，我是深有体会和领教过的，那种酸疼酸疼的滋味，满保叫你终身难忘呢。

鳖晒盖尼"哇——哇——"发出一声声令人毛骨悚然，怪模怪样的凄厉声音。

接着，马五子就用铲子猛烈地打鳖晒盖尼的沟蛋子。这是个非常凶狠的半大子老汉，平时庄子里的大人娃娃见了他都躲避着。马五子一边用铲子打鳖晒盖尼，一边嘴里骂："我把你个狗日的，你敢偷我的向日葵，看老子不平了你的背锅子、看老子不平了你的背锅子！"

黑蛋领上我们翻起来跑了，我们站在园子外头听见一声紧着一声的惨叫。

我心里想，要是用铲子把那背锅子一直打、一直打，就会把那个罗锅砸平的。

那次，马五子打够了鳖晒盖尼，还用马莲草拧了一根细绳绳，就像扎口袋一样扎住鳖晒盖尼的背子里的背疙瘩，说是要勒断它，说等勒掉以后就能长得和大家一样平整好看了。马五子还说他是给鳖晒盖尼办好事情呢。他一边说一边发出一种令人头皮发怵的冷笑。

最后，马五子的手里拽着那根马莲草编织的绳子，拉着眼泪鼻涕一起流的鳖晒盖尼倒退着走，把围观的孩子们看得惊心动魄。其结果是，马五子被他自己这样的"发明"给逗乐了，似乎有些洋洋得意。

那次，鳖晒盖尼背子里的背疙瘩似乎被折腾得更大了，又青又紫的。

这件事就这样过去了。

不知道是哪个伟大的农民生下的娃娃发明了一台"样板戏"，有一天晌午，黑蛋叫鳖晒盖尼和几个娃娃都吃了大苦头。黑蛋引我们到山上去，说是去看"样板戏"。我们从来没有看过这个，都觉得非常新鲜。

黑蛋让我们用铲子挖了一台土锅锅炉。以前，我们曾用这样的锅锅灶烧着吃过土豆，特别香。但是，黑蛋叫我们挖的这个锅锅炉却规模显得很小。他用小学语文课本撕下的一张纸苫在锅锅炉上，然后捻一些干干的烫土面洒在纸上，接着将锅锅炉的门用湿土捏的胡墼疙瘩堵塞住。然后，他便郑重其事地宣布说："好了。"然后他看看大家道，"现在你们谁想听样板戏就来听，好听得很！"

大家就都争着抢着说："我听哩、我听哩！"

娃娃们一个个争先恐后，唯恐担心听不上和害怕自己落后了似的。当然，鳖晒盖尼以为这样的好事一定没有自己的份儿，就在那里欣赏地观望着，他知道好的事情从来不会把他放在前头的，除非别人听得没心听了看能否有他的份儿，也还很难说呢！

"那就拉拉先来吧！"黑蛋眨巴眨巴自己的斜眼子说。

拉拉显得从未有过的激动，哧哧笑着，一猛子就把耳朵搭到纸上面听起来。

黑蛋问："好听吗？喔唷，好听吗？"妖道地接上说："好听了，别刚自己霸下听呀，也让别人听一听，瞧把你的眼睛闭得紧紧的美的样子！"

拉拉挤眉弄眼地说："啊！真格太好听了，我长这么大，从来还没有听过这么唱得好听的样板戏！"

黑蛋说，"你不懂，你要是把嘴张开趴贴在纸上听起来还显（清晰）呢。"

拉拉就说："就是的，我大（父亲）买了一块手表，我搭到耳朵上听声音，小得很，我大就说，'你娃娃不懂，你把手表放到嘴里听，还清楚呢！'我就听我大的话，放到嘴里去听，哎呀，那个声音啊——苍苍苍的，响得脆过火了！"说完就把嘴搭到纸上听，拉拉重新闭上了眼睛，似乎听得如痴如醉。

看得大家一个个都异乎神往。

一会儿，拉拉把头抬起来说："我听好了，你们谁还想听？"

"谁听哩？"黑蛋高声问，并用慢条斯理的眼神看着天空，实质上是在看着我们。

大家都把脑壳往纸上凑。

黑蛋见这样，就说："你们都别听了，一会儿想听慢慢再来，今儿就让鳖晒盖儿先听，平时啥好事情都轮不到他，都没有他的份儿，今儿我要偏心一下！"意思是要照顾照顾鳖晒盖儿。

鳖晒盖尼乐呵呵地笑着，晃荡着粉条鼻涕走到锅锅炉跟前，他左一下，右一下揩好了鼻，然后就老老实实地把耳朵搭在纸上去听。他听了半天说，"我咋啥都听不见啊！？"他有些沮丧和遗憾地吸着鼻，吊着两只由于经常揩鼻，在日头下显得像铁甲一样乌黑发光，指甲碰上就会发出牛皮纸一样的响声的袖口。

"你的方法不对头，"拉拉说，"你把嘴张开趴在纸上，嘴要张得大大的听。"他说，"对，就这样，然后把眼睛闭上细细地听，就听见了。"他还添上说，"唱得可好喽！"

鳖晒盖尼就按照拉拉教的办法去听，他闭上眼睛的时候，就像一个睡着了忘却了人间烦恼、疼痛和忧伤的婴儿似的。

这时候，说时迟那时快，只见黑蛋用尽了全身的力气一拳头捣进灶火门里去，那些软土被拳头推开后，将锅锅炉上面的那张纸扇了起来，纸上面的干土面就一下子全部灌进了鳖晒盖尼的嘴里。

鳖晒盖尼当场就被干土面呛得背过气去了，幸亏他的眼睛是闭着的，不然就会给弄瞎的。

黑蛋哈哈哈地笑得气都上不来，一会儿说："鳖晒盖尼，好听吗？啊，好听吗，鳖晒盖尼？"又笑着用他的斜眼子回顾了一下周围，"你们谁还想听？嗯？要听就赶紧来排队。嘿嘿、嘿嘿！"

我们都知道干土面能把人活活呛死呢，我曾听大人说起，过去村子里有人因为抢着吃干面，就给呛死了。

我们看见鳖晒盖尼嘴巴张得就像一只等待喂食的火石干干（一种小野鸟），一张一张的，黄土面把他的心肺给呛了，张了半天才咳嗽和喷嚏连天。

鳖晒盖尼第一次放声大哭起来。

大家哄了他几句，鳖晒盖尼就不哭了，又笑了起来。

大家问他为啥要哭。因为平时他受了那么多苦楚，却从来都是不哭的。

鳖晒盖尼说："我不是故意要哭的，我是心肺真正疼得受不住了！"

大家问鳖晒盖尼被呛的感觉，他说："就是胸腔里面特别难受，干巴巴地针扎一样痛！"

尽管别的娃娃都很想知道听"样板戏"的感觉，但却没有一个愿意去尝试的。

这件事情，我们最大的收获是：大家学会了让不知情的娃娃怎么听"样板戏"——也就是叫他们怎么吃干土面。

鳖晒盖尼也模仿黑蛋想叫别的娃娃来听他设计的样板戏，可是他往往自己还没有把人家吆喝到网里，阴谋就已经败露，人家把他搭建起来的"样板戏台子"，一顿脚就踢毁了。鳖晒盖尼就特别茫然地笑一笑，说："真格好听得很呢！"

被邀请听"样板戏"的娃娃就把牙齿一咧，恶狠狠地自他的背子里一拳砸下去，疼得鳖晒盖尼折过双手，抱住自己的背疙瘩跪在地上，缓上半天，才莫可奈何地说："不听算咧，打得疼死了！"

日子不知又过了多久，有一天我们到鳖晒盖尼家的大门前学着他妈妈的声气喊："鳖晒盖儿——哎——鳖晒盖儿，出来耍来！"

鳖晒盖尼走到大门口说，“我忙着呢，我出不去了，出去了我妈打我呢，就不给我饭吃了！”说完就把那一扇沉重的破木大门关上，进去了。我们隐约看见鳖晒盖尼的背锅在门缝里一掩一映消失了。

我们就绕到鳖晒盖尼家的房背后，爬骑在墙头上看。鳖晒盖尼正在给牛拌料做家务活。他把牛拉到牛槽的另一边，拴在一根粗木杆上，折回用背篼在铡刀铡碎的干草堆上揽上草，背过去倒进牛槽里，又去用簸箕揽来了麸子皮撒倒在槽里的草上，然后一颠一晃地到水井边吃力地打上井水来，用水桶提到牛槽跟前，洒浇在草上，再用立在牛槽旁边一个歪歪扭扭的木棍搅拌起来，等到搅拌匀称了，才把牛牵来让吃。

那头红色的犍牛，就特别舒适和享受地嚼着草料。

我们低声地喊叫：“鳖晒盖儿，出来耍来！”

鳖晒盖尼用手背向外面一扬一扬，叫我们走，意思他妈妈要是看见了，会打他的，就不给他饭吃了。然后，他就漠然地不理睬我们，踩了几页烂砖头，自房檐的椽子缝里取出一只铁齿刷子，一颠一晃地走到牛槽跟前，给那只牛刮身上的泥土和乱毛，似乎外面的一切已与他无关。

我们趴在墙头上看了一会儿，觉得有些无聊，心里暗暗埋怨鳖晒盖尼！

再后来，大家伙儿就逐渐开始淡漠了鳖晒盖尼，仿佛他越来越陌生了。

黑蛋常常显得有些寂寞难耐，他天天在村巷里游来荡去，没意思得很。

再后来，周围的一切似乎都在起着变化和日益冷漠了，黑蛋因为聊无趣味，就离开了村子，再也没见回来。

有一天，我们看见鳖晒盖尼套着家里的牛，拖着犁铧去田里耕地去了。鳖晒盖尼的姐姐虽然没有文化，但是都非常美丽，出嫁到了城里去了。事情有时候往往就是这样稀奇古怪，鳖晒盖尼的丑陋跟姐姐们的美丽似乎形成了鲜明的对比，这个反差几乎令村子里所有的人们都有些难以置信。听说他们的父母亲把他们家的土地给几个儿女每人分了一份，但是除了鳖晒盖尼独自干活，别的却没有一个愿意下地干活的。几个姊妹的土地都让鳖晒盖尼耕种。但是，每到麦黄秋收后的时候，鳖晒盖尼的姐姐，就一个个穿得花枝招展，坐着出租车来乡下分粮食来了。有时候她们分不公允还会大声嚷叫起来。鳖晒盖尼就把自己的一份给她们一人再匀给一些，他们才会满意。

不知道又过去几年，那个鳖晒盖尼，即使他每天就在我们的身边，但是大家对他从来都漠不关心，把他当一个生活中的局外人看待，大家偶尔只对他背子后面那个疙瘩有一丝好奇。

鳖晒盖尼自己和家人也都习惯了别人这样对他。这样倒是挺好的！他想，他再也没有以前那种被人在肉体上所造成的伤害而引起的疼痛了，也不再领受那种经常哭哭泣泣的日子了。

又过去不知几年，有一次人们叫鳖晒盖尼去给村子的学校打井。那天，日头很美，鳖晒盖尼独自一个人正在井下面奋力地挖土，上面的人给他把拴着皮绳的筐子吊下去，等他把挖起的石头和泥土一起揽进柳条编织的筐子里，便拽拽绳子示意一下，上面那些人就吊上去把泥土石头倒掉，然后再放下筐子来等待他把土和石头再次装满。

就这样，一筐一筐的泥土和石头被吊上来。据说下面有一段地方挖出的红石头块子格外多，且大。井上那一大群人呢，都在说说笑笑的，丝毫都不专心致志地干活。他们在讲笑话呢。大约是一个经常喜欢出门打工的中年人说了几句什么顺口溜，他故意把那句令人啼笑皆非的话一连重复了两次。

引逗得大家开怀大笑。人们又一次习惯性地遗忘和忽略了井下面的鳖晒盖尼——那个背锅子——都心不在焉地往井上拽着拴筐子的绳子，拽着拽着，那个最当该出力的人突然心中一失笑，结果手一松，那装满美美一筐石头的筐子就猛然从手里滑落下去，一直飞速直下，现在即使人们用手去拽绳子，都已经晚了。装满石头的筐子猛然砸在鳖晒盖尼的头上。

鳖晒盖尼就这样走了，然而鳖晒盖尼的父母亲对大家也并没有说什么怨言，倒像是因为这样一来使得他们洗刷了一生的某种不光彩的东西。他们就像是这些都是因为鳖晒盖尼自身残疾造成的结果，父亲一再说："不怨别人的，我谁都不怨！"

又过去了好多年。然而，每当我穿越茫茫人海，总觉得那佝偻着的以及与众不同像扣着一口小铁锅的凄怆背影就在那些人里面行走着。但是，他与那些人最大的区别不是背子里的那个疙瘩，而是当阳光洒在他的脸上，出现的那一抹天使般的金黄。这是别人所没有的！

鳖晒盖呢

这里的乡村最是乡村，天气不冷不热，只沙尘稍微大些。不过这有什么关系呢，一切生命的迹象依旧会一如既往在这里生息和繁衍。

村子四面土山环抱，显得孤零零的，像一座三角形的孤岛。这是一个夏季的中午，小鳖晒盖呢和他近八十岁的爸爸杨拉拉出现在村口。就像电影镜头中的一幕。

杨拉拉无论是走还是站，手里始终牵着儿子鳖晒盖呢，慎怕他走丢似的。

早年，村子每个户主都生有七八个娃娃。不要说成家立业，单是如何让这些孩子长大，想一想，都令人头疼。当然，没有谁嫌弃过孩子多，倒是有个诡异的现象，大家似乎比赛看到底谁生的儿子多。这像是在进行一场力量和势力的较量与角逐。村子有如一个古老的国度：似乎一切都要依赖人多势众。

鳖晒盖呢，这是个有点既可怜又草芥一样莫可奈何的孩子。鳖晒盖呢就是鳖从水里出来爬到阳光下晒自己的背呢，以期贝壳变硬，好保护自己。

然而，村子里鳖晒盖呢的意思却是出生垫底的那个孩子，延伸一下，就是垫窝子，即最小的孩子。也许取这样的名字，还包含可怜、悲悯的意思。

杨拉拉却把自己的儿子叫穆罕默德。然而旁人看见这个孩子，几乎是不约而同异口同声地叫鳖晒盖呢。这是杨拉拉最小的也是最后一个孩子。另外，鳖晒盖呢确实是严重的营养不良，面黄肌瘦的，像一片干枯的挂在墙上的白菜叶子。

鳖晒盖呢是杨拉拉第三个女人生下的。

杨拉拉炕上没有一条毡，却格外地费女人。第一个女人生了三个女子，大了，都嫁人了。可杨拉拉就是一心想要个儿子，正准备挽臂唾手继续生儿子时，没想到突然一天这女人却莫名其妙的无疾而终。

有人说，杨拉拉一定是亏下人的，即便是自己没亏人，父母一定是欠下别人的，否则怎么会生不了个儿子呢。

这话传到了杨拉拉的耳朵里了。拉拉很生气，不生气是假的。杨拉拉想，我的那三个女子倘若是儿子的话，再长得牛高马大一些，谁敢这样欺负我啊！但是，现在没有一点办法，只有忍气吞声的份儿了。

那时候，大家从水库往田里灌水，杨拉拉的三个丫头去给田里改水浇地。然而田里的水不仅没有放上，三个女孩子还叫邻田那家的几个干头小伙子给赶上哭得泪汪汪跑回来了。

三女子哭得哽咽了，对杨拉拉说，人家骂，骂姐姐呢！

骂你了没？

骂了，三女子尚不懂事，一边诉苦还一边学人家的手势做给杨拉拉看。

这娃娃不仅不懂事，看样子还傻着呢！杨拉拉一边想，一边顺手就一个耳刮子扇上去，说把你的碎嘴闭上！他冷冷地瞅着三个丫头，真有些怒其不争，哀其不幸的意思。

从那以后，杨拉拉决心一定要养个儿子出来，叫全村的人也看看，看看他杨拉拉不是不中用。他想，哪怕是把脑袋撞破也要把这事办成。可是，女人不在了。女人不在了，就像失去土壤的麦子，颗粒再怎么大也不会凭空长出麦穗来的。

杨拉拉的第二个女人进门了。这个女人是个瘸子，没有结过婚，姑娘一个，虽说年岁大了一点，但人倒是还中看，大眼睛，线杆鼻子，就是因为腿子上的病才落到现在的下场，被杨拉拉捡了个便宜，老牛吃了个嫩草。就这，也还不是那么容易的，这女人是杨拉拉用前面三个丫头的彩礼打凑到一搭才勉强娶回家的。

结果，人有鬼拐心，天有盘盘路。依旧事与愿违，一连又生了两个女子。用杨拉拉自己的话讲：他是不小心踏在骚狗头上了！一到夜间，整个村子里都飘荡着杨拉拉揍那个瘸女人揍得吱哇哇吱哇哇乱嚎的声音，说是不争气的，一点本事都没，怎么就给他生不出个别枪的。

后来，听说是杨拉拉端线杆鼻子的瘸女人生了个病，说是这个病具有遗传性。时间不长，瘸女人也在世上消失了，在杨拉拉前妻的坟鼓堆旁边把那黄土又顶了个包包。

时间不长，心有不甘的杨拉拉开始了新的征程：又转着找女人。找女人几近成为杨拉拉人生旅途上的一门功课。

这一回，找的是一个麻眼的女人，据说又是被人拣残剩下的。

村子里的人就笑着说，杨拉拉家是个破烂收购站。什么瘸子、瞎子、聋子都收揽全了。有调皮捣蛋的中学生在杨拉拉家的房背子用废弃的电池里的墨棒写上：要组建残疾人马戏班子，欢迎到这里来招聘！落款是杨拉拉！

杨拉拉看了，也不理睬，心想白猫黑猫拉住老鼠就是好猫，生出儿子来才是硬道理。

麻眼女人一连又生了两个女子。

杨拉拉说，他娘的个蛋，我就不信邪门了。他万分生气，但又锲而不舍。得想点办法，他想。医院里又没有钱去不了，就只能寻一些偏方子。村子里有个老太太说，怀上女子和怀上儿子那是绝对不一样的，儿子的症状是怀孕的女人乳头蛋子周围那一圈显得有些粉红，好看得很；怀女子则不一样，怀女子奶头蛋子周围那一圈简直就跟狗屎一样，特别丑陋和难看。还有个人说，怀儿子和女子的体位也不一样，以高和底来区分。反正，众说纷纭，不一一列举。

唯独那个老太太的话印象最深，刻在了杨拉拉的心上，使他感觉到生女孩简直是一件邪恶丑陋的见不得阳光的事情，而生男孩则是光彩的，连孩子母亲的乳头所表现的状态都是一种美的色调，一种鲜艳的状态。

黑的——粉红的；一个如狗粪，一个如花朵。杨拉拉的脑海里反复出现狗粪和花朵，并且这两种事物似乎在进行搏斗和较量呢。接下来，用了许多土方子，杨拉拉的麻眼女人生的又是两个女子，却都没能拉扯到世上。一个是生下来就再也没有睁开眼睛，另一个则是睁开眼睛活泼了几天就不中了。

杨拉拉一直苦熬，一直熬到六七十岁，终于生了个儿子。大家都对杨拉拉称起奇来了。儿子生得又瘦又小，像一根小火柴棍棍，身子骨跟《卖火柴的小女孩》上那个女孩子一样瘦小，个子也不怎么往高长，有说是像叫蚂蚱的，也有说像小萝卜头的，身上穿着麻眼女人的一件粗布红汗衫，在腿肚子下面旗袍一样拖着。这孩子一直长不大，杨拉拉让在门缝里夹，廊檐上挂，都没得奏效。于是拉拉就把起初叫的穆罕默德的名字再也不好意思叫了，就跟上大家叫起鳖晒盖呢来了。

杨拉拉常常喜欢牵着鳖晒盖呢的手在村头的阳洼里一边晒着太阳，一边和人闲聊。夸耀似的。一天，聊着聊着，突然假聋子——这个人别人说什么他都听不见，唯独一旦别人骂他他却句句都能听得明白的人——情不自禁地发出感慨说，人啊，一辈子就只能干一件事情！

另一人接上说，能干成一件事情就算不错了。

话题让大家感伤起来。

有人却煞有介事地突然冒出一句俏皮话，杨拉拉这一辈子就干了一件事情。

啥事情？

养娃娃啊！

人们就哈哈地笑了起来。

鳖晒盖呢几乎已成为村子里人的一个话题。

起初，杨拉拉信心十足。他把麻眼女人当成了立下汗马功劳的英雄和功臣来伺候，照顾得细致入微，让她在炕上定定呆着什么也别干。

可是激动和兴奋劲儿很快就过去了。

冬天来临了。雪花漫天飞舞。杨拉拉家的房子到处窟窿眼穿，风从四面灌进来，尽管最大的裂缝已经被杨拉拉用麦草和胡墼塞住，但一家人依旧冻得像寒号鸟一样瑟瑟发抖。麻眼女人和她的鳖晒盖呢呆在冰房古炕上，一天就只喝两顿能照见人影影的面糊糊。

你带上我们出去寻活路去嘛！麻眼女人被贫困折磨得受不了了，对杨拉拉说。

你啥都看不见，也干不了个啥，不如在家把咱这烂房房好好守着，我带上鳖晒盖呢寻活路去。他添上说，老婆子，你就等好消息吧。

已经快八十岁的杨拉拉手里拄着一根歪扭结疤的木棒，手上托着鳖晒盖呢离开村子走了。

他们来到县上，在县城的街上摆了个小摊摊，称了几斤大麻子给人卖。

一天下午，鳖晒盖呢正奶声奶气地吆喝：大麻子，谁要大麻子？

结果，城管上的韩胖子来了，二话没说，提上杨拉拉的大麻子和卖麻子的秤就走。

杨拉拉拽住装大麻子的蛇皮袋子不给。

鳖晒盖呢也上去抱住韩胖子的腿不丢。

韩胖子以前是个待业青年，在街上的混混子里头当过大哥，招工到城管上的，他一脚就把鳖晒盖呢像毛蛋一样踢翻了。

鳖晒盖呢倒是异常顽强，从地上迅速爬起来，坐在马路牙子上呜呜大哭。

紧接着，韩胖子上去把杨拉拉一个嘴巴子，扇得杨拉拉眼冒金星。

你丢不丢开，丢手！韩胖子命令杨拉拉。

杨拉拉心想，我就靠这点麻子给全家人寻活路，你抢去我怎么办！他依旧死死双手拽着不松劲。

韩胖子恼羞成怒，一下子甩开，将麻子全部洒倒在大街上。麻子霎时和街上的石子、尘埃搅和在一起了。韩胖子着实生气了，他意犹未尽索性把杨拉拉的秤用膝盖一顶，折断扔了，然后扬长而去。

杨拉拉只有哭的份儿。

杨拉拉哭着把自己的悲惨跟身边围观的一些人说了。大家就都很同情杨拉拉和鳖晒盖呢。先前，大家还以为鳖晒盖呢是杨拉拉的孙子呢，根本没有想到会是儿子，都觉得非常讶异。

不知道是谁，跑去把杨拉拉和鳖晒盖呢的情况给韩胖子讲了。

韩胖子有些江湖义气，听了就又返回来了，对杨拉拉说，你看你可可怜怜的，家里折胳膊断腿儿的，全是些残疾妇女儿童啊！韩胖子就给把秤和麻子的钱赔给了杨拉拉。说没知道你这么可怜，一辈子就知道养娃娃，很为你难过。接上又说，可是你竟敢跟我竞争，你也不打听打听我韩胖子，街上哪个敢在我跟前说个“不”字，看我不扳掉他的牙。

生意是做不成了，有人就给杨拉拉出主意，让写一个申请，领上鳖晒盖呢到民政局去要点钱。

杨拉拉倒是在这一点上显得非常积极、听话，立刻就去找人写了个情况说明。大概内容是：我是个病汉，年岁大了，全靠手里的木棒来支撑去讨馍馍，维系一家人的生计；我的老婆双目失明，现在家里什么也干不了，儿子尚小，不能自立，一家人挤在一间破烂的危房里度日如年，恳求民政上能帮助我解决点钱维持生计。

后来，不知道要没要上钱，杨拉拉给别人没有说，大家也就不知道了。他有时却向人炫耀说，自己要上钱了。即使没有要上钱，他也会对某些无关紧要的人说他面子大，要到了一笔钱，孔乙己一般，洋洋得意的架势。然而，有时又显得极其消极和凄惨，说是一分钱都要不上。也有可能是要上了，但他依然说没有要上，以期引起大家更多的同情。

杨拉拉带着鳖晒盖呢在县城混上几天，一旦要上一点馍馍和旧衣裳，就奔回村子看麻眼女人，在家呆上几天就又出门去了。他对麻眼女人的爱倒是非常令人感动，像老鸟一样打一点食总是要带回去喂养，让之维系生命。

杨拉拉八十三岁的那天，猝然倒在了县城一家烤羊肉串的炉火边，脸上挂着满足的微笑，就像是吃了美美一碗羊羔肉的样子，嘴角弥漫着梦一般的甜蜜，就像是说：你们谁再敢小觑我，你们有的，我也有，而且我的老婆呢，比你们姓谁的都多得多呢！

鳖晒盖呢哪儿去了？这个垫窝子瘪死尕尕，长到十几岁了，还像六七岁的孩子那么大，似乎越长越碎了，无论怎么长也长不高，去年听说免了学杂费了才去上的学。现在也不知学习怎么样了！

那个麻眼女人呢？她多么想看一眼这个美妙的世界啊，更是想看一看她的鳖晒盖呢到底是怎样的一副尊容：是俊焉？还是丑焉？

三十年河东

没想到这座黄泥院落会这么有福气，招财进宝，远远看上去火焰焰的，觉得脉气在院子中心如玻璃瓦子反射的光芒一样一闪一烁。院子的阳光也似乎十分充足，日头从早晨一直可以照到黑。

晌午的院落里，两耳灌满了蜜蜂汪朗朗的声音，跟一曲永无休止使人昏昏欲睡的音乐一样。倘若人置身其间，倾听得久了，蜜蜂的翅翼似乎在发出一种奇怪的声音，就像在共同哼唱一个字：“旺——！”声音经久不息，听上去恍若隔世一般。

父亲站在蜂儿窑窝子一边，拿食指将蜂门口或出或进的黑蜂不断地摁死。

蜂门大约一拇指那么粗，黄色的蜜蜂嘴里噙着甘露或清冽的山泉，腿上拖着沉重的一嘟噜一嘟噜颜色各异的花蜜回到窝门上，缓缓爬进蜂儿窑窝子里去。

惊异使得人不由擦亮眼睛想看看蜜蜂的爪子。那小生灵的爪腕子上有许多人肉眼不易察觉的细微的绒毛。这是专门用来沾染花粉的。有时，蜜蜂腿肚子上的花粉疙瘩实在太沉，加之蜜蜂似乎是从很远很远的路途飞回，显得那么疲累，要在窝门跟前歇缓一口气，然后才拖着花蜜钻进窑窝里去。

蜂儿窑窝子的门口时常站立着三两只蜜蜂，像哨兵似的在蜂门口严密地把守和巡逻。这些蜜蜂像优秀的人类一样，一旦发现王国领土的侵入者和来犯者，就会奋不顾身地扑上去撕咬，用身上的箭，如村姑绣花一样连连地出击。

于是，常见窝门下有堕马的死伤者。当然死伤者不见得全是来犯者，有时自己也被敌人咬得伤痕累累，抑或英勇就义。蜜蜂一旦把自己身上的箭射出去，就再也无法活下去。

一次，我看见一只满带花蜜的蜜蜂飞到窝门口，累得连进窝的气力都没有了，一头栽到地上，我把手指伸过去让蜜蜂趴在手指上，将它小心翼翼放回蜂窝。

父亲抹黑蜂像抹毛蚰蜒一样抹得手指糊满浆汁。我知道，黑蜂是没有箭的。

我问父亲，干吗要抹死黑蜂呢？

父亲告诉我，黑蜂是公蜂。

于是，我便仔细打量，据我一贯观察，认为公的都比母的大，且生得也雄伟健壮。果然，黑蜂比黄色的蜜蜂大得多，且身子饱满如一只绿头苍蝇，爪子上从不见带一丝花粉回来，就像养尊处优的老爷。

一次，父亲打开蜂儿窑窝子让我看，蜂片像一座座倒立的山峰，纵横起伏，错落有致。在父亲手指的指引下，我侥幸看见蜂王凤冠锦衣，个头有蜜蜂的两倍大，哈哈，身子丰腴，翅翼略略裹紧身子，仿佛不适宜于飞行，它既显得有些慵懒又颇具女皇的威仪。蜂王被众蜂簇拥着，正从蜂片的一角爬向旁边的一间蜂巢。

真是一个奇妙的世界！我万分讶异。

父亲说，蜂王就和人里头的王子一样，是被众人抬举着的。有时一窝蜂会出现两只蜂王，一只会被另一只追着活活咬死。听来是颇有些残忍的，就像同胞弟兄因分家不均自相残杀。蜂王如果没有被咬死，就得分窝。如果养蜂人觉得这一窝蜂不足以分窝，就会人工将这多余出的蜂王剪除掉，以绝后患。

父亲告诉我说，你不要以为蜂王是公的，其实是母的！

这话令我大吃一惊。

放牛时我见过山里的野鸡，但凡公的野鸡都长得煞是精神，俊美孤傲，单是那一根根尾巴就跟五彩缤纷的旗子似的神气活现，把人眼睛就都能看花了。从野鸡可以发生联想：但凡一切威风凛凛，英武俊美的生命，一定都是雄的；凡是小巧玲珑的，就都是母的。

蜂王怎么会是母的呢？我有些匪夷所思。

父亲说，原先有一位皇上，是女的，连男人们都不及她。父亲说，原本男人当皇上都当惯了，突然让一个女人去当，心里就很郁闷，就说女皇的坏话，说狐狸精等什么的都有。父亲说，如果男人当上皇上干了和那女人一样的事情，谁都不会站出来指责。他补充说，但是女人就不一样了。

我问，那个女皇后来怎么样了？

父亲说，把皇上又让给了男人呗。

我有些遗憾地叹了一口气。

父亲也不无落寞。他说自那以后，就再没有出过女皇上。说这话的那天，当时姑舅爸也在场。姑舅爸经常领着她的女儿锁耶来我们家里逛闲（聊天）。他头上经常戴一顶洗得脱去了颜色的带帽舌头的蓝帽子。姑舅爸的头发像盐碱地里的禾苗，东一坨，西一绺，所以就拿帽子护着不叫女人看。父亲说，姑舅爸的头以前好着呢，一夜之间就成了那么个样子，完全变成了秃子，还说那叫鬼剃头。听父亲的话，我就老是非常担心，害怕自己也一觉醒来变成姑舅爸那样。姑舅爸这个人对漂亮女人很感兴趣，但他也就只是在心里妄想。

姑舅爸那天和父亲一样，也赞成女人当皇上。他说，叫我看，女人当皇上比男人当得美的多！姑舅爸说这话时，嘴上的力气鼓得特别重。

我见父亲和姑舅爸两个议论得唾沫乱飞，就走开去，走到一个蜂窝跟前，学父亲抹死了一只黑蜂。感觉非常过瘾。

父亲看见了，走过来说，娃娃，留上些，不要全抹死了！

我不明白父亲是个什么意思。既然　蜜蜂不干活计，还要吃蜜，留下干吗呢？我独自苦思冥想了一会儿，得不出结论和答案，就在心里愤愤不平。

突然，我埋怨起黄色的蜜蜂来，它们竟然对黑蜂的行径无动于衷！但话说回来，世事莫不如此啊！种核桃的吃不上核桃，那些什么都不干的，却永远被人供奉养活着。

我没有理会父亲，乘他不备，又摁掉了几只黑蜂。

父亲还是看着了，说，哈儿（我的乳名），再不要抹，你这娃娃咋不听话！这一次父亲的语气有些严厉了。

姑舅爸见父亲郑重其事，便也向着父亲说，娃娃，要听你大的话哩！

我嘴里应着，心里却不满和倔强起来，得了空子就跑过去摁死几只黑蜂。但是，我仿佛无端地想起另一件事情，这件事情想起来也很蹊跷。我说了你们就知道了。记得家里孵（我们那里叫抱小鸡）小鸡，每孵出一两窝，待小鸡长到能辨别公母时，多余的公鸡往往就被家人宰着吃了肉，只留一两只特别雄壮，甚是好看的公鸡。母鸡则统统留下来，说是让长大了下蛋。留下的那一两只公鸡，待长到一定的时候就会飞到母鸡的背子上去，翅膀不断地忽闪着，给身下的母鸡踏蛋。有些公鸡就像传说中的皇上一样，远远的还没到母鸡跟前，母鸡就已经早早做好了逢迎的准备。有些受宠若惊地母鸡，就像因为爱情而仓皇失措的女人那样慌乱、希冀地期待着。刚做完那件事儿的公鸡，在院子里迈着步子踱来踱去，俨然一位背着手在人面前晃来晃去的教授。

那时我想，那么多的母鸡一个个要让公鸡给踏蛋，忙得过来吗？为啥不多留几只公鸡踏呢？让那么一两只公鸡霸下做那一件事儿，怎么能把一只只母鸡都踏到。

鸡儿踏蛋的时候，我们就追着打，嘴里喊：一二三四五六七，鸡儿踏蛋狗日的。我突然想，父亲不让把所有的公蜂抹死，到底是什么意思啊！

听姑舅爸的那个锁耶儿一次对我说——那个碎女子扎俩小辫子，好像啥都懂啥都知道——公鸡要是不给母鸡踏蛋，母鸡就不下蛋，即使下了蛋也是黄黄的软蛋。依照姑舅爸的锁耶儿的话，我推想出那些雄蜂可能和公鸡一样，一天吃上喝上再啥都不干，就只是为了做那一件事儿。不知道为什么，这件事我却羞于问大人。这样的话怎么敢问大人呢！就在心里藏着，偶尔想一想。

把黑蜂和公鸡的事情联系上之后，我就不那么讨厌黑蜂了。我学父亲的样子，当一群群黑蜂在窝门口团疙瘩的时候就只小心地抹死几个。一天，我捉了七八只黑蜂，把它们关在一个红色的玻璃瓶瓶里，把瓶子直立起来看黑蜂在瓶子里使劲儿地飞，使劲儿碰撞。锁耶说，你把它们放出来我给你说个啥。

我说，说啥哩你说。

她说，你来。她用一根手指头勾着我的手把我悄悄地拽到一个打胡墼的土坑里。风儿在头上轻轻地飞，云彩在天上像棉花团一样变幻着姿势。我觉得眼前很迷惘。我们刚坐到地上，突然哥哥大喊一声，说你们做啥着哩？

我一下子感到魂飞魄散，心里非常懊悔非常懊恼，觉得都不想活了。从那以后，哥哥总是见了我诡秘的一笑，给嫂子悄声地说着什么。我想，他们一定是在说我和锁耶的事儿。每当他们嘀嘀咕咕的时候，我的心里就非常难过，真的想哭，感觉前途一片迷茫。

白天的黄泥院子与夜晚一样，没有一丝风。一抬头，头顶上会出现一张蛛网。蛛网在炽烈的阳光下微微颤动，像太阳散碎的影子。一枚桃核大的蜘蛛正网住一只苍蝇。蜘蛛从苍蝇后面敏捷地扑上去捉住苍蝇，像是给匆匆打了一针，苍蝇就麻醉了。

锁耶这个碎女子油得很，她找来一根细棍子把蜘蛛拨下来装入我盛满蜂的玻璃瓶子里。

可是，我发现蜘蛛不肯吃黑蜂。过了两天，蜘蛛死了，我很后悔，想那蜘蛛一定是被气死的。

在这座黄泥院子里，父亲干啥啥成。那架势，像扁担上开花。事情得从蜂儿窑窝子说起，那时家里还没有养蜂。有一天父亲突发奇想，在每一间房基码头上泥了一个土蜂箱，我们叫蜂儿窑窝子。父亲泥好蜂儿窑窝子之后，买回半斤红糖，让母亲熬成稠糊糊的糖水，用菜碟子端到蜂儿窑窝子里，然后盖上蜂盖。蜂盖也是用泥做的，就像拓煤饼那样拓出来的。只是为结实起见，父亲在里面加了许些长麦草。

蜂儿窑窝子刚放上糖水的那两日，只有三五只蜜蜂在蜂儿窑窝子门口盘旋，似乎是在打探消息，抑或吃上一点糖水就飞走了。大约是回去报信去了吧。当然，偶尔也会飞来狗头蜂或者蚂蟥蜂，尤其是狗头蜂，非常可恶，总找着吃蜜。父亲用牛尾巴扎的刷子追着打，我用汗衫捂。我在头上包着一条母亲的绿包巾，以防被咬。

后来，蜂儿窑窝子里里外外都飞满蜜蜂，它们成群结伙一疙瘩一疙瘩地飞来了。

等到一天父亲在夜影下揭开蜂盖时，欣然地发现满满一窝蜜蜂，已经在蜂窑里忙忙碌碌地做起蜂片来了。

父亲沉住气如法炮制，渐渐的一窝一窝的蜜蜂就搬家落户到我家的黄泥院落里了。

父亲说，蜂儿象征着脉气。那小生灵撵哪里哪里就会发旺。他添上说，咱家要发旺喽！

你听你听，蜂儿发出：旺——的声音。父亲梗直脖子，撮圆嘴巴，鼓着腮帮子，声嘶力竭地学蜜蜂翅膀发出的声音。父亲的嗓门扯得长长的，声气漫漶无息，且有些沙哑。

也许是受父亲的蛊惑，我在半夜里起来，蹑手蹑脚跑到蜂窑跟前，悄悄趴在蜂窝门口倾听蜂窑里的动静。真是奇妙无比啊，里面传出永无停歇的嗡嗡声。我把眼睛闭上，觉得蜜蜂真的发出父亲白天学给我的那样的声音："旺——"像河一样川流不息，跟虔诚的信徒在日夜不停地诵念。

我听得入了迷，轻轻地仰起脸孔，看苍茫的夜空，繁星满天，树叶在婆娑。那"旺"的声音，像风起、像潮涌般的伟大而神圣的颂赞。

我禁不住将鼻子探向蜂孔，阵阵芬芳的蜜香味儿袭入心肺。突然，一只蜜蜂从蜂孔里爬出来意欲进攻我的鼻子，见我缩回就又返了回去。

蜜蜂的世界就像是一个秩序严整的国度！它们各司其职，就连晚上也有执勤站岗的。记得锁耶说起过，晚上蜂窑里太热了，蜜蜂都快要热死了，它们在用翅膀扇凉凉呢！她还说，蜜蜂就像人一样，热得受不住了，就会胡跳弹（不安分而乱动）。

我忍不住笑了。

父亲那一本正经的滑稽的样子显现在我面前：他梗直了脖子，鼓着腮帮子，凸着嘴巴发出持续不断的"旺"来，那声音将我的耳朵水一样灌满了。

姑舅爸曾说，从前有一家人修建庄院，门前经过一位老人，要一碗凉水喝。这家后人说，我给你尿一泡尿尿你喝去，喝吗？喝了我给你尿！

老人笑着说，你们这庄院脉气不错！只是下面有蛇窝。他用手指着庄院下面。

你嘴里再胡说，小心肇祸！这家后人蛮横地拿指头指着这个人的眼窝说。

老人说，不信你们挖着看。

主人就令一帮后生们挖，果然就挖出一团一团的白蛇来。蛇们结绕纠缠在一起，扭动着分辨不清头尾。后生们一铁锹头一铁锹头地端，端了上百铁锹头端到后沟里倒掉了。后来，主人有一天做了一个梦，梦见一个白胡子老头说，那些蛇是你们家的脉气和财气，神仙向你们要一碗凉水喝你们都不给，脉气就走了。

那要是不走呢？我问姑舅爸。

姑舅爸说，那家人就富死了！

姑舅爸说，第二天那家主人就让后人找着把那些蛇用铁锹重新端回来，原埋在房子下去，结果去后沟里仔细寻了一番，那些蛇早已不知去向，连个影儿也不见。

姑舅爸说，脉气和财气撵人哩，就看撵谁，撵谁谁就时来运转了。他还说，有福之人无论走到哪儿脉气和财气就会跟到哪儿。

姑舅爸还说，百鸟一旦往哪里飞，哪里一定就有贵人！

短短几年，我家院子所有的房脊码头，以及房前房后都泥上了黄泥蜂窝。

父亲说，啥好事都不会永远叫一姓一门占了。多年以后，我禁不住感叹，父亲虽只自学了几个字，却竟能说出那样的话来。他对我们说，一个人要是把所有的脉气都占尽了，到达极限和顶峰就保不准会向相反的方向前进，就像你爬到了山顶头，再要往前走，不就是下坡路了吗？

父亲的蜂窝泥得越来越多了，多得让人有些担心。后来，父亲干脆不放稠糊的糖水了，索性捏一撮红糖，化一碗糖水，噙在口里喷到蜂儿窑窝子里。过上一两日，就会悄然地飞来一窝蜜蜂。飞来的都是土蜂，不是洋蜂。土蜂的个子小，酿的蜜比洋蜂酿的好吃和香甜。天然的就总是比人工的要好，自然的就总是比机器加工的营养价值高一些。洋蜂的个子大，颜色与土蜂略有不同。

记得那时姑舅爸家困难，吃的不好，他便带上女儿常来我家吃饭。有时他干脆就呆在我们家不走，呆上一个星期才回去。父亲抽烟，姑舅爸也跟上抽。当时买不起纸烟，姑舅爸嫌纸烟太贵，就和父亲支使我跑步去李家堡子籴些旱烟回来，他们两个就一边熬罐罐茶喝，一边卷旱烟抽。俩人为了哄我给他们籴旱烟，一唱一和，说我跑上像电打的影子一样，一闪就消失了，再一闪就从十几里的路上又回来了。我听他们这样说，就跑得特别快。

父亲卷旱烟总是比姑舅爸卷得快，且卷得好，让你觉得旱烟就应当是父亲卷的那样子才好抽才抽上香，且一点也不浪费。姑舅爸却显得有些笨拙，用舌头舔纸时，把纸舔得特别湿，就像是从泔水里捞上的一样，让抽的人拿在手里都觉得特别难过，不敢把嘴往烟上凑。

姑舅爸会做一点点子木活，喜欢一边做木活一边讲故事。他说有一天早上起来，他发现他的头秃了；又过了几天，他发现自己的眼睛日头一照就流泪。于是，他经常就在裤兜里装着一片破布片擦眼泪。有一天，亲戚带着他去相亲，女方没有相准他。姑舅爸说，那姑娘给亲戚说，我发现他的裤兜鼓鼓的，当时还想这个人大夏天穿那么单薄的衣服，裤兜里装那么满难道自己不觉得难受吗?

亲戚说，他裤兜里装的手帕。

姑娘又对亲戚说，以后让把手帕叠方正了再装兜里。

父亲听了哈哈大笑。

父亲有时候显得无聊和寂寞，就叫姑舅爸来陪他聊天。他索性给姑舅爸在家里找了个活计，干完给一条羊毛毡或几斗粮食什么的。父亲让姑舅爸给我家打个炕床子，做一只炕桌。姑舅爸曾偷着给我和母亲说，他也学父亲的样子在家里泥了几个蜂窝，放上和喷了好多红糖水，却连一个蜂子也没飞来。说完，姑舅爸突然一下子十分伤心地用右手抓按住胸部，沮丧着一张干枯的薄纸一样的脸，对我和母亲说，我这个人，基本没做过啥坏事，但命运却从来就是不眷顾一下我!

看见姑舅爸灰暗痛苦的面孔，不知为什么，我蓦地觉得心里说不出的疼痛。我不知怎样才能安慰一下姑舅爸，真的。就只在心里默默地祈祷和举意：让我家的蜂子分的时候飞到姑舅爸家去安家落户吧!

父亲知道了，笑着说，这种飞来的财气，人家不来你干气也无奈何。说这话时，父亲自然是有些得意的。

母亲的好胜心强，常和父亲争辩，说家里飞来那么多蜂子，完全是她的功劳。

父亲有些诧异和不大相信。

母亲说，我的命就是大！听说过去母亲家牛羊满圈，骡马成群，山田土地就更不用说了，差不多成千垧。后来，被国民党欺负倒糟了。说是国民党的头头脑脑一会要这个款子一会要那个款子，外太爷脾气不好，不给人家缴，就把人家惹下了。惹下了人家就抽空子找麻烦。结果就干了起来。结局是可想而知的，一个私人怎么能斗得过公家呢！人家强取豪夺时，搭的是公家的皮。你硬拒绝，人家就说是你要造反。后来，民国暴动的时候，外太爷就叫外爷参加了，后来和结拜的马思义一道过了东路建立了回民骑兵团。外爷的那帮结拜弟兄的后人现在有的不行，有的依旧占据上风。母亲说她命大，似乎也并非空口无凭，确乎是有一些由头的。我们和父亲也都极少反对，就依着她捡个高兴。母亲曾给我们姊妹看她背子后面一颗桃子核那么大的红痣。当然，也有说那颗痣不好的。母亲自己拿不定主意。听人说不好的多了，母亲竟然用麻纸搓了一根粗大的油眼子，自己将那痣炼着烧了。结果是，母亲突然从反着的镜面里发现那痣里如一条龙一样盘着一根红毛，约有四五圈盘在里面。这把母亲给惊呆了，后悔不迭。这样说来，那些蜂子真很难说是谁的福气了。母亲说，如果她不要听信别人的谗言，烧毁了痣把自己害了，说不定现在到城里大富贵了呢。谁知道啊！

那时家里有一头看起来一般得很，对它并没抱任何指望的长脚草驴，刚买来不久就下了一头土黄骡子。那时家家喜欢养骡子。骡子、马匹象征着富有和财气。

家里的柜子打好了，桌子做成了。姑舅爸却依旧不想走。父亲就说，他姑舅爸，那你会打马嚼子和马镫吗？要是会打，就给我打一副马镫、一副马嚼子。

姑舅爸说，这是我的专长。

姑舅爸有时吹起牛皮来也没个底底子。但他确实是打过铁。过了两天，他就把做木活的锯子、凿子、推刨子、墨斗、尺子、平脚（专门用来挖大的木头上的疤节的用具）等背回家，再把那些打铁的家当背着来。姑舅爸就像我们家里的一个长工一样，只是父亲从来没有说过他半句重话。

不知为什么，那副马镫打得特别缓慢。父亲找出几截螺纹钢筋。姑舅爸拿在手里审视了一番，啧啧赞叹，他说这种有花纹的钢筋就是好，打下的东西经久耐用。

姑舅爸将钢筋放入炉火里烧，烧得红红的再拿出来搁在一铁墩子上，用榔头一下一下敲打。

我只记得每天晚上，我、父亲、哥哥等都爬在炕上，下巴垫上一个枕头看着姑舅爸坐在房地上打马镫。姑舅爸一边打，一边给我们讲故事。尤其是讲一些鬼的故事。他说这都是真实的事情，使得我们在伸手不见五指的夜里出去撒尿时，总感觉身后有什么东西在跟着。

姑舅爸对我们说，我和你大（父亲）见过的那个住在古（僻背，荒凉）油坊里的油大师，大个子，身材十分结板（魁梧），胆子特别大，那可是玩过油担的人，也抡过榔头，力量海一样。油大师这个人，走站都在袖筒里筒着一个铁榔头。有一次他去李家堡子赶集，看了一场戏往回走时已经到了夜里，等走到迷没湾的沟里时，已经半夜里了。不料，却赶巧碰上了拍泪（我们那里传说鬼神的一种，谁当上谁就得丢命）。油大师一看，前面披头散发站立着一个比自己高出三倍的东西。就知道是碰上了异类，潜意识里便想，肯定是拍泪。他知道他不能跑，只好硬着头皮迎上去。

拍泪说："你是谁？见了我还不跑。"

油大师说："你是谁？竟然见了我还不跑。"

拍泪说："我是五麻六道。"

油大师略一沉吟，鼻子里愤愤地道："你连我都不知道，我专门是降你的，我是六麻七道。"

拍泪听了，有些诧异，说："我怎么没听说过，你把手伸出来我试试。"

油大师就从袖筒里把铁榔头伸了出去。

五麻六道捏了一下，哦了一声，就走了。

油大师回到古油坊里，在影影绰绰的灯下拿出铁榔头一看，被深深捏进去五道壕，这才汗水像雨点一般淌了下来。

父亲总结说："啥事都是箍下一口气啊！要是把手给伸过去，还不给捏成粉末。"

我们听着，心里有些异样，既希望姑舅爸再讲些这样的故事，却又有些恐惧和担忧。

姑舅爸一面打着铁，一面讲故事，常常就是一个透夜。我和二哥两个常常比赛熬夜，看谁能熬过谁，看谁能陪着大人熬到天亮。姑舅爸打一会铁，就和父亲各自喝一盅子罐罐茶，再抽一两根自己卷的旱烟。

我们看见，火炉里的火焰一会儿像缭绕的蛇信子一样猎猎地舔噬着炉膛，一会儿又暗淡下去。当炉膛的炉壁的红色减弱下去，渐渐有些灰暗时，姑舅爸就在炉膛里再添加些干硬的木柴。就这样反反复复，我们的眼皮就打起架来，上眼皮塌下来苫住下眼皮。总是就在这样的情形下不知不觉睡去。

给土黄骡子的镫终于打成了，通体古朴锃亮，且轻巧而工意流畅。马嚼子也是编织细密，很有观赏价值。父母亲两个都喜欢异常，摆放在房子地下立柜的顶头。

记得那时我和哥哥都喜欢练拳，让姑舅爸给我们打了一个索镖，我们那里叫筒鞭，拴一根长绳索，就可以耍了。哥哥耍起来，可以让那沉甸甸的索镖带着他越上一人高的墙头。哥哥那时想着将来长大了给外爷当警卫员。他觉得他具备当警卫员的资格：一是忠诚，二是功夫好，三是话少。

父亲将土黄骡子的鞍鞯、镫和嚼子等一切配备齐全之后，却没能骑上出过一次门，倒是哥哥和我骑过几回。母亲让哥哥牵着笼头跟过一回集，就再也没有去过哪里。

村子里的人非常羡慕，这从人们热心撵着给哥哥说女人上看得出来。

但是，所有的发旺与败落仿佛是一夜之间发生的事情。现在每当看《三国演义》上那开篇诗句：是非成败转头空。不由人觉得一切都了了于心，就把什么都看淡看开了。

一天，家里被贼偷走了自行车和四五条新羊毛毡，接着是我不小心推倒了煤油灯盏引起一场火灾，把家里值钱的东西，包括粮食都烧光了。接着是蜜蜂突然不是死了，就是先后飞走了，真是挡都挡不住。

被贼偷了之后，母亲给破案子的人断然推测了两个人，因那两人曾经做过案，也跑到我们家看过自行车。结果两人被破案子的人差点打死了，说是打得把屎拉了一裤裆。那时候破案，就是个打着往出逼。两人挨打的时候就承认了说是他们干的，不打了就又翻供不承认了。最后还是把人放了。事情直到前两年才真相大白，果然是把人冤枉了。父亲对母亲说，咱们是把人亏下了，硬说是人家偷的，让人家挨了那么的一顿打，差点打死了啊！

其实，车子和毡是那个给我家擀毡的人白天盯下了，晚上来偷的。他知道那个放毡和自行车的房子里没有住人。这个人是距离我们村子不远的一个村子的，他临完（死）的时候给后人们交代说，我痛苦着完（死）不下，我年轻的时候偷过谁谁家的一辆自行车和几条毡，欠下了账债，你们如果有心疼肠我就一定给还了！

儿女们就依照当时车子和毡的价钱给我家还来了。还来之后，父亲听说了这件事情，非常难过，说是你看可怜吗？都死的人了，还记着还别人的账债呢，这就是咱们这地方的人呀！

母亲也说，唉，都怪我，冤枉了那么多的人，那时算了不要追究了多好呀！人穷着啊！

父亲对我们说，你们捎话给你哥哥，叫不要收那钱，给把口唤给了算了。但是，大哥日子很紧张，听说还是收下了人家还的钱。我听说了这件事情，心里极其复杂，觉得很无奈。

每次我听到这件事情，我的嗓子就有些哽咽。这也许就是我为什么要写作的原因。那些来自老家民间的由普通的人创造的点点滴滴和动人的故事，它使我一连多少年只要一想起来，就觉得心在抽搐悸动，觉得控制不住自己，觉得人活得如此艰难，连死都那么艰难，就又生发一丝神圣和虔诚。

一个人承认自己卑劣的行径，是需要勇气的。但我却一次次被身边这些衣衫褴褛的人的勇气所震撼。

土黄骒子是吃了长草之后给结住了，灌了肠子，一天一夜没有让吃草，后来给了草吃得太猛又一次给结住了，就再也没有抢救过来死了。这是我听大哥说的。

现在，偶尔回一趟老家，就见那些蜂儿窑窝子，一个个破败不堪，都没有蜂门，敞开着，里面塞着孩子的尿布，屎毡毡烂套套什么的，还有杏核子，以及给孩子擦屎的干细黄土疙瘩。周围飞满了苍蝇和蚊子。

那个姑舅爸呢？也跟我们家翻脸和少有来往了。听说他的光阴比原来好了一些，但再好又能好成什么样子呢！红了脸的原因是这样的，姑舅爸给大姐保媒，开始家里人都同意。但是后来大姐自己不同意了。这样母亲也就一死不同意了。

姑舅爸就非常不高兴，因为他保的这个媒的男方是姑舅爸那个村子的村干部，又是村子里的大姓，姑舅爸有些巴结着。结果讨好不成就翻脸了，他骂我们骂得很难听。我心里又一次感到说不清的别扭，现在只有同情了！

母亲却说，这都是光阴啊，咱们好的时候，谁都跟随你呢，不如人的时节谁都会离你而去。还说，谁喂下的狗娃咬谁呢，实实的。

父亲坦然地说，是这样才就对了！

姑舅爸的锁耶呢？听说早已经嫁人了。嫁哪儿了？却不知道，也不好问。

现在，已经再也听不见父亲在黄泥土院里说：“旺——”了。

向日葵

写给西海固土地上默默的耕耘者。

——题记

一

作家从房子里走出来，立在房台子上，然后伸了一个懒腰，看着园子里的向日葵发呆。

大大小小，一共是十九棵向日葵。院子并不是很大，土木结构的房子。房子前面，用断砖头堵砌的一片小菜园，占地大约不到一分。向日葵就种植在这块园子里。

作家提着一只白色的铁皮水桶，走到水龙头跟前，摆好水桶，拧开水龙头。天旱，水果然很小，滴滴答答地流淌着，不甚连贯，一滴与另一滴之间的空隙极大。渐渐地，水比刚才仿佛略微大了一些。作家的情绪为之一振，他不眨眼地盯着水龙头。这只水龙头已布满红色的锈迹。水龙头的螺丝上似乎缠着细微的麻线，露出一截头儿，大概是怕水龙头漏水才缠上去的。

作家索性走过去坐在大房台子上耐心地等着。他现出一副自信而淳朴的期待神情，等候水龙头上的水滴满水桶。这时，他产生了一种奇怪的感觉，仿佛脑袋里面塞进去一块石头，使得他的头里面有些胀痛、疲乏和沉重，连眼皮也在难以自持地往下耷拉。时值炎热的七月天气，这样的中午极其难熬，即使像他这样一个经历过许多歹毒阳光的人，也是如此。近半个世纪以来，他除去流浪、写作，实无所作为。从某种意义上讲，他实质上是在干着一件几近是衍生和重复着先辈文人的事情。可放眼望去，每一位写作的人都在照抄汉字，都在讲着同一个似曾相识的故事，但是这些人却依然感到自豪，依然感到只有他在创造着别人没有创造出的东西。于是他就不再感到羞耻，尽管他的生活与别人的生活不尽相同。所以他从来都不说别人有多么滑稽、可笑，或出于某种嫉妒做一些嘲弄、挖苦、批评或恶意攻击的事情。许多人活着，都喜欢和别人竞争，或与同行比一比。但是他和别人从来不比，他就自己跟自己比，自己超越自己，自己跟自己的心讲话，自己检阅自己。他无论写什么，都围绕自己熟悉的自己和周围人的生活进行，以前偶有雷同也极正常，那也仅仅是形式上的，与思想、心灵、情感无关。这就够了。

七月盛夏的到来只是人生许多的事情之一。

他妻子见他提着水桶给向日葵浇水，便揭起那面用爷爷的白孝布做的大房门帘，端着脸盆从屋子里走出来，准备盛了水，帮助丈夫。昨晚上，她的肚子不知怎么疼得特别厉害，她显得烦躁不安，动不动就发火。近期她和丈夫无缘无故地吵过好几次架了，弄得作家也莫名其妙地生起气来，气愈来愈大，盛怒之下，将一只铝锅扔出去摔坏了。事后，作家感到万分后悔，问她："你到底怎么了？"

"不知道！"她说，"我感到浑身不舒服。"

他明白是怎么回事，但他不能容忍妻子的无理取闹。

"你去休息吧。"作家怕累着妻子，因为她的身子还没有好。妻子最近用的卫生纸是当下最差的一种，显得很粗糙，大约连毒都没有消，这使得她那里仿佛是被感染了，感到又痒又疼，不胜痛苦，因为她实在没钱买更好的卫生纸了。"这已经非常不错，"她想，"在西海固乡下的村子里的许多女人根本没有纸用，生小孩时完全是用破布片和黄土坷垃救急的。"

这工夫，县城中央楼顶上的大钟响了，作家已经把今天还债的事忘在脑后。妻子用洗脸盆给向日葵浇水的时候，他把那几棵秆子长得细小的向日葵已经挨个儿浇了一遍，随即提起水桶将桶子摆放到东面的灶房里去。他的妻子想起那个要债的债主。债是她和丈夫购买这座宽大的院子时欠的，还剩下许多了。

“那个人一会儿就会来要债的。”她说，“你是不是该出门躲一下。”

一只微黄的蚂蚁沿着向日葵秆缓缓爬上去，在一片硕大的叶面上寻找一番，又从原路返回，那样子仿佛刚刚在另一个星球上旅行了一遭。

妻子越来越瘦，在脆弱和困难的呼吸间歇里仍继续浇灌着剩下的向日葵。她的面孔显得蜡黄和重病缠身的样子。这个女人的体形几乎像一截榨干水分的木棍一样，僵硬地挺立着。由于经常在孤独与痛苦中，所以，她养成了自言自语的习惯。直到浇完所有的向日葵，她还在想着那个债主。

“今天如果再拿不出钱怎么办呢？”她问。她的男人并没有理睬她的话，他打开窗子，七月的天气早已光临他家的庭院，望着眼前骤然变得碧绿的草木和火热至极的毒日头，作家又一次感到这个倒霉的月份对于大脑的影响。

“我觉得头里面在燃烧。”他说。

“那是天气大（热）的缘故。”女人回答说，“自入夏以来我就嘱咐过你，不要到阳光下读书。”

“我已经一个星期没有在太阳光下读书了。”他说。

“房子里不管冬夏总是很潮湿，无法读书、写作。”作家真想找一个舒适的地方，躺展好好地睡上一觉。但是挂在县城中心工人文化宫大楼上那固执的钟声使他想起了债主。“这是七月份了。”他自言自语地说，接着向他精心浇灌的那只最大的向日葵走去。这时，他才记起这株最大的向日葵——这是唯一一棵用塑料薄膜种植的向日葵，尚没有浇水。这是唯一一棵长得出奇的高，比房脊还高的向日葵，秆子跟又粗又壮的椽子一样，叶子像一面硕大无比的扇子，在秆子的前后左右高低错落，挂满了全身。它似乎感觉不到叶子对它的拖累和重压。而那些枝秆细小的，仿佛有些不堪重负，叶子均都低低地垂着。由于种得拥挤，几棵向日葵的叶子互相参差碰撞在一起，摩擦着，像在微风中互相私语或交谈。一只苍蝇落在叶子上，又起身飞走了。一只黑色的蚂蚁悄悄地爬上来，孤独地行走在叶面上，它仿佛攀登着一座山峰。它觉不到贫穷、恐惧、危险和害怕。它什么也不用担心，真好。

作家重新提了半桶水，走到独自生长的又高又大的那棵向日葵下，一点一点地把水给浇到根的部分。水很快就渗干了，跟人喝的一样。浇完之后，他再一次扔下水桶，回到屋子里，把那些置于床头上的书推向一边。他现在看到这些书、笔和本子，就有一种说不出的复杂情绪。屋子太小了，只能放一张床，搁一张写字的桌子。对两个身体有病，精神上都受到挫折和打击的人而言，呼吸都有些困难。世界实在是过分狭窄了。他们夫妇在土墙面上刷了一层白灰，但是由于墙背的后面面阴，所以由于潮湿，白灰已经脱落了，墙壁显得面目全非的样子。

他浇完向日葵的时候已是十二点半，现在差不多快一点钟了。他忽然记起了那台十七英寸的黑白电视机。它就放在床头上，晚上常常陪伴他和妻子一道睡觉。但他们打开看它的时间并不多，因为他要专心读书、写作。他担心它会从床头上掉下来，摔出炮弹一样的威力，因为电视机爆炸事件在这座县城发生过几起，死了两个人。于是他便把它像抱一只活物一样抱起来，朝床中间放了一下。他觉得电视机那么温和而亲切啊，一起生活这么多年，和人一样，使得他的心里隐隐一酸。妻子走进来，坐在电视机的旁边，默默地注视着它。

“别瞧它了。”作家说，“你打听一下有没有人要，有人要就把它卖掉！”

妻子一动不动，长长地叹了一口气。“今天你别叹气，”作家对她说，“债主马上就要来了，我很烦，烦死了！”妻子连大气也不出了。作家脱掉身上发出阵阵汗臭的脏衣服，扔在床上，从床下面的柜子里拿出一套刚洗过的衣服穿在身上，准备出门去躲债。

由于妻子身上“不方便”，不宜出门，所以他那件西服还没有拿出去熨。虽然皱纹巴巴，但作家感觉甚为良好。他平素根本不注重衣着和外表，常常在一种忘我的情形中活着。这时妻子躺在床上，仍在想着债主。

“这会儿他一定走在路上。”她说，“但愿你出门别和那个讨厌的家伙撞个满怀。”

“这个破电视我们是不是把它卖掉？”作家又一次说。

“谁会要它呢？你送人家都不要！”妻子说。

作家想起一句俗语，怪里怪气地说：“人倒霉、鬼吹灯，放屁都打脚后跟。”他微微一笑。但是他的妻子却不屑一顾。“谁都有倒运的时候，”她喃喃地说，“总有一天……”说完便合上了眼，又开始想那个债主了。

作家摸着脸上的胡子——因为好久他都没有照镜子了——便不声不响地刮完了脸上长长的胡子。他把刮下来的胡子拿到向日葵根底下，刨了一个浅浅的坑，埋在下面。好像这样一来，他的胡子就跟尿素一样可以对向日葵起到营养的作用。这似乎很荒唐，连他自己都觉得有些不可思议。

然而，他的每一个举动，都好似在做一桩重大的事情。还有，他每次在读书和写作前总是先要把手洗得干干净净的，很有感情的对待他的创作。他双手的骨骼被一层具有青筋和显现着血管的麦子色的皮肤所包裹，由于童年贪玩和调皮，上面留下许多划烂的伤疤。这时，他的妻子用一枝断铅笔把眉毛描了描，嘴唇用一片红纸重重染了一下，打扮得跟刚结婚时的那天一样，但是她发现她男人的额头长满了许多皱纹。

“我们像是要旅游结婚似的。”作家说。

妻子苦笑了下，说她哪里也不去。

一片云彩过来，遮住了太阳的强光。作家正想出门，他妻子扯住他的衣袖。

“吃点东西再走。”她说。

作家犹豫了一下，随之点点头。

“我一准像卡夫卡。”他说。

妻子没读过卡夫卡，不知道卡夫卡是谁，以为是他在说家乡一种几近面临灭迹的植物的名字。她打量了他一番，觉得不是，作家不像那个植物。他是个身材瘦小，脖子略微细长的人，以前素质还不错，现在却因为长期营养不良变得虚弱和神情麻木。但是，从他那眯缝着的无神的小眼睛深处来看，似乎又有些相像。

妻子到灶房里转了一圈，又走了回来，摇了摇头。

“咱们今天省一顿吧。她无精打采地说。她男人不置可否地走出房间时，她又添了一句：

“早点回来！”

“知道了！”

他们住在这县城西南角靠近河岸边的一座土院落里。房子上的白杨椽虽然已经历经沧桑，但虫子吃得并不太严重，再凑合几年，也许十几年也是不成问题的。“但愿能凑合到我缓过气的那一天。”他想。天气依然是闷热闷热，不见一丝凉风。作家从一条十分密集的四合院式的民居土巷向县城的中心走去。

穿过电影院前面的街道，太阳的光更强烈了。饮料店的老板从房门口看见了作家，便挥着小手喊道：

“作家，这么热，来杯饮料如何？”

作家并不回头，只是答道：

“谢谢，我不想喝饮料。”

一路上没碰上那个债主。天热得让人不敢抬头，热气就跟一只烧红的锅一样从头顶罩下来。街上行人摩肩接踵。苍蝇在闷热的空气中肆无忌惮地飞舞着。有个人看见作家在街道上用手遮着阳光往前走。

“老哥，走，到我那儿乘乘凉。”那人喊道，把手伸过来要握。

“谢谢，张书记。”作家说。张虎虎是红山乡的副书记。却经常待在县城，不去乡上上班，老百姓骂得很厉害。

但是他没有接受邀请，径直走进图书馆阅览室，向图书管理员微笑着让给他借一本《收获》杂志。他每次在这里的一个感觉就是亲切、温暖，随之想迅疾找到新书。他忘我地闻着书页上那独特的气味。阅读室很闷热。作家的目光在阅览室的书架上面穿梭，但是有人把手搭在他的后背上，轻轻推了他一把。

女图书管理员穿着米黄色的裙子，左手扇着向日葵叶面似的扇子。一只苍蝇落在她的肥白肥白的大腿上。她一巴掌拍得十分响。苍蝇箭一样飞走了。作家回头一看，只见那个人称小个子的男图书管理员，站在他身后。他将一只手搭在作家的肩上，一面咬着牙齿，一面用力说：

“稿费领了没，总要请客哩吧？连客都不请光白看我们的书？”

“没一分钱。”作家难堪地说。

“谁相信作家会没钱？”女管理员对小个子的男管理员说，“他们这些人只要笔尖动几下钱就来了！”

作家只是张开嘴巴，笑了一下。

“你光到我们这里白看书。”小个子男管理员有些不悦地说。

“就是，怎么光看书不请客？”那个女管理员附和说。

作家极其敏感。他笑着，脑子有些沮丧和惶惑，额头上渗出细密的汗珠，头又一次疼痛起来。片刻后，他发现自己已站在大街上，因为焰火似的日头炙烤着他的面孔，刺得他眼睛都无法睁开。有人抓住他的手臂对他说：

“走吧，我一直在这里等你。”

作家以为是债主，吓了一身冷汗，回头见是张书记才略微松了一口气。“是张书记啊！”作家被张书记拉着默默地往前走。说起来这位张书记还是他的一个远房亲戚。这时，清真寺主麻日前诵经的大音响起来了。作家听出诵经的声音好像有些陌生，仿佛是一位新阿訇，这时他才更加确信今天真是欠债还债的日子。

“真糟糕！”他自言自语地说。

作家的喉咙有些沙哑。他跟着张书记感到很无依，浑身疲乏。张虎虎用胳膊搂着作家孤单的肩，他的个子比作家高大。礼主麻的人们向清真寺匆匆忙忙地走，他们怀着虔诚的心情，默默坚守好自己的一方净土。张书记于是将他忽然变得悲戚的面孔转向作家说：

“老哥，那幅《向日葵》怎么样了？”

“在家里的柜子里。”作家回答。

这幅《向日葵》的画作，是一位放浪于文学与色彩之间的文坛上的大家照着凡·高的《向日葵》摹制的。这位被大家称为文坛“独行侠”的人，把这幅《向日葵》送给了他，说是作个纪念。

这当儿，传来一个人高声的说话声：

“你们这是要到哪儿去呀？”

作家抬起头，看见管文化的副县长站在图书馆门前的水泥台阶上，脸上带着沉思的神情。他穿着迎风颤抖的高档布料的裤子，穿着雪白的衬衫，身后跟着文化局长。县长显得很亲和，而文化局长这个大字不识一个的人，却挺着一副大肚皮，仿佛狐假虎威，对作家和张虎虎表现出很不屑的样子。

“小张，你不是说要叫我看看什么字画吗，可是真的？”县长笑着，把掌心肉很多的手搭在张虎虎的肩头，好像是弟兄。

“还没拿来，再过两天行吗？”张虎虎惶恐地说。

“没什么，你们去吧！”县长抬手做了一个让行的姿势，然后被文化局长一帮人簇拥上走了。

“怎么回事？”作家问张虎虎。

“没有什么，县长想看看你的《向日葵》！”张虎虎说。

“是吗？”作家低下了头。

他们缓缓地穿过街巷，那些肉贩子们停止了激烈地叫喊和招呼，默默地望着他们从肉架子前面走过。一个肉贩子长得五大三粗，一只手里提着一把闪闪发光的长把柄的牛耳尖刀，另一只手拿着一把野牦牛尾巴做的刷子。他用刷子时不时用力狠毒地甩打着绕着肉架子乱飞的烦人的苍蝇。另一个卖牛肉的，脸上长得很吓人，仿佛生来就是卖牛肉的。他已经不厌其热，上身只穿着一件薄料子的坎肩，肚皮和胸口上的毛黑麻麻地露在外面，有点像鲁智深三拳打死的镇关西。作家想，古时候其实和现在没有多少区别。他觉得心里难受。街头人特别多，张虎虎把他推往路边有树阴的地方。张虎虎微笑着望望作家，但是作家的面孔极其冷漠。

“你怎么了？”他问。

作家叹了口气。

“是这闷热的天气闹的！”

他们顺着老路往前走，太阳的温度降下来，蔚蓝色的天空显得很高远。“日头不像正午那么毒了。”作家想。他觉得好一些了，但是仍然思绪沉沉，张虎虎打断他说：

“老哥，找个大夫看看吧。”

“其实没什么，”作家说，“因为每到夏天炎热之时我就只是觉得头里面像安上了炸药或者雷管。”

“噢，”张虎虎应道，“很怪的病。”走到他家门口，他们却分手了。尽管张虎虎极力地邀请，但作家还是婉言谢绝了。他曾去过张书记家，那是一座一砖到底的平房，客厅极大，所有的家当一应俱全；铁门铁窗，还包着玻璃阳台。作家又折回来。因为怕碰上债主，他一个人又饥肠辘辘地溜到河湾里，躺在沙滩上晒太阳。快到黄昏的时候，他才拖着疲惫而饥饿至极的身子站立起来，他向自己家走去。因为要看到老婆而感到惆怅。过了一会儿他又走出家门，到街角的小吃摊子上给妻子买了几个荞面油圈圈。他想起走进家门时，妻子对他说的第一句话是：“债主今天没有来！”

二

星期天，作家仍然起来给他的向日葵浇水，尽管这天他极想躺在床上好好睡一觉。烈日，已一连炙烤了几天。一星期来，他的头疼得简直要破裂了。好几夜他都不能入睡，忍受着小肚子疼痛的妻子在床上翻来覆去低沉地呻吟。但是在这个七月里，总算在一个星期天的下午下了一丝零星的雨滴。他妻子的弟弟领着他的一群热爱植物的同学——趁着这个机会来观看向日葵的生长情况。由于连年干旱，不要说县城，就连农村都很难见到这么一片自然的绿色。这些娃娃们的到来，让他感到快乐。

作家回到房里。妻子已觉察到外面的喧哗。

“他们在外面做什么？”她问。

“他们热情很高。”作家回答，“都在准备回去作一部关于向日葵的文章。”他想，“向日葵这个神奇的生命，头颅总是向着太阳，它容易叫人联想到让你不能企及的奥秘。”

“我弄不懂，几棵被太阳晒蔫的向日葵，到底有什么写头。”女人问，“你那幅《向日葵》的画子，到底能卖几个钱？”

“这不是钱不钱的问题。”作家回答说，“这是人家对我的信任，是一份纪念物。”

他确信，这是他保存这幅画的真正理由。

张书记已经来过几次，要用几袋子作家迫切需要的面粉或者一只绵羊换他的画。女人早就动心了。但他不同意把人好心赠送他的一件礼物轻浮地用来做交易。

“就是揭不开锅，我也要把它保存着。”作家一面在抽屉里寻找他的手稿，一面在心里思想着。

“快了，”他说，“用不了多久，我那部小说的稿费一来，我们就又可以维持一段时间了。”他补充说：“我得抓紧时间把手头这个中篇寄出去。”

“能发表吗？”她问。

“能的！”

“我怎么忘了今天是星期天了。”她进房间时说。作家穿了一双布鞋。他妻子看了看他的鞋子。

“这双鞋子已经不能穿了。”她说。

作家心里闷闷不乐。

这双布鞋子，又土气又破烂。他一边望着布鞋，一边觉得自己像一个身材瘦小，面色苍白，眼睛透着阴郁的逃犯。

她没有说服他。作家穿着破布鞋向邮局走去。一路上，人们和往常一样匆匆忙忙地在街上走着，一些人你根本不知道在干什么。碰上认识的，就和作家互相打着招呼。他走到邮局门口时，照例，那辆后面拖着封得严实的白铁皮车厢，绿色车头的邮车，刚刚从邮局的院子缓缓开进去，车身上尚带着一路的风尘。

他先到邮局营业厅把最近新写的那部小说装在一个大信封里寄走。一共花掉了五块四角钱。“邮资太贵了！”他忍不住想。之后，他又在街道上等待了片刻，判断邮差把信件归类分发得差不多了，才走进邮局院内的分发室。邮差们天天都在分发送信，只有星期六和星期天只分发不投递。这样，作家在投递员投递前，可以看看有没有他的信件和稿费。

作家走进分发室，看见那三个闭上眼睛可以把她们的面目“背诵”下来的女人，感到焦虑不安。现在，全县城的信件都是由这三个女人投递的。以前的那个流里流气的男邮递员升了官，另两个也已经老到退休了。时间一晃就过去了。作家发现这三个女人面前的木桌上摞着一堆信件。“看样子，她们才刚刚分完报纸，信还没有分呢。”他想。他的眼睛死死盯着信件，但表面却若无其事的样子。希望折磨着他。每次，他来这里都是怀着异乎寻常的、窒息般的迫切感，等待着一个又一个希望。而大多情况，都像《老人与海》里那个老迈的打鱼人一样，只是守着一种美丽的空望。“这没什么可羞愧的。”他想。他的信件都是与他的写作有关。

那位漫画家也在等待他的东西。

“最近画得多吗？”作家主动问漫画家。

漫画家看不起人地笑了一下，没有回答。这是一位留有一头长头发的，仿佛准备把身体复辟到古时候的年轻漫画家。他离过一次婚，毫无理由地憎恨女人。他特别喜欢画女性的裸体漫画，作品新潮前卫，老鼠和猫发生性交是他的杰作。他平时极其傲慢，和普通人见面之前，首先得要预约，得到他的首肯后方才相见，否则他会毫不留情地把你赶走；或者装出性格古怪的大人物的样子，愤怒得不得了，拍桌子、摔东西，大发雷霆，所以，他显得神神秘秘……作家的眼睛死死地盯着他的信框……“大师都是这样！”有人说。可据一个拾粪的老汉讲，“那个人，是个拐骗妇女的高手，我早上起得早，就碰上了！”……信框里扔进去了几封信。作家的心跳得比针刺的还快，头里面一片空白，眼睛瞅得快要掉眼泪，作家张口问了一句：“有我的稿费吗？”

“没有！”投递员冷冰冰的。

“这是一种职业病！”他想。

漫画家却似乎大获丰收，寄来的有发表了作品的报纸，还有几封信。他用两根最长的手指头抽出信来，在另一只手掌上，从下向上敲打一下，甩扇子样哗啦一下甩开，洋洋自得地默读起来。他的脸孔上掠过一阵一阵的喜悦和激动。“仿佛是封约稿信。”作家想，“否则，他干吗那么傻乎乎的？”

“再见！”漫画家用两根手指，置于头颅十分遥远的地方做了个敬礼的姿势，对全部的人说。

作家感到很惭愧，自觉有种丢了面子的恐惧和懊悔。但他有时很讨厌他的这种敏感和清醒。他倒希望他是一个大字不识的农民，而不是他妈浪得虚名的作家。他默默地回去了。一路上，他回忆他稿子里面精彩的部分，以及文章中的缺陷和忽然记起的错别字。有些地方他感到很遗憾：“还能修改得更完善一些，但当时怎么没有想起来呢？”他还分析哪个编辑对哪种稿件感兴趣。但他最终希望自己能写出真正震撼人的作品，而不是投编辑所好。他觉得他最后的作品也就是为几个人或者一个人写的，那几个人则是他所敬仰的。

作家孤独地走在街上，那副样子像一个迷路的羔羊。这是一个十分炎热的中午。路两旁的槐树叶子被太阳烤得快要干枯，马路上的沥青被晒得稀软，粘吸着鞋子的底子，发出叽叽的响声。他走到图书馆门口时，犹豫了一下，却没有进去。

“该读点新东西了。”他想，“读书越来越重要，书籍可以帮人产生记忆，还可以开发人的想象。”

作家思索着当下全国的文学走向。他平时在图书馆里通过《小说月报》和《小说选刊》就基本可以了解到关于近期文学方面的信息。但是他很少读当代作家的作品。过眼烟云，他继续低着头走着。

这条马路在参差不齐的楼房之间，一直伸向走兰州那条道的远方；马路上十分拥挤，干啥的都有。如果坐飞机往下面看，不知道会是一种什么样子。只是这街上不断升腾起的喧哗声、尘埃和气味让人感到窒息，感到目光迷糊。

作家穿过电影院门前时看见门旁墙壁上贴着一张白纸，上面写着什么，还盖着公章，以为是招聘启事。他一声不响走近去看，原来却是高考期间加强噪声管理的公告。“高考早已结束了！”他想，“在这样的小县城贴这种东西是多此一举！”

晚上，她把红色的窗帘放下来，拉着了灯，喃喃地说：“人类真的都堕落了！”

但是作家一句话也没有说出来。他想，“这说明现在的人，已经对建设自己的精神生活失去了信心。而只注重金钱、物质、自私地享受”。在临睡之前，他又读了几段卡夫卡的《审判》。然后，关好房门，把窗户打开一条缝，让空气流通。最后，他躺在枕头上读着鲁迅的书，直到全身有些困乏，眼皮打起架来时，方才把书压在枕头底下闭上眼睛。“枕着大师的书夜里不作恶梦！”他自言自语。院子里一片漆黑，他打开房门，在蚊子的叮咬下对着他的向日葵根小了一个便，那样子——好像他的尿是上好的肥料，可以帮助向日葵们茁壮成长。回到房间的时候，他妻子醒了。

“还看不看书？”她说，“我要拉灯了！”

“不看了。”作家说，上床之前，他拉灭了灯。

可是，他在他那张书堆得乱七八糟的木板床上怎么也睡不着。他已经养成了夜里看书看困后睡觉的习惯，否则，他的大脑会兴奋不已。他在心里默默思考着问题，构思他的作品。每想到精彩的细节，作家自己就会笑起来或者伤悲及忧愁起来。他觉得他怎么都不能够宁静下来。“能感受到这些，是幸福的！”他想，“同时也处在人类精神的痛苦和烦恼之中。”他觉得他的脑子跟一台高速运转的机器一样，开始发高烧，他浑身被汗水浸洗了。他把被子蹬过，却无论如何都忍受不了感冒在他潜意识里造成的威胁，就又重新钻进被窝里。他即使不怕生病，也得预防没钱看病。此时，他很想和人交流。

“你真的睡了吗？”他对妻子说。

作家侧耳倾听，妻子却睡得很死；他伸过竹节样瘦长的手在她腰和连接胯骨的地方碰了一下。“她像一把干柴！”他想。作家想到迟早要和这个生活了一辈子的女人永远分开，埋到黑暗的地下，便感到从未有过的孤独和害怕。于是，他对着漆黑的屋顶，情不自禁喊了一声：“姐姐！”

“我不是你姐。”妻子说完，又睡去了。

早晨醒来他感到疲惫不堪。当清真寺第一次晨礼的班克念响的时候，作家便坐立起来，从他的小说中回到吵闹和拥挤的现实里。现实的各个角落都是很拥挤的。他的脑子依然在翻腾，头重得跟大石头一样，觉得很恶心，鼻子眼里开始溢出黏稠的血液。他怕被妻子发现，便用一张稿纸偷偷揩了。

他觉得空气难闻，便出门走到院里，穿过碎砖铺就的小径，走进园子里。他抬头看了一眼向日葵，一棵让作家觉得个头和身体未长到时节的向日葵悄悄开了花。他有些担心。同时，他觉得向日葵花，也是所有花朵里最好看的——热烈、奔放、充满万般激情。“它那温暖的色调，让人对生命充满向往！”他想，“给它加一点肥料。”他来不及解开裤带，从拉链口掏出来对着这棵向日葵的根部浇了一泡憋了一夜蕴蓄得很有营养的热尿。他想在这棵向日葵的根下拉一泡屎，但又觉得很不雅观，就只心疼地看看这朵早早便开放了的稚嫩的花朵。然后面无表情地走出园子，回房去盛水刷牙、洗脸。

“你夜里怎么了？”妻子问。

作家没有回答，只仔细地回忆了一遍。整个夏天，他都是在一种病态中度过。她开始收拾房子。这个干瘦的女人总是能将被子叠得有棱有角，像部队上训练过的一样。她把房子打扫收拾干净，又开始扫院。太阳像一块红色的闪光的刚刚从水里捞上来的石头，湿淋淋的一点一点露出脸孔。一会儿，就像一朵盛开的向日葵一样放出万道火红的金光。

作家把桌椅搬出来，摆放在向日葵的叶子下，一边沐浴着从向日葵叶子缝隙射进来的阳光，一边开始写作。

这时，妻子尽量躲着不去打扰他，否则，他会火冒三丈，或者一整天乃至三四天都情绪恶劣。他的笔尖像凡·高的《向日葵》一样在燃烧。鼻血又一次溢出来淌到写有文字的稿纸上。天一热，他就犯这种流鼻血的病。他在底页撕了一张空白稿纸，把落在稿纸上的血迹擦了。他隐隐有些不详的预感。

跟平常一样，妻子打扫了院子所有的角落，开始洗手做饭。她的身子骨很单薄，当她穿着苜蓿花的衣衫行走在院落和石头铺就的小径上的时候，仿佛一个未成年的孩子。但是，她没有怨言，全心全意为这个家努力地忙和着，现在，她活动在灶房和自来水管的中间。她的劳作仿佛使整个院子里都充满生气。“你要是不被他们那样了，咱们家里一定是人丁兴旺！”她说，一面搅着饭锅。饭锅里，土豆面叶子正在沸滚。女人终于揭了这个伤疤一下——刚刚结婚的时候，她们两个住在西海固一个偏远的村子里，有一次男人被卷入一场群体性的械斗事件当中，一伙失去理智的人认错了人把他抓住阉割了，差一点活不成。后来，他几度想自杀，并一再劝妻子离开他。可是妻子说，“我生是你的人，死是你的鬼！”作家曾在那次事件后，在日记中写道：“我明白了人的最大敌人不是恶劣的环境构成的，乃是人类自身，因为灾难般的生存环境和敌对世界是由人类活动构成的。人类先是预防外在环境的伤害，一旦解除了外在的威胁，就会把敌意指向自己的同类。”后来，她们举家离开了那个村子。

“你别再提那件事了！”作家感到万分难受。

吃过饭，债主来了。他推开大门叫喊的时候，作家和他的妻子正在给向日葵浇水。

“人都死光了吗？”

作家站起来迎接他。“都死光了！”一面说一面向房里走去，“我以为你最近一段时间不来。”他的内心被恐怖和卑怯吞噬着。

“这几天钱把我逼死了！”债主走进房间，坐下说，“钱真的把我逼死了，这次你再不能空打发我走了。”

作家不知道如何是好，心一阵狂跳。他的脸红一时白一时，僵持着讲不出一句话。

“你想赖账吗？”债主说，“没想到你是这样的人，三年了吧？！”

作家忧伤地望了望他。他想把钱还给他，二话不说。但是真没钱。

“你今天不给钱，我就不走！”他高声讲：“当初你是怎么说的，‘急用！马上就还。’我看你的马比咱们这里的牛还慢嘛！”

作家感到很惭愧。他妻子走进房间来说：“你就是把他的命要了，还是没钱，你再缓上一段时节，等有了就给你送过来。”债主呲了嘴，气笑了，露出一嘴整齐的驴牙，焦躁地站起来，又坐倒说：“不行，你们赶紧想办法，我的时间可宝贵得很！”

“你稍缓缓，成吗？”作家说，“真没地方借，认得的有钱人也不给借。”

“你是作家，我不相信借不来钱。”

作家只是苦涩地笑笑。最后说：“作家不是你想的那样！”

“你写一篇文章，钱不就来了吗？”债主问：“你一年写小说能挣多少钱？”

妻子发现丈夫的脸上显露着昨天夜里所受的病痛和写作折磨的痕迹，现在变得更加害怕。

“他昨天一夜没睡，为你的钱都操劳成病。”她指着她的男人说。

作家的心上一酸，但立刻又恢复了坚强。

“写小说一年挣不下几十万元，你吃力巴巴地写那个干啥？”债主说，“现在谁还看书，你说谁还看？根本没时间，说实话，现在人连电视连续剧、电影都不看，我们就看哪里能挣上钱。”

作家一句话都不说。他的妻子低着头，不知在想什么。“再缓缓成吗？”他觉得他的自豪和自尊一点一点地躲藏着。

“难道让我白跑一趟？你还是不是个男人？”债主想了一想，说，“那么，我就看在你不是个男人的分上，再缓你几天吧！”

作家感到脑子炸裂似的，随后竟出奇地平静，笑着说：“你就把我当成个女人吧。”他和债主一块出来向街上走去。空气十分干燥。马路正在重修，说是要搞县庆，菜市场也挪了，到处被推土机推得一塌糊涂。债主告辞的时候，作家咬着牙低声问他说：

“我欠你多少钱？”

“你怎么不把欠钱这回事也忘了？”债主说，同时在他的背上用巴掌拍着说，“两万元！”

作家想起来他给他写的条子上是一万元。他到张虎虎家门前孤独地徘徊着。他觉得他就要把身上最贵重的那个东西丢掉了。但他想了想，又离开去了图书馆。除了家、图书馆、邮政局，他再没地方可去了。

下午响起闷雷。振作起精神的妻子奔跑出房子，拾了搭在晾衣绳子上晾晒的被子，她回到房子重新趴在床上帮丈夫抄写稿子。丈夫对她这些年的陶冶非常大，也启发她读了不少好书。每当闲暇，她便帮男人整理文章。她以前在一家印刷厂上班，一段时间就没有了活计，厂子便放假。她趁厂子没上班，准备再找份活计，却一直没有找到。就这样熬着。

一只蝈蝈在向日葵叶面上叫起来。雷声很快过去了。太阳还是那么红。但是她没有注意阳光从西边的向日葵上缓缓消失。直到傍晚，作家从图书馆回来的时候，她才抬起头来，从床上爬下来开始做饭。她用双手揉捏脖颈，甩着握笔的手腕子，说："我帮你把近期的稿子整理了。"

作家久久地望着她，"这些年可苦了你了！"

"总有一天你会轰动的。"妻子安慰他说，然后就去做饭，作家撵过去在一旁帮忙。

三

"好消息就要来了。"在后来的一个星期里，每当她们一起吃饭时，作家就重复这句话。由于妻子的印刷厂给了一点生活费，她们的生活又有了一丝保障。"这次发了善心！你们厂子好久不给生活费了！"作家感叹说。整个七月没有下一滴雨，闷热一日胜似一日，火红色的阳光点燃了整个西海固大地，也点燃了她和作家奋斗的精神。这天下午，作家坐在向日葵下继续写作，张虎虎又来问那幅画子。但是，作家无论给的钱多钱少都不卖。张虎虎有些生气。"你那破东西，难道是金子？"他说。

作家不想和这种人说，说了他也不懂。"这不是钱的问题！"作家只说了这一句。

张虎虎骂着走后，作家一时无法写作，为那幅可怜的《向日葵》久久地感到不安。不过，他有可能把它送人，也不会卖给张虎虎他们。事实就是这样。

就在这天下午，来了一笔稿费，作家把它悉数还给了债主。作家的心情十分快活，妻子却些微有点不高兴。"家里的米和面都快光了！"她吐露了自己的忧虑。

"别担心。"作家宽慰她说，"前些日子的那个短篇的稿费明天就会来的。"他又补充了一句，"当然，最近寄出去的那个中篇的留用信也快来了。”

妻子却什么也没说。

作家看了看她。

第二天，作家又去了邮局。他碰上了那个傲慢得让人肃然起敬的漫画家。他一面翻阅报纸，一面说那个策划炸毁美国世贸大楼的拉登失踪后，最近又出现了，扬言还要收拾那个走起路来一摇一晃，喜欢跟人搂肩搭背的布什呢。

那个瘦一些的女邮差说：“我觉着那个拉登是个真正的男人，谁都不敢惹美国就拉登敢！”

“他会惹麻烦的！”一个男邮差头也不抬地说。“不就是个死嘛，哪个人不死？如果是为了反抗压迫，为了人类的尊严，给美国点教训和颜色，死是值得的。聪明的美国人应该把这笔债记在布什的头上！”先前那个女邮差反驳道。

漫画家没有接她的话，仿佛他先前不是在跟分发室的这些人讲话，而是在自言自语。作家有时候不大关心报纸和新闻，因为新闻的虚假成分很重。他倒是一直极其关心周围人们的生活现状。

这一次，没有漫画家的东西。作家收到了一封退稿信，漫画家把脖子公鸡样长长伸过来有意无意看，作家有点害怕被人看见这封信的内容。他装作若无其事的样子，但觉得心灰意冷。他怀里揣着这封信，到河湾的沙滩上一直躺到黄昏。在这其间，他把退稿信读了几遍。他对他的这篇小说还是满有信心的。“文坛应该有好老师！”他想。他一直想在河湾里睡很久很久，而不愿回家给妻子一个不幸的消息。这种难言的痛苦别人无法理解。但是当黑夜降临，星星出现的时候，他不得不面对现实。妻子还在等他。

“手里拿的什么？”回到家里时他妻子问。

“一封退稿信！”作家无精打采的回答。

第二天，他把这篇小说又寄向另一家十分响亮的刊物，那个刊物的编辑老师是个可以信赖的人。然后又开始漫长的等待。

“我们已经尽力了！”这天晚上妻子对他说，“这些年你每写成一篇，又开始匆匆构思下一篇，同时等待对上一篇的处理。你这样日复一日，年复一年，需要有那种火一般的激情和家乡庄稼汉子的耐力。”她接上说，“我看你写的都是心灵深处的真情实感，他们为什么不喜欢？”作家躺在床上看着书。

“小说越来越难写了！”作家说，“现在好像提倡什么嬉皮士的文学，大部分是一帮少年儿童，谈情说爱，亵渎读者崇高的灵魂。他们不大喜欢我的文章。”

“这帮年轻人根本不懂什么是生活。”他妻子生气地说。

跟平时一样，作家拣了一些文章读着。“也许人对于作品的喜欢与否都和他自己生活的环境有关。”他想，“无论什么题材，真正的文学，应当表现人道以及人的灵魂和精神，而不是人的内分泌。”他今天的思绪一点也不集中。他觉得眼下的许多文学，并没有把人心灵中的东西表现出来。“文学最终的问题是要净化人的心灵和思想。”他想。他一面看书一面想着他的那些小说。

准备拉灯的时候，他发觉妻子醒着，目光盯着房上的顶篷。

“让我再看看退稿信。”

他妻子转过脸来，想起她把它已经放起来了。

她从床上溜下去，从那台曾经装黑白电视机的纸箱子里取出一捆用线绳扎绑的信件，都是按日期排列的。找到最上面的一封。

“你以后再不要给那个老师寄。”女人把信递给她男人时说，“可你还是坚持给他寄，光白白地浪费着邮资。”

作家看了看信的内容。同时把那位老师的字上上下下欣赏了一遍，美滋滋的。

“这你就不懂了，我在他那里学到许多珍贵的东西，耐心就是其中之一。”

“是的！”他的妻子果断地说，“那你就继续学。”

于是，第二天作家给那位老师去了一封信．寄信时他对自己说：“任何时候都不应该绝望。”

四

作家坐在向日葵下乘凉。回想往事，神情显得格外严肃。几十年来，他都是在一种默默写作中度过的。如果不是写作，他早就被生活打倒了。人类的一切都是虚幻的，包括生命。只有一种东西被留下来，那就是一个民族的精神。

“今儿天气真热！”妻子打断他的回忆，用汗衫袖子揩揩前额，“这么热的天气，苍蝇都成精了。”

作家站起来，望望似乎又长大了些的向日葵。它们的根部干得裂开了指头宽的口子，白色的根须裸露出来；向日葵叶子被太阳晒得快要卷成卷儿，乏乏地耷拉着，垂绕在向日葵的秆上。他提了铁皮桶子到水管子上盛水，准备给向日葵浇水。可是水龙头开到最大，也不见一滴水淌下来。“又停水了！”

“每年天热的时候，全县总要长时间地停水。”他的妻子不悦地唠叨着，“每天连喝的水都没！”

“干吗不早盛下些水？”作家看着他亲手培育大的向日葵。现在已经有六棵开了花。有一棵秆子并不壮的向日葵，在八九个叶秆的凹陷处又长出了八九个向日葵头，其中有两个小头也刚刚开花；还有一个含苞欲放，另外几个小脑袋尚紧紧裹成拳头状。更有一棵向日葵的身边竟不知不觉长出一枚刀豆，把蔓悄悄扯攀到晾衣绳子上去了。这时，一只狗头蜂落在那最大的一朵向日葵的花面上，正贪婪地吮吸着什么。“这个流氓！”几只白色的蝴蝶在向日葵丛中飞来飞去，像众多的梁山伯与祝英台，“她们舞得多好哇！”

“全县到处都在搞工程，用水量很大！”作家说，“谁晓得又要停多少天水，总是这样。”

“给当官的人盖楼用的是水，好像老百姓用的不是水！”妻子一个人还在不休地唠叨。

半个多月还没有供水，所有的河早就干了，到处的人都在找水，所有的动物都在找水。水在维系生命，而生命已经奄奄一息。作家到有井的私人家去找水，可是井也已经干了。作家的身体也一天不如一天，鼻血一天比一天流得多。他的妻子也三天两头害病，却没一分钱抓药。直到一个月之后，水才来——周围村子的牲口都已经卖得差不多了，人都像是在地狱里走了一回。

“稿费什么时候来呢？”妻子愁眉苦脸地问。

“不知道！”作家有些恼火。他不希望自己的作品只是为了那几个稿费。

他的妻子一声不响地走开了。

作家望望妻子的背影，心里像钝刀割的一样。“我有什么资格指责她呢？”他想，“这些年，正是这个干瘦的女人，以她的谦卑、真诚、善良和坚韧在近半个世纪的光阴里不停地点燃他内心的希望和激情。”

五

作家近来的身体差极了，几乎无法坐到凳子上写作。由于长期低着头读书、写作，他的脊椎骨已经完全变形，压迫着神经，痛不堪言，后腰也有种崩溃和塌陷的感觉。但是他没有灰心，而是强制自己趴在床上，怀里支了一个枕头，把身子的上半部伏在枕头上写作。

他一个字一个字地写着，直到写完一个章节，才停下来喘一口气。作家回头仔细把刚才写的看了一遍。他感到胸部被枕头垫得很痛。于是，他翻转身子躺在枕头上，读给他的妻子听。他妻子要求把其间的几处修改一下。

“很好！”作家非常赞同，“这样一来就不会在生活常识上闹笑话，而且也不会破坏文章的调子和气味。”

过了一会儿响起了雷，闪电发出阴森的蓝光。天上零零星星落了几点牛眼睛似的雨。

作家和妻子都抬头向窗外张望。“外面有晾晒的衣物吗？”作家问。

他的妻子摇摇头说：“没有！”

她正在改做一条废弃的旧裤子。她用剪子剪短了那条裤子的裤筒，并给裤筒边子做了一些民间流传的图案。她叫男人穿在身上她看看，男人竟真的以为妻子买回了一条新裤子。当他终于明白是妻子的“杰作”后，赞叹不已。

作家继续埋头写作。大约有一壶水的工夫，他听见密密麻麻的冰雹打在院子里的向日葵上。顿时，整个县城被淹没在冰雹之中。

他走出房子，见其中开得过早的两朵向日葵的花瓣已被打落在地，连整个身子似乎都要跌倒下去了。许多向日葵叶子被打折了，有一棵幼小的向日葵，眼看就要支撑不住倒下去，作家慌慌张张跑进房子，拿了自己的衣服，冒着枪弹一样的冰雹将衣服苫在那棵幼小的向日葵上。当他返回房子时，头上已经让冰雹敲了几个大疙瘩。

冰雹滚落的声音伴他们睡下了，作家觉得脑袋隐隐作疼，但他没有吭声，他把自己裹在一条蓝色的破被子里，有一阵子，他听见他的妻子被病痛折磨的呼吸声。他妻子时睡时醒——仿佛一会儿在梦境中，一会儿又回到现实中来。他相信他的向日葵是会熬过这场劫难的。

雨整整下了一夜。第二天，作家夫妇看见向日葵全部倒在园子里，微白的根须裸露在外。他难过极了。老两口立时忙乎起来：一个扶向日葵秆，另一个快快的用铁锹朝根部压土。直到让它们重新站立起来。

有一棵向日葵的根，被冰雹打倒后折断了；过了几天，叶子便枯干了，在微风下呜咽着。作家看了，伤心得吃不下饭去。

炎热的七月快要结束了。在此期间，作家的妻子已经向周围的邻里借过几次面粉了。她没有告诉她的男人。“不能告诉他，”她想，“我不能再给他增添负担了啊！”

但作家还是发现了她出去借面粉的事。这次，轮到他该为这个家庭的生计想办法了。他不得不咬牙到一些熟人那里去借钱。但他的熟人没有一个肯借钱给他，正应了老人说的那句“富贵深山有远亲，贫居闹市无人问”的话。作家曾想到过张虎虎，但他很快就否决了这个危险的想法。回来的时候，他厚着脸皮总算在他们经常买面粉的粮店里赊了一袋面粉。他气喘吁吁地扛着面粉回到家里，感觉自己好像和平时不一样了，对迎出来的妻子喊：“快来，帮帮忙！”他妻子看到他的脸色很害怕，不禁大吃一惊。

“你的脸黄得跟屁熏的一样。”她说。

“放心，我要活到我想死的那一天。”作家自我解嘲地说。

正是因为怀着希望，他才全力支撑着自己，才能够活到今天。

由于夜以继日地写作，他已经筋疲力尽，浑身快散架了，不能够同时照顾自己的生活和向日葵了。到了八月五号，日历上标明立秋。天气骤然变凉。那十几棵向日葵只有一棵枯萎，其余的都死而复生。他相信它们一定会活到籽实饱满的那一天。

“你过来一下！”他妻子说。

“等一会儿。”作家回答，一面观察向日葵的长势，向日葵秆儿越来越粗，向日葵头也越来越大。

他看到他妻子拖着虚弱的病身子坐在房台子上。身体发出一股疾病的气味。她说话时，有气无力。

“你马上把那幅画处理了吧。”

他早已想到妻子会这么说的，这是她不愿意听到的，为此他感到万分痛苦。他的妻子虽然不是孤儿，但和孤儿没有多大区别——父母基本和她断绝了关系——因为她不听大人的劝告誓死嫁给了这个潦倒一生的人，后来又惨遭不恻，使他无法再生儿育女。她的一生几近是苦难的一生。

他的妻子伤心起来。

“这么多年。”她叫道，“从二十一岁和你开始过日子，一直盼望你能够好起来。”她嗫嚅一下接着说，“可是你一日不如一日，现在我们都已经老了，我也因为这个家落下了一身的病。”

她回到房子里，倒在了床上，跟死人一样。作家把她的头移到枕头上，他不敢看她那双死鱼一样似乎已经不动了的眼睛。他妻子陷入短暂的昏迷状态，她闭上了眼睛，当她重新睁开眼睛的时候，她似乎有了一些力气。

“为了我们眼下的生活。”她说，“把画卖了吧！”

作家把她额前一绺白发抹到脑后。

“我们会活到那一天的。”

“现在怎么办呢？”他妻子问，“现在呢？”“车到山前必有路。”作家说，“我们会活到那一天的——人们只要一提到我的名字，就会充满希望。”他接着说，“这么些年我们都过来了，我们早已经习惯了应付艰苦的生活。”

向日葵静静地立在园子里。那些向日葵，现在已经全部开放，火焰般燃烧着，它们看到作家走来，便点头微笑。作家像对待老朋友似的与它们对话：

“人们不能够肯定地预告什么。但是，如果谁能够进行分析，他就可以发现本世纪最贫穷的人，总是顽强活着，总是以创造精神活着。”

“一个人绝不可以让自己心灵的火熄灭掉，而要让它始终不渝地燃烧。”一个向日葵说，“你知不知道，这是诚实的人保存在艺术中的最最必要的东西。”

“然而并不是谁都懂得，”另一个向日葵说，“美的艺术的秘密在于有真实与诚挚的感情。”

“这些年，我之所以在痛苦中坚持活下来，那是因为我必须去写，因为我必须把在我们内心燃烧的东西表达出来。”作家觉得自己的脑子似乎一天天燃烧光了。

他愁肠百结，忧虑不安，感到极度的痛苦和凄凉。然后他上街去了，在午休的县城里行走，什么也不想。他沿着被人遗忘的街巷走着，直到觉得疲惫至极，内心宁静了时才转回家去。他的妻子不待他提笔开始写作，便再次劝说他把那幅画子拿出去卖掉。

作家心乱如麻。他说：“我不忍心卖它！”他从相架子后面抽出了那幅画——用一张旧报纸包着，上面已经落了一层灰尘。他和妻子一人把住一头缓缓将画子打开来。霎时，那幅仿佛从一只瓦罐里伸出十几朵向日葵头颅的画，便展现在她们的面前。在他看来，这画中的向日葵不仅是阳光与生命的象征，更是人类内心火热情感的写照。和凡·高对照，作者的手法足以达到以假乱真的境地——以强烈刺激的感情色调，以急速蜿蜒的粗大笔触，构成画面紧促的动感。“那个凡·高，当时的激情一定犹如江河奔涌。”他想，“他是一位堪称燃烧生命的艺术家！”

作家怀着十分沉痛的心情，把画上的每朵向日葵都看了一遍。然后，他把画卷起来，夹在腋下来到街上，不知不觉走进县招待所对外餐厅。“生意怎么样？”作家问老板，“最近有没有好画？”

“来，坐下。”老板说，“收了两幅，但不太好！”他一面说一面用那双锐利的杏核眼盯着作家的腋下。这个长得像个鸡蛋样的老板，曾毕业于某美术学校，分派的工作自己不喜欢，就承包了这个餐厅。县上每来书画家，都少不了他的身影。他管饭十分积极，就是待活动搞到最后一定得给他白画几幅画。

作家坐在一把木椅上，抬头望望冷清清的街道，把画夹得更紧了。

“吃饭了没？”老板不待作家回答，便对手下说，“去，弄一碗面上来。”

“我吃过了，真的。”作家说。

“不就一碗面嘛，味道不错，我请客。”老板安排服务员先做饭，自己便带作家到后面的楼上看他的画子。

“让别做饭，我真不吃。”作家说，“看画可以。”

“你们去做饭，别管。”老板说。

两个人来到餐厅后面的楼上，走进一间三十多平方米的房子，在墙壁上看见四幅山水画，装裱的镜框显得古色古香。有一幅画子作家觉得不错：一头毛驴打小桥上走过，桥下是潺潺的溪水。意境很好，手风也不错。作家看了良久。“哪里的人画的？”

“甘肃的，听说有些名气哩。”老板说。

“听说你这两年收的画不少，”作家说，“还有吗？拿出来看看。”

“都在家里，这里只有这四幅。”老板为作家没能看到他拥有许多画而遗憾。接着，他的目光落在作家夹的报纸上。“你夹的是什么？”他说，“让咱们也看一下嘛。”

“没什么。”作家感到恐惧和慌张，“一张废报纸。”同时，他被另一种困惑折磨着：也许当他拿出这幅画，这个老板却说他没听说过这个画画的人，譬如说雨果，大家只知道他是一个作家，却哪里晓得他还是一位大师极的画家。

老板听了作家的话，半信半疑地瞅着对方的腋下，最后点一点头。“咱们这里偏僻，文化氛围不行，基本见不上好画。”

作家附和着。“我这是一幅名画。”他想，“这幅画里处处闪烁着真知灼见和无尽的光芒。”

他们两个一边说着画，一边又走回餐厅。饭已经好了，放在圆形木桌上。“一碗面，吃了吧。”老板说，“不吃就是瞧不起咱。”

“我说不吃的。”作家的脸红了。他屈起两条大腿，把画小心翼翼地搁在腿弯里。

“反正也没人吃，”老板对手下说，“那就端下去倒掉。”

“我走了，你忙。”作家说。

“有空了来，”老板对走出去的作家说，“有画了别忘拿来看看。”

作家恍惚地应着，心里感到羞愧和悲伤。“这个人大约知道我手里的画。”他想。

他走到邮政局门前，看见抓黄河福利彩票的人特别多，就呆呆立在那里看着，他在衣袋里摸了半天摸出两块零钱。“只能投注一注。”他走进去要了一张投注单，在第一投注区填涂了一组数字，乘着混乱，钻进去递给服务员。服务员是个比较时尚的女郎，乳房基本露在外面，显得非常自信。她看也不看，就将作家涂填的投注单放入眼前的那台机器确认，很快那组号码便带着一种诱人的声音打印在一张黄河风采的福利彩票上，再由服务员接给作家。作家的这张彩票上的七个数字是他根据自己的一篇小说名字的笔画选的。他挤出人群，心里有一种怪怪的感觉。“只有把希望寄托在这张两元钱的彩票上了。”他想。

作家夹着他的《向日葵》，口袋里揣着彩票，黄昏回到家里。他的妻子真是大失所望。

“没卖吗？”她问。

“没卖。”作家回答，“不过，现在好了，你就放心等着拿五百万元吧！”

六

“今天把家里打扫收拾干净，老婆子。”作家说。

他的妻子正在床上铺一条崭新的很久以来都没有用的红毛毯——那是一位著名而德高望重的老师送给他的结婚礼物。作家昨晚一夜未眠，读书读到天亮，起床后精神劲头依然很高，只是眼圈有些发青，下眼皮出现一个松弛的眼袋。他站在院子里望着这间老屋，联想到成为富翁后将如何使它辉煌起来。他觉得撅着一副瘦身子干活的妻子竟然老得让他感到害怕。他忽然莫名凄楚。

“全部打扫干净了，老汉！”他的妻子说，“咱们命苦，怕是一块钱也抓不上的，别妄想了。”她低着头一面麻利地干活，一面暗暗地笑着，准备迎接五百万元的到来。

作家望了一眼园子里太阳下发着绿光的向日葵，又抬头望望前方天上棉花团一样的云彩。“这是一个晴朗的早晨。”他想。

“这些向日葵，”他说，“咱们如果别管，早已经死了。”

“咱们这里天气为啥不正常？”她说，“要雨的时节没雨，不要雨的时节却又是雨又是冰雹——真吓人！”

作家没好气地说：“咱们能在这么恶劣的地方活着就不错了，你知道吗？咱们这里十年九旱，土质属于湿陷性黄土，外面来的人看了说，咱们这里根本不适宜人类生存，而且又是世界三大地震区之一，1920年这里曾发生特大地震。后来知道，这次大地震即使在世界地震史上也是罕见的！这次地震几近毁灭了这片贫瘠的土地，面积竟达两万平方公里。死亡人口二十多万、牲畜一百多万头，倒塌窑洞房屋不计其数。史料中记载，地震使当地民众生者十人余一，牲畜几乎绝尽，震前没有预兆，余震三年之久。地震时，北京电灯摇晃、上海时钟停摆、汕头客轮荡动、广州墙落泥片。震感甚至远达越南境地。银川以北接近沙漠的长城被地震切断，黄土高原地貌全改，穷苦的百姓无家可归。这些其实都没有什么，更有人类自身互相造成的创伤难以言传。有些人恨不得就他一个人活着。

他的妻子听了男人的一席话，停了片刻说：

“那我们不在这里生活，我们又能到哪里去？我想到首都北京或者大上海去，你呢？”

作家没有回答。他在心里说：“然而正是在这片绝望和潜伏着危机的土地上，这里的人却一代代顽强地默默地生存着、坚守着。”但他马上又被自己写不出好作品的痛苦淹没了。

作家听了妻子的话，从他的小说中回转过来。

“你怎么了？”他问。

“你经常苦着一张脸。”他的妻子说，“好像这些年是我把你害了。这些年你写小说，我总是站在你的一边支持你，我把我的一切都牺牲了。这个家里的一切活计，我几乎都一个人包下来干了。我盼望你的文章能够成功，可是，我们都快要死了。”她带着哭腔，泪水已经溢满眼眶，“走你的，什么吃苦耐劳、自豪、责任感、怜悯和牺牲精神，叫你说的这所有的一切都给我滚开。我已经累了，没力气听这些了。”

作家心里很难过，脸部神经一抽一抽。他蹲在向日葵下，双手捧着头颅。

“我恨你！”她哭着说。

作家只管让她骂个痛快。他鼓劲站起来，去拿了一本黑塞的《荒原狼》和一本西蒙的《农事诗》，把凳子搬到向日葵底下坐下穿插阅读。可是，他看不下去。这两本曾给过他不少精神安慰的书，现在让他感到忧伤。他还想起美国的杰克伦敦、福克纳，想起俄国的蒲宁，想起凡·高和他的阿尔。向日葵在早晨柔和的阳光下静静地注视着作家。

“我今天就是不让你看书。”她说，“你为什么经常凝着一张脸？”

“我干吗那么讨厌你？”作家斗气地说。

“你以为我很喜欢你吗？”他的妻子反唇相讥，“我喜欢你跟喜欢一泡狗粪一样。”

他想，编辑老师可能正用一支色调凝重的圆珠笔在发稿单上填写对他那篇小说的处理意见。自打那篇稿子寄出后，已经过了一个多月，编辑老师应当看了。他的妻子还在唠叨，当她发现男人的脸色极其吓人时才住口。

“我给你讲个地震的故事。”作家说，“房子塌下来时，有个男人还在女的肚子上睡觉，被压缩成一个肉夹饼。”

听到这个趣闻，他妻子觉得很好笑。向日葵的叶子发出一阵刷啦啦的声音。声音传到房子里，就像有人在向日葵下悄悄交谈。

“老汉，”她说，“你看起来像一把骨头。”

作家从沉思中醒转过来。

“你能不能不说话。”他说，“我现在正在思考十分严肃的问题。”

女人走进灶房，把门猛地关上，做饭去了。上一个月打的面已经不多了。作家开始读书，日头越升越高，一只硕大而丑恶的狗头蜂落在寂寞的向日葵上，它也许正在采向日葵的蜜。

阳光越来越刺眼。他走到窗前，将书顺手搁在窗台上。

“我来帮你做饭。”他对妻子说。

“不用了。”她说，“我已经做熟了。”她丈夫的眼睛使她产生了恻隐之心。

吃完饭，他们躺在床上休息了一会儿。作家的头又一次疼起来。他翻过身趴在床上，默默地写日记，每写一句就停下来思忖一阵。他妻子躺在他侧面，眼睛上盖着一绺卫生纸，嘴紧紧闭着，唇上一条一条皱纹清晰可见，像打了褶子的衣角。他一声不响地盯着，一种悲伤情绪涌上心头。

“我对不起她。”他心里说，“我没有资格指责她。”

女人浑然不觉。

到下午五点钟的时候，作家记起了那张彩票。他从门后的衣服架子拿下那件穿了五年的假冒伪劣的西服。彩票安然地躺在口袋里。他用拇指和食指夹出彩票，看了这上面的每一个数字和期数。然后，他又借助中指翻到另一面读了“兑奖须知”，一共是五项。最后一项是：每周一三五晚上十时五十分在某某卫视台开奖。作家看不到那个台。中奖查询的号码是一个带着四个八（发）的手机号。他没有叫妻子来一同讨论彩票的事。“发发发发！”他从那个手机号码上觉着这种游戏带着某种很大的欺骗性——合法的欺骗！“说不准是某个有头有脸的大人物，为了敛财而搞的。”他想，“他们公开欺骗了无数的百姓。有些老百姓沉迷于此，搞得家破人亡、妻离子散。”作家此时觉着连印在彩票底边的那条黄河也变得厌恶起来。

“老百姓为了买彩票把耕地的牲口都卖了，结果一无所获。”作家忍无可忍，对妻子说。

“你去邮电局看一下，也不晓得兑上兑不上。”她说。

“都是骗人的！”作家这时一点兴趣也没有了，他因为百姓被骗而觉得良心不安，他要以不参与这种活动而反省自己。

“那你买它干啥？”他的妻子说，“要是中上呢？”她现在几近是一点不想听他的了。“每个人都有一次机会，你不去积极参与，机遇怎么会来呢？”她煞有介事地讲出一套哲理。

“你去吧。”作家担心碰见那些熟悉的人。“除了笔，我知道我没有其他好运道。”作家笑着补充说，“我买彩票，只是想体验一下。”

“要是中上呢，要是中上了呢？”妻子显出不可救药的固执样子。她感到自己的心扑扑在跳。“这种感觉或许正是中奖的预兆。”她想。

作家在妻子的催促下，不情愿地走出门来。往出走时，他叫妻子一道去。但她却担心自己冲走了这个好运道，坚持留在家里等待。另外，她还害怕兑上奖之后，在众人面前会因一时沉受不了这么巨大的财富而激动得失去理智。

当他怀着异样的心情走到邮局门口时，不禁看了看有没有人在注意他。他担心自己的自尊会受到伤害。他终于装模作样地要经过邮局门口，脚步却一点一点缓慢下来。因为别人都有彩电和电话，没有人会来这里看邮局门口立着的这块毫不起眼的破黑板。

“哈，没有一个数字对得上。”

作家笑了。

回到家里，作家未进门，就冲等候的妻子喊：

“中了，五百万！”

七

总算熬到星期天的十点多钟。日头从东升起，照在所有的向日葵叶面上，泛着油绿的光。作家拖着贫病交加的身子给园子里的向日葵浇水。他放下铁皮水桶，望望太阳，心里测算了一下时间。那棵最大的向日葵花瓣朝后倒卷过去，像愤怒了的野马的鬃毛。“这是一棵怒放的花朵！”他心里说，“我以前从来没发现愤怒了的向日葵。”

现在，所有向日葵的籽粒都已经结上了，剩下仅只是往饱满生长的问题了。

“我出去了。”作家习惯性地给妻子打了声招呼，便走出门，来到街上。他看见电影院和周围的建筑物都已被拆除。“听说在这里要修一座广场，供人们游览和娱乐活动（但事实后来却成了审判犯人的地方）。那些平日里卖小吃的摊子也似乎在一夜间搬到别的什么地方去了，连个影子都不见了。“听说谁不搬就拘留谁。”人们都这样说。

这次，他径直走进邮局分发室，高声问邮差：

“有我的稿费吗？”

“没有稿费，有你的信，你自己去拿吧。”那个姓陈的女邮递员一边忙着整理报纸，一边面无表情地说。

作家走过去，在自己那个木框里抓出了几封，有两封是他的，其他是别人的，他又放回木框里。他的两封信很薄。一阵快感向他袭来。“薄薄的这种，一定是用稿通知。”他凭借一贯的经验想，“如果是厚厚的那种，一定是退稿。”

一封信是杂志社来的。这个杂志，是他多年来投寄了无数次稿件，但无数次却打回来的。多年以来，尽管人家对他这样冷漠，可是他却一直怀着一种异样的热情与敬仰的心情向他们投稿。

另一封信上面有一些拼音似的红色字母。顶格写着“CHINA”，跟在这几个字母之后的另一串字母写得极其潦草。“也许只有专业人士才能看懂。”他想。第二行开首是“中国”，跟在“中国”之后是作家的具体地址。“谁来的呢？”他想了良久，也没想出是谁。

这次没有漫画家的东西。再说，他也不想看漫画家那煞有介事的脸孔。

作家没有急于打开那封信，急匆匆朝家里赶。他明显感到心脏剧烈地跳动。

作家走进门，他的妻子等候在院里。她迅速瞥了一眼他的手里，就问："哪里来的？"

"还没看。"作家在心里添上说，"但愿是好消息。"他在院子里拆开那封信。

依然是一个退稿通知："……因为人力有限，稿件就不退还了！"

"你看另一封是什么？"妻子绝望地审视着他的面孔说。

"也许这是一则好消息。"作家说，"先放着我要慢慢看！"他现在有些担心和莫名的心跳。"不应该都是倒霉的事情啊！"他有点伤心，"一辈子没有畅快过。"

作家禁不住回想起在那些单调和苦闷的日子里，他和妻子谈论着他的那些小说的内容和其中的意思。一直到下午黄昏，作家还是忍不住背着妻子在向日葵下拆开了那封陌生的来信。他暗自读起来。

信是法国布列塔尼的一位汉语文学研究员、翻译家邮寄来的。她对他的作品表示强烈的兴趣，希望读到他全部的作品，并请他告诉他的创作经历。她是自一本中国期刊上读到他的一部异域风味的小说而得知他的。

向日葵籽儿在夕阳下闪闪发亮，像美丽女人的牙齿。

"以后我还要学习法语哩。"作家面对信封上的外语，自我解嘲地说。接着，他蹲倒在向日葵下，眼睛被一种近乎于干涸的液体模糊了。他忽然站立起来，面向着那一棵棵他曾经呵护过的向日葵，"多么地想对你们说一些心里话啊！"

心酸从作家脑海的深处弥漫上来。

他的妻子看到他发颤的样子，从房子里走出来，站在她的丈夫身边。她一声不响的静静的望着。这个女人并没有因为她丈夫的苦难和肉体的残缺而看不起他、而抛弃掉他，这个女人也没有因为他一次次的失败而失去应有的生活的勇气与希望。她觉得她的丈夫永远是这个世界上一个真正的男人，于是她用手指戳着男人的脑壳说：

"你这个老不死的！"

挂在月光中的铜汤瓶

一天早晨，细雨蒙蒙，一个已经说不清年岁的老奶奶，在一辆后面挂着小红铜汤瓶的轮椅后面，推着瘫痪的儿子，缓缓走在县城的土街上。

街头的人零零星星，偶尔有人走过来掏出面额很小很小的零钱递给老奶奶，或者直接塞到她儿子的怀里。听说老奶奶就这样一边要饭，一边推着轮椅四处跑，给儿子求医看病，日复一日，几乎走遍了西北各地。儿子的病依然没有好转，但儿子却已经由一个年轻人变成了一个满脸皱纹的老头儿，胡子也像干枯的、稀稀拉拉的茅草。

街头显得潮湿、泥泞，到处洒落着快要腐烂的菜叶。两只灰不溜溜的鸽子飞过县城雨雾笼罩的上空向下跌去。环绕四围的山冈若隐若现。汽车轮子滚过时溅起雨点般的泥水，呜呜吼叫着驶过古老的土街。

许多人，看着老奶奶和轮椅上的尤素福，都觉得他们两个年龄似乎不相上下，倒像是一对苍老而又十分般配的夫妇。

可是后来一打听才知道，他们一个是母亲，一个却是儿子。

据老奶奶讲，她的尤素福一生下来就患小儿麻痹症，运动机能出现障碍。老奶奶的男人已经去世多年了，老奶奶的这个儿子长到七八岁的时候，腰还像个虾米似的弓着，仿佛叫人用绳子抽了起来，尽管如此，尤素福七八岁就已经出门打工，主要是帮别人铡草、喂家畜、打扫厕所，以此来养活自已。尤素福不能待在家里，因为哥哥们都十分讨厌他，认为父母一定是干了什么见不得人的缺德事，触怒了上苍，才得到这样一个弟弟。这种莫名其妙的猜测给父母带来了不小的压力，而父母仍认为尤素福是世上最好的，这是毫无含糊的。而尤素福，这个生得有点奇形怪状的小东西，简直犹如一只“扫帚星”在哥哥们的心头划过。

于是妈妈便叫尤素福到远离村子的地方去打工。因为经常找不到住宿的地方，也找不到东西吃，所以尤素福变得面黄肌瘦，跟个小萝卜头似的。就这样，他风里来，雨里去，常常露宿在冰天雪地的荒郊野外。不久，尤素福的神经系统发生病变，身体也似乎丧失知觉，使得起初能磕磕绊绊讲几句话到最后竟然完全变成了一个哑巴。他的脑袋壳儿转过去，转到肩胛骨的一边，口里的涎水老是滴滴答答地掉下来，掉在衣裳上。他的身子也渐渐收缩成一个像冻得蔫蔫的洋芋，怎么站也站不起来了，就连手也蜷曲成一个钩子，倒勾着变到身子后面。从此，尤素福就不能干活了！

那时，尤素福的妈妈已经老了，已经老成一个老奶奶。她本以为儿子的病慢慢会好转起来，哪里想却会落得这么悲惨！于是老奶奶便找来乡村打铁的艺人用钢筋焊了一只矮小的、粗糙的轮椅，然后把洁净身心用的小红铜汤瓶用一截绳儿系挂在轮椅后面，推着他四处求医，讨饭为生，讨到哪里就睡在那里。尤素福的哥哥们对他们的母亲说：“你的这个儿子不死，你就不要回来！”“你想，我们侍候你，因为你是我们的母亲，我们侍候尤素福他又不是我们的父亲！“再说谁给他端屎倒尿呢？”“叫我们把一个残废从轮椅上抱上来抱下去，我才不干呢！”

可是后来，尤素福的哥哥们学乖了，一听说母亲和弟弟乞讨上了钱，就把他们高高兴兴地接回来，殷勤地“侍奉”一阵子，等到把他们身上的钱全部花干花光了，便又赶出家门。娘儿两个又开始四方飘零，母亲和残疾的弟弟仿佛成了他们兄弟几个赚钱的机器。

多年以前的那个早晨，这个全身瘫痪了的尤素福，仰躺在轮椅上，看上去显得傻乎乎的，牛毛细雨含情脉脉的落在他张开来犹如半个破碗一样的嘴巴上，他莫名其妙地笑着，嘴里的涎水不停地从口角流到下巴枯黄的、如同茅草一样的胡须上，又在胡须上稍作停留，接着就像透明的丝线慢慢垂落在胸脯上。尤素福的胸脯由于吃东西时经常会洒落汤水，久了便积攒了厚厚的一层污垢，使得胸脯看上去就像一块乌黑乌黑的铠甲，显得粗糙而坚硬，手指弹上去似乎会发出清脆悦耳的声音。于是妈妈就给他专门用针线绣了一件别致的涎水褡裢，围在脖子上，间隔一段时间就把它拿下来用汤瓶里的清水洗得干干净净的，再重新围上去。娘儿两个各自穿着一件冬夏不换的棉衣，由于走到哪儿睡到那儿，任其磨蹭，渐渐棉衣便像是打上油的皮夹克。倘若从他们的衣领上看，可以看见内衣都洗得异常干净。老奶奶的裤腿用一道约两根手指宽的黑布条裹扎着，似乎是害怕污浊和尘埃钻进去。

阳光舒适的时候，人们看见老奶奶静静的守护在尤素福身边，用汤瓶里的水给他洗脸。汤瓶古朴的色泽荧光青青，那高高蹈之的神姿犹如凤凰引颈，它那么举止高雅！一缕清水从壶口溢出，像是在暗处突然打开的花朵，水珠落地似金，那贞洁的声音宛如翡翠般碎裂开来。尤素福的耳廓都被老奶奶用手洗得干干净净的，洗毕，又给尤素福慢慢地梳头，她的手微微的，一梳子又一梳子梳着。老奶奶那么的安详！尤素福裂开嘴巴懒洋洋地傻笑着，以喜不自禁的眼睛细细端详着妈妈的衣襟。尤素福悄悄的、柔声地出气，用头轻轻地摩挲着妈妈的手，似乎满含眷恋之情。老奶奶小心翼翼的照料他，用一种异乎寻常的声音跟他说话。尤素福仿佛对所有的人都失去了警惕，老是傻乎乎笑得跟个孩子似的。他的智力看起来跟个儿童一样，其实不然，因为他可以和许多人下象棋。他发呆的时候，除了眼睛空洞的动着，其余再也不会觉得他是一个生命。只有老奶奶喜欢静静地看着尤素福在轮椅上像书呆子那样冰凉的坐着；喜欢看尤素福用脚把东西夹到自己的嘴巴里；喜欢尤素福捉弄别人时得意洋洋发出莫名叫声的神气；还喜欢看尤素福怡然自得而疲倦满足，以及无忧无虑的打盹。要知道，尤素福的那两只脚上的脚指头的确像手指一样灵活，不时轮换夹住施舍者递过来的钱，仿佛是在给大家进行某种表演，无论是纸币还是很小的一分硬币，他都能把它轻而易举且又慢条斯理地接过来，然后就像是怀着某种感激和快乐的心情把脚弯过来装入怀里。这个精彩的动作曾给大家留下深刻而难以磨灭的印象。老奶奶面无表情的望着儿子的一举一动，不慌不忙地剥掉一只香蕉的皮一截一截喂到他的嘴里；

或者剥掉橘子的皮，一瓣一瓣地掰下来，轻轻放进他的嘴里。他的嘴巴就像肌肉已经退化了的老奶奶的嘴巴，有时候猛然一看，他的那种老迈的近乎有些残酷的样子让人会猝不及防地想到人是要死的。

好多年前看见这个老奶奶推着轮椅上的儿子的情形，人们就已经发现她老得不成样子了，尽管时间已经过去了半个世纪，可老奶奶依然活着，旺旺的活着，倘不成为永恒和不朽，仿佛誓不罢休似的。但有时候，看他们看得久了，就会不由自主地觉得尤素福比生养他的妈妈还显得苍老！

如此一来，人们觉得他们更像是老两口了。

谁也想不到，白发苍苍的老奶奶推着尤素福已经在这辆几乎贴近在地皮上行驶的小轮椅上度过了无数个春秋！

老奶奶十分难过地记得生下尤素福的那年夏天的前一天夜里，自己做了一个淡绿色的梦。一种宿命的意味在她的记忆里散发着悲凉的气息。那天早上，尤素福顺顺当当来到了这个世上。

也许，老奶奶常常在想：为什么不叫尤素福的病给我得上？我更能承受这些苦难啊！

“这么大岁数了，在家不歇着！”

“真是老糊涂了，推着个残疾人到处乱转！”

人们在背后悄悄议论。

多年以前见过老奶奶的人们，觉得她竟然还活着。活得够长了啊！活上些年就行了，和你年一年二的人都已经进土了啊，就你能，还活着？活得叫人都有些不好意思了。

有时候，人们几年都不见了老奶奶，就都以为她殁了，渐渐地竟把她给淡忘了。可是突然有一天又在街上碰见了她，便失声叫道：“这个老奶奶还活着啊！”当然说这话不全是嫉妒，也有赞叹、佩服和一丝说不清的敬意。同时也为老奶奶的这种锲而不舍的精神暗暗敬佩。无数的人看过他们后，都觉得尤素福比老奶奶显得更老了。

有一天中午，老奶奶给尤素福喂着吃煮熟的玉米棒子。老奶奶用手一边捋一边将捋下来的玉米粒小心地灌进尤素福的嘴里。喂着吃完一只玉米棒子，又用小红铜汤瓶洗净了一只苹果，用调羹在苹果身上掏一个小坑，把小坑周围的苹果一点点地挖入小坑里，抹成糊状，这才用调羹捞起来喂进尤素福嘴里。老奶奶的样子就像是在喂养一个永远长不大的婴儿。尤素福吃东西的时候，跟一个老太婆似的，下面的嘴皮包裹着上面的嘴皮，口一张又一翕地蠕动着，食物长时间地在嘴里转动着。东西吃结束后，尤素福便悠闲地用两只脚踩在轮椅前轮两边焊接的脚踏上，掌握着方向，老奶奶在轮椅的后背上用力推着前进。挂在轮椅后面的铜汤瓶在阳光下放射出耀眼的光芒，并敲打在轮椅后面的铁靠背上当啷、当啷发出悦耳动人的声响。走着走着，尤素福看见了经常给他们施舍的老熟人伊斯玛乃，立时用脚转动着轮椅的方向，借助下坡和妈妈推动轮椅的惯性，快速撞过去。伊斯玛乃一个趔趄，弄得面红耳赤。可是，尤素福不等撞上，双脚在脚踏上猛然一扭，方向就变了，轮椅吱吱叫着从伊斯玛乃的身子边擦了过去。尤素福回过头咧开半个破碗一样的嘴巴傻乎乎地笑着，得意洋洋。伊斯玛乃虚惊一场，见尤素福开心地在一边笑，便也点头微笑，心里却有些哭笑不得。

老奶奶把尤素福推到一个向阳的路边，坐下来。她弓着腰，满脸皱纹，拿出针线，开始心平气和地缝补一件不成形的、破破烂烂的衣衫。老奶奶不时停下来用嘴舔着右手的两个指头，那只手瘦骨嶙峋，青筋毕露。老奶奶的脑袋壳和手抖动着，犹如秋天的树叶，风一吹就会轻轻地飘下来，凄切地凋落在地上。

时间一天一天地过去。

老奶奶的牙齿一个接一个地掉落，头发白得跟白面碗一样。一个人老到这种境况，真是不堪设想啊！听说孙子们都盼着她赶紧无常呢。老奶奶老是游荡在世上不走，他们也感到怪难堪的。可老奶奶就是不走。她似乎发奋地活着，顽强而又固执地活着。老奶奶老得大约都可以做我们的祖奶奶了吧！有人开始在背地里叫她老不死。还有一些怕死的人，跑到老奶奶的跟前打听长寿的秘诀，了解她的饮食状况。可老奶奶却说她见了可以吃的就吃、可以喝的就喝，除了不吃伊斯兰忌讳的东西之外，饮食上说不上有什么讲究。最后，在别人的苦苦追问下，它告诉他们她只吃清淡的素食，这样晚上睡觉的时候肚子不会发胀。

大家听了，似乎觉得很有些学问和道理，心里暗暗想着回去是否模仿。但一想到老奶奶那种近似于修行的生活，勇气便大打折扣，不敢尝试了。

老奶奶已经越来越老了，但她依然推着尤素福在外面转，就像上班的人一样，早出晚归。到了晚上的时候，他们便会找个便宜的店房住下来。如果是夏天，那更不用说了，只随便找个角落就睡了，到第二天天刚亮又早早出发了。这种生活久而久之似乎成为老奶奶的一项难以割舍的工作，一种精神上的寄托与牵挂。失去这些，老奶奶似乎惶惶不可终日。倘若换成别人，也可能早就把这样一个拉扯不到世上的孩子撇在家里或者扔到外面让他自生自灭。可老奶奶却不，他即使四处乞讨，也要养活尤素福，老奶奶似乎在和衰老、死亡进行着一场搏斗，仿佛一方要征服另一方。同时，他们又从彼此的身上汲取着温暖。尤素福从老奶奶那颤颤发抖的双手中获得了力量，老奶奶从尤素福那里找到了精神上的寄托。有时，他们都挨着饿，张着两个牙齿几乎掉光的嘴巴，他们两双眼睛彼此瞅着，好不容易才看清对方的脸。

这是两颗因疲劳和困乏而急剧跳动的衰弱的心。

人都是要死的，这是无论谁都难以抗拒的事情。

老奶奶身体的各个部件都已经开始退化，就像一台机器或者机器上的螺丝一样，机器运转的时间过长，就会老化、失灵；螺丝到了一定的时间，就会打滑，一个人也一样，老奶奶她不会像终古长新的太阳一样万古长存的。肯定的，有一天她是要离开这个世界的。

然而，有一点需要大家思考，当然许多人都已经开始在议论和思考这个问题了，那便是老奶奶和尤素福谁会“走”在谁的头里呢？

这是一件重大的事情。

的确是一件十分重大的事情！

如果老奶奶“走”在尤素福的头里，那以后的事情怎么办？尤素福怎么办？谁来照顾他呢？这是多么叫人头疼的事情啊！

老奶奶自己的心里只有一个坚定的信念：活着！有时候，老奶奶打算找个没有人的地方，美美哭上一场，她伤心自己的身子怎么一天不如一天，一天比一天力不从心了，但是她不敢有一丝一毫的松懈，狠劲的挺着。她常常想，只要我不要忘记真主，真主就会给我一个全美、平安的身子，叫我把尤素福先照顾着。每当她用汤瓶里的水细小地倒出来清洗自己的时候，便希望这水能洗干净自己的心和脑子，把自己的心和脑子也一丝一丝地洗干净，好让自己远离浑浊、杂乱的意念，一点一点变得纯粹和清明起来。这样，她就可以一心一意地活下来照顾尤素福了。

但是，老奶奶非常平静地想到自己肯定是要走的，然而走掉后尤素福怎么办？被野狗吃了也说不定。她希望在走之前，尤素福能先她而去。这样想的时候，她就显得极其纠结、极其悲伤，想自己真是太残忍了啊，竟然诅咒自己的儿子早早地死，于是她便伤心绝望地哭起来。她哭泣的时候还得背过尤素福，不能叫尤素福看见了，看见了害怕会对尤素福造成精神上的压力和刺激。老奶奶希望一切重担都由她一个人来承担。

关键是，尤素福偏偏不死。他到世上似乎就是为了折磨老奶奶和考验老奶奶的心来的。所以，越到后头，尤素福的毛病就越多。有时候老奶奶给他喂饭，他却挑三拣四不好好吃。老奶奶忍不住唠叨上两句，他索性就不吃了，开始绝食，害得老奶奶像对待一个两三岁的小孩子似的哄着。待到好说歹说方劝得有了要吃的意思时，可是突然由于他人一个微小的令他不悦的眼神，他立时就又铁一样硬了脸皮，仿佛把他快要气死了。他变得脆弱而又敏感，他猜测、疑神疑鬼——似乎妈妈给他所做的一切都是伪装出来的，都是故意做给别人看的。他觉得妈妈已经对他失去了耐性，对他显得有些不耐烦，好像盼望他早点死掉。他常常自以为从妈妈的眼睛里读到了不洁的东西，但又觉得都是自己的不对。“再也不能这样下去了！”尤素福显得极其忧伤，觉得连天空都是灰色的。尤素福越是这么想，他的一些行为就越是显得诡怪和不可理喻。

老奶奶看到尤素福这样摧残自己，心里像钝刀子割一样难受，她也难以向任何人开口说一句“帮帮忙吧”之类的话。她只有真主，她可以在真主面前不停地祈祷，每当祈祷的时候，老奶奶总是满怀着恳求、顺从和感激之情。她坐在尤素福的轮椅旁边，静静地，凝望着天空。当夜幕降临的时候，老奶奶推着轮椅来到一棵能遮风挡雨的大树底下。月光从树梢和密叶的缝隙间洒下来，打在古色古香的铜汤瓶上，汤瓶一侧的表面就跟一枚铜镜一样，映出老奶奶万古沧桑般的脸孔。老奶奶一动不动静静地看着。突然，她发现汤瓶上有一颗硕大无比的月亮，她盯着那颗月亮，脸色慈悲，叹了一口气。一会儿，汤瓶上的月亮里出现了一位漂亮矜持的妇女，推着轮椅行走在天上，她惊愕地看见那轮椅上的孩子就是尤素福。她情不自禁地在心里喊了一声：真主啊！她想她将严守这个秘密，直到永远。夜深了，她倚着轮椅上的儿子一道睡熟了。月光在为他们歌唱，并照亮了他们清凉的睡梦和故事。

尤素福更加不消停，有几次他竟从轮椅上有意翻落下来，在地上滚来滚去，老奶奶费尽周折才把他扶到轮椅上，可他就是一声不吭地抗拒着，直到把妈妈折磨得筋疲力尽，他才满意而狡黠地望着披头散发跪在地上抹泪的妈妈。尤素福似乎在心里冷酷而快活地笑着。还有几次，他滚下轮椅像狗一样趴着吃地上的土、用脚指头捡着吃地上的废纸片。他的力气突然变得异常之大，老奶奶拦也拦不住。更让老奶奶无可奈何的是，一次儿子把自己的大便涂抹得全身都是，赖皮似的睡在大便上滚来滚去。这一次，害得老奶奶洗了好久，才算洗净了尤素福浑身的大便和难闻的臭味儿。

尤素福一次比一次变本加厉地折磨老奶奶。

“两镢头砸死算了！”有路边走过的人说。

人们已经越来越憎恶和讨厌这个尤素福了。以前的同情和怜悯变成讨厌和憎恶。人们希望尤素福安分一点，不要无缘无故怨愤和不平。这个世界不能有怨愤和不平。“什么东西！”连曾对他施舍有嘉的那个伊斯玛乃，也开始有些厌烦他了，走在街上尽量躲着他。“学得好好的尤素福，再不要这样下去了，这样下去是没有什么好果子吃的！”那些看不惯的人在心里再三告诫说。当然，也有人觉得问题在老奶奶的身上，觉得老奶奶一定是唠叨和虐待了儿子。还有一些人，觉得尤素福无可救药啦，让饥饿来教训教训他吧，让他两三天不要吃一点点东西，看他还再有力气折磨人。

但是老奶奶拒绝了人们的好意。

人们见老奶奶不听他们的话，便有意把老奶奶从各个方面孤立起来。

老奶奶和儿子越来越乞讨不到东西了，有时候，娘儿两个连肚子也填不饱。老奶奶推着尤素福缓缓地走在大街上，人们不屑地从她们身边走过去，或者唯恐躲之不及，只有挂在轮椅后面的红铜汤瓶，依旧敲打在钢筋焊接的轮椅靠背上，发出单调的冰冷的响声。他们也不敢再往人多的地方去了，心里突然涌起一种模糊的对世界的恐惧。老奶奶害怕陌生的面孔，害怕素不相识的人斥骂和疑虑的眼光，害怕街头的小混混及白天装成残疾人的乞讨者或是夜间出没的盗窃者。有时候，小混混和专门以乞讨为生的懒汉们动不动就搜她和尤素福的身。她见了他们常常本能地躲进巷子或某个阴暗的角落。老奶奶跪在轮椅的前面，趴下身子护住尤素福，跟一堆破烂布似的轻轻地盖在轮椅上。

冬天来了，人们见老奶奶和尤素福娘儿两个战战兢兢转悠在西海固的大街上，都担心她们过不了这个冬天了！老奶奶推着尤素福迷迷糊糊走着，似乎一阵微风就会把她们吹走；尤素福的脑袋耷拉在轮椅的扶手帮子上，上下颠簸着，仿佛一具冰凉的僵尸。老奶奶现在只有托靠真主这一线希望了。她推着尤素福坐在某个角落里，一动也不动，眼前时不时会闪烁起一大片晶莹的油花和冒出莫名其妙的小金星。她感到阵阵眩晕，累得有些挪不动脚步了。

不过她们还是出发了。老奶奶奇迹般地推着尤素福走过长长的大街。

刺骨的寒风老牛一样嚎叫，刮得整个西部好似一张牛皮纸哗哗声响。

老奶奶推着尤素福慢慢走着，很费力地一前一后挪动两条麻秆一样的又干又细的、好像不用磕碰就会折断似的腿。她的神志已似乎有些不大清楚了，不时地伏在轮椅的后面歇息着几分钟。她昏昏沉沉，头重脚轻，心里感到无法诉说的悲哀。她只有一个念头：自己不能无常在尤素福的前头。

她们就这样走着，走着……老奶奶推着尤素福居然在西海固的大街上又度过了一个漫长的冬天。

树木开始发芽了!

老奶奶和尤素福一直熬到春暖花开。天气也一天天好转。她和尤素福仿佛刚刚冬眠结束的蛇一样慢慢醒转过来，有点脱胎换骨般的样子。娘儿两个竟然变得似乎跟很久以前一样了。

人们觉得这简直是个奇迹!

便对老奶奶和尤素福多了几分同情，给她们施舍的人渐渐又多了起来。

有一段时间，老奶奶和尤素福两个一度消失了。人们觉得老奶奶一定是无常了。

可是又过了一段时间，老奶奶那熟悉而又单薄得像一枚树叶样就要飘起来的身影又神秘地出现在西海固的大街上，她依然推着尤素福前进。她的脸上仿佛掉了一层皮，换上了新的颜色，显得精神和容光焕发。尤素福在那历经沧桑的轮椅上，微微合着眼睛，仿佛在闭目养神，面孔上还带有淡淡的微笑。他想折过头看一眼妈妈，但接着又闭上了眼睛，突然一股平静的清泪从他的眼角缓慢地流了下来。

有人喊：

“尤素福，别哭了！”

“瞧把你给伤心的！”

那个已经进入了薄暮之年的伊斯玛乃走过来拨了尤素福一把。

尤素福却一下子从轮椅上滚落下来，脑袋戳在地上磕开了一个小孔，血鲜红鲜红地汩汩流着。

人们帮老奶奶把尤素福扶起来，却不见有半点声气，手也一丝丝凉了。

伊斯玛乃慢慢地说：“他已经无常了！”

尤素福走后，老奶奶就回了家，虔诚地给自己换了一个洁净的大水。然后，就静静地等着。老奶奶先是所有的牙齿掉得没有留下一个，然后掉尽了头上的全部头发；接着聋了耳朵、花了眼，人站在她身边她都听不见也看不见。老奶奶试探地放松自己，突然觉得全身仿佛散了架，一下子好像所有疾病的症状都同时涌现出来。老奶奶很想能望一望闲置在房子后面那个黑暗角落里的轮椅，可是她什么也看不见。但她知道轮椅上空荡荡的，那只供她们一生一世用来净身的红铜汤瓶，一定静静地挂在轮椅的后面。过去那习以为常的一幕从她的脑海里淡淡地掠过：一股细微的风从汤瓶内往外倒水的那个指头般粗的小嘴里吹进去，发出空幻般的声音，就像一曲伊斯兰古歌，一遍一遍涤荡着她的心灵。

一个星期后，老奶奶走了！

白毛风

一望无垠的雪野上，点染着两个小小的红点。

远远望上去，那两个红点，就像是完全静止的，但细细地辨认和察看，却发现它们是在十分缓慢地向前蠕动着。

哦，这是两个在风雪中迷路的姑娘！

早晨一麻亮，我和宝香表姐早早就起来了。俩人各自把各自详详细细洗漱打扮了一番，又反复照了照镜子，方才满意地互相对视了一眼，笑了。

宝香是前一天来我家的，与我相约去一个同学家，因同学的哥哥结婚，叫我们两个去他们家玩。

宝香姐穿的一件红棉袄，在她身上显得极其合身，就像她的名字安在她这样美丽的姑娘身上一样，令人悦目和颇为熨帖。我总是在心里暗暗地想，表姐的妈妈真是给娃娃太会起名字了，宝香这个名字几乎能赶上《红楼梦》中十二金钗的名号了。要说真正比较起来，尚有过之而无不及呢。

我的名字叫毛丫儿，虽然听上去不及别人的好，然妈妈最喜欢这样喊我。今天，我自己穿的一件紫檀棉袄，显得有些宽大，倒像是件棉袍子裹在我瘦小的身子上。表姐的红棉袄和我的紫檀棉袄分别是她妈跟我妈刚刚缝制的，棉袄上似乎尚存着两位母亲手上的温馨呢。

我跟宝香姐每人推着一辆包链盒自行车一前一后从我们家出发，径直往同学家所在的那个叫陈原滩的方向行去。我就在想，当我们俩将这样的两辆自行车摆放在同学家院子的时候，同学将会是多么脸上有面子啊！

外面，叼人耳朵的风开始嘶嘶地刮了起来，吹得我俩的眼睛都有些睁不开。远处，显得模糊不清。天上和地上混同为一片，显得有些苍茫与混沌。就在昨晚，地上落了一层雪。落雪的那会儿，在房子里倾听外面的世界，竟是异样寂静。但也就是在这种寂静中却蕴藏着天地秘密的运动。下雪不冷，消雪冷。及至天亮的时节天地依旧无声无息，悄然哑静。

这时候，天上又零星地飘落着耀眼的雪渣。

自行车碾在雪上噌噌有声，留下一道曲折的车轱辘印，就连车子外轮胎上那些防止打滑的棱棱角角也都十分清晰地印在了雪地上。

一刮风，天一下子就变得冷了许多！

我记得，跟宝香姐在走出院门的时节简单商量了一下，说同学哥哥结婚，去了给拿什么礼物好？两人不禁犯了一阵愁。后来，表姐说干脆照大人的习惯办理算了。“每人拿五块钱吧，你说呢，毛丫儿？”表姐征求我的意见。

我赞同地点了点头。

我们骑着自行车又往前走了一段路，岂料竟然猛烈地吹刮起白毛风来了，小土道上的积雪一下子被风扬了起来，然后旋转着时时遮挡住人的视线。这时候，天地显得愈加茫茫空荒，心里顿觉茫然和前路莫辨。

我们俩大约走了不到两公里，嘴里都已灌进去好几撮雪末子。宝香姐和我都是父母娇惯和宠爱大的女孩子，没受过多少苦。但眼下的这些困难却并没有挫伤表姐和我要到那个叫陈原滩的地方去的信念和决心。

又前行了一段路之后，渐渐的不知不觉间我的心里竟有些莫名的后悔。“宝香姐，你去过陈原滩吗？”我自己是没有走过陈原滩的，对那个地方感到陌生，心里也没底儿，一再迷惘地问，“我们能不能走得到啊，宝香姐？”

“我走过一回，道路有些记不大清了！”但是表姐还是信心十足地说，“当然能走得到的，只要把路走对，就能走得到。”她昂起脖子向着白茫茫的雪野望了一眼，又显出勇敢的样子接上道，“我们向着出发时相反的方向朝北一直走下去，就一定能走得到的，到时那个村子就会挡在我们的眼前把我们俩挡住的。再说，鼻子下面还长着一张嘴呢，不会问人啊？”

“那要是碰不上人怎么办呢？”我心里依旧犯嘀咕，疑虑重重。想着这样的鬼天气，有谁会出门来呢，家里暖暖和和待着不好吗？

宝香姐始终一肚子乐观：“别害怕，走着看吧！”

我想，宝香姐也许说得对。于是，我就跟着宝香姐继续走下去。

正是腊月中旬的时节，白毛风刮着雪花在阴霾的天空下缭绕舞动，掠过荒滩、树梢，并带着听上去如奏响骨箫般的弦音从人的脸孔呼啸而过。于是，脸上就跟揭去了一层皮似的痒痒着，又难受又疼痛，并且这种疼痛，会使人暗暗地产生一种奇怪的幻觉，总认为自己的脸蛋子上那最嫩的两坨肉在发炎，里面似乎潜藏着许多肉眼看不见的细菌在悄悄地作怪。因此，我就在心里发狠和暗暗生闷气。

天气过一会儿能好转吗？我在心里问自己，并抬头仰视了一下天空。天空中无数白色小虫子一样的雪粒在奋力飞舞，像是在着急寻找身边就近的某个空隙，或对面的几颗雪粒间的夹缝，好从中穿梭和猛地挤过去。地上的浮雪被风吹起来像飘在地表上的烟雾一样，或缓慢，或迅疾地飞奔和来回乱窜。有时，这些被风吹起来贴着地表轻轻游走的雪，就像是一群争相追逐的小白蛇。这里的人都知道，这是因为刮地风在作祟。

有一阵，北风挟裹的雪渣及野地里莫名的碎屑会猛然从面庞上横扫过来，打得人的脸火辣辣的一阵接一阵烧灼般的疼。这一刻，飕飕嘶叫的白毛风扬起的雪末约有半丈来高，在我们身子的前后左右胡乱泼洒。紧接着，那些扬起的雪末又猝然纷纷四散跌落下来，与大地上的雪融为一片，终而了无痕迹。

远地里，传来一种仿佛是另一更为寒冷的世界里的呜咽声，我无法辨别得清，但令人恐怖。近处，不停发出紧密的吱儿吱儿的鸣音，就跟娃娃用掏空的核桃装上两根鸡毛做成的风轮发出来的一模一样。

我突然哇地尖叫了一声。

因为一股子雪自我的衣领里仓皇地钻进来，很快被我的身体融化成水顺着我的脖子往更深处爬去，一直慢慢深入下去，凉凉的痒酥酥的感觉直达人的心底。

宝香姐马上从车子上跳下来，走到我跟前，帮我把棉袄领子最顶头的一枚自己不知什么时候挣脱了纽门子的布疙瘩纽子系上了。顿时，刚刚还往我脖颈里直灌的白毛风一下子被拦在了身体的外面。

霎时，心里漾起一丝莫名的温暖。

表姐总是时刻关心和照料我。表姐的红棉袄衬得她的脸色愈加的喜气和鲜亮。那一刻，我竟然生出和感到我们并不是因同学的哥哥结婚而去图红火和瞅热闹的，倒像是要穿越风雪，把表姐不惜一切给嫁出去。这样一想，我的心里就有些难以言述的滋味。

表姐总是认为我比她生得灵秀，生得更有女孩子家的禀赋，加之平素别人对我的赞誉较之对她要多一点点，因而她对我的羡慕和喜爱也就多了几许。我想，我们之间一定是没有竞赛和妒忌的。我和表姐在一起，从来都感觉特别的安全和放松。记得每当出门走什么地方的时候，表姐总是喜欢把我喊上，好像我跟她在一起可以把她照亮了似的。所以我乐意跟表姐在一起，只要她一叫我，我就会毫不犹豫地跟上走。

我们两个骑着包链盒自行车，就跟现在的人开着轿车一样风光，在旁观者看来是光彩耀人的。我们自己也认为，无论从我们的家庭，还是从我们自身的条件而言，都那么的令人荣耀和富于优越感，尤其是包链盒自行车，更是令别人家的娃娃稀罕和羡慕。记得我们刚学会骑自行车的时候，许多人家的娃娃恐怕还连摸都没摸过自行车呢，所以我们满心的骄傲与激动，总喜欢把车子骑到更为遥远的地方去。有一次我们推着自行车走在郊野的夕阳下，我们望着一堆古人遗留下来的瓦砾和碎片，开始探讨起一个问题：我们应不应该像大人一样心里装着一个信仰呢？表姐认为，无论大人孩子都应当有信仰。我记得小时候小朋友们干了错事就会欺骗和哄瞒妈妈。然而当妈妈说："娃娃，因为主宰者，祈求饶恕你所犯的错误和罪过吧！"于是，我们就觉得这时候心里应该特别神圣和肃穆，不敢有半点的懈怠和侥幸，因为欺骗在无所不知无所不晓的主宰者那里是徒劳无益的。是的，人可以哄骗，但是对于自己信仰的主宰者是不能撒谎和欺骗的，这是含糊不得的，也是极其严肃的事情。

后来，我和表姐又谈论我们郊游和远行的目的到底是为了什么？表姐认为可以清静下来想许多以前没有想通的事情。她说这就够了！一些人，只类似于一种踏青般的游玩，顺便寻访一下古人遗迹时进行简单的凭吊与散心，或者说是一种进入大自然时以期获得心灵与精神上的自由、放松与休息吧！总而言之，都是精神上的事情。没了精神上的东西，人就跟四足兽一样没啥区别。

我记得那时我们无论走多远的路，都从不觉得累。我们甚至比试谁能从自行车上一次都不下车而一鼓作气将自行车骑到目的地去，然后顺手把车子撂在山下目能所及的某个地方，便去爬山。爬到半山腰，只见云大朵大朵的，棉花团样那么洁白和伸手可摘；远处的天空清泉洗过一样蓝；山下河谷里流淌的水是那么耀眼和清亮；水边的芦苇荡里藏着成群的野鸭子，一双双一对对。因为读过《梁山伯与祝英台》的故事，所以觉得野鸭子全是成双成对的鸳鸯，没有一个是没有伴儿的。是的，那时人的心里充满了幻想与憧憬。

突然，我的车轮子撞到了一块石头上，一下子把我的思绪从往事中颠簸回来。今天，我们要去的同学家是要过黄河的，因为那个叫陈原滩的地方和我们隔着一条宽阔的黄河，在河的另一边。

于是，我们骑着自行车向黄河边行进。自行车的辐条转动着，发出铿铿的响声。风声也呼呼不绝于耳。一忽儿风声把辐条的声音给盖住了，一忽儿辐条的声音像是从风中挣脱出来又回到了我们的耳旁。我喜欢听辐条转动时那亮亮的、清脆悦耳的声响。听着这样的声音，我的心里就有一种特别放心、自豪与充实的感觉。

大约骑了三十分钟，我和表姐两个就来到了黄河边距离渡口不远的河滩上。渡口上是没有任何浮桥的，一年四季就靠一位叫唐三爷的老汉撑着船来回接送大家。过一次黄河需要一角钱或者几分钱。多数情况下，唐三爷是不向人要钱的。有些人因为生计的问题，不得不每天都从黄河里来回地过。一年四季这样往复行走，那得需要多少钱呐！而河边的这些人恰恰是没有多少钱的。唐三爷常流露出：在莫测深浅的水上行走，是得有点讲究和德行的。他大都不向人索要费用，那他到底图什么呢？其实许多人都说：他无所图，只为在世上带给别人一些便利和快乐而已。

我和宝香姐一前一后跳下自行车，顶风推着车子沿着黄河边泥沙铸就的土道慢慢向渡口边靠近。黄河就是个恒温器。尽管风雪交加，然而黄河这两天依然尚未结冰。

望着水流上漂泊的雪末和浪花，我的心里一阵阵发怵。

表姐显得老练和富有经验，她一只手推着自行车，腾出另一只手拽下头上的花头巾向黄河对岸上下挥舞着，叫喊道："唐三爷哎——唐三爷哎——快来渡我们过河　！"

表姐的声音在空中被风一卷，就像是被风迅疾抓住一下子撩进一个隔音的黑窟窿里面去了，倏地就消逝在一片苍茫的混沌世界里了。

表姐宝香的声音虽然被风抓走了，但是她的头巾却像一面旗子似的招展着，被河对岸渡船的老汉唐三爷看见了。

于是，唐三爷就用黄河边人的口音说："来了——丫头，快跑哎——！"声音从黄河那边被一股子白毛风吹卷着送过来，瞬间又被逆向的劲风刮跑了。顿时，再寻辨那老头的声音的去向，竟显得有些空茫和寂寥无边。

唐三爷撑着船一下一下催动着过来了。他似乎是刚刚送过去了一拨人。老汉一会儿把手中的长木杆换到船身的左边，一会又换到船身的右边，就这样来回撑着向这边驶来。

我和表姐焦急地等待着唐三爷能赶紧过来，好顺利渡我们过黄河。

我从来没有见过唐三爷，就显得有些腼腆。但是宝香姐，她可能是从这里走过一两回吧，所以，她的胆子有点大，喊唐三爷的声音有些脆。

就在我们等船的当儿，宝香姐告诉我说，"唐三爷，他这个人可有意思了，一到夏天的时候，你就会看见他上身穿一件被汗水浸黑了的白布汗衫，一条蓝布裤子，总是将裤腿和袖子挽得高高的；一顶烂草帽在整个夏秋都扣在他的脑袋上，供他遮阳挡雨。"宝香姐像是对唐三爷的行为举止有些好笑，眯缝的眼笑着。表姐还说，由于唐三爷长期在河边渡船，说话粗糙得很，什么"婊子儿啦、狗日的啦、挨鞭杆的货啦"等就从他的嘴里冒出来。但是，人倒是特别活络和热心，对那些没有钱的老人和娃娃，过河时从不收一分钱。

不觉，唐三爷的船已经近在咫尺，他先是把船头抵到岸上，接着船尾就借助水势和娴熟的技巧，微微旋着身子甩到岸边来。老汉拽着船头上的一根粗壮的麻绳索，轻轻一跃，就跨到岸上了。他将绳索系在岸边的一块底座深陷泥土的大石头上，把船固定牢实，然后不等我们说，就十分热心地接过我们手里的自行车一辆一辆的帮我们扛到了船上，并使两辆车子侧身躺在船板上，说："愣着干啥，赶紧上船！"

等我们上船后，唐三爷才走下船去解开了绳索，自己跳了上来，然后操起木杆猛然用力一撑岸边的一块石头，于是船就摇摇晃晃地离开了河岸。船身刚一离岸，整个身子就开始摇晃和摆动起来，吓得我“妈呀”一声，立时紧紧抓住表姐的手，全身抖抖索索的。

表姐也有些紧张，但她强力镇定，把我的手紧紧握了握，示意我别担心。

“吓啥呢，狗日的还能翻了！”唐三爷说，“不在家待着，干啥去呢？”他又像是对我们讲，又像是自言自语地补充说，“今晚黄河一定是要结冰了，明天就渡不了船了。”

这时，我仔细地把这条船观察了一番。与其说这是一条船，毋如说这是好几块木板拼凑和钉到一起的一块大木板，只是略微比门板宽大一些罢了。船板上由于雪渣融化了，显得有些潮湿和污浊。

我又把目光落在了唐三爷的身上：容颜黝黑，身材瘦小，喉结粗大，满布皱纹，特别是眼角两边的深深皱纹，像是用刀子刻出来的。唐三爷的手与他的脸十分般配，关节突出，到处是裂纹和伤痕。一件老羊皮袄，一双牛鼻子棉鞋，头顶一只烂毡帽。唐三爷的颧骨凸起的地方正脱落着一层像是被冻坏的死皮。

这位唐三爷由于常年在黄河渡口劳作，年复一年的风吹日晒，面孔就变成了这么个样子了。他一再让我们往“门板”中央的安全地带移一移。

船身随着黄河的水势打着旋，斜着身子向对岸稳稳地漂去。这样的一条在风雪肆虐的黄河中飘荡的破船，这样的一个掌舵的老头，心里觉得像是电影中的画面。我望着唐三爷掉皮的脸孔，心里暗暗地想，在水流湍急的黄河上面撑船可是需要一些真本领的，要借助水流自身的力量把船平稳地送到对岸去，可不是件容易的事情。

唐三爷突然问我们：“哎！你们两个是要到哪达去？”

“到陈原滩吃席去！”表姐不假思索地回答。

“吃席？不要命了，狗日的这么冷的天！”老汉问，“丫头叫啥名字？”

“我叫毛丫，我姐叫宝香！”我麻利地作答。

“是吗？”唐三爷的面孔上露出一丝诡诈的笑容。

不觉船已经走了一半，到了黄河的中央。这时候，水下的激流忽然形成了一个巨大的漩涡，船身不由倾斜得特别厉害，我觉得眼睛有些花，头有点晕，一阵接一阵的恶心。我一只手抓住自行车的车把，另一只手把表姐的手握得更紧了。

我忍不住脱口说了一句："船要翻了哦！"

我还想说点什么，然而宝香姐却伸手把我的嘴给按住了，悄悄将声音压低说："毛丫，坐船的时候嘴里可不要胡说。"宝香姐有个信条，认为人的嘴说吉利话的时候就会吉利，一旦说倒霉的话时就真会有麻烦的。

唐三爷只管驾着他的船，嘴里不停唠唠叨叨地诅咒和骂着。

随着船身的颠簸，我的一根头发滑落到水中去了，我静静地望着河水，突然觉得河水把我生命中无法说清的许许多多，像一枚草叶一样统统地卷走了。我的心情变得忧郁起来。我抬起头，望了一眼表姐：她看上去是那么冰清玉洁、娇美和令人爱怜。

寒风飕飕地旋卷着船板上的雪渣，表姐的手掌心凉凉的，又潮潮的。

唐三爷的嘴里一直不闲，一会儿骂他的船，"婊子儿，听老子的话，过来，再过来一点。啊，过去、过去，好啦、好啦，好儿子！"一会儿，又叫苦不迭，埋怨河里的水。唐三爷煞有介事地骂来骂去，倒惹得我在心里失笑了起来。

只见宝香姐的眉头皱得越来越紧，脸上布满了担心。

我又一次把眼睛闭上了，耳旁是水声、风声，以及唐三爷有趣的自言自语的叫骂声。等到再睁开眼睛的时候，唐三爷说："到了，下船！"

我激动得一下子从船上蹦了起来，表姐也露出笑容，拿出两毛钱给唐三爷递过去，唐三爷把眼睛一瞪，说，"赶紧走！钱不收了！"话很果断。

表姐把钱捏在手里不知所措的样子。

三爷帮我们把自行车扛到岸边的荒滩上，说："路不好走就折回来。婊子儿，别把人冻坏了！"

表姐说知道了，我用自行车的铃声向三爷致以感谢。

告别了唐三爷我们就又重新上路了。眼前的荒滩雪野显得比先前在对岸和船上看到的要辽阔，极目远望，仿佛整个宇宙都在这样的一派迷茫的颜色和状态之中。

虽然道路不很清晰，但是大致能辨别出荒滩中这条被浮雪盖住的路径。

感谢主，起初的时候，是搭背风，就是风从我们的身子后面吹赶和推着我们前行，而且风的力量还挺大的，我们几乎不用蹬自行车的脚踏子，车子就会自动向前奔跑，而且显得轻松愉快。

表姐可能是因为风向对我们有利而显出几分说不出来的欣喜，说，“毛丫，看见了没，咱们的运气好，是搭背风！”

我一句话都没有说，但也满心欢喜。

我们蹬着自行车不急不缓地前进，一会儿车子轻压在冰凌子上咯噔噔的，心一下子悬了起来，担心滑倒；一会儿自行车又碾在噌噌响的雪地上。天气似乎更加阴沉，打在脸上的雪末子化成水流进脖子里。白毛风吹刮得甚是猛烈，空中由原来的雪渣渐渐飘起鸡冠子那么大的雪片。路过一片柳林，柳林梢头上掠响的那一股子锐利及猎猎悦耳的白毛劲风震撼着我们的身心。

因为是搭背风，宝香姐依然兴味十足，她大声地告诉我，说唐三爷嘴里虽然唠唠叨叨喊骂个不休，说话也有些冲，但是心肠却出奇的好。她说黄河如果结冰不能行船，三爷会把人一个个从浮冰上送过去。

宝香姐的话被风吹刮得时断时续。

不知又走了多久，风向突然间变坏了，变成了揭面风，即风雪迎面而来打在脸上，鞭梢抽的一样。时紧时缓的长风从远方、从阴霾的天际直直吹来，揭动着表姐头上的花头巾。

此刻，道路变得越来越难走了！展现在我们视线里的荒滩雪野，完全变成了一片茫茫混沌的世界，人的思维不断幻感和进入一种朦朦胧胧的状态。

我的双眼被风雪完全迷糊住了。

有几次，我张口想跟表姐说话，可是嘴巴刚一张，自己的话还没形成的句子就又被风雪猛然堵回去了。

我们尽管使用了相当大的气力蹬着车子，但是车子的脚踏子涩涩的怎么都蹬不动，车子也变得无与伦比的沉重。这曾令我们多么骄傲和无比自豪的自行车，如今却倒成了我们的负担。我想，倘若徒步行走的话，大约会比目前的状况要好上许多。但是，目前糟糕透了，彻底糟透了，雪从自行车前后轱辘的护轮瓦中钻了进去，粘在里面，使得车子的轱辘不好好转动，即使你把整个身子的重量全部压到那只脚踏子上去，也是无济于事，那轮子简直像是牢牢粘在了原地，发出一种刺耳的响声。

我们俩只好将车把扭来扭去，使得自行车路线尽量成“S”形缓慢行进。

又走了一阵，我们浑身酸痛，屁股蛋和大腿面子疼得发酸。我看见表姐用围巾尽力把自己的头脸包裹起来，露在外面的眉毛和眼睫毛像撒了一层霜花，围巾表面结了细小的冰豆子。

我觉得我那戴着羊羔皮手套的双手，已经冻成两只鸡爪子，像长在车把上一样。有那么一刻，我觉得天空好像没有了，大地也没有了，我们两个人也仿佛从这世上消失了。这时候，地球上仿佛只剩下一种冰凉的颜色。在我们刚刚登上这片荒滩雪野的时候，从远处看，由我们姐妹俩在一片洁白的天地间点染出的那两个红点，最后竟也不知不觉地被这种肃杀的风景同化掉了。

此时此刻，我们的耳边只有呜呜呼啸的风声和簌簌下落的雪。我想，我们将永远走不出这种颜色了。我想，我们将被这种颜色深深地埋葬。是的，埋葬我们的，就是这一片鸽羽一样的洁白。

我觉得我们俩的心里盛着整个天空和大地。在这样的环境里可以想象得到，天地人这三者已经成为了一个永恒不朽的整体。

时间就在一瞬间天长地久般的静止了。

我们从车子上跳下来，立在风雪之中，雪把我们的鞋子都淹没了。我学着表姐的样子，抓住两只车把，将自行车的车头提了起来，然后狠狠地蹾在地上。但是，自行车轱辘跟护轮瓦之间的那一层泥雪就是蹾不下来，怎么也弄不掉。

我们俩茫茫然地立在风雪中。我回头看了看我们来时的道路。然而，我们来时走过的痕迹已经被风雪掩埋了，一丝痕迹也没有留下。我想，现在我们大约已经走到了出发地和目的地的中间地带。但是，我不敢肯定，我们是回去对我们有利，还是继续前进的好。

“我们还走下去吗？”路上连半个子人影子也没有。

“你给咱们找个人问问路吧！”我说。

“现在回头会比这更糟糕，再走走看吧！”表姐表现得依旧坚定。

但是，我显得比表姐要执拗和极端，甚至有些不依不饶：“你说怎么走？扔掉这烦人的自行车吗？”我有些生气地质问表姐，我现在要让她感到头疼，因为我总是始终认为表姐不听我的劝告，而真理在我的一边。

表姐干脆不跟我争执了，只说了一句：

“你在这儿等我。”表姐的车轱辘勉强能转得动，她十分艰难地向前推着走，同时眼睛像是在周围找寻什么。

片刻的工夫，视线里就不见了表姐的身影。表姐的身影很快就融入一片苍茫的白色中。

我凄凉而怅惘地依旧立在风雪地里，一副无可奈何地样子。有几次，我想把自行车撂掉，跑着去追赶表姐。但是，惰性使得我想：还是再等等看吧。

我等啊等啊，表姐一直没来。

“她会来吗？”

“她一定会来的？！”

“她不来了吗？”

我的心里矛盾重重，满腹的孤独及忧心。

从那一刻开始，我觉得这个世界上最痛苦的事情不是别的，而是等人，等一个搭救自己性命的人！

时间似乎过去了很久。

我实在是等不住表姐来了，不禁满腹的委屈和幽怨，一气之下索性就把自行车猛地推倒在雪地上，返回身向表姐离去的相反的方向走去。心里想着看是否能碰见个同样的倒霉蛋，好搭个伴儿。但是路上一个人都没有。突然，我看见一条和我一样可怜的狗，身上覆盖着一层雪花，拖着乱毛掉落的尾巴，病了似的行走着。这条浑身不停地瑟缩着，已经被冻得奄奄一息的狗，它并没有倒下去，却依旧拼着最后的一口气在摇摇晃晃努力地向前走着，像是一定要走回它那不可知的栖身的地方去。当我走到这只狗的身边时，它把浮着一丝雪的嘴巴伸过来，朝我凄凉地嗅闻了一下，眼睛里好像陡地亮了一下，随之那眼里的亮光就慢慢地慢慢地黯淡下去了，最终汪成一圈悲凉的辛酸与茫然。狗不再理我了，又继续开始它颤颤巍巍依然故我的长身孤旅。我的心里很难过，也很可怜这只狗，可是我顾不上它，顾不上这个沦落天涯和风雪交加中的朋友。

此时，我情不自禁地回头望了一眼那只左右摇摆着的身子，并向着它自己认定的理想的地方走去和逐渐消逝在风雪中的狗，心里升起一丝丝感动。于是，我便开始想要折回去和表姐一道继续走下去。我屏住呼吸，用极其尖利而响亮，甚至有点悲怆绝望而搏命般的声音叫了一声：

"宝香姐！"

我又嘶声力竭地唤了一声：

"宝香姐！"这一声我是哽咽出来的，不觉泪水滂沱。很快眼泪就在我的面庞上结成了冰豆，心里酸酸的。

我蹲在雪里，独自隐隐地哭泣一会儿，就站起来又开始折回来向着表姐的那个方向走去。

谁会想到，当我走了不多时，就看见宝香姐从茫茫的风雪中慢慢地冒出来了，她的手里拿着一截木棍，围巾把大半个子脸都遮住了，只丢出一只眼睛在望着我。她立在我的面前，使我又激动又喜出望外。表姐在我的肩上轻轻拍了一下，并挥了挥手中的木棍，说：

"瞧啊，算是折到了半截木棍！"

表姐拉着我的手，跑到了我的自行车跟前弯下腰，立起自行车，开始用树棍塞进护轮瓦下面往出掏里面塞进去的泥雪。掏了一会儿，她把车头提起来，用手转动车轮子，车轮子不很谐调地转动起来，渐渐地仿佛又恢复了以前的转速，这才长长地叹了一口气说：

"好啦，现在可以骑了！"她显得平静、沉着、淡定和泰然自若。

我望着表姐，不禁又想起唐三爷。我对自己先前畏惧困难和对表姐的赌气感到害臊。

有那么一截弯道，风把雪给吹开了，路面也很硬，我们又兴奋地跨上了车子。但是，这样的路只有牙长的半截子就没有了。可正就是这半截路，谁料想自行车的链条竟跟着捣乱——大约是因为风顶着我们蹬不动，使得力气太大把链条蹬松了，所以就脱落了。于是，我和表姐不得不停下来趴伏在地上，抹下手套，打开包链盒的盖子，将手指和木棍伸进去将脱落的链条重新安装好。一连好几次都是这样。等装好链条之后，我们举着两只糊满了链条上黑黑油污的手，忍着冰冷的疼痛在路边上抓了两把雪草草搓洗几下，翻起来依旧继续前进。

接下来的路，我感到轻松了许些，但是进度太慢。走上一会儿，表姐就不得不用拿在手里的木棍剜我们俩自行车护瓦与车轮子之间钻进去的泥雪。

由于天地苍茫一片，视线受到影响，不知道为什么，总是会觉得眼前的许多景象都那么熟悉，跟刚刚走过来似的。有好几次，我们俩猜想这可能只是一种幻觉，但偶尔又认为一定是走回刚才经过的那个老地方了，于是内心不禁又紧张，又难过。因为道路什么都看不清，我们俩都觉得我们是迷路了。

天上的雪花飘飘洒洒地落着，我就在心里想，唐三爷现在干吗呢？他大约把船靠在岸上，孤独地蹲在河边一个避风的湾道里看着黄河在结冰吧。听妈妈说，去年冬天的时候，同样是这样的一个吹着白毛风的大雪之夜，有一位后娘将自己收养的一个女孤儿赶出家门去。之前这位母亲不能生养，就收养了这个女孩子。可是后来，大约是因为这个女人收养了孤儿而使得上天垂怜了她，竟使她生下了一个女孩子。然而，这个女人不仅不思回报，反而百般虐待和刁难起她收养的这个女孩子来。就在去年的那个刮着白毛风的晚上，女孩子被赶出了家门，她大声哭泣着跑到雪野之中，后来她哭乏了，也跑累了，就倒在风雪中睡着了。当第二天人们把她像一绺破布片从一包雪堆中拽出来救回家，放置在热炕上让好好暖着，女孩子的那两只脚就从自己的身体上脱落了。我一想到妈妈讲的这个故事，心里就难以名状的悲伤。

我和表姐每走上一会儿，就停下来歇息歇息。就这样走走停停。不知为什么，我觉得这个叫陈原滩的地方大约在地球上不存在，否则怎么一直都走不到呢。有一次，表姐又停下来，竖起耳朵倾听，说是看能不能听到我们俩之外的人传来的声音。于是，我竟有些生气，说：

“到底怎么回事，停下来干吗？要冻死在这里吗？”

“我听听看有没有人，”她说，“我好像听到许多人在讲话，大约快进村子了！”

我不屑地苦笑了一下。但是，这一次，表姐的话还是使得我的浑身突然生出一股不畏困难的决心与悲壮，我咬咬牙，挺身抗拒着白毛风，紧紧跟在表姐宝香的身后，奋力地推着车子。先前生出的恐惧好像在一丝丝减退。可是，走了好一阵，还是走不尽的路，还是茫茫的雪野。

然而，没过多久，我对表姐的话，以及对我自己都失去了信心。我真想一下子丢掉自行车，扑倒在雪上，一动都不想动了，任其冻死在这荒凉的雪野里算了。正在我们发呆和茫然的时候，前面嘎吱嘎吱地驶来了一辆破驴车，尽管车子很破烂，也不怎么洋气，但比我们的自行车有力量多了。这一幕让我们的胸腔陡然一热，鼻子酸凉酸凉的。原来是同学的叔叔专门接我们来了。

自行车和我们都上了驴车，那嘎吱嘎吱的声音淡淡地时断时续地在耳边响着，那一刻，我竟然希望那声音一直就这样响下去。

不知时间过去多久，我看见道路两旁一棵紧挨着一棵的树上，均贴着一片树叶那么大小，且异常醒目的红纸片片。随着树木的稠密，那些红色的小纸片片也越来越稠密了。树上、墙壁上、门上、石头上等等，到处贴着的红纸，似乎要把那先前的满目的萧瑟给遮住和比将下去，不觉竟渐现出一派热闹的景象。这时，我才发现我们已经进了村子了。

驴车停在了同学家的大门口。已经等候多时的同学立刻跑过来，把我们领进他家的院子。院里一大群人围着一对打扮得花红柳绿一般的新人在观看。

我和表姐也挤进去看。那真是一位绝世的美人，那微笑比一切的花朵更艳丽，比阳光更灿烂。小伙子那么标致和帅气，健康而充满力量。他们两个在人群中幸福甜蜜地笑着，一个轻轻地牵着另一个的手。后来，才发现大家围着看个不够的这一对喜结连理的新人原来是两个不会说话的哑巴——这也是许多人来看热闹的原因。这使我久久地惊讶和愕然。人们在潜意识里有这样一种想法，那就是尽管这一对新人可能会很幸福，但是也会有另外的不幸的可能，于是旁观者带着感动和恻隐之心，按照自己的兴趣和思路对他们的将来进行猜测。

我的心里突然有一种说不清的东西。

然而，我又多么想好好地再多看一眼这一对新人啊！

后来，同学拉着我们去吃席，我们就离开了这对新人，走进院子里搭的供来客们吃席的帐篷里坐下。主家给我们吃的是西北人的一种抢席子，有些地方称刁席子，即吃的时候，要快快地吃。如果吃的人吃得一慢，后面可吃的东西就又跟着上来了，桌上放不下，前面的饭菜自然就得撤走。倘若前面的东西你没来得及吃上，那则是你自己的事情了。

那晚，在同学家住了一宿。夜里，我和表姐聊了聊白天看到的那一对特别的不同于普通人的新人，不觉就睡了。

第二天风雪停了，令我永远难忘和惊诧不已的是，在村子的巷口，我竟然又一次看见了那条昨日在风雪中近乎于倒下去的狗。

这一次，我只是一阵一阵静静的默然！

揭瓦

春播前的闲暇，正是房屋揭瓦的时节，也可说是未雨绸缪。揭瓦，当然揭是揭，瓦是瓦，就是说不仅仅是要揭掉房上朽坏和破烂的旧瓦，而且还要重新瓦上新瓦。我们这地方把这一揭掉破瓦换上新瓦的过程就叫揭瓦。

家里的这几间房屋，仔细地想起来，时间已经非常久远了。大约从记事开始就一直是这么个样子的，没有翻修，也没有揭瓦。也许中间揭瓦过一两回吧，但是弥时久远有些不大能想得起来了。

去年夏秋之际，房子里开始一直漏雨，也许前年就已经漏了的，只是不甚严重而已。大哥被母亲喊上房顶星星点点地换过几回破瓦，但是屋子里漏雨的现状并没有绝迹。阴雨连绵的时节，屋子里依旧这里那里需要用盆盆罐罐接水。我们把大哥都叫瘦干猴，为什么？望文生义，大哥到底是什么样子的，大家就一想而知了。房子这样漏雨，大哥不得不再次小心翼翼、蹑手蹑脚地爬上房顶查看。查看过几回，却还是没有找到漏雨的确切的地方，也看不出来到底是那一只瓦烂了。大哥回到屋子里做了标记，在心里默记下了那个漏雨的位置，重新爬上房顶，可是爬到房顶上就又疑疑惑惑的，依旧确定不下来与房间漏雨处相对应的位置。最终还是找不见到底哪里出了问题。事实上就是这样的，有些瓦烂了，一般根本是看不出来的，就像隐藏在人身体深处的疾病一样，外表根本是看不出伤口来的。但是，却百般折磨病人。毕竟家里的人都非常清楚，房上的这些瓦已经历经了许多的岁月沧桑。它跟人一样也是有寿命的，在经历了风吹雨淋，严寒日晒，仰观和洞悉天象之后，不知不觉自己也就朽坏了。大自然是一把美丽的双刃剑，有时刮大风，风就会使瓦和瓦之间相互碰撞，使之碰烂是难免的。当然，不全都是自然造成的，也有调皮的娃娃玩耍时不小心扔上去一颗石头或者坚硬的东西，把那瓦也就打烂了。总之，房屋上的瓦，时间长了，就得要揭瓦。揭瓦后的房屋，就像一个动完手术修复一新后的了无痕迹的伤口。谁都知道，屋子里漏雨是非常麻烦的事情。家里人已经深受其苦，明显的感觉这房屋是到了必须揭瓦的时候了。

什么时候揭瓦呢？一家人都殷切地盼望着这一天的早早到来。

母亲在心里也是惦记着这件事情的，她一直都嚷嚷着说，要揭瓦、要揭瓦！母亲从去年那个异样多雨的秋天一直嚷到今年开春。家里大小的事情都是母亲发话并操持的。父亲一年四季在外漂泊，算不得家中劳力的。母亲才是这个家里真正的掌柜的，她对家里所有的事情都有个统一的规划，从田里春耕前的籽种拣选，到拉粪、散粪、播种、打胡墼（把田里大的土坷垃打碎），再到后来长出麦苗时节的放水、除草，一直到收割、上场、打碾，以及家里的每一顿饭吃什么，都得请示她，都得要她发话，可说是事无巨细了。这不，母亲昨天召集全家开了一个家务之事的会议，做出了决定：“明天正式揭瓦！”

终于要揭瓦了！昨天一天，全家人的脸上都洋溢着难以言述的兴奋和喜悦，都把那做好劳动准备的激动暗暗地抑制着、内敛着。一群人劳动是极有意思的，大家会你追我赶地抢着干，赛着干。劳动有时候就像吃饭，一群人吃，如果有吃饭吃得香的，旁边的就会受到感染，吃起来自然也能觉到直入舌头深处的香甜。想到这些，我感到浑身都微微发颤。夕阳西下，晚霞的颜色柔柔地映照着西山的天。母亲看了一眼西山，转过身来背对着晚霞染红的天空，非常满意地说：“明天是个好天，能美美做一天活计！”说完，然后就回屋休息了。

一夜无话。

第二天早晨星星刚落，东方刚泛白的时候，母亲和大姐就已经起来了。前两天，大哥和碎哥在母亲的支使下到村子的砖瓦窑已经拉回了两三架子车新瓦，在大房的房檐下面堆成一个规则的塔形的堆。瓦是很便宜的，才几分钱一只。大哥问母亲够不够？

母亲审视沉吟了一番，看了看房上的瓦，似乎在计算，一会儿说：“够了、够了，再拉也用不了那么多！”我们也都随上母亲的声音说，明显能看出来，真的够了！

母亲说，如果不够的话，还有房上换下来的旧瓦，那些旧瓦里面有些还是可以用的。母亲是非常节俭的，在生活上是非常细详的，无论见到什么都会收拾下来放着，就是在大路上见到一根柴棍她都会捡拾回来的，有时还真就都派上了用场。所以，她自己似乎从来都是准备充分和不慌不忙的样子。此前，一家人除了在瓦窑上拉回了瓦，还在北山跟前拉回了足够用的和泥的黄土。

母亲和大姐她们每人头上系了一条围巾，两个人一红一粉，开始掏灶火和几间房屋炕洞里面的灰。大姐用围巾把自己的头发、耳朵包得严严实实，只留出两只黑色的葡萄一样的大眼睛，咕噜咕噜地动弹着。扬起来的灰尘是钻不到大姐的头发和耳朵里面的。一刻钟前，在一种朦胧的黑暗当中，天上毛下一丝清凉的雨丝。也许不是雨丝，可能是露水抑或是霜什么的，让人觉得清爽和心旷神怡。此时此刻的乡村的院落，安静，且显得湿润润的，从炕洞里掏出来的灰一丝都扬不起来了，母亲和大姐用推爬子（掏灰的工具）把灰勾出来，用铁锹和簸箕端到炕洞的门前倒下，那些灰就老老实实的安静地卧在地上。倘若不是今天的雨丝，那会是另一番样子的了：灰把人的全身都能糊过，会把人打得脏脏的，连人的眼睛都会扬得睁不开来的，把人一准呛得连呼吸都困难的。

等到我起来的时候，几个炕洞里的灰在院子里已经被母亲和大姐掏出来堆成了一座小小的山峰。远处，山畔拉了一层雾，雾像烟团一样缓缓地从山畔缭绕着覆盖了远景，最后飘降到村子，接着在院落里盘旋。雾和我们这些娃娃就像在捉迷藏似的。这是天气即将晴亮前的烟雾。空气倍加新鲜。我觉得生命那么欢快地在我们的心里跃动。巴掌伸向空际，一把抓回来，能抓到一手心的春天的潮湿。真的是天时地利人和啊，每一样都占全了！渐渐地，雾散了，一切的景色又逐渐回归人的视野。天蓝蓝的，像洗过一样清澈和光堂。突然，隐隐地觉得母亲就跟算着了似的，她简直就像是知道今天是个揭瓦的好日子。

也许有人要问，揭瓦干吗要掏灰呀？其实这都是关于揭瓦时一系列环节中必不可少的一环。揭瓦这种活计突出的就是个紧凑、严密，衔接有序和有规律，一环紧扣着一环，环环紧紧相连。你就拿掏灰来说吧，添了一个冬季的炕洞，里面的灰肯定是早已经装不下了，如果再添炕，也许连柴火也塞不进去的。一般情况下，炕洞里的灰满了的时候，烟洞眼（烟囱）也会被灰尘、黑黑的烟子（这里人叫烟屎）堵塞了。堵塞了的烟囱就容易撤倒烟，吹得满院都是烟雾，味道不好闻，有时呛得人气都上不来。所以，就得用水灌烟囱，把烟囱用水猛然灌将下去冲开来。烟囱一般情况下，自然都是在房屋的顶上的。要用水灌烟囱，当然是得人爬上房顶才行。一个人就已经够些分量了，倘若手里再提上一桶水，那样摇摇晃晃在形势陡峭的房顶的瓦上走路，一页薄瓦片断然是难以支撑得住的。所以，与其将来冒着毁瓦的危险，不如现在就在揭瓦前把灰掏净，把烟囱灌开。

妈妈常说，居住在山村的人，在寒冷的冬天能睡一个热炕，那是最舒坦的事情了。经常睡热炕的老年人，腰也不疼了，腿子也不疼了，红光满面的，走起路来像年轻人一样有劲。炎热的夏季是不添炕的，不添炕的时候，炕洞眼里面就成了鸡们的屋舍，它们在里面躲避一切的灾害，常常捂着疲倦和容易寒冷的嗉子在炕洞眼里睡觉。妈妈常说，人暖腿、狗暖嘴，猫儿暖肚子、鸡儿暖嗉子。鸡的嗉子是容易受寒的。牛羊粪添炕烧过的灰，细细的、绵绵的，用手摸上去跟绸子缎子一样的感觉，鸡们喜欢卧在炕洞里面的灰上打盹。也许，动物们的有些感觉和人类是有相通之处的。鸡在炕洞里下蛋的时候，先是用爪子和翅膀刨开一个可以将身子伏卧下去的坑窝，在这个坑窝里休息、下蛋。如果它们下的蛋多了起来，却不被人发现和收走，或者不被狗偷着吃了，它们就会悄悄地不声张地抱起儿子来，等到你发现的时候，它们就会抱出一窝小鸡来的。倘若，母鸡们下的鸡蛋叫人捡走了，它们就会显得特别焦急、无助和无可奈何，头红脖子粗似的发出十分不乐意的凄凉惊秫的叫声。小妹索尼娅就像是故意要气那些母鸡，常常把脖子向前一抻、一抻，学着鸡们的样子叫道：“我的蛋、我的蛋！”鸡们更加的惊恐和愤慨，一面怕受到报复似的往远处奔跑，一面愈加抗议似的连续不断、声嘶力竭的叫着“咯蛋、咯蛋、咯咯蛋”，直到叫得筋疲力尽方休。

我们的小妹妹索尼娅，她可是从来不管鸡们是否乐意和不乐意的，她经常拿一根枝杈多的小木棍悄无声息地从炕洞里把鸡蛋勾出来，然后找几张哥哥们写过的作业纸包起来，在凉水碗里把包着鸡蛋的纸蘸湿，再到伙房的灶火里烧熟了吃。只要蘸湿的纸一燃过后，鸡蛋保准熟了。在伙房做饭的大姐娇惯地看着索尼娅，说：“你听听吧索尼娅，你听听，你抢走人家的蛋，母鸡们把嗓子都哭坏啦！”

然而索尼娅却咯儿咯儿地笑了起来，任凭下蛋的母鸡们怎样伤心地叫破嗓子、怎样的不高兴，她就是睬也不睬。

在母亲的眼里，索尼娅是她的宝贝疙瘩，用母亲自己的话来说，就是她的“打心槌槌”。母亲常常抱着索尼娅在她红扑扑的脸蛋上亲着说：“我的打心槌槌、我的打心槌槌！”意思就是惹人心疼的宝贝蛋蛋。

对于大姐姐，母亲则认为她干起活计来是最能指住事的。家里所有的人也都承认大姐够吃苦耐劳的，连旁人也都对大姐的勤劳看在眼里。但凡从大姐手里过了的活计，总是能让她摆弄出个样样来。但是，往往就像是跟牛马一模一样的道理，越能干活的人，大家就越是要让她多多干活。所以，母亲早上干活，第一个就先把大姐喊上了。

这当儿，妹妹索尼娅也起来了，她穿着母亲的一件花格子的外罩，外罩在索尼娅身上显得就像一条长长的旗袍，把她的膝盖都给盖严了。她似乎有些怕冷，光着小脚丫子，瑟缩了一下身子。索尼娅把两只手相互交替着伸进两只宽大的袖筒里。可能是乍暖还寒的早晨的风的缘故，索尼娅的脸蛋显得愈加红扑扑的，但是她没有要回屋子里的意思，咪咪笑着，依旧对院子里的一切显现出极大的兴趣和快乐。索尼娅站在房屋门前的台子上，用两只黑色珍珠一样的小眼睛神秘地打量着这个世界和我们。一只不知道从什么地方出来的九金黄的母鸡紧紧跟随着索尼娅，在她身前身后迈着舞蹈一般的步伐，就像它是她的秘书，一会仰望一下天上，一会又仰望一下妹妹索尼娅的脸孔，像是在判断索尼娅心里在想些什么，会吩咐它干什么。

索尼娅看着我们身上穿着废弃的破烂不堪、长短不一的旧衣衫在院子里跑来跑去地干活，不停地往大门外面的粪堆上运灰，就不由自主地笑了。索尼娅有时笑的时候，就会笑得咯儿咯儿的，把自己笑得都没气了。她笑的声音是很好听的，那笑声能把人的心洗干净的像泉水一样清澈和透明。索尼娅身边的那只九金黄开始“咯咯咯”的叫，仿佛在试探一下自己的嗓子，准备好一会儿跟自己的小主人遥相呼应。妈妈到灶房的馍馍笼子里取来半牙白面馍馍塞进索尼娅的怀里。索尼娅就从袖筒里抽出一只小手抓了馍馍，继续欣赏着院子里的一切。索尼娅咬了一口馍馍，咬碎的馍馍渣子有一部分就淌到地上，那只九金黄就飞跑了过去，嘴一秒都不闲着，很快就把地上的馍馍渣子捡拾干净了。倘若今天要是那只估计还卧在柴火箍窑里面的大公鸡就不一样了，它对待索尼娅却没有这么友善，它会扑腾着翅膀飞跳起来，把索尼娅手里的馍馍抢走。气得索尼娅一准会跺着脚丫子哭泣。我们一旦看见那只大公鸡来了，就叫索尼娅赶紧跑到大人跟前来。大公鸡害怕大人就逃走了。索尼娅对别的鸡却特别友好，她对它们就像是对待比她更小的小孩子，自己吃一口馍馍，还会掰一点揉烂了丢给它们吃。所以那些鸡呀猫的，都非常喜欢索尼娅，都把她当作自己的主人。

母亲曾经讲过一个故事，说是人不能随便浪费粮食，如果在做饭和吃饭的过程中糟践了粮食和面粉，等到后世的时候，这些糟践的粮食就都会变成虫子来蚕食你，会在你的七窍和身体的各个角落里下满虫子，一直将你蚕食得只剩下一副白骨架子。但是你如果在家里养了鸡，那么将来这些鸡也会在天庭上等待自己的主人，会将那些爬向主人的虫子捡着吃了。

麻雀叽里咕噜地喊叫和传递着天已经大亮了。有一只布谷鸟在山谷里鸣叫着，呼唤着播种的脚步，一会儿，那声音有些远了，已经到山谷的另一边去了。日头一寸一寸地升高。麻雀喊叫得更欢了，各种声音开始聒噪着听来特别分明；极目望去，远方的山坡在纯净的空气中变得清晰起来，能隐约看见房屋对面的山梁上晃动的人影。靠山吃山。白天里，山上无论春夏秋冬，总是会有人影的，尽管我们不能十分清楚看到他们到底在干什么，他们在山上却总是有干头的。

哥哥们力气大，可以用背篼背。我是背不动背篼的，就和碎哥两个找来一个握在手里不磨手的木棒，用笼子抬水一样往大门外面的粪堆上抬灰。这些灰可是上好的肥料呀。母亲让我们加把劲儿，我和碎哥两个开始跑步追赶他们，深怕自己被他们轻视，说我们干不动，是一对窝囊废。我们两个抬着一大笼子跌跌撞撞地前行。哥哥担心笼子滑到我这头来累了我，尽量弯着腰，胳膊伸低点。这样我虽然轻松舒服了，可哥哥却特别吃力，累得满头的汗水。看到哥哥这样担心我，我的心里有些不舒服，觉得哥哥小看我，于是我就在行走的时候不经意地把我的这一头放得更低一些，把笼子往我这一头暗暗地抖挪。哥哥见状，就说："你若劲儿还足，就让笼子留在中间，谁也不占谁的便宜！"

我这才兴高采烈地点点头。

母亲说过，活计这个东西，它也是看人下饭的，喜欢欺负懒人，但是对热爱自己的人则满含深情和依恋。我就立刻琢磨着，母亲说的活计就像一支我们使用娴熟的笔，你越使用就越是会无比忠实于自己的这一双手。

不知不觉间，东山头上的日头就像水桶里面的水一样一闪一闪地闪出来之后，差不多有一柳树高了。母亲突然抬头看了看，就对大哥说："灰已经不多了，我们很快就干完了，你先和泥吧！"

大哥就开始和泥了。

我也是非常喜欢和泥的，就让碎哥背篼里面灰背少点继续运灰，我要求帮大哥和泥。碎哥就说："随你，你想干啥就干啥得了。"他其实是想借机让我歇息一会儿的。

我就高兴地跳起一炕沿子高，兴奋地帮大哥去和泥了。

大哥先把屋檐下的那堆土在中间挖了一个可以蓄水的坑，里面倒上水，撒上麦衣和麦草，把周围的土翻进坑里，让土、水和麦衣、麦草都相互和匀称了。大哥把土翻进去，用铁锹一寸一寸切割和倒动着泥土，把它们搅拌成不稠不稀的刚好可以上到房顶漫（泥）房的泥。

我挑拣了一个头显得轻巧的铁锹，学着大哥和泥。可是，我把铁锹插进泥里面，却翻不动，反而差点把我绊了一个狗吃屎。

惹得大哥拄着铁锹在一边嘿儿嘿儿地笑。

我说："你教教我吧！"

大哥说："这种重体力活小孩子还真的是干不了。"

我说，我最喜欢和泥了。记得很小的时候常和一帮娃娃们在河沿边玩泥泥，用泥捏人、捏乡村的架子车和各种造型的小动物，其乐无穷。

大哥说："这和泥的学问可是大了去了，因你的力量不够大，怎么能剜动这一锹泥呢。"它告诉我，和泥，所有的学问都在这一锹泥里。他说如果你现在想学，一次可别那么狠心啊，见你每次铁锹都插得特别深，企图翻起一大锹来，凭你现在的力量，那根本是不可能的。任何事情，要循序渐进。

我也觉得我是很贪活儿的，恨不得一下子就把泥和好。听了大哥的话，我的心轻了一些，不跟刚才一样那么贪婪了，一次少量铲起一点泥土翻到水坑里搅和，果然就顺手和轻松多了。我记得我曾在别人家盖房的时候看见过别人和泥，那些人在泥跟前栽一根有枝杈的木杆，再找一根木棒，一头拴上绳子固定在木杆上，专门安排一个人用另一头伸进泥坑里，搅动、倒和，旁边的人翻土。这就像一台人工的搅拌机一样，搅和的搅和，翻动的翻动，配合十分和谐默契。看的人也觉得非常过瘾。

时间不久，我自己就糊了一身的泥。哈哈，没想到连在一旁看热闹的索尼娅身上也被我打得溅了许多泥巴，有一片泥巴砸在她的脸上，她用手掌一揩，却把她俏丽的红扑扑的小脸全部弄脏了，她却还在那里笑呢。一院子的人也都笑了。可是，正巧藏在泥巴里面的麦衣被索尼娅一揉给揉到眼睛里去了，于是，疼痛使得她竟哭开了。

我觉得自己闯下了祸，心里忐忑不安，但是一时却不知道怎么办才好。

大家暂时都停下了手里的活计。

大姐抱起索尼娅安慰了几句，说："女娃娃不能哭，一哭就会变丑的，变丑了呢，长大了就会找不到婆家的！"

索尼娅还真听话，就不哭了，但眼睛磨得她特别难受，就更加使劲用手掌揉。

母亲对索尼娅说："叫你别出来、别出来，你看你不听话，偏偏要出来。不听大人言，吃亏在眼前，现在找到罪受了吧！"

大姐说："乖乖，别用手揉，越揉那麦衣就钻得越深。"

母亲把索尼娅的眼睛扳开找了半天，上下眼皮里面都仔细查寻了一番，没有找到，便纳闷地说，里面什么也没有啊！

索尼娅奶声奶气的带着哭腔说："我觉来呢，还在里面呢！"

大姐就叫教给索尼娅一个办法，让她把胳膊露出来，把胳膊用舌头舔湿，再涂上唾沫，然后把眼睛挨到胳膊上往出沾，看能不能把打在眼睛里面的麦衣沾出来。

索尼娅就照大姐说的做了，一会儿说，眼睛里的东西好像没有了。索尼娅眨巴和挤动着红红的眼睛，脸上又露出恬静的笑容。

我和大哥的泥和好了。别的人把院子里的灰也运完了，炕洞门前被打扫得干干净净的了。

现在需要上房揭瓦了。

大哥和碎哥抬来了梯架，最后决定大哥、我，还有碎哥到房上去，母亲等其余人员都在下面给我们供泥，往下接旧瓦，朝上传新瓦。

母亲拿来一块可以伸架到房檐上的宽大的木板，那块木板原本是准备做一台大立柜的面子用的，但是一直以来都没有一个好木匠而就此在箍窑里闲置着。

大哥手里提着泥匕，我手里提着端泥的盆子，碎哥手里提着铁锹从梯架上爬上房顶。先是由大哥起瓦，由我和碎哥从木板上面往下面溜瓦片。这一项活计是揭瓦活计中最松活最轻便的了。我行走和踩在起过瓦片的房上，感觉和行走在大地上的感觉是很不一样的，脚下软蓬蓬的，令人生出一种岌岌可危的掉下去的害怕和担心，腿子好像酸酸的、乏乏的使不上劲儿。我和碎哥谨慎小心地走着，但同时心里也有几分兴奋、好奇和刺激。往头顶上看，云更近，山更显。

其实，已经上过头泥、二泥的房屋顶上是掉不下去人的，现在揭瓦算是第三次上泥了，只要不要在上面做剧烈运动，是不必担心的，何况泥坯子下面还有苇子、席子等。

我和碎哥两个抢着溜瓦，生怕别人溜完，没有自己的份儿了。那瓦片三四片，抑或四五片被我们用非常适宜的力气快速地往下面一推，那瓦片就顺着惯性从光滑的木板上一直滑溜下去，下面的人就赶紧拦接住，放到固定的位置。

突然，邻居家的那只黄狗抬高了声气汪汪汪咬起来了，我们都觉得这狗咬声有些异样，一时面面相觑。突然，大门外面就走进一个中等个子的男人来。原来是父亲回来了。

母亲看到父亲回来，表面看不出欢乐的迹象，只几步赶过去把父亲手中的小黑皮包接过来放到房里了，让父亲歇息一会儿。但是，我们明显看出母亲比先前干活更加有劲儿了，比先前跑得更加欢实了，像是要一下子把所有的力气用完的样子。但母亲似乎越起劲地干活，越是有了无穷尽的力量。我们不知道母亲这力量到底是从那里来的，一时竟然有些莫名地感动！但是，后来据索尼娅说，母亲在放父亲的黑皮包包的时候，独自流眼泪了。长大后，我一直都在想，不知道母亲那是高兴，还是哀怨，抑或是悲伤啊！

父亲嘿嘿笑着抱起他的小女儿索尼娅，拨着她的鼻尖子说："别人走着哪达撞肉呢、撞蜜呢，你老子却是个撞活计的货！"父亲的话逗得索尼娅不知其所以然地笑着。大家也都笑了起来。那只九金黄的母鸡听到大家的笑声和喧哗，似乎对自己的处境突然有了一些担心和恐惧似的，便识趣地茫然走开了，走了几步，像是猛然受到惊吓似的扇动翅膀一下子飞跑进装柴火的箍窑里去了。

母亲微笑着对父亲说："你这个人呀，回家都不会挑时间，你明天回来不就躲过了吗？或者再等上几个小时，等到天擦黑了回来也成啊！"

父亲鼻子哼了一声，笑呵呵的对母亲说："你看你这个人、你看你这个人，失笑吗？好像我懒得干活似的！"说完他用胡子扎了一下自己宝贝女儿的小脸蛋，把她小心翼翼地放下来，没有顾上休息，丢掉外套往手心啐了两口唾沫加入到劳动当中来了。

增加了一个人手，而且是一个大男人，大家浑身的力量似乎更大了，而且也感觉更踏实、稳妥和有精神了。

我们把房上的瓦很快溜完了。

接下来是父亲踩着梯子把装着水的水桶递给碎哥，碎哥就又提着水将连接的三个房屋的烟囱分别一一灌了。水猛然一下子灌将下去，就扑通一声从下面冒起一股子黑烟土雾，差点扑到碎哥的脸上，幸亏碎哥麻利躲开了。每个烟囱分别灌了两次，最后一次水冲下去的响声可以明白无误地告诉人烟囱已经被水彻底冲开了。我们在心里欢欣鼓舞着，觉得身体的某个神经突然也变得亮堂和开窍了。

灌完烟囱，下面的人就开始向上面丢新瓦了。大哥站在房上给我和碎哥教了一下怎么像他那样接住从房檐下面丢上来的瓦。大哥只示范了一次，我们两个就学会了。人类的一切劳动就像是天性。每次我接的时候，下面的人就尽量把瓦片的数量减少一些，以免将瓦片打碎，或使我能够百分之百的把瓦接住。

接完瓦片，大哥就让我和碎哥接泥，他开始给房顶上泥了。我把泥盆子摆放到房檐边，房下面的人就用铁锹把泥操来准确无误地倒进房檐边的泥盆子里，然后我和碎哥再把泥运送到大哥跟前。大哥把泥倒下，就用泥匕抹着漫起来。大哥的泥活干得怎么样呢？总之还说得过去吧，抹得还算光堂。大哥说："揭瓦时，泥泥不能漫得太厚，就薄薄抹一层，只要能把瓦片坐住就可以了。"

大哥和我们从东头边一边漫，一边坐瓦，逐渐往西头退却。这种退却是完成了活计的退却，是胜利的退却。中间好像是吃了一顿饭，我们哥仨是在房顶上吃的。饭是大姐叼了空子做的。这时，我们抬头看了看远方，太阳也不知不觉从东头转到了西头。太阳特别好看，红彤彤的，就像景德镇烧制的中国红那么红，看样子明天又是一个好日子。

房上的活计全部完工了，但是手头还有一些扫尾的活计需要处理：就是打扫和处理剩下的泥泥；将房上揭下的瓦再运到大门拐角的空阔处，免得横放在当院挡人。这一天里，一家人就像一群勤勉的小蜜蜂一样，嗡嗡盈盈，忙忙碌碌，建造着自己朴素而美丽的家园。

临到最后，有一点小小的失误，我在运旧瓦的时候，因为太贪活、逞能，抱的瓦片多了，抱过去后一时放不到地上，猛然丢开吧，担心打碎可惜了，就硬弓着腰往下放，可是瓦片太重了，自己的小拇指没有来得及抽出来，被瓦沿割了一条口子。父亲曾在大寨峡修路的时候捡来些龙骨，我就磨成齑粉撒到伤口处，大姐和母亲也立即给我烧的棉花灰敷到上面止住了血，然后用一绺布条包扎了，包成一个像手指一样的小布筒。

我审视着手指上的布筒，虽然有一丝丝疼痛，但觉得怪有意思的，就像是一个小小的奖赏！

幸福在哪里

不知不觉，乌鸦的背子仿佛把夕阳给驮走了，天的幕布越降越低，渐渐迫近这异域的田野，丝丝缕缕的晚风吹拂着田野渠背上的草。

社目被这片肥沃的原野惊呆了。

社目的弟弟布布几年前走了，走哪里了没有说，说是到有田种，长粮食的地方去。

不久，母亲便思念儿子，布布、布布地念叨儿子的名字！到了后来，就不住地哭泣，把眼睛都哭麻了，说是在死之前想再看一眼布布。

于是，一家人就让大哥社目去找小弟布布。

社目的弟弟到底去了哪里呢？

大家推测了一番，都认为是去了新疆，因为那里的土地很好，只要人肯吃苦，肯在地里下种子，就有白面馒头吃，就有长面饭吃。

布布在走的前一日，跟爸爸吵了一架。爸爸说，你长这么大了，整天还吃我的喝我的，你也该到自食其力的时候了，再说我现在也老了，你不但不养活我，却还要我养活。

我都不愿意叫您父亲了，老头子，您知道吗？我什么都不会，除了种田，我一无所长，长这么大您教给我别的本领了吗？除了种田、种田，再什么本领都没教给我，即使是教会我赌钱也行啊！可是连这个您也没让我学会，一句话你只是把我带到了这个世上来而已。可是，您知道吗？我压根就不想到世上来，不想来，世上到底有什么好，它给我的痛苦大于欢乐。另外，您瞧，我从您那里什么好处也没有得到，既没有一笔供我生活的遗产来继承，也没有教给我赖以生存的手段，如果您能让我退回去，我宁愿自己不来这个人间，那样我将会对您莫大的感激，真的！

这些我都办不到，你要知道，你的老子我是一个普普通通，甚至十分贫困的农民，其实我和你一样，也是一个受害者，我的老子也给我什么都没有留下，也叫我毫无准备地就到这痛苦的世上来了。你以为我高兴来吗？我一点都不稀罕他叫我到这个地球上来，你知道吗娃娃，我的老子——也就是你的爷爷，那个连胡子都显得倔强的老头子——馈赠给我的唯一的礼物是三页土坷垃支起来的一个泥瓦罐儿，那就是我的锅，也是我的全部家当，我和你妈妈就在那里烧火做饭的。然后，我们就一直坚持到了现在，你爷爷活着的时候，我恨他，但是他死了，我恨他也没有用了，你说有什么用呢？

你们那时候是啥年代，现在是啥年代啊！父亲，不一样了，时代和社会变了，您不能拿我们跟您的过去比较，比不成　！

滚蛋吧，我不管是啥年代，反正我什么都给不了你，我就只是能让你到这世上来，一个农民，我不用人教我，自己就学会了种田，这就已经非常了不起了！倘若你让那些吃闲饭不种田的人来，那他们连粮食和草都分不清呢。但是你看，无论我们怎么卖力地种这些田，可是田里就是不长粮食，你晓得不，长粮食的田里要上化肥，要浇水，可是咱们没有钱买化肥，田也都是旱田，没有水灌溉，天不落雨，你让我怎么办呢？我真是一点办法也没有！

哦，父亲，既然您知道这么难，那您干吗要把我带到这个世上来呢？

娃娃，这你不能怨我，等你长大了，你也要结婚，也要生娃娃的，可就是千万别像我一样生娃娃生得太多太稠密，你要像你爷爷学习，他老人家真是有先见之明呀，就生了我一个……

布布立即反驳说，那是因为我奶奶饿得实在不成，受不了了就偷偷跟上一个过路的人跑了！

不许揭你爷爷的短！娃娃，不管怎么说，孩子生多了，真累！

您现在才知道我们连累您了！

滚开！

你没有本事，你还要生这么多娃娃？真行！

滚，真是岂有此理！

生娃娃你以为简单得很，好得很吗？

噢，你说得也对，可是我不生娃娃，谁来种地呢？就这薄田总是得要有人来下种子吧，指望那些城里人来种田吗？简直是异想天开，他们那些人只会溜嘴，只会把我们这些下苦力的指挥来指挥去的，给我们讲一些深奥的大道理，你说道理谁不会讲呀，种田不是讲道理的事情，得用手操作才知道深浅，不是一套一套的大道理就能顶事的，那些纸上谈兵的东西一点也用不上吵。

可是人家就是靠讲道理，就是靠指挥人，就是靠溜嘴，靠走到哪里把嘴溜到哪里来生活的，然而我听说他们吃得比咱们好，住得也比咱们好，还有好多好玩的，他们变着花样使劲玩，可会玩了。您看看咱们，从来都吃不饱，您再看看咱们的房子，比麻雀窝都不如。

听说城里你也可以去，人家又没有拦着你嘛！

你说得比唱得还好听，我到城里靠什么生活呢？喝风拉屁吗？我都这么大的人了，还什么都不会，有朝一日我就是到了城里了，我想自己无论怎么卖命地干活，也还是一无所有，也还是个穷光蛋！

那就怪不得我了，这些我也管不了。

父亲大人，您太不负责任了，明天我要离开咱们这个村子，到一个田多而肯长粮食的地方去，我以后再不回来了，您和妈妈多保重吧！

走吧，赶紧走，省得我迟早赶你们走，把你们统统赶走！

第二天布布就走了。

可是那个田多又肯长粮食的地方到底在哪儿呢？

社目一下子想到了新疆。

他就往那个叫新疆的地方走，想弟弟布布肯定到那个地方去了，他一边走一边打零工，走了好多天就走到新疆靠近俄罗斯的一个地方，他本来还想往前面走，可是看见身边有一片田，好像种了两年之后，现在又荒下来了，开始长草了。他在那田里走来走去，走来走去，手捧着田里的土，那土真肥，油油的感觉。那么大的一片田，田上面的天空那么蓝，那么宽广，雄鹰闪动着翅翼，就像船在大海上自如地划动着船桨。于是，社目万分感慨，复想到自己父辈们守着的家乡的那点薄田，觉得好可怜好可怜，心里就不由一阵一阵酸楚。

在这片田地的周围，稀稀拉拉住着几户当地的人，好像吃这样地里的粮食，就应该长成这么个样子的。他们个头普遍都很高，异常魁伟，眼睛蓝蓝的，鼻子跟蒜锤子一样大大的，如果按照希特勒的要求那都是优良的种子，最优秀的人类的品种。

这时候，有一个当地人走过来，打量了一会社目，说："你是从哪里来的？"

"口里（内地）来的！哎呀，你们这里的田真好呐！"

"那个人自豪地说，我们这里的田嘛，多得很，你想在这里种就种吧，就是一年太苦了！"那人道。

社目说："辛苦我不怕，我们农民从来都是不怕苦的，因为我们就是下苦的命嘛，也早已经习惯了，苦对我们已经成为一种快乐了，怕就怕的是无论你怎么苦，庄家也还是颗粒无收，那样实在是对不住那田，也对不住那些等着吃饭的人！"

"我们这里的田，你种上就知道了！"

社目浑身都是力量，以前总是觉得自己有力量没有地方施展，现在终于英雄有用武之地了，他开始放开了手脚干了起来。他先是把这片田整个翻了一遍，又把田里的土坷垃敲碎，再把整个田耱平。然后，把山上融化的雪水引到田里，把田浇透了。待到播种的时节，他就从当地人那里借到了种子开始在这片荒废了的田里种上了粮食。

春天的时候，社目种的粮食长得和人一样深，当然粮食田里的草也长得同样深，社目就又开始抢着锄草。除草是很有意思的事情，就像农民在衣服上捉虱子一样，把它们找到消灭掉，这样田就和人一样舒服了，坦然了，不再感到痛苦和纠结了。

夏天是粮食歌唱和展示的阶段，在微风中刷拉拉拉，无论身姿多么迷人好看，但是很快就过去了！

秋天来了的时候，社目种的粮食就开始饱满和成熟了，它们沉甸甸地耷拉着脑袋，静静地芬芳着和沉默着。

要收割了，社目怀着甜蜜的喜悦，每割倒和捆成一个粮食捆子，嘴里就喊一声真主，他喊了多少声他自己早就已经记不得了，但是满含敬畏和感动，眼里噙着感激的热泪，心里又高兴又紧张，他担心这是一个幻觉，一场不真实的空欢喜。

后来，粮食捆子摆满了一田。就在社目把粮食捆子一个一个往一起集中的时候，来了一帮人，这是一帮从来不干活但却一辈子都要吃好吃的东西的人，也就是爷爷和父亲们经常说的：那些溜嘴的人。那些人对社目说："你怎么跑到这里种田来了，谁给你这么大的权力，谁让你胡乱开垦土地的？粮食统统没收，赶紧滚蛋！"

当地的老百姓对那些莫名其妙突然冒出来的人也非常讨厌，批责说："你代表的是谁？这地方原本就是我们的，你们是从哪里来的？你们什么都想管，你们有饭吃就行了，我们把你们养活上你们还嫌不够吗？你们干吗要干涉我们种田的事情，你们这样整我们到底有什么好，再说我们祖祖辈辈就在这里生活的，我们想让谁种这些田就让谁种，你们吃闲饭的人管得着吗？"

但是那些人不管，说赶紧让这个人走，再不走就把他抓起来。

在那一伙莫名其妙的人里面，有一个看样子家里条件很好，从来没有吃过苦的人对社目说："小伙子，我看你挺能吃苦的，我给你讲，我家里有个老人病了，你如果愿意，去伺候我的老人吧，这些田你不能种，你到我那里，我给你的工资开得高高的！"

社目说："我的老人快死了，想见我的弟弟一面，我都没有顾上伺候，等找到了我弟弟，对我的老人有个交代，我再去伺候你的老人吧！"

"找你弟弟吗？"一个当地的老汉问，"他长的是个什么样子的？我们这里来的巴郎子很多的！"

"我弟弟是个罗圈腿，瘦瘦的，喜欢哼一首歌子，那歌子的名字叫：幸福在哪里？"社目说。

"噢，我好像见过这么个巴郎子，我记得他是顺着那一条山上过去了，走了有一年了！"

"就是那个山吗？"

"就是的，就是的，就是那里！"

社目放下了手里的粮食捆子，迈开那一双穿着沾满泥巴的破布鞋的双脚开始沿着那个人指引的山峰焦急的跑上走了。他想，他一定要找到他的弟弟！

好学生

末了，假使你愿意上升，有一个比我更高贵的灵魂引导你！

——但丁《神曲》

大家都喜欢叫王大富为鳖晒盖呢，这是我们那里人对家中老幺的一种称呼，也有的叫鳖蛋抑或垫窝子。他是野嫁沟的，因背子里长了一个肉瘤，因此叫他背锅子的也不少。据说王大富的父亲是一位到各个村子里转着给人盖房的木匠，这个人干了一辈子苦力般的手艺活，却没有能够富起来，直到老了依然只是一个到各地村落转着给人盖房勉强维持生计的小木匠。

小学的时候，我和鳖晒盖呢，也就是王大富一起考进了沙子学校民族班。民族班的待遇比普通班相对要略略好上一些，学校给发的衣裳——蓝色的的确良衣裤发一身呢——中山服款式的；另外每月好像还给一丁点微不足道的补贴什么的，学校就把这点补贴都交到了灶上。

全学校的寄宿生都在学校的灶上吃饭，只是我们比普通班的学生给灶上交的面粉和土豆要少一些。刚进学校的时候，我们都怀着异样的心情，特别自豪，每天身穿学校白给的中山服，连上衣的纽子都不喜欢系，学电影中的那些大人物一样让故意张开着，在校园里走来走去。在那一刻里，大家一个个都觉得自己是天之骄子！

我们在学校的灶上每天可以吃到两顿饭，每顿都是洋芋菜加馒头！这对于我们来说，已经是有如从苦难深重的地球逃离到天上了，那种优越、满足的感觉，可以从我们跟那些普通班娃娃的脸上寻找和对比出来。我们是亢奋和喜悦，他们是黯淡、不满加自卑。

尽管相对于以前已经是天上人间了，但还是有不尽如人意的地方。譬如，娃娃们在灶上总是吃不饱，一天两顿饭，中午一顿，黄昏一顿，每顿一碗洋芋菜，外加一个可以当糨糊使唤的小馒头。洋芋菜多时候里面没有一滴油，只撒一把青盐，有时候里面清汤寡水地漂浮着几瓣喂羊般的烂白菜叶子。这些倒在其次，然而更加令人心酸的是，一到晚上睡觉的时候，一大群娃娃，差不多有五六十人住在一间大宿舍里，就像一群圈在羊圈的羊一样。宿舍的左右两边是床铺，分为上下两层大通铺，中间留有一条走人的过道。床铺靠在窗户这边的娃娃，每每到了夏天的时候就显得比较占便宜：可以通过那焊接着钢筋的小窗孔，手扳窗户看看外面的那一小片蓝天，看看短暂划过天空的日头和匆匆飘过的云彩、一丁点露过房脊的光秃秃的山峰，以及夜间倏忽飘逝的月亮和星星。

这也许就是娃娃们选择靠着窗户一边的全部乐趣了。但这些乐趣，纯属于精神上的，然而一到寒冷的冬季，就再也找不到一点浪漫的感觉了，那种寒冷简直刻骨铭心，冷风嗖嗖吹来，仿佛骨头和骨髓里面都在发冷和疼痛。有些窗户上的玻璃打碎了，学校叫学生自己掏钱安装，学生又拿不出钱来，就只好张开着任凭寒风刺骨。有些娃娃把张开的窗户用纸糊住，或者钉上一片烂塑料纸，可是往往风一吹就自动掉了或呜呜或啪啪地响。后来干脆就什么也不用挡，许多娃娃睡着后蹬过了被子，就都冻成了肩肘炎。

俗话说得好：在家靠娘，出门靠墙。这里的取暖条件非常差，几十人的一间大宿舍只有一台小炉子，而且这台小炉子的炉孔就只有一只大瓷碗的碗口那么粗，并且时常就没有煤了，根本不敢大量的烧，平时都是用灰压住着的。一到冬天来临的时候，随着北风雪渣子的吹刮、呼啸和怒号，那些选择靠着后墙基的孩子们，才真正觉到了他们的远见和选择靠墙的伟大正确。风雪从窗户缝里灌将进来，使得那些床铺靠近窗户边的娃娃们就彻底遭了殃，他们大多都只盖着一条薄薄的被子，于是冻得浑身瑟瑟发抖，把身子收缩成刺猬样一般，紧紧地蜷缩成一疙瘩窝在被子里，脑壳一伸也不敢伸出来。有些娃娃，家里的条件好一些的，可以给买一只暖水袋，晚上睡觉的时候抱在怀里取暖。条件差的，家里买不起暖水袋，就常常连衣服都不敢脱，和衣钻进又潮又冷的被窝里去睡，直到自己的身子把被窝暖得有了一些温度的时候，才把衣服脱掉去睡。大家都知道，穿着衣服睡觉虱子咬得怎么也睡不着，他们经常因为用手抠身上的虱子咬过的地方，把身上的肉都抠烂了，一片一片血红血红的，渗出淋漓的血豆来。

后来有一天，鳖晒盖呢发明了一项办法，他找来一块砖头，放在炉盖子上烤啊烤，烤得非常热的时候，再找来了几张写过的作业纸把烧热的砖头包起来，然后钻进被窝，紧紧地搂着烧热的砖头一直睡到天亮。

那一晚，鳖晒盖呢睡得异样深沉和香甜。

第二天，大家见鳖晒盖呢这个办法特别好，就都纷纷效仿。从此，每天晚上当孩子们一个个抱着在炉子上烤热的砖头上床的时候，大家就都会忍不住相互开玩笑说是搂着自己的小弟弟睡觉的感觉非常幸福。看上去，真有一种相依为命的充实和快乐。但是那一刻，假如你是一个旁观者看到这一幕，你一定会感到一种抑制不住的酸楚，嗓子一定会哽咽的。

自从娃娃们搂着烤热的砖头可以睡觉之后，每到上晚自习之前，娃娃们就都抢着往火炉子上放砖头，有时候会因为烤砖头不公允，便相互争执和打起架来。有一次，鳖晒盖呢说这是他发明的专利，他应该先来烤。

可是他的话还没有说完，马有红就把他的头拽过来碰在手里的砖头上，说："你再说一遍是你发明的，好像我们都比你笨似的！"娃娃们就都笑起来，并同声附和着。鳖晒盖呢的额头就迅速起来了一个蛋。后来，小霸王马有红完全控制和抢占了炉子，他总是率先第一个烤砖头，因为他是娃娃中年龄最大的，加上他的个子高，力气大，人又特别凶狠，每一次他烤砖头的时候，别的娃娃就都不敢烤，或者他只让那些和他关系好，经常巴结给他好处的娃娃可以和他一起烤砖头。就这样，每次马有红和别的娃娃们烤好砖头后一个个搂着睡下时，鳖晒盖呢才一个人悄悄地独自去烤自己的砖头，然后最后一个搂着砖头默默地躺下。

因为娃娃特别多，大家就睡得特别拥挤，有些娃娃常常下床尿完尿后回到床铺上，就会发现找不到自己的位置了。

有一次，我半夜醒来，看见大家以各种各样的奇形怪状的睡姿睡在这间像羊圈一样的大宿舍的大通铺上时，我的心里就有一种复杂的难以说清的罪孽般的感觉，以及从心底里为他们陶醉在梦乡中滋生出一种难过。他们一个个浑然不觉地发出各种各样的鼾声、呼吸声，放屁的声音，以及梦话联翩。也许，只有当这些娃娃一个个都处在睡梦中的时候才会忘却寒冷、饥饿，忘却这人间的苦痛、忧愁和烦恼。

有一晚，我被一个梦游症患者惊醒，他是一位来自东沟的娃娃，名字叫张正武，这个娃娃不很讲卫生，头发就像个孵蛋的母鸡，毛蓬蓬的，又脏又乱，手指头比荞麦皮还黑，指甲里面藏满泥土。大家都知道他是一个梦游症患者，连老师都知道。那天，他从床上翻起来，光着身子抱着砖头溜下床铺，在宿舍的地上来来回回地踱步，嘴里不厌其烦地背诵着："凡在天上地下的，在天地之间的，在地底下的，都是他的。如果你高声说话，那么他的确知道秘密的和更隐微的事情。你不相信吗？你试试看吧！"接着，他的嘴里含糊其辞的嘀咕了几句什么，我没有听清，但他随后突然一下子又提高声调说："哼哼，我要用砖头砸死你！"

我听了立时有些紧张，担心他真的照着某个娃娃的脑袋来上一下子。

但是张正武突然像是醒过来一样，啊地打一个呵欠，慢慢地又一声不响地爬回床铺，重新睡回自己的被窝里。一会儿就呼吸均匀，睡得跟冬眠的小动物一样了。

大部分娃娃都是从几十里的村小学考到这里的，离开家和父母，心里有说不清的孤单和无助。另外，不知道怎么那么容易饥饿，大家似乎从来都没有吃饱过，没有吃过一顿像样的馍馍和饭。冬天，娃娃从家里或者学校灶上打来的馍馍被冻住以后，里面就成了冰渣子，娃娃们用牙咬都咬不动，好不容易啃上一口，简直能把人的牙根冰得流出眼泪来。到了炎热的夏天，馍馍放上一两天，就长上了长长的白毛和黑毛，有些纯粹就发霉变臭了，但是娃娃们舍不得扔掉，用凉水泡一泡，在碗里或者缸子里搅和一下，只要眼里看不见毛了，就糊里糊涂吃下去。就这样，许多娃娃都或轻或重地患有肠胃病，这些病会和他们的肩肘炎等病一道，将伴随他们一生。

不是说娃娃们只有孤独、饥饿，以及难以忍受的漫长冬季寒冷所带来的绝望和痛苦，其实大家也有许多荒唐的欢乐。有一次午休的时候，我们对面床铺的床长和我们宿舍里有舍长（舍长是管理整个宿舍的卫生和纪律的干部，床长是管理自己上下那两层床铺卫生和纪律工作的小头目），他让鳖晒盖呢偷偷挤了一点牙膏抹在正在睡觉的小霸王马有红的脚心上，叫他拿了一本书在马有红那只抹上牙膏的脚心上扇，扇了一会儿，我们奇迹般地发现马有红的小鸡鸡把裤子慢慢地顶了起来。有人用一根木棍拨了一下，发现还特别有力气。

于是，周围发出一片笑声，同时听到低低的戏言。

笑声把马有红吵醒了。

我想，鳖晒盖呢这回一准是死定了，肯定不会有好果子吃，不是头破血流，就是鼻青脸肿，而那个对面床铺的始作俑者的床长，则一准会装作什么也不知道的好人。

但是出乎大家意料的是，马有红醒来后揉了揉眼睛，然后翻起来也和大家一道笑了起来，说是他刚才做了一个梦，说他从来没有做过这么奇妙的睡梦。他显得非常的满意。他一边说，一边擦掉了脚心上的牙膏，淡淡地问这是谁干的?

有些娃娃不愿意说，有些娃娃则有些心怯，就给老老实实交代了。

大家认为鳖晒盖呢这下真的完了。

可是，马有红却若有所思地再一次笑了，说："你个碎背锅子，搅了老子的好梦哦！"却并没有要惩罚的意思。

当大家追问马有红到底梦见了什么时，他却不说，只是嘴角露出一丝诡秘的微笑，似乎依旧沉浸在幸福当中。那一天，任何令人不快的事情都没有发生，马有红甜甜蜜蜜的，大家也都开开心心。

当然，这件事情引得大家更加好奇了，就在心里暗暗地猜测，后来也有人叫鳖晒盖呢给另外的熟睡者脚心里抹牙膏，用书扇，同样取得了大家所期望的效果。鳖晒盖呢也跟上傻乎乎地乐呵，但是大家没有一个人能够明白这究竟是怎么回事，为什么脚心里抹上牙膏用书扇一会儿，就会出现这样好玩的事情。后来，我发现鳖晒盖呢变成了大家经常消遣和逗乐的角色了，能看出来，他的脸上有一种沾沾自喜的神情，已经到了难以抑制的程度，他显然为自己扮演这样的角色感到自豪，因为他的这一滑稽可笑的行为可以使大家快乐，他自己也似乎已经懂得了怎样讨好那些欺负他的娃娃，懂得了如何可以愉悦别人。而那些娃娃们也都认为这件事情极有意思，是令人可以发笑的！

不知道是谁发明的斗斗鸡，娃娃们经常在宿舍里喜欢玩这项娱乐。先是自告奋勇站出来一位选手，走到宿舍的地当中央，用火钳子划一个圆圈，然后单腿独立，另一只腿收起来放在怀里，凸出膝盖，用手扳住脚腕子，高声喝问：

“哪位敢与老子大战三百回合！”

这时候，应战着就大叫一声：

“猖狂呀，爷爷来喽！”应声上去挑战，于是两只膝盖上下翻飞。一会儿，有人就会被顶倒在地上，或者逼迫双脚着地，抑或被顶出圈子外。坐在床铺和地上围观的娃娃，则大喊大叫，狂笑不已；有些则屏声敛气紧张地观看；有些娃娃就像看到电影的疯狂和高潮部分，便情不自禁冲动、兴奋地打起口哨，显示出原始的动物的本能。整个宿舍里就会热闹和喧嚣起来，发出斗斗鸡参与者呀呀嗨、呀呀嗨的号叫声。一般情况下，无论是胜利者还是围观者都颇感过瘾、开心。

由于许多娃娃把洗脸水都洒到了地上，到处都是浊水和黏糊糊的污垢，砖铺的地面又黑又脏，砖头与砖头之间衔接得并不是十分严密，所以里面藏污纳垢，蓄满了垃圾和脏水。有些砖头，人的脚只要一踩上去就活动着，发出咕唧咕唧令人恶心的声响。不大的一片宿舍地到处变得潮湿和泥泞，有时候简直能把人滑着绊倒。

宿舍里经常迷漫着一股说不清楚的怪味。记得有一次我请假跟随一个家近的普通班的学生去他家玩，晚上在他们家吃了一顿肉臊子。这个学生的名字叫马文海，我现在还能想起他当时的情形，头特别大，脖子仿佛有些支撑不住脑袋，身子胖乎乎的，看上去反应有些迟钝，他的父亲开了一个小百货商店，据说家里经常能吃上肉，所以学校里的许多娃娃都非常愿意跟他交朋友，偶尔被他带去可以吃一顿好饭。那天晚饭后，我们就住在他家的高房子上，由于铺的和盖的都特别好，使得我一夜未眠。

马文海问我：“你为啥睡不着？”

我没有回答，只一个劲嘿儿嘿儿地笑，并用手偷偷地摸着那暖意洋洋的被褥。第二天，当我重新回到那间弥漫着几十个人身上散发出的各种各样的汗臭味、脚臭味、屁味、发霉般的潮味，以及混合着难以忍受的便池一般的尿臊味儿时，我的心里一阵遏制不住的难过，差点呕吐出来。我有些纳闷，以前怎么没有感觉到呢？这使我想起一本书中说过的一句话：久居鲍肆不闻其臭，久闻兰芝不觉其香。那天，我觉得胸口一阵阵泛潮，连脑子都有些发晕。我知道，一些娃娃夜里不敢下床去尿，不是因为胆子小，而是因为下去尿完尿上来以后就被别的娃娃挤得找不见自己的位置了。所以，宿舍里的许多娃娃就偷偷地顺着床板和墙壁的缝缝把尿悄无声息、时断时续抑制着一丝丝地溜到床下去，时间一长，那墙壁就被冲出一道一道的尿印，使得墙基都有些发碱了。当然还有另外一部分娃娃，因为床铺的潮湿、寒冷便落下了尿床的病，他们往往是在睡梦中不知不觉就尿床了，尿床后，有一部分尿渗进了自己的被褥里，一部分尿就会沿着压弯的弧形的床板流到木板床某个虫吃的小洞孔里，淌到下面一层的娃娃的脸上和头上。

就是这样，下铺的娃娃经常喝上铺娃娃的尿尿。下铺的娃娃醒来后，只能咒骂和唠叨几句，却没一点办法。有些娃娃见旁边有拉架的人，便故意跌跌绊绊如扇动翅膀的鸟一样要冲向上铺去打，并嚷嚷着要去告状，但最终都不了了之。马有红不允许大家告状，说他平生最憎恨打小报告的人，说这种人可以同富贵，却不能共患难，如果遇到日本侵略者一定会沦落为奴隶和叛徒。其实大家心里都清楚，谁也无法改变这种现状，所以对于这些也就见怪不怪了。有谁能够改变这些呢？

我在宿舍里待上一阵，慢慢地又适应那种温闷的、牛圈一般的味道了，乃至自己的一切嗅觉都渐渐失灵和麻木了。现在，我常常在想，人的生命力，以及适应社会环境的能力真是所有动物中最出类拔萃的。然而人又是多么的卑微啊！

虱子可以说是娃娃床铺上的一道风景。有些娃娃的被子上和身上的虱子成群结队、密密麻麻地胡乱爬滚，简直是在翻疙瘩呢。家里条件好一点的，还可以给买点灭虱灵抹一抹，有些娃娃一下课就在课桌上或者教室的某个角落的墙壁上就跟牛或者羊一样上下来回地蹭。有时候你跟他们中的某个娃娃说着话走着，他们的手会不由自主地伸进裤腰里或者后背里去，很快就会摸出一只硕大的虱子。而且他们都摸习惯了，可以根据手感能够知道虱子的大小和胖瘦来。

许多娃娃喜欢玩这样一种游戏，就是把用完的墨水瓶洗得干干净净的，能从瓶子外面看到里面时，然后捉上一群虱子和蚂蚁一起放进瓶子去，观看蚂蚁怎么咬虱子。他们觉得这是对虱子咬人的一种惩罚。

鳖晒盖呢和张正武两个用一根细细的草棍不停地拨动着瓶子里的蚂蚁和虱子，娃娃们头对头围着一群观看，就像拉拉队一样嘴里起劲的异口同声地喊叫："咬死它、咬死它！咬死这种咂瘪虫！"

大家伙儿还像打拍子一样鼓着巴掌，真像是在看一场别出心裁的拉力赛。

有一次，我们正在教室里上课，一位名字叫马存花的女生后背衣衫上跑着一只硕大的虱子，这个女孩子在我们班里长得特别好看，也十分爱干净，自尊心特别强。最先是鳖晒盖呢发现了她身上的虱子，给张正武说了，张正武又给我说了，我们都好奇地看着。张正武嘻嘻地笑。这时候，小霸王马有红伸过长长的胳膊去从马存花的衣衫上悄悄地把虱子捉了下来，放在地上用脚抹死了。下课后，有几个知情者想告诉马存花，可是马有红却变得凶神恶煞一般，瞪着一双非常凶狠的眼睛说：

"你们谁要是把这件事情告诉马存花，我就把他活活掐死！"

我们对马有红的这一举动都很纳闷，这究竟是什么意思。马有红很喜欢我这种刨根究底的追问，偷偷告诉我和鳖晒盖呢说："马存花那么喜欢打扮自己，那么爱美，我们如果告诉她，就会伤了她的自尊心！"

我们恍然大悟。我开始有些不很讨厌马有红了，没想到他这样一个喜欢欺负别的娃娃的人竟然也有一颗美好的心灵！

我们每周要回一趟家，特别远的娃娃，就两周回一趟家，大家回家主要是背馍馍，给学校的灶上拿点土豆。每次星期六回家，在家里住上一晚上，第二天下午就得往学校返。不知道为什么，每一次回家的时候，有些娃娃就特别激动，盼望着星期五的最后一节课那下课的铃声早点敲响，好快点收拾馍馍褡子回家。但是星期天往学校走的时候，却又都低头纳闷的，显得特别伤感，有些娃娃还情不自禁地要哭上一鼻子。大多数娃娃家里困难，背的馍馍不好，而且带的馍馍相对很少，他们的心里经常处在一种特别委屈的状态里。有些娃娃是舍不得父母和兄弟姐妹的分离，毕竟在家里相互都有个照应，一到学校就得自立，就得全靠自己照顾自己。另外，在学校里要忍受孤独、寂寞，忍受大娃娃们的欺负，忍受饥饿、贫穷和各种疾病的折磨，以及忍受寒冷的威胁。每次离开村子，娃娃们都是心情非常沉重，可以说是硬着头皮往学校里走。

返校后，随着星期日的晚自习一上完，心绪便会慢慢的平静和稳定下来。第二天是星期一，如果能看见通红的日头，大家便从心理上完全适应和接受下来，于是又怀着无比饱满的积极态度和热情开始一周的生活。娃娃们总是喜欢，把星期一的自己称为富农，把星期二的自己称为中农，把星期三的自己称为贫农，星期四和星期五的自己称为一无所有（因为从家里拿来的馍馍也吃完了，饭票也吃光了）。

记得那时候，学校放喇叭的那位年轻的瘦高个老师，大约是因为经济上的贫困，现在我猜测可能是在感情上受了什么挫折吧，反正也不知道是因为什么，总是特别喜欢放崔健的那首《一无所有》。我记得每当到星期四和星期五的时候，一听到学校喇叭上的那首《一无所有》，许多娃娃就一下子脸色都变了，显得特别凄惶和心酸。我觉得那首歌简直能把人的眼泪唱出来。

有一天，恰好是星期四的黄昏，喇叭上照样放着崔健的《一无所有》，我看见王大富躲在学校后面一个破烂的角落里，仰着头面向天空，紧紧地闭着眼睛，两只脚一上一下的踏着步子和鼓点，用撕心裂肺的沙哑的嗓门没命地唱着那首《一无所有》：

> 我曾经问个不休，你何时跟我走，可你却总是笑我一无所有，我要给你我的追求，还有我的自由，可你却总是笑我一无所有，噢，你何时跟我走……为何你总笑个没够，为何我总要追求，难道在你面前我会永远一无所有……这是你的手在颤抖，这是你的眼泪在流……啊，一无所有。

王大富把这首歌曲颠三倒四地唱着，尤其唱到“一无所有”和“这是你的手在颤抖”时，脸部就会显得非常深情、非常动人，手就发出电击般地颤抖。大家伙都觉得，这首歌就应当这样唱出来，如果是嗓子太专业了，唱出来反而就没有意思了。王大富的这种唱法，就像是原生态的东西一样，保持着本色和原有的风情，给人一种真实有力的震撼。关键是，王大富总是把但凡符合自己内心的歌词，会重复几遍，而且他唱的时候，背子里的背疙瘩会随着他那歇斯底里的吼叫和上下倒腾的步子，以及嗓子里发出的旋律，一道起伏、抖动和颠簸。

我感觉我的心都烂了，浑身在微微抖动和战栗，我就在心里想：也许王大富的馍馍又吃光了吧！谁知道呢！

王大富已经唱得忘我了，有几个娃娃跑过来躲得远远地看，有些也都流下了热泪，为那段光阴，为那痛断肝肠的岁月。

其实，据说王大富以前是个非常灵性的娃娃，小学一年级第一次走进他们那里的学校时，一下子看见那么多的娃娃，就兴奋狂热得浑身发颤，一时心花怒放，便激动地和娃娃们玩起捉妈妈哄（迷藏）的游戏来。他幸福得笑逐颜开，眼睛里亮起了真正灵感的火花，于是自作聪明钻进了女生的厕所里面藏着不出来，因为他发现许多男娃娃都不到他躲藏的这个地方去，便自认为终于找了一个安全的好地方。可是有女生看见她们的厕所里面藏着一个男娃娃，就吱哇乱喊吓得不敢进去。有一个男生立刻飞奔报告了老师。就在王大富得意洋洋的时候，却被老师一把揪住衣领从厕所里提了出去，一顿暴打，还把他的头搡到厕所的墙上碰，说这娃怎么这么坏，身上残疾疙瘩的，人还没长大竟然就学会耍流氓了。当时把王大富给打懵了。因为从小在农村长大的王大富，当时其实还没有意识到问题的严重性，以及可能还没有老师想得那么复杂，他记得他家的厕所也没有男女分别啊。王大富尚且没弄明白怎么回事，就遭到了如此严厉的惩罚，使得他对学校的好感一下子顿减，那股子刚刚跃跃升起的热情和亢奋劲儿也给打跑了。从那次以后，他变得垂头丧气，有些不敢去学校了。学校在他的心里留下一个阴影。

王大富告诉我们说，他们的那个学校，对那些调皮捣蛋的学生，近乎用一种虐待的心理和方式对付他们，只要不按照他们的要求去做，就动辄拳打脚踢，有些老师专门让学生从家里带来一些木棒，刮掉皮，大家叫这样的棍棒为鞭杆。老师们经常会说："一看你那松样子，就知道是个挨鞭杆的货！"。一旦某个娃娃不按照学校的意志办事，搞出一点什么恶作剧来，他们就会像打牛马一样一顿猛鞭杆，有时把腿子就打肿了。尤其是对那些所谓的差生，因偶尔一半次不交作业，就给他们发一个罐头瓶子或木头疙瘩，让他们走到教室的后面（教室的前面会影响别的娃娃听课），使瓶子挨着墙壁，用脑袋紧紧顶住，不许用手帮忙，也不准叫瓶子掉落到地上，然后还要在肩头搁一只黑板擦，也不能叫板擦落到地上。看上去人的脑袋就像被瓶子给粘住了，一动也不能动。如果瓶子或者板擦掉下来，就少不了一顿鞭杆。

有些娃娃还觉得很好玩，认为是一项娱乐，找机会要显示自己顶瓶子的能耐比别人高出一筹，会顶得时间长久一些。当然有些自尊心和个性特别强的娃娃，宁愿挨鞭杆，却坚决拒绝顶瓶子。许多老师仿佛以惩罚学生为乐，并且下意识自以为是在教育学生，是在为他们好，在帮助他们成才。有一些娃娃，已经被学校认为是教育好了的：就是他们一旦认为自己什么地方错了，就会主动到教室后面去顶瓶子。老师对这些娃娃非常满意。往往等到顶上一节课的瓶子，这个娃娃的身上就会被汗水洗过，浑身僵硬地抽起筋来，跟患上羊羔风似的。

我们那个学校其实和王大富曾经读过书的那所学校的情况差不了多少。有些老师动不动就不让一些他们认为没有什么前途和希望的学生进教室听课，叫他们去到外面乱转去，以免影响别的优秀的学生的学习，他们把这种做法叫做“反思”。有些娃娃被逐出教室后，就到河滩里或者荒山上乱转，他们转着转着，心里会滋生出一种从牢狱中被解放出来的感觉，同时又觉得有一种被世界遗弃的孤独和伤心。还有些老师，把那些调皮捣蛋的学生变成“旁听生”，向这些娃娃收取一些所谓的旁听费，说这样整治一下，娃娃就会因为拿不出钱来，或者害怕拿钱自动规规矩矩、老老实实听话了。有些旁听生被迫急了，就出去偷盗。学校把娃娃们都搞得循规蹈矩，都一个个按照他们的模式和意志行事，这样他们方才满意，否则就找出许多罪名来整治。于是，一些娃娃的天性或者说一些天才就都这样被抹杀在摇篮里，最后变成一只只温顺的羔羊。当娃娃们都统统变得一模一样时，学校才会长出一口气，赞美说：“谁谁谁家的这个娃娃，听话得很，将来一定能把书念成，一定能考上一所好大学！”事实就是这样，他们宁愿培植和迁就一群白痴，却不能容忍一个天才和个性的人。他们常常发动一群人，围剿一个娃娃，直至把这个娃娃整得服服帖帖，乃至变成一个俯首帖耳的奴隶为止。是啊，有多少青春和天真无邪的心灵被白白地葬送在这样的校园，有多少天才和灵光闪现的脑瓜白白地被这样的教育打碎和毁灭！

我们宿舍的寒冷和潮湿，加上卫生条件特别差，许多娃娃都患上了皮肤病。大家最容易得的一种皮肤病叫“疙唠病”，书面语可能叫疥疮。这种病传染速度和传播性特别强，只要接触一下，或者摸了他们用过的东西就会传染上。起初在手指缝等角落起来一些红疹子，奇痒无比，然后这些疹子逐渐长大，变成水泡，即使你把这些水泡挤破，放掉里面的水，可是过上一阵那个刚刚被挤破的水泡里的水就又蓄满了，特别顽强。娃娃们没有钱买药，就在炉子上用火烧，在炉筒子上炼，有些娃娃因为难受无比，就索性用烧红的火钳子对着那满手的水泡一个一个地烫，企图把它们烫死。有些娃娃们就把手烫伤了，连笔都不能握，作业都不能写。我自己也就曾患过这种病，我一直拿用坏的扫院的扫帚竹子把疥疮熏死和烫死了，至今大拇指缝的地方还留有烫伤的伤痕和星星点点的伤疤。

不知道是因为娃娃们的胃口好，还是常被饥饿折磨，所以从没嫌弃过学校的饭菜。

记得有一次，我和王大富给学校灶上抬水走进了那间我们很少光顾的厨房，看见了那个戴着一顶洗得发白的蓝鸭舌帽的大嘴王师傅，他悬着的大肚皮上挂着一片充作围裙的破布，似乎对未来和前途充满希望和乐观，乐呵呵地笑着，他吩咐我们把水倒进一口大红缸里去。据说他是校长的什么亲戚。我俩把水倒进那口比我们高一截的大红水缸里时，看见王师傅正在给我们做饭：土豆不削皮，也不洗净，堆放到案板上拿起一把大切刀一顿猛剁，剁成三只指头并到一起那么粗的不规则的粗棒，接着搅进一只大油桶里，用水冲一冲，拿一只长笊捞到大铁锅里，用一把好像不知道是从什么地方拣来的老铁锹头搅动着。后来，听王大富和几个娃娃根据那把铁锹头的破烂状况分析说，那可能是一把曾经垫过牛圈的铁锹，真的令人不能深究啊。象征性地炒一炒。当时把我和王大富看得瞠目结舌。学校就是给我们吃这样的“好”东西。有些土豆凸凹不平，冲洗的时候，自然连泥土都没有冲净，就让我们连泥吃上了。

然而，就连这样一碗白开水煮土豆棒，如果你去得稍微迟了，也就没有的吃了。每到下课打饭的时候，娃娃们就没命地往灶上跑，简直就像一群打开栅栏的抢食的羊，一趟子奔向灶房，慎怕自己去迟了。有些娃娃跑不动，或者被人挡倒摔在地上，筷子和洋铁碗就都在地上乱滚，发出叮哩当啷的刺耳揪心的声响。

饭打上之后，有些娃娃在宿舍里吃，有些把饭碗搁在宿舍外面的窗台上，有些就蹲几长排，头对着头，狗抢食一般扑通扑通地吃起来，一大片吃饭的响声，洋铁碗和筷子、小勺子和磁缸子都发出动人心弦的声音。满院的声音简直就像是一场大型交响乐。我常常在想，如果那些娃娃们的家长们都一起被叫来，站在旁边参观到这一幕，不知道该有多么心酸啊！

有一周的周末，我和王大富几个都没有回家，我躺在通铺上看书，大富在宿舍的过道里洗衣服。平时不可能洗衣服。我见他蹲倒后往起猛然一立，晕倒在地上了。对此，我是深有体会的，这是因为长期半饥半饱，以及严重的营养不良引起的虚脱症。

我和另一个娃娃把王大富抬到通铺上，让他缓了一会儿，给他给了点玉米面甜馍馍吃了，大富那变得蜡黄蜡黄冒着虚汗的脸色才渐渐变回血色来了。

我问王大富怎么不回家背馍馍！

他说："我妈上一周犁地去了，牛撒起欢子，我妈追牛时叫牛踢到沟里去完了（死了）！家里没有馍馍可背！"大家都知道，这些农村妇女全是这样的，因为丈夫不在，她们便在家里充当一个男人的角色。

我说："那你咋给我们都不说？"

"只是不想让人同情我！"

我和另一个娃娃听了心里猛然都沉重起来，就问他父亲怎么给你不送馍馍来。

王大富说："我大给人盖房子去了，还没有回来呢！"

我们又问他家里现在还有什么人？

大富说两个哥哥，一个妹妹。他告诉我们，他大哥已经结婚了，现在家里的事情都是大哥两口子管，他嫂子本来就不想叫他念书，说他一个背锅子念的个啥书，就是把书念成了又能做啥呢！王大富学着嫂子的口气对我们说，逗得我们哭笑不得。那次，同宿舍的一个名字叫马辉春的娃娃听了，斩钉截铁地说："大富，你不要害怕，你的馍馍和饭票以后我给你管上！"

后来，隔壁宿舍的几个娃娃听说了王大富的事情后，都纷纷争着给管馍馍和饭票。

那时，寄宿的每个娃娃都带来一个小木箱箱，里面装的是馍馍和饭票，以及一些值钱和贵重的东西。有些娃娃饿得实在受不了，就乘人不在，溜进宿舍去把人家的木箱撬了，把馍馍偷着吃了，把饭票拿走了。被偷的娃娃一般会哭得特别伤心，也有些发誓说等找见那个贼娃子，要把他的皮剥下来。大家都在骂，都在诅咒贼娃子，但肯定里面有一个人一定就是偷馍馍的贼。往往贼娃子比其他人的嘴里骂得还凶呢。最后都是不了了之。

有一次，一个名字叫李宁昌的学生，恰好偷了一个老师的侄子的馍馍，被人家捉了个现场。那个李宁昌的娃娃平时给同学和大家都留下非常正派和刻苦学习的印象。大家都知道李宁昌学习非常刻苦，已经刻苦到自戕的程度，每当下晚自习以后，别的娃娃就都回宿舍睡觉去了，教室里的灯也熄了，可是李宁昌却点上自己制作的一盏煤油灯在教室里继续学习。夏天的晚上，他就会走到厕所跟前唯一亮着的路灯下嘤嘤地背诵课文。一个个夜深人静的晚上，厕所的路灯下就总是会出现李宁昌孤独的身影。到了寒冬，别人都已睡下，他就找几块砖头垫在屁股下，坐在宿舍唯一的小炉子跟前，借助掏灰的灰盒下面流淌出的一线亮光悄悄地读书、背诵。学校的许多老师和同学知道了，都很佩服他，有些娃娃都开始效仿和崇拜起他来了。如此刻苦学习，但是考试的成绩并不令人满意，这一点大大出乎老师和学生们的意料。撬箱子偷馍馍的事情发生以后，这一下他的形象大跌，可以说彻底毁了。世界就是这样，人们要求你永远完美，却绝不允许你犯一丝丝错误。李宁昌，一个“天使”，顿然变成了“魔鬼”，一夜从天堂滚入地狱。学校决定要杀鸡骇猴，杀一儆百，于是就把李宁昌给开除了。

星期五那天下午放学的时候，一位姓马的副校长念的处分决定。等到那个决定念完之后，那个李宁昌的娃娃就在人群中哭着蹲在了地上，双手抱着头，一把一把揪扯着自己的头发。许多学生都非常同情，把他搀扶起来，叫他不要哭。但是他哭得更加伤心了，那个被偷的娃娃也被哭得心软了，跑去给学校求情。但学校说，国有国法，校有校规，学校又不是什么牛马市场，任凭你们想怎样就可以怎样的。

那天，那个因为饥饿偷馍馍吃的李宁昌就那样被一张薄薄的巴掌那么大一片纸，给决定了命运。那天，我们有几个娃娃和李宁昌要同时走一段回家的路，然后才分道扬镳，又各自走各自的路。李宁昌背着铺盖卷儿往家走时，一路与见到的每一位同学告别，他走一路，哭一路，他对我们说他自己觉得他是一个好人，是一个善良的人。他说：

“我心里觉得我并没有犯啥错误，不就是饿得受不了，偷了个馍馍吃了嘛，我会还给他的！”他虽然心里非常难过，但是却一点也不感到内疚和悔悟。我们聊起他学习的用功来。他却突然自我解嘲地摇摇头，笑了笑说：

“你们真是些傻瓜，夏天宿舍的床铺上又潮湿，虱子又狂咬，根本睡不着，我只好在厕所的路灯下看《故事大王》；冬季床上冷得也是睡不着，晚上我一个人搂着一台炉子，又暖和又自在……”

他的话把一群走路的娃娃都惹笑了。

我说：“原来是你在装样子啊！”

他有些恶意和沉痛地说：“那还不是因为学校提倡的‘好’学生给逼出来的嘛！”

我一时皱眉哑然。很久以来一些模糊的萦绕在我心头并困惑着我的问题，使我终于一下子明白了、释然了。这真是一个莫大的讥讽啊！

我们都再没有说话，一直走到一个三岔路口，分手时我看见李宁昌只向我们瞥了一眼，头也没有回，决绝地挥了一下手，就走了。

这件事情发生不久，放在教室桌子框廊里的馍馍又接连几次被偷吃了。大家发现，每次都是娃娃们在做课间操的时候发生的。查来查去，最后终于找见了罪魁祸首：原来是一条跛腿子的狗在捣鬼。那只跛狗偷馍馍的技艺简直到了出神入化和炉火纯青的地步：它可以立起来把教室门上的门关子用爪子轻而易举地打开（比人丝毫不差），然后走进教室，它的鼻子会径直指引它走向那个放馍馍的桌子，它把头伸进桌框廊里把馍馍吃了，或者叼走，却连书包和书本都碰不下来。

娃娃们都很气愤，商量说一定要把这只狗给套住出出气。后来，大家就在门上放置了一只水桶，桶里装了些沙子和石头，桶沿上拴了一条绳子。结果事与愿违，那条狗好像能梦见似的没有上当。然而，令人哭笑不得的是：大家套狗去了没有套住，却把校长的头给打了。幸亏校长这人比较麻利，猛然一下子跳开了，只把些沙子砸在了肩膀上。据王大富说，差一点把校长的头给套住了。

那天校长二话没说，就把我们叫去，让一个个把裤腿挽起来，整整齐齐排成一列，一声不响，挨个儿用从白杨椽上剥下来的树皮（学校院子里种的杨树比较多，成材后学校剁了给老师分了，娃娃们经常在课外活动时没事干，就给老师们剥椽，有些娃娃把这形象地叫（谝闲椽）一顿猛抽，每个抽五十下，或者四十下，把娃娃们的腿子全打烂了。打得那些娃娃叫大大（父亲）喊妈妈。

回到宿舍里，王大富偷偷地说：“这些老师家里就没娃娃吗？咋那么心瞎，把人往死里打呢！”

结果就为这么一句话，不知怎么就给传到了校长的耳朵里去了，校长是个大舌头，他说："吱（这）个残疾儿童的吱（这），给点颜色还染大红呢，一下子赶紧叫回去，念四（什）么酥（书）呢！"

就这样，王大富也被开除了。

但是就在王大富走的前一天，大家终于为大富出了一口恶气，就是把那只偷馍馍的罪魁祸首的跛狗给逮住了。是马存花想的办法，她因为学校开除一个残疾娃娃的事情感到义愤填膺，让我们在门把手上拴了一条井里打水的绳子，把门半开着，留两个男生藏在教室里，等狗从教室门里往出走，走到半中腰里的时候，猛然一拉绳子把门关住，这样就会把狗夹在门缝里。那只狗就这样被大家齐心协力捉住了。马存花小跑过去给变得像狮子一样的马有红手里递过去一根鞭杆，娃娃们争先恐后地扑上去对那瘸狗一顿鞭杆，把那只狗打得稀屎拉了一地。那天的张正武，头发一个毛嘟噜，咬紧牙关猛喝一声：

"一二，加油！"

于是，大家又用劲一关门，夹得那条狗的狗屎如箭一般射出来，并发出毛骨悚然的惨叫。

大家总算是出了一口气。

王大富背着一床破烂单薄的被子，走到教室门前叫我：

"章异文，你过来一下，"我走出去，他把被子放到地上，拉住我的手对我感激地说，"我要谢谢你，谢谢你一直都把我当人看！"

许多同学都流下了眼泪，也许是为王大富，也许是为自己。

"再见了！"王大富却没有哭，对大家说，"没必要哭！"

是的，"没有必要哭！"这句话一直陪伴着我，也将永远在我的心里。眼泪换不来多少同情。这就是我们的寄宿生活。校园里从此再也看不见那个背子里像背着一颗沉重的石头，压得有些喘不过气来，曾给大家带来过欢乐的鳖晒盖呢了。

念经

尤素夫书念到中途就辍了学，却一猛子扎到寺里念起经来。刚开始念的都是些最基本的。也许从小耳濡目染，也许简单，人稍稍一教，他就会了。

可是，一接上古阿尼就不行了。

阿訇曾笑着在尤素夫父亲主麻子面前全力地夸赞，这娃娃是一块念经的料子。

村子里的人都说，毕竟是穆民嘛，总图个后世里吧。前世里不念经、行善、礼拜咋能行呢?

尤素夫辍学原因是由于家里交不起学费。

穷人能干什么呢? 就等着干别人不愿意干的吧!

别人不干的，只要你能干得出类拔萃，一样可以出人头地啊!

赶羊的时候，尤素夫抱着那本母亲用白布包装的古阿尼。这是三十本中的第一本。他紧紧将那本经抱贴在怀里，从自家那间被柴火熏得漆黑阴晦的土屋里走了出来。他走得又轻又快。尔都的羊已赶出羊圈从那道红土拐子上晃荡过去了，留下一股土地的芬芳混杂着羊臊味儿和羊嚎叫的余音。

尤素夫踮着脚尖，目光越过土墙，看见木沙家房背后面的苜蓿又噌噌串高了。

时间真快啊! 尤素夫在心里叹息着。

人有时都会这样叹息。

许多不知名的鸟儿在头顶叫着柔软地飞过。村子里有许多这种身姿俊俏的小家伙。可是，尤素夫记得从来都没有人给它们取过名字。它们在一种不会有人涉入和干扰的境地里自生自灭。

好不美好啊！

尤素夫走进寺里的时候，阿訇、满拉们已经燃着了清香，念过许多张经了。尤素夫感到有些莫名的内疚。他高声地给阿訇说了个色俩目。

即使乎日里阿訇不在，大伙进寺第一件事还是要说色俩目的。

说完色俩目之后，尤素夫抱着经从礼拜的大殿台子上攀上去，绕过那根红色的明柱，到达大殿之后的那块空地上。这里不知何时竟搁置了许多穆民舍散的椽和檀条，念经娃娃们三三两两或骑或坐在上面，说着闲话。他们似乎都很消闲。在同样的伙伴们面前人是感受不到贫穷的。

尤素夫走过去骑在一块较平整的木头上，双手摊开古阿尼，轻声地念了起来。第一页念好几个礼拜了，念得很别扭、很生硬，拼也拼不准。念着念着，便感觉难透了，他对念经似乎和念书一样失去了原有的热情与信心。记得村子里的刘老师，总是每天早上干完家里所有的活计，才来学校，把书上的生字抄到黑板上，用木棍指着领学生念两遍，给学生布置了作业，便回了家。周而复始。

尤素夫见到这样的老师，就伤心起来。

这么困难的家，却还要交那些没意思的学费。

可是，现在经也念得没有原先那么卖力了，新鲜感也没了！尤素夫有些恨自己：你怨谁啊，你，你干脆怨你自己吧！

尤素夫忽然大声地发泄什么似的重重念着这些让人看起来有些古老苍凉的阿文。他感觉心上有稀疏的箭在射。他想，把这种压抑与难受哭出来吧！但是，他试着哭过几回，却都不出眼泪。他猛然感觉，自己已经长大了。

不知为什么，尤素夫念着念着，一股子伤感的情调洇上他的胸口。他感觉，这些年三天打鱼，两天晒网，书未读成，经也没念下，一事无成啊！

他心里重重地叫喊：主啊！

于是，他第一次开始将自己的身心全部置于经中，完全平复了自己，入圣般地拼读起来，由慢到快。

先前，在周围闲话说得很欢的伙伴，见尤素夫沉重而伤感地念着，便也忽然地意识到：是啊，我们干什么来了呢？我们穿着父母的吃着父母的，到寺里干什么来了呢？你看看，都多大了，再有两年．就能说媳妇了！

于是，他们转开了挤在一起的头颅，念开了经。也许他们坚持不了多久，又会调过头来继续那些总也说不尽的闲话。但此刻，他们却是无限用功。

尤素夫不觉就已读了好几张。他觉得今天不知怎么，这些经字竟变得简单起来，而几日前却总是那么难以拼读。每天总是昏昏沉沉，到寺里把一天时间混满，然后回家。

今天，尤素夫一改往日的姿态，他似乎用一种疼痛读着心的碎片。

读着读着，尤素夫自己便从凄伤的声音里觉到这是一部多么悲壮而伟大的经啊！他越来越感到这部经典自始至终的深邃、悠远与贵重。这部经记载着真主的语言。人们都在企图努力地从中找到通往天堂的钥匙。

想想，那是多么不易的一件事啊！

快到中午的时候，满拉杨尔沙喊着要听经了。

平时，总是一到听经的时候，阿訇先听满拉的，然后，满拉们就又听那些念经娃娃的。

这两天，尤素夫一到听经的时候，就悄悄走了。

今天，尤素夫怀着一种内疚的心情，去找杨尔沙听经。

杨尔沙有着一张和尤素夫一模一样清黄的圆脸，白帽总是一尘不染。他和尤素夫曾有着同样的经历，都是书念到中途便因贫困辍了学。而在这儿，寺里一年除了交一点费用和学粮，给阿訇管一半顿饭，便再没别的费用了，看起来，这比念书能稍稍减轻一点大人的负担。杨尔沙念经很用功，逢到难记的，使用汉字注在旁边。这样，他念经备受阿訇的赏识和青睐。阿訇高兴地说，念过书的人脑子灵，念经就是快！阿訇认为杨尔沙已经有了一种当好一名满拉、能宰一般牲以及能为入寺不久的年轻人授业解惑的资格了，尤其是阿訇让杨尔沙听经，阿訇感到很放心，阿訇甚至感叹自己的发音是否能及得上杨尔沙的美好动听的诵经声？这样想时，阿訇便有些莫名的为难。老了么，老了就是这个样子的！阿訇为自己开脱着。

杨尔沙平时很喜欢尤素夫，总希望自己能主动帮助尤素夫多学一些。

尤素夫看着这位比自己年长，但却处处关照自己的师兄，感到有一股清洁的水流过心头。

“尤素夫．念会了吗？”杨尔沙亲切地问。

尤素夫点点头．说：“念到另一个注头上了。”

注头，就是一章经的一个结尾处，也预示着新的章节的开始。

“那好，你来念吧！”杨尔沙轻轻合上自己的那本厚厚的讲经，目光盯在尤素夫的《古兰经》上，开始听他念起来。

尤素夫念得伤感而美好，就像树上的叶子，在凄美的秋天里落下。他长这么大，一直感觉经典的含意应该是伤感而令人压抑的，且饱含着一种奉献的人生自我禁欲的美。

经声在尤素夫的口里变得悠扬起来。

尤素夫从来没有觉得自己竟有这么一副灵秀高亢的嗓子。

由于伴随着一种洁净的虔诚，于是他心里充满了一种美好的喜悦，像一股清泉哗哗流过五脏和每一根血管。

杨尔沙静静地听着。他觉得他从来没有遇到过一个人念经像尤素夫这么用心而又专注。

尤素夫念完之后，杨尔沙还似乎没有走出那种美好的意境。他又一次觉得清真言的美妙、上口、动听、干净、清澈、芬芳，劝人一心向善。他说：“你念得真好啊！没有一处错。我们念经与你比，真是低了一个层面。你是用心念的，而我们没有。”杨尔沙尴尬地笑着，轻轻摇了摇头。

“真的吗？真的没错吗？”尤素夫欣喜而羞涩地低下了头，问道。

他忽然觉得人只要用心，什么都能念会。

“尤素夫，你好好念，你比我的悟性高。我真为你而高兴啊！”杨尔沙由衷地赞叹和鼓励着尤素夫。

“我会好好念的。我们都是学校里来的，我担心会像一些人说的那样，什么都念不下，羞先人哩。我们要努力呢！”

杨尔沙把手从经桌上缓缓移伸过来，紧紧握住尤素夫的手，重重地点着头。

两个人的心灵在静默中通融了。

中午，尤素夫抱着经回家时，碰见了老阿訇提着汤瓶到水房里去洗小净。他冲着阿訇想问候一句什么，但觉得无话可说，嘴张开时，竟是“哎色俩目而来一控”，作了个揖。

老阿訇左手抓着肩上那条供洗浴用的手巾的一边，笑着大声地接了揖，那银色的胡须，在太阳下闪着光泽。他问尤素夫是不是回家吃饭去，说留下来在寺里和他一块吃了算了。阿訇说着，还放开抓毛巾的手，去捉尤素夫，准备把他拉到自己的房里去。

可是，尤素夫身子倾斜一躲就躲过去了，又跑动了两步，说："不啦，不啦，家里饭早熟了，等呢。"

老阿訇一下抓空，差点跌了一跤，哈哈大笑起来。

尤素夫看见，心里一疚。

尤素夫说："中午不回家，又要与父亲淘气了。"

阿訇忽然收了笑，严肃地说："快回去吧，你父亲怕是等急了。"

尤素夫点点头，转身向寺院外跑去。在寺门口，他听见老阿訇喊："尤素夫，你的经念得不错！"

尤素夫猛然回过头，见阿訇手提着汤瓶依然在炙热的阳光下注视着他。尤素夫心上莫名地一酸，跑出了寺门。

尤素夫一路小跑着，他记着自己回家还得帮父亲饮牲口、给牲口添草。

可是真巧，在木沙家房背后，尤素夫看见不知谁家的一头黄犍牛在苜蓿地里吃苜蓿。这样长的苜蓿，牛吃了不消化，最容易得结症。他连忙停下来，从墙豁口里跑进去，把牛急急地赶了出来。

可是，这是谁家的牛呢？它还会回到地里去的。

他一连大声地问了三四声，没有人应。尤素夫有些焦急：又要挨父亲的骂了。

但是，有什么办法呢？他只好挡着牛在路边耐心地等待，此刻尕西木赶着牲口从河湾里上来，说着感激的话吆走了牛时，他才长长松了一口气，慌慌张张往家里跑。

尤素夫回到家里时，正赶上脾气暴躁的父亲提着皮鞭，大声地冲牲口发火。他迎住刚刚进门的尤素夫，就是几鞭子。其中有一鞭，打在尤素夫那张书卷气十足的黄脸上，留下了一道血红的鞭印。

尤素夫哼了一声，情不自禁地叫了一声："大啊！"

尤素夫的父亲主麻子被儿子一声惨痛的叫声惊得愣怔了片刻。他从来没有听见过儿子这么一种压抑而凄切的声音。当儿子准备去放怀中的经时，他冲过去，从儿子手里一把夺过那本曾用散来的白孝布包得古朴典雅的古阿尼，吼道："好你个尤素夫，我把牲口丢出圈，指望你去饮，你却哪里去了？你去到后院里看看，我的苹果树……我的……都让牲口给毁了！"他心疼地说着，气得抽搐的面孔止不住地颤抖起来。

尤素夫不想辩白，只是吆了牲口准备到上河里去饮。

主麻子堵住那头为自家耕老了土地的麻驴，按着它的天灵盖，就是狠狠的几鞭把，打得那头驴老泪纵横，头颅盲目而又不知所措地甩来甩去。

尤素夫忽然眼泪流了下来。

主麻子呆呆地站着，感情与混乱的思绪折磨着他。良久，才像是明白过来。

儿子尤素夫挨过他许多的打，从来都是默默地承受。而这一次，他不知怎么，却哭了。而且，眼泪像一串亮亮的银线那样，连贯而奔涌地流下来。这极大地刺激了主麻子麻木的神经，他鼻子也不由地一酸：这穷日子把人闹的！但，他却用心克制住，那只高举鞭把的胳膊松下了。

尤素夫赶着牲口，往上河里走着，他没有一丝怀恨父亲的意思。他知道父亲的心里埋藏着无数的苦处。他希望父亲在每一次打他的时候，能减轻一点生活对他的折磨和多年积压在他心灵深处的贫穷对他的挤压。父亲是穷昏了头。其实他内心一直因不能让儿子继续在学校读书而羞愧着悔恨着。

尤素夫一边赶着牲口，一边轻轻地流着泪在内心里说道：你打我吧，父亲，我在家里是一个累赘，不能给您挣来钱和粮，不能为您减轻一点心头的重压和生活的负担。大，我敬着爱着的父亲，儿子迟早是要走的，我会走得很远很远……但我不知道，我会到哪里去？我能到哪里去呢？

河湾的四周静悄悄的，没有别的声音，只有他吆着的牲口，偶尔叫唤一声，在正午空荡荡的河道里回响。

此时，正值人们午休的时候，已不再有人到这儿近有些寂静阴森的河湾里来了。

尤素夫忽然感到刚才的那道鞭伤开始火辣辣地疼。他用手摸了摸，更觉难忍。他踩在牲口粪便和被践踏得耷拉着头颅的河湾里的冰草地上，忽然被太阳的光晒得昏茫了。少倾，又清醒过来。

远处，有鸟鸣叫着飞过。

不觉，尤素夫的鼻子又酸酸的了。

主麻子见尤素夫赶着牲口归来，心里似乎又有了新的气。刚才，他两度转进后园，把那些被牲口啃伤踩折的果树，该泥的泥好，该扶的扶正，忙活了大半天。从园子里出来，就迎上了从河湾里回来的儿子。

“告诉我，你去了哪里？”主麻子刻骨铭心般的声音又响了起来。

“我替别人把一头吃长苜蓿的牛赶出了地。”

难道这样回答吗？尤素夫想。

走你的吧！这样的回答只能遭到父亲更严厉的指责，乃至毒打。

现在，人都在忙着各自的事，为个人的事整日里奔波，谁还顾得上管别人的事呢。甚至你死了人，都与我无关。

尤素夫最终还是没有回答父亲。他只是勉强地冲父亲笑笑，便赶着牲口进圈去了。他圈好牲口，回头又去院后的土窑里背草，添给了牲口。

“我对你太失望了，你一本经不知抱了多长时间啊！”主麻子几近绝望地哀怨儿子。

父亲恨铁不成钢的叹息，一下子击到尤素夫感情最脆弱的部位，他不禁泪雨滂沱。

“大，我对不起您。您拉扯我这么大，白拉扯了，我什么气也没给您争上。我吃您的穿您的，我不知道怎样才能给您最好的安慰。您打我骂我吧！我知道您是疼我的，在这个家里您只我一个亲！”尤素夫忧伤地诉说着。

您可知道，尤素夫是一个很早失去了母亲的孤儿。

主麻子忽然哀哀地说：“儿子，面又没了，面一点点也没了。昨天剩下的一点面底底全吃完了。今天，我让你吃啥啊！”这个大男人说着就抱了儿子的肩，“呜呜”哭起来。

这个村落的名字，它将不再如以往的小说一样提到纸上。你只知它位于黄土高原之上，就够了！

尤素夫的心针扎一般。

主麻子坚强起来，说：“让大到马尔利家再借点粮吧！”

马尔利是村里的富户。

尤素夫此时想得特别多，同时他记起了昨日在寺里听到的一则消息，说王保富与陈生云又打了起来。

王保富与陈生云是邻庄的两大富户，他们是有头有脸的人。

这两个人在手下招集了许多人，抢着开荒。

“为了混一口饭，去王保富那里吧，那一方人多，不会有危险，混一天算一天。”尤素夫的脑子里游荡着这念头。

在一个寂静而又露水缀满小草的早晨，尤素夫背着那本已读至一半的《古兰经》，偷偷离开了父亲，向王保富那里去了。路上，他碰到了几位与他执一样态度的生人。他们共同的理想是，混一顿是一顿!

有人在黑地里唱起了歌，那音调卷着黄土高原浪涛的悲凉，低沉、凄切地在山沟的四野里飞翔。

我们是一帮黄土高原上的穷人，
住着破屋烂舍。
一些人有老也有少，
我们已揭不开了锅。
我们家里还有两个无常了娘的孩子!
为了混一口饭，
我们聚在了一起。
……

黄山，波浪样翻滚的黄山，静静地像在梦里一样，就连那些栖息在洞穴中出来觅食的黄鼠，也寂然无声。

在那条通向荒寞的山路上，几只蝴蝶飞舞着，在寻找落处；如血的残阳，在那向西的直指无限天际的山包下即将落去。

尤素夫听见许多蜜蜂般飞翔的声音，还有偶尔归圈羊只的叫声。

远处的田野上，一片迷茫。尤素夫一行人看上去像是走在天边的地平线上，显得非常渺小、模糊。

忽然尤素夫的心像眼泪淹过一样！他想着一句想说却说不出的话。

他多么希望父亲能狠狠地再揍他一顿啊!

他感觉到一种异样的虚弱。同时，不由想起在他人生道路中那些美好善良而值得怀念的人们。

尤素夫忽然微笑着，流着泪轻轻诵起了自己念过的那些经。

一股清风悄然刮过。

诵经声凄楚哀婉，诗一样动听。

杏儿

村子里有个村妇疯了。她结婚刚刚一年。可谁也不知道她是怎么疯的。在疯之前，谁也没有注意过她。她的存在似乎在她来村子不久就已经被人们遗忘了。这个村妇的名字叫杏儿。她疯后，丈夫就走了很远很远的地方。她时常一个人来来往往孤单地徘徊在门前的土道上。土道前面是一座崖沟，崖沟下是一条浅浅的小河，小河一直连接到上游那座土夯的水坝上。坝水蓝汪汪的，坝宽百米有余，长约三里地，深处放下去二两花线亦不见底。

疯了后的杏儿，头上斜插着一束蔫了的野狐豌豆花儿，身上很脏，衣服破破烂烂。她怀里总是莫名地抱着一只芦花母鸡。那时候，我们一群娃娃喜欢到坝上游泳。我们叫耍水。去坝上，总要经过那条河道，于是便常常看见那个抱一只芦花母鸡的杏儿。

一天中午，饭罢，太阳像一只巨大的火球，在天上滚来滚去。我们一群娃娃惯常向坝上走去。娃娃们有的把衣裳夹在腋下，有的搭在肩上或提在手里。没有衣裳的娃娃，就光着身子，好像天空和云彩就是他们的衣裳。娃娃们说笑间，便到了杏儿家门前的河道里。

河道里显得异样空寂。我们走在沙子上，脚下发出干燥的响声。倘若是光着脚丫走的话，就会觉到沙子烫得像烧红的锅底一样。

空气中飘散着一股怪异的气味。一只无角的母牛在河道里孤单地行走。

我们看见杏儿在门前的土道上忘我地走动着，步伐沉重而零乱。芦花母鸡闭着眼睛睡着了一般，一动也不动静静地卧在她的怀里，而那束野狐豌豆花儿已不能在杏儿的头上火一样闪闪开放，它蔫叽叽的，像从水里捞上来似的，疲软而无力地紧贴在她一蓬烂蒿草样的头发上。再看，那花儿又像是被马踏了似的。

她是个疯子，竟然还那么喜欢漂亮，还要在自己充满锈气的头发上别一朵花儿来点缀自己。

杏儿低着头走动着。她嘴里仿佛祷告着什么，有时很愤怒，有时又不自禁地发出一阵莫名其妙的傻笑。

芦花母鸡似乎被惊醒了，咯咯咯地，继而又把刚刚张开的眼睛微微闭上。

此时，杏儿把那芦花母鸡放到地上。母鸡本能地向上一跃，接着就死一般卧在那里不动了。

原来，就是母鸡刚才的一跃，使得我们无意中发现母鸡的双足竟是被一条尼龙绳子紧紧缚着的。再瞧杏儿，她开始围绕门前那片空地又歌又舞，披头散发。她的屁股鼓鼓的，如波涛在裤子里汹涌澎湃，头上的那朵蔫花儿也神经质地弹来弹去。

回去！一声粗厉的命令。

立时有眼尖的孩子看见，说是杏儿的公公在喝杏儿回去。

我们就不再看，紧紧张张地离去。

回头见杏儿已经吓得不知所措，抱了自己的母鸡，飞也似的跑回家去。

我们干脆光着脚片子，大模大样地走在河道里。河水很浅，水流到石头上会发出旷野里风吹器皿样的响声。这响声似一个古老的悠长而忧郁的曲调。这是上河湾。河湾里的片片苇丛中藏有美丽的野鸭子。苇丛旁有十几棵杏树。树是杏儿的公公的爷爷栽下的。树上的杏子总是等不到黄，就被孩子们摘光了，年年如此。每到深秋，杏树上黄叶闪闪，金子一样。那时，也正是芦花飞扬的季节。风起处，芦花便像雪片一样连绵地飘舞起来。

河沿旁的马蛇虫子，在沙蒿空里窜来窜去。

我们都快热死了，孩子们说。

我们从河水中走出来，直起腰，把手叉在热得有些发烫的腰上，面朝坝上，嘴巴张开，寻找莫名的一丝凉意。空气有些窒息。娃娃们的嘴巴，张得格外的大了，如伏天的狗样难受。一片小镜子样的闪光，突然在河面上晃一晃，就又不见了。这条河里的水，全部是从坝洞子里流出来的。夏天的酷热似乎聚集在我们头顶的一个点上。你瞧，河道里的石头上开始散发着自身的光芒。

我们气喘吁吁爬上坝沿。坝远处的崖畔下，两只野鸭子在缓缓地游着。

坝水冰蓝冰蓝的。娃娃们顾不得解纽子，把衣裳从头上猛地褪下来，扔了，吸一口气，奋起一跃，身子立时从天空坠入水中。娃娃们像在墨绿色的浓雾中滑行一般穿过水层，接着闭上眼睛，开始大幅度地游动身体，耳边伴随着气泡上升时的咕噜咕噜声和娃娃们脉搏的跳动声。娃娃们向前伸出的手像电视里面的潜水员一样探索着，希望能碰到些东西：一条鱼啦什么的。冰凉的坝水，梦一样使人发抖。水压叫人耳膜胀疼胀疼的。

一个娃娃从水中鱼儿样冒出来，激起一团水波。他哗哗甩了甩湿漉漉的头说，我看见杏儿披头散发，嘴里喊救命啊救命，但叫我一脚踹到水下去了。

我和几个娃娃禁不住朝自己周围审视起来。

什么也没有。阴绿阴绿的水在一下一下起伏。远处几只野鸭子正拍翅起飞。

真的，一个人在水下面是多么孤独和害怕呀!

那个娃娃却大声笑起来，说他只不过是吓唬吓唬大家，屁也没看见。他说完就朝深水区吼着一个猛子扎了下去。我们瞧得清清楚楚，他给我们来了一个童子拜佛，姿势极其优美，铁黑的屁股蛋子于空中一闪，葱一样端端直入水里。一分钟两分钟……几十分钟过去了，却不见那娃娃的秃脑壳从水面漂浮上来。我们便慌了手脚。但我们却都不知怎么办好，大家索性从水里钻出来立在坝沿上，一个个呆若木鸡。之后那个娃娃浮出水面，他的头仿佛扎到黑稀泥里了。他脸部的器官吃了许多淤泥，腿腕子缠满了吊针管一样长长的水草。

之后那个娃娃若无其事地走了，他的背影像鬼一样。

一会儿，人都走光了。四周显得冷冷清清。此时，那坝水如一面古老的铜镜，平坦得无一丝波纹。它，神秘地悄无声息地摇晃着，伸向迷雾一般的山谷之中。更远处，似闪烁着粼粼的波光，仿佛无数忽隐忽现的太阳金色的胡子。我侧耳倾听，坝上开始漫漶着无边的寂静。而这无边的寂静则是一种奥秘，这种奥秘有一部分是我们永不可能认识和破译的。

他们只丢下我一个人。常常，我总是被周围的人丢弃或者遗忘。他们无论干什么事情，总是拉帮了自己的亲近，风一样绝尘而去，似把我撇得越远越好。所以，我也就从小养成了这样默默独自行走的习惯。其实这样也挺好的，不急不缓，可以独自干许多自己的事情，还可以发现许多路途中别人意想不到和难以发现的景色。记得，我们每次耍完水，我都要在坝沿上捏许多泥娃娃。这真是一个人的事情啊，和谁都没有关系。那天，我没有捏泥娃娃，我甚至不敢到坝边里去拿泥。我怕。我是那么的害怕。我不知道我为什么那么害怕。我得罪什么了吗？我不知道。坝里的水蓝汪汪的，坝下面仿佛潜藏着很深的阴谋和陷阱。我曾给泥娃娃造房子，房子是黄泥巴和冰草搭的。我在房子周围插了许多鲜嫩的马莲草。可是第二天那些美丽的“树”都干死了。于是，我重新插上马莲草，使得泥娃娃的房前又变成一片翠绿。

那天，我砸烂了我的泥娃娃。我把他们深埋地下。

我一个人往回走着，不再感到害怕。

我沿着河道缓缓走下来，一路观察思想着这个奇异的世界。但是，偏偏有一只狗头蜂找我的麻烦。躲都躲不过。我开始跑起来，因为我不希望被蜂蜇后变丑的头颅被人耻笑。其实耻笑也没有什么，我只是害怕疼痛和难受。跑着的时候，来时坝上的那头母牛，依旧行走在原来的地方。我一直跑到杏儿家门前的崖沟底下。忽然响起了哭声。哭声悲凉地一阵接着一阵，打破了怪异的寂静。霎时间，我预感到即将发生的不幸，便睁大眼睛，紧盯着杏儿家门口络绎不绝的人。

于此，一个娃娃挡住我说，你知道吗？杏儿的公公把杏儿杀了，然后又把自己杀了。

半天，我都说不出一句话，仿佛给定身法定住了。一切都不像是真的。一切是多么容易地成为虚无。我开始对这个世界怀疑、猜测。你今天“能”得很，你明天还能吗？你今天在这儿，明天呢？如此类推，想一想真的后怕。

那个娃娃推着我一直走到杏儿家。杏儿家门前有两棵很大很大的杏树。

杏儿结得星星一样的繁。真个烦死了，抽上一鞭杆，会像金子一样散落下来，铺上一地。

村子里的人和杏儿家的亲戚从那扇低矮的柳木门内走进去走出来。曾一度无人涉足的院落，顿时热闹非凡。

院子里，紧挨窑门口，同样有棵大杏树，杏树枝杈上搭着一件破烂的女人的血裤子，让人阵阵眩晕。靠西面盖一间黄泥小屋，屋里盘了一面老古的土炕，其他一无所有。院南靠山崖有两间土窑，窑门已被烟熏得黑腻乌麻，一间灶房，里面充斥着柴火与酸浆水的味儿；另一间，除了积存了好久好久尘埃的味道，还弥漫着一股铁锈般的血腥味儿。我忐忑地扳开大人，从他们的胳膊下挤进去。于是，我看见了杏儿，这个村妇，静静地倒在血泊之中，光着腿子。刀子是从那个地方捅进去的。血仿佛是从草丛深处的一个什么地方流出来，草上的血露珠一样晶莹发亮。那个几近神秘，很少在村子里走动的杏儿的公公，身子斜倚炕沿，左手握着一把柄上镶嵌一枚硕大绿石的匕首。绿色的石头流淌着阴森森的光亮。刀柄的其余部分，显得像墓穴里挖出的器物一样锈迹斑斑，寒气袭人。男人的那只青筋突起的手牢牢握着刀子。他似乎先割了自己的喉咙，没有割断。之后，才深深推入自己的心脏，刀锋连一线都没剩下。血像油一样结晶在地上或者说结在地上，乌黑乌黑的。

再看杏儿，那两朵装点在头发上，而此刻已经因枯萎变得犹如老奶奶的乳头蛋子样蔫叽叽的野狐豌豆花儿，奄拉抑或斜斜地贴着头皮。可是谁也不知道她曾经竟然芬芳过啊！它们不知早已蔫了多少日子了。杏儿的脸恐怖、消瘦、干巴，肤色焦黄，皮包骨头，未老先衰。她从山外面刚到这个村子里时，鲜鲜嫩嫩。叫杏儿的时候，人们都想一口吃掉。

此刻，那只芦花母鸡，只有它还静候或者依偎在杏儿的胳膊弯里，满眼的惊恐和迷茫，仿佛十分委屈和不理解究竟发生了什么。据说，有人把它刚一赶开，可一转眼它就又扇动着翅膀，奋力飞回到杏儿的怀里了。尽管鸡的双腿是被绳索紧紧缚着的。它满眼的凄楚与莫测，弄得满屋鸡毛乱飞，尘土飞扬。人们一时被这只难言的鸡搞得哭笑不得。

然而，有一个问题，值得思考。那就是人们弄不明白，杏儿的公公为什么要杀死杏儿呢？大家还从没见过有人那样地杀人。真的，谁也不清楚他为什么杀她，就像不清楚杏儿到底是怎么疯了一样。

在民间

开头的话

十一假的时候，我回了一趟故乡。地处海拔较高的故乡，天已经越来越凉，并伴着一丝萧瑟和层层寒意。晚上住在深山的一个亲戚家，冰的房古的炕，冷得一晚上浑身发抖。我是在被窝里蜷缩到天亮的。

但是，心中却觉得踏实、平静。

早上，太阳懒洋洋地照着山梁地畔。走出村子，我想到山上的田里看看乡民们挖土豆。红土豆产量高，所以，乡民们近年大都种的是红土豆。白土豆只少数人种。我沿着一条鼻梁般的小路缓缓爬上山顶去，就到了一片土豆田里。

田里有一位老奶奶，个子矮小，正从土里用锄头艰难地往外面勾土豆。

老奶奶尽管年纪大了，但拼命用锄头勾出一褡裢土豆来之后，脸上止不住微笑。汗珠挂在她的额前，晶莹剔透。

我卷起裤腿和袖子，拾取扔在地上的一把铁锹，拿出一股泼辣劲儿，给老奶奶帮忙。

老奶奶没有阻拦，也没有问我从哪里来，只是笑了一下，露出一口结实的黄牙。她的整个牙齿都好生生的，且比一般人的长，只两颗门牙却被岁月磨损得不知到哪儿去了。

我问老奶奶的年纪。

她回答说，她自己已经记不清了，大约八十多岁了吧！

没想到，您牙齿还这么好！我笑着说，耳朵也没背！

跟了我爷的，那是老古时节的人。她说，我知道你呢，你就是谁谁家的亲戚嘛！

我点点头。

闲谈中，得知老奶奶以前读过私塾，能看《三国演义》。我不禁万分钦佩。

听说你是记者，只要你写出来的文章，就都能登到书上去。

我感到羞愧，但虚荣心还是使我脸上多少流露出些许得意。可是很快，我就在心里抑制了这种浅薄和无知。老实讲，我写得并不多，有些能登上，也有写得不好就登不出来的，我说。

老奶奶疑惑地望望我，确信我说的是实话，于是那种原以为我谦虚的表情不见了，同时更加的信任和感到与我亲切。她一面将挖出的土豆拾起来，扔到旁边的一个土坑里，一面找话跟我说。

老奶奶告诉我，家里的人都到外面找活计干，挣钱去了。

我点点头。

我们身前，那个土坑里已经集聚了一大堆土豆了，大大小小的土豆跟山里娃娃的脸蛋一样，显得既淳朴好看，又散发着无有世故的泥土的芳香。

我有一个事情，给你说了，你给写一写。老奶奶说完，用目光问我。

我突然心里一沉，重重的，感觉有了任务，担心着，不知道该怎么办。这些年，我总是辜负别人。她像是看出我的为难，说，登不出来也没关系，你听听也成嘛。

我们一边挖土豆，老奶奶一边给我讲。讲得真是异常动人，但我的记忆力并不好，精彩的地方记不下来。回到城里后，我就坐在书桌前，苦苦搜寻那天的记忆。依旧感到十分沮丧。我觉到自己的文字会令老奶奶的语言黯然失色，会让读者索然无味。但是，只要我一闭上眼睛，就发现老奶奶的眼睛是平和的、无所求的。是无所求的吗？是的！我想了想，一种平静、安然让我鼓起勇气。于是，就有了下面的文字。

老奶奶讲述的故事

她说，我奶奶的大，也就是我太爷，姓马。那时候老人忌讳晚辈说他们的名字，所以我不知道我太爷到底叫什么名字。听老人说，我太爷他那时一直跟随兰州太爷。兰州太爷是一个行善的好人。

她说，兰州太爷被清朝官家捕去的时候，我太爷与另一个姓马的，一同跟了去。结果，两个人就都叫官家宰了，给兰州太爷赔了罪。

她说，宰了以后，你猜怎么着，人家就把三颗人头挂在了兰州的城门楼子上。老百姓心里疼得很，眼泪都哭干了。夜晚，老百姓打发了几个武林高手去偷人头。

她说，你说神奇吗？也是显迹，几个武林高手在伸手不见五指的夜里，竟然看见城门楼上有一颗人头放出耀眼的光亮，那个亮呀，咋那么亮呀？结果走近城墙根，却发现城墙上的士兵提的刀枪站的岗哨。他们就在城墙下面等了一阵，发觉那些士兵都睡着了。说不清咋的，士兵们就像是谁给鼻子眼里放上了瞌睡虫。武林高手们见时机来了，几个人就搭了人梯偷人头——因为城墙高嘛——尽管搭了人梯，但依然够不上人头。这时候，只见背着大刀，身披红色斗篷，立在大家肩膀上的那个轻功最好的人，脚尖在下面人的肩头轻轻一点，就嗖的一下腾空飞了起来。

啧啧啧！老奶奶咂巴舌头，赞叹。

老奶奶说到这里，眼睛里都是光亮、快乐和兴奋。她继续说，那人飞起，伸出双手，将那颗几十里的路上都能看见，亮得如一盏明灯的人头取了下来。武林高手们正准备用同样的方法拿下另外两颗人头，却惊动了城墙上的官兵，人家又是放箭、又是用滚木和石头打，把他们赶跑了。你猜猜偷来的是谁的人头吗？告诉你，那就是兰州太爷的，人家是行善的大好人嘛，又真正修成功了。人家的头可不是一般人的头。可是，我外太爷的头颅与另一个姓马的人的头却没能被偷出来。

我听着也为她感到着急：那怎么办呢？

她叹息一声道，第二天，剩下的两颗人头却不知了去向。老百姓就再也没有见到另外的两颗头颅，不知道被那些人埋藏到哪儿去了。清廷的人简直不相信，也想不通，一颗人头在老百姓的心里竟然是那么的重！

老奶奶突然哭了。

老奶奶用两只沾满泥土、青筋突起、菜色般的干枯的手背揩了浑浊的泪。

她长叹一口气，说，我外太爷留下了两个儿子，一个叫大虎子，一个叫二虎子。老大大虎子嘛，在民国海固暴动的时候，折在了泾源的白面河里——嘴一张嘛，一颗飞来的子弹就从嘴里打进去了。唉，也该是“口唤”到了，就在前一天的黑了的时候，他就对我大（父亲）说，娃娃，明天要打仗了，我如果好了你就把我跟上，要是我不好（意思有什么闪失）了，你就回去，回去再不要来了！

她说，听我舅爷的话的意思是，可怜得很啊！

我没有打断老奶奶的话，我多么希望她就这样絮絮叨叨，经久地把那远去的事情讲述下去。

她说，第二天，赶羊的时候，老百姓就和国民党的人接上了火，仗就打开了，人的尸体就跟麦子一样，倒下了一片又一片。就把我舅爷折了，我大就挖了一个浅坑坑，把我舅爷掩埋了。埋了之后，我大从山梁上吼着哭上回来了，家里人才都知道我舅爷无常了，完在了硬仗上的。

老奶奶忽然感到心酸，脖子伸一伸，喉头哽咽。我感觉风要把她吹倒似的。但是，她却倚着锄头把身子立得稳稳的。此时，她脖子下面的一缕白发被秋风轻轻刮起。老奶奶意识到似的，把白发用拇指塞进帽子下面去了。

白发被老奶奶塞进去之后，老奶奶继续说，我舅爷的骨头都没有拉回来，就那么丢了。苦得很，申冤也没处申冤，说去也没人听。那时候，红军的队伍过来的时候，撒下了许多的传单，叫大家再不要忍受欺压，起来干，把国民党的队伍先钳制住，等他们到了延安，会回来帮助大家解放的。

她说，那次许多老百姓都被国民党杀了。大家在家里坐不住，人家管你去没去打仗，同样也捕杀哩，平时这个税、那个款子的，欺负死了。你跑出去也是一个死，在家里也是一个死，真是左不得，右也不得，前不得，后也不得。怎么样都不得活啊！

老奶奶说，现在太平了，真个好！

她接上说，我给你说，剩下我二舅爷，后来就在女人娘家的门上寄宿。

我二舅爷的女人不学好，我二舅爷呢，还讨厌得很，经常嘴巴长得要说人家呢。结果人家不听嘛。人家不听，反而借着娘家的势力叫了两个野男人——这两个野男人就在我二舅爷上山耕地的山路上埋伏下来。那天，我二舅爷还给起来了个早，四处的烟雾霜花拉得严严实实。那两个男人趁着烟雾霜花遮掩住人，就不管三七二十一，猛然扑上去，将我二舅爷压住一顿粗木棒，一直给打得没声气了。唉，那个耳朵门子上、头上到处是血，到处是血。我二舅爷的浑身被人家打到了。

后来，我二舅爷慢慢地歇息，歇息到气上来了，就爬到一家人的大门上，有人出来一看，说，啊，这个人咋了？是谁把他打成这个样子了？

我舅爷就说，是谁是谁，无缘无故地打他。

围观的人一听就明白了，说我们知道了，就是你那不学好的妇人跟前的人打下你的嘛。

我舅爷就挣扎着对看热闹的人里头一个年长的老者说，老爸，我家里再也没个亲人了，我只有一个姐夫，我把您请上您给叫一下，我有些话要对我姐夫说呢。

老奶奶的话使我突然有点不很明了，就插上一句，您说的您舅爷的姐夫是不是上次前面您说的到白面河打仗的那个？

老奶奶接上说，不对，我舅爷的姐夫，就是我爷，明白吗？那次白面河跟随我大舅爷大虎子打仗去的是我大（父亲），不是我爷，我爷那次没有去。我大，那时候就是个十八九或二十岁的小伙子。因为我舅爷还有一个姐姐，给了我爷，也算是亲上加亲的姑舅亲。我爷呢，曾经一直又跟随地震太爷，常在人前面说话，还帮助人拦挡（打）过许多官司。我二舅爷就对那个老人说，我只有一个姐夫，那是我唯一的亲人了，我把您请上，你去南川里把我姐夫叫一下，我觉着我已经快不行了，我有几句话要对我姐夫安顿（嘱咐）。我求您快些。我二舅爷说。

我爷就被那人从二十里的路上叫来了，我舅爷见到我爷就说，姐夫，我的事情要你来申冤呢，我已经没事了！我完了之后我的事情要你申冤呢，你看我马上不中了！

时间不长，我舅爷就完了。本来还能活得久些，可是我舅奶奶那个不学好的女人，让我舅爷躺在热热的火炕上，变成了内伤，时间不长就完了。

我爷就丢下自己手上的事情，起身到兰州喊了官司，可是衙门的人不管。后来，我爷就拖人找关系给塞了一些银钱，人家就派人来调查来了。经过调查，一切就都水落石出了。可是，刚刚调查清楚了，申冤的事情有眉目了，可是哪里想到，一下子给地震了。到处给地震成一个个灰土堆，人都死光了。真是天灾人祸啊！就这样，官司就没人管了，也顾不上管了。事情就这样结束了，真是天灾人祸！

老奶奶叹息着。

我对老奶奶说，那是因为上天恼怒了，替人申冤了！

老奶奶很赞赏我的话，说，你说得对，世上总有一个立公道的地方吧，天地间总有一个理的吧！

老奶奶又长叹一声，说，我舅爷这一家人就这么结束了。先人的头被乾隆这么找麻烦，那么找麻烦杀了——你说又没有妨害他当他的皇帝，干吗过不去呢，对不对？两个儿子呢？也让人家杀的杀了，乱棍子打死的打死了，就这么害着把一家人害没有了，绝了。

老奶奶最后语重心长地对我说，娃娃，我给你说，在世上活着，不易呀！

这时候，一只红冠子的野鸡从我们面前的地埂下跑过。老奶奶笑了，不说那过往的事了，却突然道，你看好看吗？

我重重地点一点头。

我也轻松了一些。

美丽的野鸡的尾巴闪烁一下，瞬间不知去向。

我抬头望着远处连绵起伏的山峰，那山峰的峰尖饱满、恬淡、祥和、宁静。

老奶奶说，老古时候，人手多的人、坏人，就把老实人、好人统统给害死了。一个皇帝，如果分不清人，那老百姓可就要遭殃了！真格的，那时候被害绝了的人多得很！娃娃，我给你最后说，越是坏人越装扮得像一个好人，越是以一个好人的嘴脸出现。那些人如果把害人的心安下，就把人害死了、害了了！

我无言以对，只久久陷入沉思。

结尾的话

这篇文字写出来已经数月有余，多次想给老奶奶捎个口信。但是，很久我都没听说有熟人到那深山里去。那深山里呢，至今尚不通信件，也没有电话。

我自己写这篇文字，不图什么意义。我觉得世上事，本都没有什么意义，只是分析的人多了，便有了意义。所以，我就是想把这篇文字捎去一份给那老奶奶，求得她的斧正。同时呢，能博得老人的一笑，足矣！

这样一来，也算是我没辜负一位老人的嘱托，只要想象一下她那笑时突然漏风的牙齿，我就十分地开心！

那些猫

男不养猫，女不养狗

——民谚

我，一乡下女子，后因命运，嫁到了一座小城里。在这小城，我识得一位美丽的女性，我们结为异姓姊妹，我称她为干姐姐。干姐姐面容姣好，可谓精美绝伦，为人柔和却不失大气。她算得上一位知识性女性，灵气、秀逸，在一些琐事的处理上，那气度，啧啧，即使男子汉大丈夫也及不上她。干姐姐的感悟极好，喜欢读书，每读完一本书她都能够讲出许多独到的体会来。另外，在她的身边发生的一点一滴，通过干姐姐的观察，再经她的亲口讲述，就总是能让人感受到许多恍然大悟般的明白、透彻和新鲜来。

有一日，干姐姐对我讲到关于她家养过的一只名叫犊子的大花猫的故事，从这只花猫又引出另外的猫的事儿。我听了，觉得跟我在别人文章中看到的，以及听到的不大一样，于是遏制不住强烈的心情，决意把它给大家学着干姐姐的样叙述一遍。

那天黄昏，我跟干姐姐在河边散步，不知因何，她开始讲起了那只大花猫的事情。她说她从来没有见过那么壮的一只公猫。我有些惊奇，就问干姐姐那猫的来历。

她告诉我，说有一天，我弟来我家，他出门走时，一开门，突然一只猫自己就跑到房子里面来了。因为别人都说，猫是招财的，所以我们就把这只猫留下来了。她说，当时，这只猫还小呢，是一只小花猫！

是只野猫嘛？

嗯，也许是别人养下的猫，丢了，它找不着家门了，就跑到（我们）家里来了，大概是七八年前（的事情）吧。干姐姐的声音婉转。我跟听音乐似的。她突然止了讲述，扭头问我，猫能活多长时间？

我在心里徘徊一下，拿不准，便努力做出考虑的样子说，哎呀，大概就是个十几年吧！

没有十几年吧？五六年就是老猫了，七八年就跟人的一百岁一样。干姐姐否定了我。我想，既然她知道，干吗又要问我？也许猫的品种不同，身体素质的差异等，使寿命也有所不同吧。在猫的寿命这一点，干姐姐自己可能也还有些疑虑呢。反正，我是不知道。

然后呢？我问干姐姐。

然后就开始养这只猫了呗，那时猫还小小的，一天活蹦乱跳的在家里面，因为太捣蛋了，我要上班啦，它就在家里把那些（东西）抠得乱七八糟的，哎呀把床上的好多东西，比如毛线啥的都拉到地下。匪得很，公猫嘛，匪得很！最后，没办法养了，就抱到我妈那儿了，给我妈说，跑来了一只猫，不行就留下去，招财猫嘛，最后就放到我妈那儿了。嘿嘿，一般，我们家的猫啊狗呀，不想养了就都送到我妈那儿去，干姐浅浅地笑笑，我妈就给养上了，也不忍把它们往出撵，你想，撵出去就成流浪猫了，不是饿死，就可能会被车轮碾死，反正天灾人祸的，难逃厄运，就这么把它给养上了。

后来呢？我问。

后来，有一段时间我没有去（妈妈家），等我再来的时候，发现（那只小猫）变化特别大，就成了一只壮年的猫，一只青年的猫了，它长得就像那种加菲猫一样，胖胖的，耳朵都看不见了，身子也壮得很，由于到这里以后，给它惯的毛病不好，就是每天光吃那香肠，干姐姐的讲述变得曲里拐弯，迂回盘绕，起起伏伏的，说一天早一个，中一个，晚一个，每天要吃三个香肠，一个月就批一箱子那个香肠，专门就给它吃着呢。嗨，吃香肠都不好好地吃，都是饿了就回来了，回来了都不进房子，回来了就站到我妈那个院子有一个水泥的柱子搭起来的一个框框子上，那个框框子是架葡萄用的架子，它从房顶上下来，就站到那个水泥架子上——大概有门框那么高——就在那儿喵喵喵叫着，我妈就知道，这是犊子（猫的名字）回来了。反正我记得有一次，干姐笑一下，继续说我正好过来了，我妈就把那个香肠剥开来对着猫叫。

然后呢？我问干姐。

我说，妈你干啥呢？

我妈说猫回来了，吃饭来了，然后那猫还是不愿下来，你想那猫都懒成啥程度了，连从水泥框子上都不下来，我妈就给拿了个碗碗把香肠盛上，然后给它放到那个高高的框子上，这才看着猫在那个框子上把东西吃完，吃完了香肠房子也不进，就连框子也不下来，调头就走了。一整天就都见不着它的面。唉，这猫在年轻的时候几乎就是一个野猫，因为公猫嘛，反正老在外头呢，哎呀，我想那个家伙在最厉害的时候，肯定把那些母猫全部都震撼了，骨骼长得也大，就像一只小老虎一样，那种感觉，你从那个外表上看，好威（风）的呢。我因为好长时间不见，有一次我见了以后，奥哟这猫长得那个大呀，出奇的大。我以前也养过猫，但是我觉得这只猫特别的大，我觉得它在青壮年的时候，哪个公猫都比不上它。干姐姐欣然的样子。

然后呢？我问。

然后？因为它经常吃香肠，对别的东西根本就不感兴趣！

对别的东西都不感兴趣吗？

干姐姐没有直接回答我，说记得我妈说起：门前的田里有一个老鼠洞——因为妈妈的房子前面辟有二分田，田里面有一个老鼠洞，经常有老鼠出没，我妈就买了个老鼠夹子，因为这只猫也不抓老鼠　，经常给喂香肠，有现成的东西吃，所以时间一久那种野性就慢慢退化了，干姐姐嘻嘻笑一声，说你看看　，养的猫还买的老鼠夹子。她说，老鼠夹子放在了那个老鼠出没的洞口，然后在夹子上又放点老鼠喜欢吃的东西。大概过了一两天的工夫吧，结果果然就给夹住了一只老鼠。

真夹住了吗？我有些激动。

夹住了，干姐姐说，那只老鼠还非常“鲜活”，为什么要说它“鲜活”

呢，因为发现它的时候，它并没有死，只把一条腿子给夹到上面了。干姐姐说，我给你讲，它不是说给夹住了头呀什么要命的地方，不是，只是腿子受伤，完全是新鲜的猎物！

然后呢？

我妈就把老鼠夹子弄起来，拿下了老鼠，干姐姐说，拿下来以后，正好大花猫回来了，咪咪我妈就叫大花猫过来。

猫就过来了，那阵那只老鼠虽然奄奄一息，但仍然还活着呢，猫过来闻了一下，闻了一下调头就走开了，走掉以后，我妈就把那个老鼠用了一个棍棍子又往它（猫）跟前这么拨拉了拨拉。于是这只猫调过头来又闻了第二下，闻了第二下以后不要紧，结果一下子仿佛把它给弄潮（恶心、难过）了，就开始狂吐 ，潮（恶心）得实在不行，它就吐呀吐，吐吐吐，结果越吐越厉害。

吐的时候是啥样子？我问，跟人一样吐呢吗？

就是跟人一样吐着呢，干姐格儿格儿笑笑，比划说（猫）身子后面的东西感觉都跑到（身子）前面去了，像是肋巴就这么朝前壅着呢，吐得一塌糊涂，我妈给我讲的时候，哎呀把我给笑的，这猫就是让人惯成这样子的（不吃老鼠）。你说，世事不一样了，过去的猫都抓老鼠呢，现在的猫都不抓老鼠了！干姐姐接上说，过去我养的猫个个都抓老鼠哩，记得我以前养的那些猫，抓老鼠都特别精彩，哎呀，那我都是亲眼见过好多次的！干姐一个劲地感慨。

你以前养的啥猫？我问。

啥猫都养呢！我最精彩的是养过一只波斯猫，那只猫浑身都是白色的毛，然后一只眼睛是黄的，一只眼睛是绿的，但是这种猫呢，听力都不太好，百分之九十九的这种白色的猫——我听别人说的啊——都是聋子，不知是不是真的。但是这只猫确实听不见了，这只波斯猫也不抓老鼠，确是特别漂亮，尾巴特别粗，因为毛长，就像一根鸡毛掸子一样，噢哟太漂亮了，这个波斯猫，唉，后来这只波斯猫就丢掉了，就是因为它耳朵听不见，跑出去可能是被谁、被什么人给抱走了，当时这只猫还生过一窝小猫。这个猫生的小猫是什么样子的？干姐姐自问自答，说和别的普通的猫在一起以后呢，它生的这个猫——比方说它和狸猫在一起，生下的猫，就成了狸猫的毛，但是眼睛一个是黄的，一个是绿的，或者是一个黄的一个蓝的——就是说，有一部分，就会继承了波斯猫的基因。

干姐姐顿了顿，说在最早的时候，我们家在部队上，也养过一只小猫，记得那阵，我们家对面是一片田，然后田里面用玉米秆子搭的棚子，里面扔了好多玉米棒子。哎呀，我记得那只猫是只母猫，每天都跑出去，听我妈说是谈恋爱去了，但我没有看见，只在夜里听见过它们追逐时发出长长的叫声，怎么那么吓人呀，听得心惊肉跳的！

我问，你说的这只猫也是只波斯猫吗？

不是，这是（波斯猫）以前（养）的（猫）。

以前养的啥猫？我问。

以前养的就是那种普通的猫，就是养的那种家猫，但这是一只母猫，生下的猫可心疼了！

啥颜色的？我问，似乎颜色显得莫名重要似的。

身上好像黄一片，白一片，干姐姐不急不躁地讲。

就是一只花猫？

嗯，就是一只花猫，但我给你说，那是一只母猫，哎呀，每年都要下一窝或两窝小猫，那时我小，（猫）身上的花纹我也记不太清了，哎呀它下的那个小猫，好心疼的，我亲眼看见那些小猫啊，刚生下来是个啥样子的，湿乎乎的，小嘴红红的，小牙齿嫩嫩的，太心疼了，舌头尖尖的。刚生下来的时候，老猫就在小猫身上舔，把它们身上的那些东西啥的就都舔得干干净净的了，然后那些小猫慢慢就都变得毛茸茸的了。噢，那个小猫吃奶的时候，把两个前爪子这样，干姐姐示范着，就这样放在老猫的乳房上，小嘴衔住老猫的奶头，用两只小爪子就这么往出挤奶着哩，就这样、就这样挤着吃。干姐姐一面学样，一面再次说，就这样挤着吃。她说，一般母猫一生小猫就生五六个，猫奶头一般总有七八个哩吧，好像是八个还是六个，反正要是生四五个小猫的话，同时就有四五个小猫趴在它妈妈那就这么挤着吃，嘿嘿，干姐姐笑一笑。

就这样压着挤（奶）吗？我觉得干姐姐把猫说得跟人一样。

干姐说，嗯！

干姐哼哼地又笑了一下，仿佛回到从前，眼见了那群可爱而蠕动着的小生命。那时，她说，我们家在部队上，那些部队上的小猫多半都是我们家的这只母猫生的，只要一生下以后，就开始给别人送。那个小猫，在成长的那阵，就开始吃老鼠哩。哎呀，猫抓老鼠的时候精彩得很！

咋（怎么）精彩的？你说说。我有些亢奋。

嗯，干姐沉吟了一下，接上说，比方说它发现了目标以后——猫走路的步子特别轻，特别地轻，姿势也特别优美的啊，现在那些模特，为啥说是走的猫步呢？就是走得特别轻盈——它就谨慎地往跟前走，等走到你跟前去一点响声都没有。

哦！我沉吟一声。

就是的，干姐姐讲，等锁定目标后，它就悄悄地慎（蹲）到那里。

我问，啥叫慎在那里？

她说，等着伏击哩，就是屏住呼吸，全神贯注静静地蹲在洞门那里盯着洞穴，等待老鼠出洞后，来个突然袭击！我给你说，猫抓老鼠是有它的一套办法的，干姐有些郑重其事，我不是给你说了嘛，比方说今天，这只老猫（就是最前面讲到的那只公猫，如今它已经老得跑不动了）呢，不是在沙发底下听见什么动静了嘛，然后它就悄悄走到跟前，那阵我觉得那种野性的东西好像又出来了，仿佛被啥东西给唤醒了，天性的东西一下子又回来了。她说，可是它刚走到跟前，结果被那个木浪子（妈妈家里养的一只小狗狗），给搅和了。木浪子跑到沙发跟前，汪汪、汪汪，汪汪汪，对着那里开始一阵猛叫，结果啥东西也没了，即使有什么也早就给吓跑了。

干姐姐接上前面的话，说猫抓老鼠的时候，一般就悄悄地慎在老鼠的洞穴那里，慎在那里等着目标的出现。记得以前，我养的抓老鼠的猫，比方说待目标出现后：通常情况下，先猛地上去把它（老鼠）给抓住，想办法先把它给抓住，用最迅猛的速度，只要能把它抓住就算大功告成了，老鼠也甭想再逃脱。

干姐姐说，猫抓老鼠的时候，一般是先从老鼠的脖子下口，用牙齿把那个老鼠的脖子卡住，叼着它找到一块空地，把那个老鼠放到那块空地的中央。干姐姐加强语气说，哎呀我觉得这时是猫最享受的时节，它把老鼠放到空地当中，仿佛细细地观察和研究着。

叼到地的中央干吗呢？我问，感觉有些茫然似的紧张。

干姐姐说，如果猫还想玩这个老鼠的话，那么它在叼住这个老鼠的时候，就不会太用劲的，只需把它控制住就行了。干姐姐说，猫把老鼠放到地的当中以后，如果它饿了，它就直接几口吃掉了，要是它还想再玩一玩这个老鼠时，就会把老鼠含到嘴里，故意把它放在空地上，盯着它，看它往哪里跑。

此刻，干姐姐语速加快了，说老鼠显得非常恐惧，一般都是一经翻起就拼命地跑。猫儿呢，就在一旁看着它往哪里跑，只要一跑，它（猫）就唰地上去了，速度快得很，上去拧住以后，又把它放回刚才的地方。老鼠根本跑不掉，都在猫的视野和控制范围中呢，怎么能跑掉？根本跑不掉。干姐姐接上说，老鼠抓回来放到原地以后，老鼠就又照旧跑，跑上那么几次以后，老鼠就晕头转向，像是有些说不出的沮丧和无奈，索性就瘫软在地，乃至于装死，原本也是跑不动了，因为每次当猫用牙齿和锋利的爪子抓住它的时候，有时轻，有时不是轻的，出手会很重。倘若老鼠反抗得凶，猫就咬得凶，有时就咬死了，咬死了，它就玩不了啦，就会吃掉它。猫也喜欢和老鼠玩，一直把它玩完，玩死以后就开始叼着它躲藏到一个没人打扰的地方去享用。

老鼠在筋疲力尽的时候，猫是不是就开始吃它咧？我问。

当然，干姐姐说，猫是有一些野性的东西在骨子里头的，它放老鼠跑，就是好一次次地再去猎取它，这时那种野性的东西和天性就会被释放出来，猫就是在享受这种（戏耍、玩弄、折磨老鼠的）快乐过程，享受这种野性的乐趣。

听到这儿，我就在心里升起一丝莫可名状的滋味！

干姐姐依然故我地反复描述猫捕鼠的过程，说直到这只老鼠跑不动以后，猫还要走到跟前用爪子这么拨一拨，拨着让它跑，老鼠没劲了，但是猫拨着让它跑，就像拨毛线疙瘩一样地拨，拨着拨着，有时用两只爪子撩起来，撩起来再耍一耍，一直耍到老鼠自己简直都想自杀的时候，猫才开始吃呢。她说，猫吃老鼠的时候是特别讲究的，它不是说随便逮住哪里就吃，它先是把头一口咬掉，先从头开始咔嚓咔嚓地吃。

我倒抽一口凉气！

干姐姐说，（猫）吃老鼠的时候，嘴两边的牙齿轮流嚼，声音清晰可闻，然后一直吃完老鼠的身子，最后留一根鼠尾巴，临了就连那根尾巴也嚼进去，一点一点地吃干净了。猫专门是吃老鼠的，干姐姐补充说，这叫一物降一物，蜈蚣把蟒捉！

我哦了一声。

干姐姐感慨地说，但是，你看看现在的猫，经过人抚养以后，它们已经把那种野性的东西都退化了，没有了。她又变换了一下口吻道，当然，它的另一部分野性依然还存在着呢。比如说，猫从来都不好好在家里呆，每天都要出去溜一圈。记得以前我来妈妈那里，常常都是见不着那只花猫。为什么我说等有一次我去以后，竟见那猫突然变得那么大，都有点吓人的感觉。另外，每次我去以后，想到它跟前看看它，可它就是不让我到它跟前去。不像以前我养的那只波斯猫，我坐在床上，或坐在沙发上，它经常就爬到我的腿上，钻到我的怀里，喵喵叫着，蹭一蹭。当你用手这么一摸它，它就会感觉特别舒服，亲昵地叫着。不像那只公猫，从来都不可以把它的爪子摸一下，纯粹不让摸，你一摸它就会躲掉，然后见人赶紧就跑，只有见我妈不跑，至于别人根本不让动它。这只猫跟别的猫还是有些不一样，就是有一种野性的东西哩。

你说的就是妈妈家里现在这只公猫吗？

对，就是的。她说，以前养的那只波斯猫乖得很，你一叫它，咪咪过来，就过来了，走到你跟前，尾巴直直地竖起来，你摸一摸它的脖子底下，它就脖子伸得长长的，就像天鹅一样。干姐姐说，有时它走到你跟前，尾巴就弯过来，再弯过去。而这只花猫不一样，你就根本不能靠近它，不让你碰。但是现在，它那种能量、那种野性的东西几乎已经没有了。

你是说经过喂养，野性就没了吗？

不是，即使在喂养的时候，这种野性也一直都存在着呢，主要是天天晚上都出去了，释放到外面去了，因为它是只公猫嘛。在家里，只不过你对它越好，它就越懒惰，你让它过得越安逸、舒适，它那种锐气和锋芒就丧失得越快。唯独能看到它天性犹存的一点是，天天晚上都跑出去，因为是公猫嘛，不像那些母猫，多时间在家里呢。干姐姐感慨不已，人家都说，养公猫就是野得很，就跑出去了！

它跑出去主要是干啥去了？我有些好奇。

不知道，干姐姐淡淡地说，也许跑出去找对象去了吧！

我缄默不语。

干姐姐说，这只猫以前有段时间看上去颜色并不花，满身是金黄色的，跟加菲猫的颜色一样。

现在呢？

现在老了，噢哟，突然感觉这只猫的毛啊——在不知不觉中，由原先的黄色杂七杂八地出来一些白毛，然后越来越白，越来越白——因为它老了，跑不动了，整天盘成一团呼呼大睡，经常见它，你可能感觉不出来，你只是觉得这只猫变白了。可是我们亲戚朋友家的那几个小孩子来了以后——因为他们经常不怎么来，有一天小孩子们突然发出一声惊讶地叫声：噢哟，这只猫咋变成白猫了？就这种感觉，因为小孩子跟大人不一样，以前他们见过它是黄色的。

现在的毛呢，全部都变成白色的了？

没有，脸上还有点黄，然后身上的毛全部都白了，干姐姐说，老了嘛！

老了，身上全部都就白了？

就是，老了跟人是一样的，老了……就都白了！干姐姐说。

老了是不是给人一种老态龙钟，一种十分苍凉的感觉，还是一种成精了的感觉？

我觉得，这两天它的状态还挺好的，因为这只小狗狗（木浪子）来了以后，我觉得对它是一种保护，因为它渐渐老了，但它还是有一种爱出去的习惯，也许是和外面的那些野猫，以及那些公猫争风吃醋打架的，脸上伤痕累累的。有一次，我过来的时候呢，发现这只猫耳朵的拐角被咬掉了一半，咬掉了一个尖尖子，等又过了两天呢，它的一只眼睛还淌水水着呢。我妈说，哎呀，这只猫的眼睛可能要瞎哩，老了眼睛可能要瞎。噢哟，我就看见那猫的一只眼睛的眼皮肿的，眼珠子就像陷进去一样。其实都是别的猫打的，因为它老了，打不动了，别的年轻的公猫就占了上风，它就从墙上的洞里逃回来。它过去年轻的时候，只要在家里，我估计别的野猫是不敢进来的。可是现在呢，它老了，别的野猫就经常来了，你要是晚上把那个过道的门开开，那些白猫、或者黑猫，或者花猫就都来了，跑到沙发上睡觉，人一来那些猫就跑了。花猫呢？它却不在，等于是人家给把它撵走了，把它的地盘给占领了。但是自从这个小狗狗木浪子来了以后呢，那些野猫反正我是一次都再没见过，而且呢，猫的伤也都恢复了，眼睛也奇迹般地好了，耳朵也好了。平常猫脸上那个伤呀，有一段时间，有一只腿子，前面的一只腿子伤了，它那个腿子细细的，伤了那么大一块，然后走路都是三条腿走着呢，那个腿子就不能落地。

瘸了？

嗯，结果现在竟然养好了。干姐姐说，记得受伤那段时间，猫瘦的呀，根本没有它以前的那种风骨了。对，以前是特别雄壮。然而即便如此，我觉得猫的那种轻盈的感觉还是在的，噌噌就上柜子去了。自从这个小狗狗来了以后，每天也把它欺负得不行，小狗狗到这个地方的时候，已经是由一只小狗娃长成为一只成年狗狗了，它从来都不出去，从来都在家里呆着，所以几乎没见过同类是什么样子的。过去，就是在家里的时候，给它准备的一个毛绒玩具，它经常把这个毛绒玩具就要得呀、咬得呀，有的时候就骑在那个玩具上，就像是在做爱一样的。干姐姐笑一笑说，自从把它带到妈妈这边以后，那个玩具就再给它没有带过来，它就把这只猫逮住那样要着呢。但这只猫，有时候也厉害，就不让它到跟前去，但是它总是寻着空子就溜到后面，猛地跳上去，也就是乘着猫不注意的时候，猛地跳上去。它只要跳上去把这只猫一抱住，这只猫就动不了了，它就在后面弄，就欺负这个猫。

干姐姐停顿了一下，说这个猫有时也烦得了不得，就发出那种“哇呕”的吼声，或者“啊”那种声音，喊着吼着让它走开。但是狗狗不管它，只要它自己一过完瘾，一要高兴了以后，撤退的时候就特别迅速，因为它撤退得慢了以后，虽然这只猫老了，但是一爪子上去就打到它脸上了。猫爪子特别厉害，锋利得很，猫的爪子的指甲和狗的爪子是不一样的，一下子就把皮撕破了。所以，这个小狗狗每次高兴完了以后，撤退的时候就速度特别快，一个旋转就跳逃开了，每次都要这么转一圈，就跑远了。这只猫就抓不到它。但是有的情况下，这个狗是抓不住猫的，猫就噌噌地跳到凳子上，再跳上窗台，上了窗台狗就只能望而兴叹了，因为它毕竟没有猫的那个本事嘛，比如爬树呀上高呀啥的，狗在这方面就比较笨蛋！

它没有这个本领　！我笑着说。

就是没有的！干姐姐有些自豪，说但是呢，自从这个小狗狗来了以后，这只猫的那些伤渐渐也养好了，好像别的猫再也没有欺负过它，这也可能就是这个狗狗看住了家的原因。家就是需要给看住的。

是不是可以这样讲，狗狗呢，既从猫这里得到了一种乐趣，但同时又保护了它？

就是的，而且后来这狗狗，为了教它在外面拉屎、尿尿，每天晚上吃完饭以后就带它出去在渠沿上溜一圈，在这个溜的过程中，有时也碰见一些狗，我觉得一个也可能是主人用绳子拉着，另一个我觉得小狗狗好像是对它们没有对这只猫那么感兴趣，干姐姐自己也觉得好笑得很，情不自禁地格格格地笑了。

它对别的狗有点恐惧，还是没有兴趣？我问。

也有产生兴趣的，但是一般见了以后，冲到一起，就是以狗的方式打一下招呼，或者对望一望，或者简单地玩一玩，闻一闻，见面问个好，然后就各走各的路，走掉了。但是它对这个猫却兴味盎然。有的时候啊，猫的心态是特别烦它，你知道吗？因为猫老了嘛，可是狗要老是纠缠它，它就非常烦它，有时候猫就跳上去坐到凳子上，一上到凳子上，狗就够不着了。有的时候，这只狗在下面看着这个猫，特别想和它在一起的样子，它看着看着就浑身发抖。那种样子，就像是狗狗想要吃东西的时候，你却不给它，它就是那种情形，焦躁不安，可怜兮兮的。但是这只猫呢，纯粹没有这种心态。狗狗呢，是想要和它耍呢，想欺负它呢，可是猫在上面，狗狗在下面看着看着，鼻子里面就发出那种哼儿吱儿的声音，还不是狗叫的那种汪汪的声音，啊，你知道吗？

我若有所思地点点头。

哼哼，干姐姐再次情不自禁地笑了。她说，话说回来，虽然狗狗每天也欺负猫呢，但我觉得这只猫和这只狗，实际上也挺和谐的！

因为它们已经习惯了、融洽了！我说。

嗯，融洽了，干姐姐说，我今天吃完晚饭之后，把凳子专门在暖气边放着，那只猫就卧在凳子上，我过来又把那个猫细细端详了端详。这个猫小的时候人还可抱抱它，但是年轻的时候，它就是饿了，过来吃完东西就走了，从不让人靠近它，所以今天我坐近它，它的头还这样甩着，躲我着呢。你看那个狗，说时迟，那时快，猛得很啊，噌地一下就蹿到猫跟前来了，鼻子就搭到猫的身上闻着，但是又不敢停顿的时间太久，太久猫的爪子就上来了，它闻上几下就火速闪了。

闻啥着呢？我问。

就是在猫的尾巴跟前，把鼻子埋在脊背的毛里面乱闻。干姐姐说，它就喜欢闻猫身上的毛呀。

噢！我想了一想。

还有什么问题。干姐姐问我。

我摇摇头。

干姐姐打了个懒腰问我，几点了，显然她有些困了，倦倦的。我们折过来，又往回走。堤岸下的水哗啦哗啦地摇荡着，这时，一位很时尚的女人牵着一只雄壮的狮子狗溜达过来了，那狗一会闻着地上的草棵，一会闻着女人的裙裾。

干姐姐怪谲地瞥了我一眼，笑一笑，我们就和那头看上去极其勇猛的狮子狗，还有狗的美丽的主人擦肩而过了。河里的水依旧响着。

沙沟人

将头伸出车窗，感到空气里雨前的那一丝凉气轻拂着人的脸。两个多小时的崎岖颠簸的山路行驶，班车终于停了，我随着这里的乡民第一次走人了这个西海固哲派的中心地沙沟。

刚才在临近沙沟乡政府旧址的旁边，我特意看了看沙沟穆民们举行圣典活动的清真大寺，仿佛能促人想象这里诸多的形象。

牛娃子最后一个从车上下来，他操一副西吉南杆话问我，呕（看）我们沙沟咋样？我顺口用西吉北勺子话说，好着呢嘛。

牛娃子是我在新疆伊犁的一个车马店认识的朋友，他跟我在新疆闯过一段时间，常常爱给人提自己的家乡沙沟。其实沙沟这个位于西海固腹地的回民哲派聚居地，在张承志的《心灵史》里，人只是觉到她磨难、神秘而又似一个无法面世的幽谷。

牛娃子指着背靠拱北的那座看似圆得有些“独特”的山峰道：“你看，那个是拱北梁，”接着又一指面向拱北梁的另一座山道，“那是阴洼山，你细细看，你看一周围的山都朝沙沟扑抱。”他用手做一个搂抱姿势，“你还别说，这可是个出官、出人才的地方呢。”牛娃子面呈得意之色。

在西吉县城听一位老人讲，这里出过回民哲派的领袖人物。说，想当年，回民骑兵团的马思义弟兄，号称“西北五省的狼儿子”。连毛主席都亲自接见过他们。

牛娃子用手指了指左面一座砖砌的大院道：“那个就是沙沟家里（教主家），我常常给你提到的那一个。”牛娃说的时候，有种神圣而肃穆的庄严感。我就用力地看。墙有些高，什么也没看见。

在新疆，牛娃子常常提起沙沟家里，提起张承志的《心灵史》，他一说起这些就显得骄傲得不行。我就想，如果有机会一定要去沙沟里看看；我觉得外面许多人都把沙沟传说得很妖道，说沙沟就是“杀沟”。

而今天，我却真的走进了沙沟，心里说不清有些啥感受。

记得在新疆碰上牛娃子后，一次，我们在乌鲁木齐汽车站准备坐车去石河子。那天，好像没日头，天空掉着零星的雨点。我和牛娃子都背着包，无论从说话还是从穿着来看，皆是外乡人的样子。而我说着半生不熟土洋结合的普通话，话尾还挂着一点老维族的味道。其实，我是正儿八经的东乡人。

不巧，来麻搭了，一个维族棒郎子，摇着醉步，乜斜着跟珠撞了过来。我急忙用一招“千斤坠”提开了牛娃子。

那人把夹在腋下的空酒瓶趁机抛在地上，碎了。

他见我气势张扬，便把一根指头捣人嘴里，吹了几声口哨，尔后，向周围不安地看。当他听见杂沓而来的脚步声渐近之后，才朝我们走过来，要我们赔酒。其实，瓶里哪里有个酒呢！

随后，从旁边的回廊与商店里，冲出来一杆早已埋伏好的人马，为首的是一个瘦高个、蓄着大胡子的家伙。大胡子领着众弟兄，如电视里的打手样，一步一步逼过来，接着，用一个巴掌拨过了那个维族棒郎子，对准了我们。

我的心开始在偷偷地狂跳，跳得人有些双手拿都拿不住的感觉。

对方有人拔出了闪着寒气的匕首。对这些人我了解，他们绝非是在吓唬你，他们会将你搞得惨不忍睹。我虽是在妖魔山学了一点点擒拿格斗，但依然觉得一种孤立无援的恐惧在追击我。此刻，我心中筑守的阵地，在一点点地失陷，我回头看了一眼衣衫褴褛的牛娃子，他蓬头垢面，瘦精精的样子显得很渺弱。那渺弱让人想到一只蚂蚁。他卷起的裤管上尚积存着昨日打工盖房时溅落的泥巴。此时，他的脚上正穿着娘为他做的从沙沟背到新疆的那双衲底布鞋。

我从牛娃的眼里看不到有任何血色的表情，我担心我保护不了他，而一再地自责和悲哀。我又觉得这是牛娃子极明显的外地乡下人的打扮所惹下的祸。

我生着气。

有一把刀子已经充满着杀气逼过来了，那刀尖上闪烁着灼人的疼痛围绕着我的左眼珠旋转着，我立刻想起了电影《神秘的大佛》里那个被挖出眼珠的镜头。

我的心仿佛被一根细如游丝的绳子拴着抡圆在空中，似稍有不慎，绳子就有被摔断的可能。

时间在瞬间凝固了。

我想，我宁愿让对方挖下我的眼珠，也要保护好牛娃子，一个比我更渺弱的出门娃。这样惨重的付出我能做到吗？我做不到。我应该退到后面，让我们两个人来共同承担这次事件。

然而，牛娃子在我思想的那一闪念里，竟迎着锋利无比的刀尖冲上去，挡在了我的前面。

我当时不敢相信，这会是这样一个娃娃做的。你们知道吗，冲上去，面临的是什么啊？是牺牲。

但我最终想到了，一个地方的名字，我感到“沙沟”这名字，开始在我胸中如一股烈焰在喷射，在燃烧。

牛娃子倒在了血泊中。

我的心倒在了血泊中。

那伙人被牛娃子的毫不退却的壮举吓跑了。我感到那帮人竟也是那么的渺弱。

牛娃子的血流了差不多有半洗脸盆子，脸上更加的没有血色，似乎从外在能透彻到他的骨头。

我想，我在那一刻，我犹豫了。我惜了我自己的命。

人是惜命的。

其实，现在看来，我觉得我的命已经显得不那么值钱，不那么值得人珍惜了，不具备珍惜的价值和意义了。

在乌鲁木齐东环路的“怀仁堂诊疗所”，牛娃子躺在病床上。他昏迷着。

可是，我的良心似乎被狗吃了。一是需要的钱有些多，二是假如牛娃子有个三长两短……

跑了算球了，跑了算了，跑了落个干净。我几次在心里这么说，跑啊，快跑啊，你咋不跑呢？不跑是要受连累的。

牛娃子几次在抢救过来的一刹那间，都冲我轻轻地那么一笑。那一笑，却如一座山样令我高不可攀，重不可负。我分明在喘气。

那一笑，笑得坦然而无怨悔。

我去卖血了。我觉着我的心没有那么好，我只是做着我该做的。因为，今生今世，我不想欠别人的太多。

是“怀仁堂”救了牛娃子的命。

从此，我认识了牛娃子，我也开始苦苦思索“沙沟”这个名字。

在很长一段时间里，我不敢面对牛娃子的目光。我用低头来避开他的视线。

沙沟，这个遥远但多么令人想一睹其脸面的名字，深深动引着我。这个愿望终于在我在新疆无法闯荡下去时实现了。

乘上这里的班车，我在心里默祷：宁夏，我来了。西海固，我来了。沙沟，我走近你了！也许心里多么复杂，多么无奈。在驰往这里的班车上，我深切地感受到黄土高原一如母亲的身体样亲切而温暖。

我决定留在这黄土的浪涛里，不再涉想外面的世界。

我和牛娃子顺着沙沟的那道红沙石沟向东沟进发，沿途经过了肿疙瘩滩。半人高的席芨摇晃着他们毛辣辣的头颅。

我有些想哭。十多年流浪的心事化做一汪汪动情的伤悲。

天上飘起毛毛细雨，牛娃子走到路旁的一垛席芨旁，脱下母亲的那双衲底布鞋，和着一股席芨捧蒙到脸上哭了。他的脸上分不清是泪水还是雨水。牛娃嘴里喃喃着：我回来了，咋又回来了呀……

声音竟是那么的凄酸。

但见脚下是一条大小石子红胶泥疙瘩的便道，身前身后是一座更比一座高的雨雾茫茫的大山。

一路上，没碰到一个人。

我们又加劲走了起来，牛娃子开始一句话也不说了，我有些莫名的压抑。我咳嗽几声，开始寻找话题来打破这怕人的恐惧：“这沟咋这么深？”

“咋喽，你怕啥呢嘛，哦我们沙沟的人不杀人。”说罢，他冲我斜眼一看。

“嗳，你这啥话嘛。”

前面豁然开朗，出现了一些杨树、柳树，好像还夹杂着一些杏树。细看，是个村庄。我高兴起来了了。

阴霾的云霭向远处的山梁沟坳漫延，像是要下几天雨的样子。村前的数里之遥有一条混浊的河流，我们走过一道歪柳搭成的木桥，见河面上漂泊着白菜叶子和牛羊的粪便，一股亲切的牲畜的膻气味儿扑鼻而来。远处，有几棵粗壮的柳树在一片碱滩样的河沿上孤寂地甩动着枝叶。

数十栋破烂不堪的泥坯的瓦房，随着起伏蜿蜒的地势，坐落在几道青红相伴的土壕沟的台沿之上，似一个隐居的别墅。山顶之上，一簇牛羊骡马混杂在一起，在看似光秃秃的地上啃着冰草。

牛娃领着我翻上土台，从一个塌陷的豁口里爬了进去，走进一个没有门的院子，但见满院散放着牲畜的粪便，以及蒿子根和一些零落的席茇。

牛娃子帮我拍打拍打身上的土，又象征性地拍拍自己的身上，就开始激动地冲屋里喊：“妈，我回来了，妈，来人了。”

我在院里正踌躇着，从房里走出一位四五十岁的大妈，她趿拉着一双圆口布鞋，戴一顶深口白帽，眼里挂着欲掉不掉的泪豆儿，颤声道：“是我娃回来了吗？”随之，就打量着我。

牛娃子先给他妈道了个色俩目，就急忙地介绍：“这是我一搭的（朋友）伊思哈儿。”又一指大妈道，“这是我妈。”我也给大妈作了一揖。

大妈接了揖道：“我的娃，看心疼么，快，两个到屋里暖暖身子，你看吵，都湿成啥了渺。下这么大个雨，你们也不到哪达避避，我刚睡着了，这两天头晕得不行。我这就收拾院里。”

“妈，你到屋里缓着，给我哈儿（乳名）哥哥把喝的倒上。”牛娃子进屋，将我让着坐下，就跑出去拿了扫帚扫院里的牛粪。

我听大妈在院里推牛娃，说她能收拾，她收拾了就去做吃的，让儿子照顾我去。

我有些难为情，走出来要扫院。大妈不让，将我又推进屋里，推坐到炕沿上坐下，

接着，欠了身子给我三两下脱了鞋，道：“看我的个娃哟，咋能让你做呢吵，要听话呢，快一下到炕上去，看小心冻坏了。”她手忙脚乱帮我脱了外面的湿衣服，又将我推上了炕，替我拉开了一床碎布片缀缝的被子，才出去做啥走了。

我用被子包了头，一股炕洞里沉闷的烟熏味窜入鼻孔。我的心却平静不下来，要是牛娃他妈知道儿子在外受了那么多委屈，知道为我被人捅伤的事该有多么伤心。于是，一些滚烫的东西堵塞到我的喉头，万千思绪紧紧地抽打着我。

不知何时，我睡了一觉醒来，翻身坐起，大妈胸前系着白护巾，正心疼地注视着我。桌上饭的香气袅袅地冒着，似乎有鸡蛋的味道。我感到饥饿的攻击，越来越紧迫。

大妈说：“醒了？见娃娃睡得香的，一直没舍得叫，快趁热吃；再不就绵了。”

“大妈，咱们一起吃吧。”我说。

“我们吃过了，娃娃都在伙房里吃了。”大妈和牛娃都这么说。

我信以为真，便蹴着那一方红漆炕桌谦让一阵，端起碗吃了起来。

那是一顿浇注着葱花的浆水面。我感觉我吃得很香。那面光硬似筋。我感觉我吸人口内的声响贯穿着整个屋子。

当我的第二碗饭吃到半拉，只见门框两旁及一方并不宽敞的窗口均都爬满了一张张蓬头垢面、黑得脱皮的娃娃的脸。我急忙跳下炕，从包里抓出一把洋糖给散。然而他们虎视眈眈地盯着我的手却都不敢拿。大妈和蔼地说：“这不是外人，拿去吃去吧……”当我正听大妈说话还没有反应过来时，我的手上已经留了一道带着污泥的血口子，显然是刚才那帮黑脸娃娃抢糖时留下的纪念；我就怀着莫可名状的心情上了炕继续吃饭。当他们一点一点地咀嚼糖时，目光却总是盯着我碗里的面，有几个孩子踮着脚尖，似乎在看我碗里的面还剩多少。

其中，好几个孩子光着下身，用双手抱着肚子。其中有两个孩子，抬脚看了看我碗里不多的面，竟然哇地一声哭了。然后，就有大一点的孩子朝门

外推拉哭得汹涌的孩子。

大妈走过来，笑着用巴掌轻轻拍那哭得伤心的孩子的身子，说："不哭，咱到伙房给我娃拿好吃的。"然后，大妈就拉了那哭着的孩子出去了。

牛娃嘴里只是一个劲地说："这些娃娃、这些娃娃……"就摇头叹息。

我无法再吃下去。我原本感觉是很"香"的一顿饭，在这时竟变得爆苦了。

我下得炕来，将剩余的饭端到一个舔着嘴、小得可爱但又看似异常志气的孩子面前，蹲下给他喂。他摇了摇头，一言不发，又看了看大人，遂将碗推到我的嘴边，然后，咬着嘴唇转过身背着手像个大人似的走了。

我看着那孩子沾满黄土的背影，觉得生活在繁华都市和那些有钱人家的孩子们的不可企及的渺小。

牛娃说："说句实话，咱们这里的人，啥时能吃顿饱饭，能美美吃一顿白面饭，算是在这世上没白活。"他又说，"刚才那碎娃娃四岁了，是我二爸家的，其他都是左邻右舍的。咱们这里的人大多都生活困难，山里干得连根蒿子也不长，粮食种进地里，发不了芽，发了芽却结不了籽。"

"你看见了没，那地都一块一块张着饥渴的口子，人一看就不由得心酸了。你发现了没，前几年咱们这里种了些树，麻雀还一群一群地乱飞呢，可如今，你还能再见到几只？走几十里也不见一只，上哪里了？你怕是没发现，那麻雀都跟着打工的人上新疆讨生走了。"

我沉重地笑了。

却猛然记起在发往新疆的快车车顶、窗邦处爬满了毛身纷乱叽叽呻唤的麻雀，打也打它们不走。它们用一双细枝样的爪子浅扣在车身上，不知如何能爬到新疆。

新疆的麻雀，那是一群来自西海固的求生族。

牛娃说，要是遇上庄稼好的年成，人们刚刚满心希望地等待着收割的欢乐，可突然来一场鸡蛋般大的冰雹……牛娃还说，他们这里的人无论多穷，客人来了一口水要给，一顿饭要给。他们总是把家里最好的吃头用头留给至贵的客人。就像清油、白面；只有念索儿或者客人来了方才拿出来。

我走出了大房，循着声音到了隔壁的伙房，见大妈正给那先前饿得大哭的孩子揩鼻。那娃不哭了，手里紧紧捏着半片玉米面饼子，吃得极其的香甜。

我出来，在院里站了一阵，透了一会儿空气。

雨停了。一缕淡而无味的阳光从云层里翻出来，斜射在牛娃家的大门口的场沿上。院子里一洼一洼的积水像少女的乳波，一圈一圈轻微地荡漾开去。那水倒映着牛娃家的崖背头顶，还倒映着沙沟上方的那一片刚刚晴过的蓝天。

我说："牛娃，咱到外面走走。"牛娃就跟我往出走。

大妈跟出来说："你们怕是心慌了吧，到崖背头顶的山上转去啊，转一会儿就会好些的。"

我们应着走了。心中却想，这些人每心慌了，就到山上走一走，看一看外面的世界，便会好些吗？

那山好像一位老人弓行的脊梁，下了那么一大阵雨，山上只像打了个潮气。我们边走边说话。牛娃说他小学毕业那年，庄里人给他说了个媒，对方是河那边的。家里人不放心，还专门把他两个叫到一搭学川里（城里）人瞅了一下。说，就都瞅中了。牛娃说那次他妈到他三爸家借了几颗鸡蛋（他家没养鸡），让他拿到海原李俊的集上卖了，给那女娃买一个上面绣着一对鸳鸯的手绢，剩的钱就称了不到一斤盐，回来时手绢装到衣服口袋里怕飞了一般，一直用手捂着，路上几次想看，都没有敢掏。他说她长得在他那时的眼里跟个仙女一般，他躲在门背后。说他几次走到她跟前，她就把头低倒，脸拿个红围巾蒙了。他觉得那手绢都被他快捏出汗来了，可就是寒碜得拿不出手。后来，他感觉他捏的不是手绢，而是一颗烫手的心。于是，他就鼓起勇气塞到她的手里。她接下了，怕人看见似的一折一折吞进了手心的深处。

牛娃说，那一阵，他感觉到有一种大丰收了的幸福。

我还想继续听下去，可牛娃却陷入一片沉思。

一路上我们走走停停。在某种角度里偶尔能看见山下零星孤凉的房舍。远处，一层又一层的山峦像黄色的海浪，翻滚得人的心想哭却哭不出来。那一阵，人觉得银川，兰州还有乌鲁木齐，等等都变成了遥远的天外世界。

牛娃子用一双平静得水面样的目光望着我，渐渐竟使我感到一种被收容的皈依。

晚上，牛娃父亲礼拜完从寺里归来，他头戴一顶虽然旧了但洗得比较干净的白帽，与我们见过后就问了些路上是否顺利平安的话。然后，就让牛娃讲新疆的经历。牛娃就讲了那次被人用刀捅伤的事，并用手揭起衣服让大伙看。大伙都笑一笑罢了。这时，外面又来了庄里一伙年老年少的人，他们不好意思地挤到屋里的各个角落，跟听古今样听我们讲新疆的见闻。过一阵，他们觉得我们说的仿佛都是天书上的记载，或者在跟他们编谎。他们不时地发出以为我俩哄他们的笑声。

忽然停电了，屋里的人就怨言，有人骂电厂，说这里的电咋老是不正常。说要是城里，人家有大厂子，误了人家生产东西得赔偿损失。这话是一个上坟走过兰州的中年人说的。

女人们见屋里的人渐渐多了，便到偏房里去了。牛娃父亲示意儿子给大伙散了糖，又让点了支香。顿时，房里弥漫了一股温闷的香气。有几位老人开始讲一些教门方方面面和阿訇修行及尔领（本领）方面的事。后来一位有点资历的老人就讲到了“地震太爷”和“九彩坪老太爷”曾一起预测到民国大地震的事。他讲的绘声绘色，如身临其境。屋里人就都无不赞叹。有一种向往追随的魅力吸引着大家。孩子们不觉都熟睡在大人的怀抱里。大人们可能是觉到夜深了。都有些困倦的样子。便就有人站起提出告辞。于是。来的人便都随了要走。牛娃和父亲就笑着往出送，也没有挽留的意思。几个年长的穆民往出走时还拍了拍牛娃的肩头，说这娃长大了出息了。牛娃就只是用鼻子不好意思地笑一笑。那笑不知是谦虚还是自我解嘲。

当人们走完后，院子里猛然清冷得近乎有些怕人。渐渐，就偶尔零星地听到几声狗咬。狗咬的声音很亲切，但似乎又是一种苍白而没有光泽的喊叫。夜空仿佛被狗咬声劈成四半，星星也似乎被震得作鸟兽散，我仿佛置身于一个深沉的麻包里面。

大妈走进了我和牛娃的屋里，似乎有些困乏而瞌睡的样子。她拿出放在炕床上的新毡给我们铺上，又拿出只有客人来了才给用的被子。

我有些不安。

而牛娃却帮着大妈铺床。我有些帮不上手的窘。其实我想说，别这样。可我有些说不出来口。我想帮帮大妈可又觉得不妥。于是，就在旁边那么尴尬了一阵子，直至大妈忙罢说你们缓着。大妈走了后，我才算是自然起来。牛娃和我说着话就都上了炕，脱衣睡下。

夜里，却总是感觉静寂得睡不着，不知翻了多少趟身。

牛娃转过脸问我是不是岔夜睡不着。我嗯了一声，问牛娃瞌睡不。他说也睡不着。

过了好一大阵，我忽然记起牛娃白天没讲完的那件事，就说，想听你和那女娃最后咋啦。

牛娃不好意思地笑了笑说："没咋啦。"可他又问我，他说到啥地方了。

她把手绢接过去后，也就证明她是答应了。接下后，就是找个媒人到女方家提亲谈礼钱的事和定亲开口茶的事了。

我见他就此打住又不说了，就追问到底媒人请了没。

牛娃说请是请了，彩礼也谈了，新羊也说了一对，我们就回来东凑西借也准备得刀马齐备，就只欠东风了。可是，说来也丢人，那女娃他妈竟又把女子应承给了三营镇一个开车的司机。本来，拿我们这里人说，这样做法是不合风俗的，但话说回来，都啥时代了，谁还注重这个。

那你们就那么拉倒了？我有些幸灾乐祸地问。

你想，我正高兴那么漂亮的女子就要成我家的人了，心里刚烧着哩，可是却猛然给浇了一盆凉水，你说这能不气死人吗？说了你别见笑，我刚开始想不通，吃不下喝不下，害了场大病，胸口像压了块石头，堵得不行。有几次我有心想找一把斧头把那女娃全家扫了。我父亲你平时看是没个话，可在这件事上他也气得不行，找来我几个伯伯叔叔商量说不能就这么善罢甘休。我妈也急得束手无策，看着我不吃不喝，就一直守着我跟前说好话，消我的火，我妈是川里来的，心宽。她说，咱们家里穷，那三营镇是个川道地方，到那里没地了开个饭店也能过活，你总不能让人家跟着你一辈子受罪吧，这么做你们爷儿父子心里就满意？瞎松，别再难为人家了，算你给妈吃个亏。我妈哭了。哭得极其的伤心。我知道我妈的心，她的话就像我们沙沟这片土地一样，深压在心里倒不出来，牛娃说他捂了头在被子里哭了一天一夜，他说他哭是因为觉得人穷了让人看不起，有钱人家的娃娃人人都抢着跟，个个犹如猪八戒到了女儿国成了美男子。可是穷人家的娃没人跟。后来，我跟我妈赌气说，叫她去，我给她不给欢喜，都怪咱家大人没本事。

就冲这句话，我一直后悔，我觉得我不是个孝子，我顶撞了我至贵的母亲。牛娃说着显得有些难过。我现在想起来觉得为一个女子很丢人，很没意思。牛娃问我，你说人为啥到外面走上一趟，就感觉这些都不那么重要了，就只觉得没意思，就觉得只想把日子往人前头奔。牛娃说当初父亲一伙都是被母亲挡住的，才不至于把事情闹大，说要是那次母亲不挡，可能都出下人命了。

我说，那你的出走是与那个女子有关了。他别别扭扭地说有那么一点吧，又说现在想起，就实在没意思极了。

然后，我们就再也没说话。

今夜，我就睡在张承志笔下的沙沟吗？却是真的。

鸡叫了，我依然睡不着，花鸽子的窗叶里，传进来一线亮光。

生死

从小到大，我们都在一个遥远的村落里寂静地活着。这个村子有十几户人，用泥巴和芨芨草盖的房屋就排列在一道四面环绕着重重峰峦的沟里边，其间有一条羊肠小道，似乎一直通向了天堂。村子前面有一片小树林。有时候，一天的时间也不见半个人从林子里出入，在这一整天的时间里，偶尔有一个人从这寂静得死一般的村子里进去，倏地就像个影子一样消失了。

我常常想，那真的是一个人吗？谁能说得清！我倒觉得那多么像一个亡者的魂灵啊！想着想着就觉得这个村子很怪，就隐隐地害怕起来，头发像过电一样麻沙沙的。有时我觉得头发微微地竖立起来，仿佛有一些渺茫的东西在发梢上爬来爬去。

那次，我到百里外的拱北去上坟，上罢坟，就匆匆地往回赶，山上像羊肠子一样的小路通向四面八方的深沟，人们三三两两的，顶着一叶白帽像蜂子一样飞来又匆匆地飞走，好像从来没有人来过这里一样，那么空寂、冰凉。这些人来到拱北的时候，心里空空的，回去的时候心里就充盈起来。那一叶帽子，像一片云彩或者一片净雪，那么干净，那么让人想到清洁和高贵！

一会儿，我身边已没一个人影了，我顺着一条仿佛是世上第一个人走出的小路，默默地走着。突然一阵风卷起尘土，把尘土卷成一根粗大孤寂的烟囱，然后旋转着做各种花样，还制造着威力，发出吱吱的声音。我大着胆向它靠近。它却退让，像是在观察着我，我止住脚，他却又撵到我跟前来，绕着我猛烈旋转，旋转得很迅疾。我念了几句清真言，它便旋着离开我，忽然土一冒就消散得无影无踪。于是，我一边走一边想，风是从哪里来的，是谁在操纵着风？我想了许久，也没想明白。一时，我脸上身上全是黄土，鼻子里也是，嘴里也是，耳朵里也是。空气中充溢着黄土的芬芳，闻起来香喷喷的。大家在这样的环境里生活，免不了要像吃盐一样吃掉一些黄土的，但是大家却并没有因为吃土而吃死，反而越活越旺。大家活着或死去都没有什么大惊小怪的。

路两边除了贴地的草胡子，也有长长的芨芨草。羊喜欢吃草胡子，不喜欢长草，这使人觉得那些草胡子里洒着什么羊爱吃的调料似的。

一只兔子抬起头来仿佛给我打了个招呼过去了；一只狐狸跟着我走了几步也过去了；一只黄鼠立起前爪吱儿吱叫两声，然后从我脚前以惯常的步伐过去了；一只苍鹰从我头上也过去了；还有一只狼，这个家伙，拖着一条掉毛的大尾巴先跑到我的前面，回过头边跑边窥视我，一面用鼻子嗅着空气，耳朵向两边张开着，只等一声响动就准备飞奔的样子，我忽然有一种飞来的恐惧，可是狼却也跑掉了；有一条浑身黑色的蛇在我面前的羊肠小道上爬过来爬过去，就像是有意挡着道，它温柔多情或昂扬扭动如美女般的样子使我想入非非，但是它也钻进草丛里去了。一阵阵工夫，它们都出现了，却都在极短的时间内消失了。我静下心想，觉得神秘而扣人心弦。这种时刻我们就更趋近我们的本源，感到跟动物和植物沾亲带故，有一种朦胧回忆起史前时代的感觉。我忍不住揉一揉眼，见草丛边有一块羊脑子似的石头，就想：那大概是一朵花吧，就过去踢了一脚，疼得我“噢哟”一声，当即跌倒在地，抱着脚蜷成一团。我的眼泪差一点就出来了。都是真的。

回过头仔细琢磨，就觉得非常害怕，不会是死神吧？死神是很无常莫测的，老人们曾说，死神有可能是两朵花、一枚草，也可能是一只小鸟儿，或任何一只动物。但我认为在更多情况下，死神可能不具任何形状，它会化作一股空气什么的，像一阵叫人的颜面随便冰凉或衣衫抖动一下的风。是的，生命在如此高深的死神面前是不堪一击的！

我隐隐预感到，神秘莫测的人生道路还隐伏着比一个人的穷困潦倒更隐秘的深渊，更严酷的命运。我不禁仿佛嗅到了死神的气味，似乎那些动物的声息就是死神的声息。一想到死，我就害怕，就忧伤。但只要一想到村子里那么多人一个个都非常安然地去了，我就不觉得害怕了。

已经过去两三个村子，每个村子都只有三五户人家，要不坐落在山嘴上，要不就建在一个有不多榆树或杏树的林子里，偶尔有一个人在林中小径踽踽独行。

我回了下头，村子就消失在山后，那条羊肠小道依旧蜿蜒而上向更深的山里伸展。群山后面，嶙峋的山峰在正午的阳光下清晰地显现着。

我身后什么人也没有，但我总感觉身后跟着一个人，忍不住回头看了一下，发现我的身后竟然真的跟着一个人。这个人他已到中年，十分儒雅，且像是个念经人，之所以这么认为，因为他背着毛巾、汤瓶，还有铺在地上礼拜的拜单。他的脸显得非常清俊、非常善良，仿佛没有点滴罪恶似的。看了他的脸你会感到非常惭愧，觉得世上竟还有这么高尚、这么没有污染的脸。

他一颠一颠地走近我，开始和我结伴而行。

他和我说话。他说话很谦虚，声音听起来异常舒服，像一位承受过苦难的大哥的话一样温暖。

我的身心有种安抚与宽慰，我觉得他就像一位慈祥善良的兄长，后来他问我：“你害怕死吗？”

我瞅了他一眼，点点头。

他说：“人的阳寿一是靠前定，二是靠积修。”

我不明白前定，也不明白积修。他说“前定”即是在你到人世之前就已给你安排好了的一切；而“积修”即是你到这个世上来之后，平时所积的德和行的善。

我明白了，我觉得我在积修方面还远远不够，很惭愧。说老实话，在积修这方面，我是一个粗人，甚至是一个瞎子。积修是要求很严格、很琐碎乃至很细致的。

我们两个人就在这十万大山围着的、荒无人烟的沟里结伴行走着。很大程度上，我们像两个微贱的魂。整个沟里仿佛传来的只有我们两个人的脚步声。于是我有些恐惧。

行了几十里山路，再也没有遇上另一个人。这时，我觉得我的两条腿变得非常困倦，腿肚子像灌满了铅一样沉重。

他嗓门温厚地说："兄弟，歇歇脚再走。"

他扶我坐到羊肠小路旁的一垛草上，草很嫩绿，水灵灵的，坐上去使人觉得屁股会被草叶挤出的水弄绿，但草这个生命本身是非常干净的。

一阵微风轻轻地吹过，将我头上渗出的汗水弄干了，在额前结成一缕皱巴巴的印迹，仿佛将鸡蛋清子涂在脸上晾干似的。风把身边的黄蒿和草棵弄得发出轻盈而细密的响声。我忽然觉得有一种神秘的恐惧慢慢爬上来攀住我的发梢。我们祖宗几代人一直都没有走出过这个山沟。但偶尔听人说，山外面是一个花花世界，充满奇异与幻境。于是，我就一直梦想有天去看一下山外那个世界，但这双肉腿冒险走了很远却不得不懊丧地、悄悄地走回来。我知道我只能在这一双肉腿所限的范围内走走，接着就得马上回来。当然，走出这十万大山的梦想就一直是个梦想，为此，我偷偷一个人哭过几回，哭过了，心里也安然了。

这时，我听到很远很远的地方有人在诵经，仿佛是从天上传来的，并伴有空灵的梆子连续敲击的声音，还听到天籁中鸽子的咕哝声。《古兰经》上讲，一只鸽子抵得上七条牛的命哩，看来，鸽子这只小生命是多么贵重啊，而人这个庞然大物却显得多么轻贱和卑琐。

这时，那种神秘的感觉在我周围加重了。

那个人，他一直把我叫兄弟，

"兄弟，你有信仰吗？"

我点点头。

有一股风快速地刮过。

山沟里猛然一派别样的空寂与冰凉。

这里的麦子快要收割了，但颗粒却又小又瘪，永远都打不了多少粮食的。

现在的人没有信仰、没有精神和灵魂。人活着，慢慢的自己就会明白，生活中没有信仰是不行的，因为知觉毫无用处，所以，人必须有信仰、有精神和不灭的信念。

那人斜躺在一垛芨芨草上，好像看出我对信仰的怀疑，便以一种凝重的声音道："兄弟，你不能对信仰产生丝毫怀疑，你一怀疑，就把身上贵重的东西丢掉了。"

我先是惊诧地看着他，之后又点了一下头。我知道人死的时候什么都可以丢，但不能丢掉那个贵重的东西。

我们又起身了，我感到身子轻便了许多。

有一个放羊女子从我们不远的羊肠小道上过来，她头上还别着一朵马兰花儿。那群羊晃荡着肥嘟嘟的尾巴走得挺精神。我不禁多看了几眼。这个女子经常在山上放羊，我碰见过她好几次，她粗长而黑里泛光的辫子甩打在圆嘟嘟的屁股上。她的屁股蛋子就像小母马的屁股一样，光滑得苍蝇都落不住。

我每次碰上她时，就想，她不是仙女就是妖精，在这深山荒沟里，一切皆有可能！

那人幽秘地窥我一眼，嘴角露出诡谲的笑。

我慌忙把头低下来，脸一直红到脖子根下。我有些讨厌这个人，悄声说："这人咋这样啊！"

他哈哈大笑起来，笑声在空旷的山沟里回响，仿佛水波一样一圈一圈向远处扩散。

我再抬头看那女子时，她已远去了，只看到她头上的那朵马兰花儿在山梁畔微微一闪。我心里忽然感到一种莫名的孤独与空寂。

我们继续地走着，一句话也不说。我们在这起伏不定的羊肠子似的小道上像两个幽灵一样时隐时现。当走到一个有红泥土的崖边时，那地方却奇迹般地生长着一片低低的、稠稠的水草。水草发出几乎难以听清的声音。在水草的纵深处，竟兀自淌着筷子头粗的一股甜水，不停地传来柔和的潺潺声。

没人说清的奇迹啊！

水凉森森的，刚流出来的时候，很稠，并伴有一丝肉眼不易察觉的小虫子、小柴棍。这稠黄的水先淌进一个小坑里，静静的，意味深长，汇积多了，好像就在水面底下有一样不可言说的生命的东西从浅睡中苏醒过来，溢出水坑，汩汩淙淙地淌着流着，黄而浊，继续漂浮着肉眼几乎看不见的小草杂、小虫子，还带着一丝泡沫，在穿过一垛芨芨草旁的羊脑石时，发出一种细微而幽怨复又沉思的声音。周围是一片空漠却又隔绝的冰凉，空气中似乎有着一种白白流过去的哀怨的空鸣。

我弯腰蹲倒，就着那坑微微澄清的水洗着脸，我越洗反而越是觉得脸浊重起来，索性就停下不洗了。

我把手吊起来晾了晾，手指上的水珠就散落在黄土地上或挥发到空气中去。

后来，我无意中发现在这坑清水的旁边，另有一个小水坝，被冲下来的泥沙慢慢堵住了水路，原先淌进去的水已经渗干了，只剩下一些浑浊的稀泥，我猛然瞧见有一条指头粗的小狗鱼在稀泥中挣扎蠕动，我顿生恻隐之心，把这小生命与它身下的稀泥一道捧进那个清水坑里，稀泥在水中稀释开来，沉入水底，那只小小生灵在水面上像根死木头棍儿一样漂浮着，我难过地以为它已经死了，就用手指拨了一下，它迟缓无力地甩了甩尾巴，在原地疲倦地游了两圈，最后生动地蹿入了水底。我抬头见他出神地望着我。

我们离开水坑，又走了大约一顿饭的工夫，有一个村子出现在面前。这个村子我每次出门都要经过它。

这个中年人先自慢慢地停下脚步来，面无表情地对我说："兄弟，我要上这村子里去一下，你先等等我行吗？"

我点点头，我看见他从村子里慢慢走进去，像个影子一样突然消失了。

工夫不大，他就从前面那个村子里走了出来，像幻觉一样出现在我的面前。于是，我听见村子里开始有人放大悲声地哭起来，哭声伤痛欲绝。

我不知道这个村子里发生了什么事情。我想问问他，"出了什么事？"但我还是没有问，只是疑惑地望望他。

他非常平静地说："村子里去世了一个人！"

我心头猛然一怔，复又觉得人在世上是多么可怜而脆弱啊，说走就走了。

我不知怎么，竟特别想哭。但我还是忍住没有哭。

他却说："人都是要死的，人一辈子从生下到死无不都是在路上。只不过每个人的道路不一样罢了，但结果是一样的。"

他说："人的死是有好坏和高下之分的。有的人死的时候疼痛难忍，有的就像是睡着了一样美好。"

我听他这样说，就觉得真是那么回事。便冲动地希望自己将来最好是后一种死法。但这当然不是以人的意志为转移的呀。

我沉默起来。

我们翻过一座山，又到了一个五六户人家的村子里，他冷漠地看了我一眼。我觉得他眼神里流动着一阵冰森森的寒意。他依旧要我等一会儿他。我坐在羊肠小道边的一块凸凹不平的大石头上，向他点点头。

他又像阳光下的一个影子那样消失了。

这一次，我等的时间比较长，他出来的时候笑着说："兄弟，让你久等了，没办法，我这位朋友难缠得很。我们上路吧。"

我们刚准备启程，就听见村子里哭声大作，哭得比前一次更让人断肠。我疑惑地望着他清俊的面孔，莫不是又死人了吧?

他看了我一眼，把头垂下来，仿佛做错了什么，不好意思看我似的。

这时，我有一种想进那个村子里看个究竟的冲动，但是他却说："我们走吧!"

我一边跟了他走，一边不甘心似的回头张望那个哭声四起的村子，我好像一下子发现那个村子上空罩上了一层悲凉、阴沉的气氛，我还发现那个村子似乎跟以前我所看到的样子有些不一样了，是什么不一样了，我却一时说不上来。只是觉得冷冷的，有种让人害怕的东西漂浮在空气中。

到了第三个村子，他又要我等他，我就有些不乐意。好奇与猜疑充斥着我的头脑。

我对他说："我想跟你一道去村子里。"

他听了，一言不发，瞪了我半天，恼怒了的样子，凌厉的眉毛拧成两股黑绳，良久，才缓和了，低下头，说："走吧。"

我有些害怕，紧紧跟着他，生怕他甩掉我似的，我们钻进村子，先爬上一个打麦场坚硬的土埂，绕过麦场，再绕过三棵粗大的杏树。树上结着快要熟透的杏子，在繁星一样密密麻麻的杏子与树叶间，有一线亮亮的刺眼的阳光碎片漏下来，落到他的脸孔上，使他俊黄的脸孔看起来更加透明，仿佛镀上了一层金黄的光波。

我们走过了杏树，从一个敞门的院子里走进去。那门仿佛早知道我们要来似的大敞着。院子里有一只红色的公鸡，一面高迈着疑惑的步伐，一面头颅向上，脖子向前一探一探地伸着，眼睛满含猜测和不安。他停下脚步，仿佛听到了天籁中鸡的鸣叫，于是就也呼应似的伸颈高歌，那声音似乎在遥远的天域回响着。

一只面目凶恶的狗从院子尽头的一堆麦草上爬起来，我慌忙捡起脚下的一根本棒准备对付它。可是，它望了我们一眼，却若无其事地走开了。

我们走到一个矮矮的白杨椽盖的屋子门口，他说："兄弟，你在这里等我，别进去了，我跟朋友打声招呼，马上就出来。"

我望着他，似乎感到了什么。但我不敢说出来。

"我怕哩。"我说。

他变得不近人情似的道："你不要进去，在这里等我。"

看来，我无论怎么说，他也是不会让我进去的。

我委屈地点点头。他揭起那面绣着一只蓝色小鸟和一条似跃出水面的小金鱼的白布门帘子，闪身进去了。

我静心倾听着屋子里的声音和将要发生的一切。

屋子里仿佛一片肃然。

一会儿，从里面传来嘈杂的说话声，仿佛是一个老头儿，一个老奶奶，还有一男一女两个年轻人。屋子里渐渐乱作一团，脚步声、叫喊声、杯盘和水壶掉落在地上的碎裂声，还有人开始大声诵念着《古兰经》的声音。我极力辨别哪一个声音是和我结伴而行那个人的。但似乎没有他的声音，仿佛他从来没有进去过一样。

我被一种好奇心点燃了，便大着胆子轻轻挑起门帘，立刻看见一个老人躺在一面土炕上，在老人的脑袋后面及腰里好像高高地垫着两个枕头和一床破被子。枕头和被子又旧又脏，有发黑而团成硬块状的棉花从破开的白布被面里露出来，吊在一边。这时，我望见老人的一双深陷的眼睛变得呆滞、浑浊，失去了年轻人那种闪烁的光芒。他脸上的肉仿佛已从脸部某些骨头缝里微微收缩了进去，只剩下那副凸瘪不平的骨头架子上披着的松弛的脸皮。那仿佛遭受风吹雨打和苦难的毒气终于从老人的骨头里渗出来，变成硕大的黑斑点，镶嵌在皮肤的表面。我还看见他努力费劲地把已收缩去了肌肉和力量的嘴唇张了几次。但还是没能张开，声音仿佛在他的喉咙里就暗哑了。

一时你觉得世界上所有的声音都暗哑了。

我惊愕不已，刚要进去，那位和我结伴而行的人已经走出来，挡住了我，下巴额朝外面努了努，示意我不要进去。他拉着我的衣袖匆匆地向院子外面走，刚走到院门口，便听见那个屋子里猝然传出一阵嘶哑的哭声。哭声把那间屋子淹没在悲凉与忧伤之中。

他缓缓地对我说："那个老人去世了。"

他的声音很淡，却在我的心里汹涌起来。我的身子抖着，很轻，很紧张，我一动不动地立着，觉得有什么暖暖的东西顺着我的脸颊淌下来，就举手把它擦掉了。

我捏紧的拳头的骨节咔咔直响，响声被一阵微风吹散了。

走出院子，我抬起头，几片白云滞缓地流动着，模糊地映照着苍茫的群山。磨坊里圆锯冷漠的吱吱声和天籁中鸽子发出亲切而又低沉的咕哝声交织在一起。

我想起我所在的村子里，有两个与我年纪相仿的孩子曾相继莫名地死了，我不知道他们是去了天堂还是地狱。

"别发呆了，走吧。"他扯了扯我的衣衫。

我就不由自主地跟着他走，我不想告诉他我在想什么。

在经过那三棵粗大的杏树时，太阳穿过一簇树叶，向地上倾泻它那柔和、温暖、呈浅绿色的光辉，几只蜜蜂飞过，发出深沉而欢快的嗡嗡声，它们迷路了。

风从远山的峡谷里徐徐吹来，在耳旁空幻地鸣响。一种难言的忧伤如河水一样漫过我的心头。

泪水像是要涌出来了。这时候，他的那只大手伸过来牵住了我的一只手。

但我感到他身上散发着一股死人的气味与冰凉。

人在世上，整个一生都是和死亡连接在一起的，但人活着，大多时间想的是如何活得更好、更幸福，却很少想到死亡将至，无论多么能耐、多么才气的人都那样的尘味十足，都那样的势利小人，都从不把自己的死想一想，他们已经全然忘了他们是要死的。

一切东西都在渐渐远离我们，只有死亡才是人生最大的孤独。

不知为什么，而我却总是这样的容易想到死亡。

恐惧又一次徘徊在我的周围。

我觉得他的手把我握得更紧了，我真想哭出声来。

我们终于走到村子前面的树林子旁边，他说："你回去吧，我走了。"

天已近黄昏了，残阳似血，一只乌鸦嘎嘎叫着从头顶掠过，箭一般跌入深谷。

“到我家去吧，没有别的，我给你煮一锅土豆，就一碗咸萝卜菜吃。”我说。

“不了。”他向我笑一笑，那笑看起来万分凄凉。

“我们还会见面吗？

“会的，一定会见面的，也许很快的。”

“能告诉我您是谁吗？”我忽然记着要问，因为我怕再次见他连他的名字都不知道。

他说：“下次见面，我一定告诉你我是谁。”

我看见他一颠一颠拐上另一条羊肠小道恍若幽灵似的消失在黄昏的暮色之中。

我忽然为他的消失感到莫名的害怕和恐惧。心咚咚地剧烈地跳着。我不知道他又到哪里去了？忽然想，他要是不让我回家，带走我，该怎么办啊？想到这里，使我不由出了一身冷汗。又想，他住在什么地方呢？远还是近啊？不知道。世上有许许多多的未知和不解。

我怅然地站了许久。

回到家的时候，天已经完全黑了，星星零散地闪烁着，一弯月亮像一枚柳叶似的漂浮在村子一边的树林子上头，不细看，人会不自禁地误以为月亮是住在树梢上的。

接下来的事儿，大家无论如何都是猜不到的。又过了半年的一个黄昏，我和那个经常在孤山上碰见、美丽的牧羊女结了婚。就在那天，我又见到了他。记得妻子的母亲把她们家传的珍贵嫁妆统统都送给了唯一的女儿。那阵，我们刚刚步人新房，忽然我听到外面有人叫我的乳名。我想出去看看是谁，奇怪的是我的妻子却说我怎么这么妖道，说根本就没人叫我，她说她怎么什么也没听见。开始，我以为我真的听错了就没太在意。可是没多大工夫，我又听到那个声音在叫我。这次我肯定自己是听清了，那声音就在装土豆的下院角下的地窖跟前，听着似乎很耳熟，但一时半刻又记不起来。而我的妻子一口断定是我听错了，她说外面什么声音也没有，连一丝风的声音也没有。那天的确没有一丝风，院子里静静的，静到了极点。我从妻子的表情看，好像她说的是真的，但当那个声音再次呼唤我的名字的时候，我不顾她笑我疑神疑鬼，决定出去看一看。

我刚一走出去，就看见半年前和我结伴而行的他站在下院墙根的角落里向我轻轻招手。

我走到他跟前的时候，发现他一点也没变，还是原来的老样子，而这半年我的身体却发生了许多变化，我浑身的肌肉都已完全隆了起来，我的胡须也开始长上来了。

他把头垂下去默然了片刻，又把头抬起来直视着我。我以前怎么没发现他有着如此的一双难以形容的目光啊？它们仿佛比刀刃还要锋利似的。

我问他，“你是谁？”

他说：“我叫毛提，是奉主拿命的天使。”

我愣怔了一下，四周一片沉寂，连旁日里天籁里的某种难言的声音也只是隐约可闻。难道他今天是叫我跟他走的吗？

离开故乡，离开世界，去到一个陌生的地方，心里不免感到异样和忧心。

我忽然看见妻子站在了我身边，我让她把我们两个人所有的身外之物都散给需要这些的人。她诧异地望望我，然后什么也没有讲，立马转身跑回屋子，把自己的衣服、首饰和所有贵重的东西统统拿出来散给了村子里的穷人。

那天，村子里的人没有闹洞房，拿着我妻子散给他们的东西欢天喜地地走了。

在这狭窄、深邃弯曲的山沟里，夜晚降临得很早，村子黝黑而平静，古老的磨坊里已经点起了灯。村子深处有人聊天和歌唱。

那天，我等了一夜，麦里库里毛提天仙没有到我们的新房里来。不觉又过了半年，我又去拱北上上坟，在回家的路上竟然又碰见了他，他还和以前一模一样。我笑着问他那天晚上怎么就那样白白走了一趟，空脚空手地怎么向真主交代？

他也笑着，说：“你的阳寿增了哇，也贴当空难哩，所以多余的身外的东西要懂得舍散出去，这样你会获得更多的生命和时间！不过，你等着，你等着吧。”

“我会等着的！”我微笑着。

然后，我们一路说说笑笑，直到又一次在一个偏远的村头分道扬镳。

命途

“尕娃，手里没有两下，就别跑青海！”撒拉族老头嗓门凝重地说。

年轻人伏在黑马驹的背上，吃力地咽下一口好不容易才分泌出来的唾液。

老头牵着年轻人胯下的马缰。他们似天涯孤旅行进在无边寂寞的夜色中。

夜色似墨汁染过一样。他已发了两天高烧了！

在循化那天，他感觉头痛胸闷：高原反应？不知道。

在街头药店里，买的药，已吃光了，仍不管用。

他行了一程，便开始上吐下泻。这是在去尕楞的路上。他想他可能是迷路了，这条通向藏民区的远途！

在街子乡，他碰上撒拉族老头。

这老头说是姓马，名字没说，他也没问，相逢何必曾相识。

这老头“国”字脸，被青海特性的阳光烤得黑红黑红。

“这地方麻达得很，到尕楞找到你大哥，你给咱当娃？”老头肃着脸说：“过去老毛（毛泽东）的队伍在这里剿过匪。你没见那阵势，狗日的绝咧！”

黑马驹“哒哒哒”地驮着两个人赶路。后来，老头看着马驹浑身的汗水，就心疼咧，便让年轻人一个人骑着。那马驹肋条样干瘦的脊梁在年轻人的胯骨间颠磨着。

年轻人眼眶靠左下的那块肉时而痉挛地抖两下。浓密的夜色遮掩了他们所有人生的悲苦。他忽然重重地呻吟了一下。

撒拉族老头扯住了马缰，问：“尕娃，困咧？你狗日的别逞能，下来歇歇再走。”

他被扶下马的时候，老头捏到了他腰里的钱。那钱是义兄杨震北的，他一直给忠实地背着，年轻人下意识地推开了老头的手，他忽而又觉得自己的举动笨得要命！老头先是茫然了一下，随之一阵古怪的大笑。空旷的山谷立刻传来阵阵松涛的回音。在前面森林之间的峡谷里忽然“刷”一下子跑过去一个什么，瞬间就消失于茂密的森林。那是不是藏民同胞们敬畏的“红狐”呢？不知道。

回想一路上从石壁到扎巴，再到拉子口，翻越人烟罕至的五道岭子，到达化隆县时，才让他又一次觉到人间的路何其的遥远、漫长啊！在化隆县那天，同来青海闯荡的义兄杨震北见他病了，就撇下他，说有笔生意，便独自去了尕楞。让他病愈后到尕楞去找他。

于是，他一路走走停停。有时也想家！

到循化那天，他便似乎被高原气候的神秘莫测彻底驯服咧。“日妈妈的！”他骂了一句天气。青海人常常这样骂别人。精彩！他便在心里拍巴掌。

他继续回想白天的行程：那远远能望到的雪山，以及附近的玛尼堆，让他感到心里一片无法言说的凄凉与孤独。那玛尼堆，是用无数大小的石块垒起的。上面插着木杆，或其他竹棍，挂着许多布条。到底是在表示什么呢？也许没人能说得透！

像生命一样，似乎都是些缥缈的东西。那些闲云野鹤样的喇嘛们，手里转动着经轮，嘴里喃喃地祷告着六字经文。

他们不知要走向何方？仅仅是去塔尔寺吗？

撒拉族老头以前是收羊皮的，老头一路上东拉西扯地神侃，老头自豪地说：“皮大毛长板厚，一把抓不透，好货！”老头吸一鼻气，炫耀着自己对于皮张的识别。杨震北也说过这句话。但说的是对于女人“优劣”的辨别！

他猛然为老头的话，感到心里燃烧着一种孤独的欢乐！

正是麦黄的季节，而青海的青稞尚未收割。

夜，让人感到异域别样的寂寞和冰凉。黑马驹贪婪地吃着路旁的冰草。它打着响鼻，不时抬头向茂密的森林深处望望。仿佛是瞧见什么了。这让他的头皮一阵一阵地发麻。狗日的孕楞啊！他在心里骂。

他竖起耳朵，细细听了一阵远处的动静：只是一派透骨的干渴与静谧。忽然，一股隐隐的恐意爬过来缠上他的发梢。他多么想美美哭一场啊！

撒拉族老头从黄军用包里摸出两支短香，约二指宽，递过来。老头先给自己点上，又帮年轻人点着了。

两支燃着的香像两个暗夜里微贱的幽魂，伴他们遣散着深夜孤旅的寂寞与凄凉。

他口干得厉害：要是有一瓶气水喝了，该多好啊！

人往往渴望什么，什么便戏弄般地欠缺！

他用舌舔舔嘴皮，问：“马尿能喝吗？”年轻人说完嗓眼儿火辣辣地疼。

当然，马尿会让这个东乡族少年生发强烈的厌恶。

撒拉族老头哼了一声，定定地瞅着他，笑了。过了片刻。老头用牙上的劲说：“走，咱找水去。”

“算咧。”他嘶哑着干裂的嗓门故意劝说。但话一出口，便有些后悔。

“走吵，这里水草茂盛，山泉多得很！”老头拉起他就走。

站起的他感到腿肚子一阵麻木的酸痛。年轻人回头看了一眼正在吃草的黑马驹，问道：

“它咋办？”他努着嘴问，但已来了精神，老头儿在街子乡给他的药似乎起了效用。

显然，马牵着是不方便的。可不牵又怕它跑远。

“拴到树上，那是一棵树。”他忽然兴奋地指着一棵树说。

“缰绳太短咧，够不着吃草。”老头儿懊恼地发现。

“咱一会儿就回来。”他现在已完全是什么也不顾了。他嘴里这么说时心里已讨厌老头儿有些啰嗦了。

老头拴好马，二人捧香前行，心里带着某种不可说的虔诚。老头儿说这香是他家特制的，晚上行路给人能壮胆。

他们坐在一块岩石上歇了一阵。老头儿说他的马驹可怜得很，一生下来就没了娘！老头儿陷入沉思。年轻人一下子觉得这马为什么与自己命一样苦呢？他不禁生出一些同情。一股凉凉的夜风吹过来，他的鼻孔竟有些难言的酸。

好在这马驹在这世上尚有人疼，但自己已没半个亲人了！他想。

年轻人是在街子乡遇上老头儿的，这老头儿正与一个老藏谈着什么，他极力听了一阵，但什么也听不懂。他们是用藏语交谈的，好像是在谈一笔买卖。他感到有些烦。

他妈的，人在这世上都是为各种的“买卖”而活着！后来，他就迷茫地望着老头夕阳中古铜色的脸，以及刮得青光光的胡喳。他蜡黄蜡黄的脸上大颗地滴着虚汗。

老头把脸转过来看了他一眼，又转回去，仍和那人说话去了。他心里一阵悲凉，继而觉到有什么东西从胃的深层翻滚上来，到嗓眼又打了个转身，涌回去了。他的两眼盈满了恶心孤凉的泪水。那老藏与头戴穆民帽的老头终于止了谈话。他感到他们谈话的时间那么的漫长！老藏拖着长长藏戏色的袍衣，默默地走了。

老头儿转过来，看着年轻人头上象征着穆斯林的白帽，问：“尕娃，啥事吗？”老头忽然像是觉到了什么，用大得能罩住人的巴掌摸了一下这年轻人的头，说：“日妈妈的好家伙，烧着了！”

这次，他的心里没有了那种欢乐。老头儿带他到一家私人旅店里找来一把药片，叫他吃下去。他看也没看，就吞了下去。药到肚里，他才猛然有些后悔。他摸摸身上的钱，怀疑那药会不会给他带来悲剧的后果？

钱依然安详地睡在怀里。

钱这东西，不知害死了多少人啊！没钱你活不好，有钱你也不好活。人其实不该到这世上来的，来了，从生到死，都是为个“命”而活着。命到了尽头，才觉着什么都是空的，只有精神被留下来了。

悲剧似乎暂时没有发生。后来，他告诉老头他要去尕楞，却似迷了路！

老头说他家在循化，做买卖的撒拉族。问年轻人：“你呢？”

“东乡族，伊斯哈儿。”小伙子用全身的气力说。

这小伙子经名叫伊斯哈儿，抽象的伟大无比！

“了不起的名字啊！”老头赞叹不已。

年轻人受了夸赞，忍不住掏起底儿。说他辈上是临夏的河州鬼。可后来，不知咋，就到宁夏了。

慢慢的，年轻人进入了怀恋。他知道那是一段悠远的史！都是因了太爷追随马步芳，做了个球不硬的官，后又跟着马继元跑到宁夏，没得善局。家里至今有记载。太爷的团长姓田，系甘肃康乐人，一九四七年任国民革命军第十五路军骑兵某团上校团长。太爷后来任国民党某师暂九旅三团上校团参谋长。

“伟大着呢！”这是无知的父亲的评价。

“哎，尕娃，这么说你门里还出过老人家（教主），你知道不？”

他酷笑一下，这是家里现今唯一的骄傲。自太爷去了后，爷爷与父亲就只有常提门里出的这个老人家的神迹了。

撒拉族老头儿说河州他去年去过。说那河州张湾没二姓，现今的老人家（教主）叫张老五，还当的政协什么什么！他不知道在他们那庞大的家族里，这张老五该与他如何称呼？而此刻，他的心里竟只有在这荒无人烟的峡谷里，流淌着人生的悲伤。

后来，老头儿不知怎么要提出用马送他去尕楞。扭不过老头的一番好意，便起身了。于是就一直走到了天黑。一弯月亮从后山像一个害羞的山妹子绕了过来。于是，就照见了远处的一些风景：一只野兔一蹦一跳的从右面的一线石径上跑过来，在离他们不远的草堆旁停了片刻，又转过身，朝峡谷深处跑了。

撒拉族老头儿说：“走，过去看一下，那兔子一定是饮水去的。”

经山风一吹，如梦似幻的月光下的树枝开始一左一右地摇动。年轻人信心十足起来。他们顺着野兔过来的那条石径，行了约二十米，就踩到了一滩柔软的水草，向上又一拐，就隐约听见有水流下来。

“水！”他们异口同声地欢呼。

老头儿的声音有些做作。

近前去看，果然有一水泉，边沿像是被人用石块加工过，有点古朴的精致。泉水很旺，有一道石槽，水从石槽里淌下，流向沟底，发出悦耳动听的声音。

他爬滚过去，扑坐在泉边的岩石上，却没有立即去喝，只是望着水里的月影茫然地想起了什么。

他心里一遍又一遍地重复：水，是水！

月光下，他似乎隐隐约约看到了自己乱蓬蓬的头发在水里一漾一漾地，而事实上这是一种幻觉。

他把手里的香放到一边，趴倒刚要喝，又抬起头对撒拉族老头儿说："老爸，你先喝！"

"你喝，你喝，你缺水得劲大。"老头儿连说。

说实话，小伙子已几天没喝水了。日妈妈的这地方的水，你越喝越渴啊！

他趴倒"咕咕咕"贪婪狂醉地喝着柔甜的泉水。

老头儿手里突然举起一块面目狰狞的石头，对准了年轻人的后脑勺。

森林里传来野兽冷心寒骨的惨叫。

多么莫测的世间呀！

老头儿扫了眼这无际的黑夜与遍布危机的森林，心里犹豫了：为那几个钱，把他的命送咧，值吗？自己能活着出去吗？这鬼森林！妈的，钱害死了多少人！这娃娃活着多么好啊！能走到一起，在这个世上也是个伴儿！

老头儿终于在年轻人抬起头来的一刹那，将石块背在身后，撇了。老头儿像一个战胜了自己的幽灵，在心里哭。

人最难战胜的敌人是人之本身啊！

他们在一块岩石上躺下歇息了一阵。年轻人听见了老头儿粗乏的喘气。大概有一个时辰，两人是在缄默中度过的。

后来，老头打破了沉寂，说他有个儿子死了！他出了一口长得没有边沿的气，说着的时候就有些烦恼的样子！

老头又说他现在又拣了一个，他终于冲年轻人笑了。年轻人觉得老头儿其实是个内心孤独可怜的人。

他这么想的时候，便从身上摸出了一张相片。那相片上有个美得让草木都会为之动情的女孩儿。他借着月光想看一看那女孩的脸。眼前却一片模糊，只看到了一个美好的形象。他把香吹了吹，迅速凑过去，也只仿佛看到了那女孩嘴角翘起的一丝无可形容的微笑。

他的心里就漾满了一地的幸福。

那相片的背面写着“王晓霞”三个笔画柔弱的字。他想这大概是女孩的名字。异常俗气！生活中常常碰见，小说中也不乏出现。

这张相片是他在流浪的途中从一堆垃圾里拣的，寂寞时拿出来看看，也不失为一种满足。从内蒙古到西藏，到新疆，再到云南，青海……他都把它一直揣在身上。

无数次躺倒在荒郊野岭的绿阴下，在汩汩流淌的黄色渠水边，他闻着大自然的香气与微风时，便摸出这张相片，她有一双明亮的眸子和两片释放着柔光的嘴唇。

他几次都想吻一吻。但都打消了。

在这漆黑的夜里，他瞪大眼睛想着那美丽的未曾谋过面的女孩。

她现在在干什么呢？！

“让我看看。”撒拉族老头儿忽然发现了他手里的相片，不容分说就抢了过去。

“我媳妇，看看就拿来。”他说，他说出来时。心里竟猛烈狂跳过几分自豪还有几分羞涩。

“尕娃，身上别带这骚东西，就倒霉咧！”老头儿说。他说时，便斜眼诡秘地望一眼仰天躺着的年轻人。

然后，老头儿就把燃着的香头偷偷地伸向了相片。

“嗯——哼——哼！”

黑马驹发出苍茫的呼唤。

年轻人见撒拉族老人在烧他的相片，忙翻身夺过来。细细一看，却见“王晓霞”穿着健美裤的腿中央被香头烧了一个圆眼。

他一下生气极了。

他面红耳赤，心底里充满了心中的美被别人亵渎后的不高兴。他又一想，算咧，这活着的，谁没有个占领美的欲望呢？！

撒拉族老头儿“嘿嘿”的一阵怪笑，说：“尕娃，那丫头片子，太漂亮咧，你要不了的！”

他听了，心里忽然地流过一片悲伤与酸凉。

“嗯——哼——哼，嗯——哼——哼！”

黑马驹一连发出两声惊人的嚎叫。

撒拉族老头儿掏出藏刀，拉了年轻人，立刻飞奔过去。

那马侧身倒着，头颅被缰绳吊在树干上，肚子、胯、脖子均都汩汩地流着血。多么凄惨的血！血液的腥味弥漫在四周的夜空里。地上是马激烈挣扎过的痕迹！

或许明天等待它的将是这里最具特色的天葬。将会有一只抑或一群鹰鹫飞向它……它的魂会从这里得到解脱与永生。

“日妈妈谁干的！”撒拉族老头儿发出疯狂的怒吼。

远处传来狼冷酷可怖的嚎叫。

“是狼。”老头似在自语，又似在跟年轻人说。

这匹瘦骨嶙峋的马，想不到命运会如此悲惨！那活着时曾洞察一切的忧郁的目光，现在已紧紧地闭上了！年轻人想着它活着时的恭顺，就扑在它身上，哭了。

撒拉族老头儿伏倒，默默地把一只大拳握得“咯咯”地响。后来就伸手在马的脊梁上来回地抚摸。最后，把手又移到了年轻人的头上，摸着。

不知何时，两个人竟抱在一起放声痛哭。年轻人可怜着这个撒拉族老头儿，为了他、为了去尕楞、为了找到杨震北——狗日的尕楞杨震北！

面对这天地自然的野性的惨烈，他们都无奈地低下了头！

两人停了哭，站起抬头朝四周巡视。

远处，只有松涛，只有狼和不知名的野兽发出令人畏惧的嚎叫。

冥冥中，两人仿佛听见那些喇嘛手里摇着玛尼轮，口里诵念着六字经文行进在塔尔寺朝拜的途中。渐渐，那声音抑扬优柔地汇成一片。

这个年轻人，他曾无数次看见过生命之花在鲜血的流失中渐渐枯萎。但这一次黑马驹的死，却令他感到从未有过的伤感。

旅途——好漫长的路啊！

撒拉族老头儿从沉痛中醒转过来，以令人振奋的坚强说：“我们上路。”

月亮已老高老高。

他想：在生命的旅途中，人的信念是压不垮的。

两人在寂静的山谷中艰难跋涉！

一条河

2004年，鲁院毕业的我，从北京乘火车回宁夏，身边带着两大纸箱子书——别的同学在离开学院之前就已经把不便携带的东西通过邮局一律托运走了——我之所以这样，一是可以节省点钱，二是担心自己喜爱的书被寄丢。依旧是喜欢读书的农民哥哥，像送我时那样从西海固风尘仆仆赶来银川火车站接我，我们抬着书坐上了回往宁南山区的夜班车。

我盯着坐在黑暗的车窗边的哥哥，偶尔因过往车辆的一线灯光，使得我看清了那张瘦黑的犹如三根手指宽的面孔。我们都沉默着。后来，是我打破的沉寂，说京城和甘肃都有调我去工作的意向。

哥哥在一片漆黑中，仿佛蠕动了一下身子，但依旧一言不发，大约又走了十几里地才淡淡地丢过来一句："太远了，人生地不熟的！"

哥哥心里想的，其实也是全家人的意思。他们觉得离家近了，相互间尚有个照应，起码想念了还能见上一面。山里人不懂别的，却把亲情看得重。于是，我放弃了主动努力，只望一心一意能在西海固这片土地上平静的生活下去。回想自己在新疆牧马，在青海巴颜喀拉山淘金等闯荡的日子，身心业已疲惫，仅想有一碗清汤寡水的土豆面吃上，就知足了。闲暇读读书，写点东西，过一种不被纷繁人事干扰和不为金钱奔波的日子。我觉得对人而言，再也没有比良心的安宁与自由更具有魅力的了。当你希望人们都有良心，而你又力不胜任来改变这些时，那么你可以有保持沉默和坚守自我的权利。

2004年那一年的年末，生活一往如故，久久的沉闷使我心里茫然和惶惶不安。

每到年末，却是我心情最为低沉、难熬的日子，无论读书、写作或干任何事情都难以进入最佳状态和境界。听着县城里开始零零星星渐欲走向盛大的鞭炮声，看着街上那些为年而不息奔忙和购买年货的人们，我的心绪却愈益消沉，丝毫激动和欢腾不起来。一直到腊月二十九的早晨，这天是我的生日，而第二日即是大年初一。我知道，无数的家庭都将在今晚团聚一堂吃年夜饭，还有，无数的鞭炮和烟花都将在今夕炸响和燃亮。然我，心里却怎么也挤不出一丝欢乐的迹象。那天，我怀着忧郁的心情独自沿着县城外一条荒无人影的沟谷散步——我常常在半夜写不下去的时候便会沿着这条沟谷一边散步，一边排遣心中的孤独与苦闷，并思想一些过去和未来的事情。在十多年前，这条沟谷里尚且水势潺湲。这里原本就是一条古老的河流，名曰葫芦河，是源于县城最西端的月亮山上流下来的一股清冽的泉水。如今葫芦河已经彻底干涸了，但在许多人的想象和记忆中，觉得它依然是一条永远奔流不息，跳跃着智慧浪花的生命之河。

小时候，我喜欢在距离县城几十公里之外的老家沙沟的大河边玩耍。我常常坐在河边，感觉自己就像一枚落叶会被潺潺的河水带走。

我觉得，所有童年的欢乐与冰凉也随波而去。

但是我觉得，所有的灵感与梦想却被那条河流激活了。

细细想一想，觉得在生命的世界里，始终都有一条河在伴着我、温暖着我，并从我灵魂深处漫过。

尽管是生日，但我从没有过生日的习惯。我们不兴过生日。

黄昏的时候，我回到我那近一亩大的院子，尚未进屋坐定，突然接到一个电话，内容是：调我去银川工作！对于那些把脑袋碰破都想往城里钻的人而言，无疑是黑暗中一道划过生命长空的闪电和光亮。而我，却有些说不出来的平静和酸涩，只觉得像开败的花旁边的某个不经意的枝丫上，悄然打开了一只蓓蕾，看上去全身突然枝蔓摇曳，生机盎然。

之前，也有好几个我所熟悉的人因写作调离了西海固，到银川或别的大地方去工作了，一些熟悉的朋友便带着满心难言的滋味对他们表示极大的羡慕。我所在的那个单位上的一些人，也经常有意无意、煞有介事的拿这些人作为例子来对我讲，并反复问我为啥不离开西海固。可是无论我怎样的回答，都不能使他们感到满意。

在道路和信仰的选择上原本是分道扬镳的两种人，彼此的解释往往是一种徒劳。在他们，觉得我早就该被人挖走，调到环境更为优越的地方去工作了，怎么会死守在这十万大山重重包围的西海固。

对于这些人，我是不必要认真的。但是，久而久之总会影响到你的心情。在你，渴望通过读书而获得一叶并不奢侈的卑微的清静，或许永远只是一种理想，一种在我这样不识时务者的脑子里时常冒出的幻觉。

我是在一种莫可名状的复杂心情中下决心离开西海固，到银川去工作的。

离别西海固

经过一番挫折——主要是因等待调令而在精神和心灵上产生的煎熬——因为事情在考察时就已经张扬了出去，如果中道夭折，会使我进退两难的。我的事情算是特事特办，调令终于下来了，间隔的时间不算长。许多的感谢都深深刻在心里。

2005年的那个秋天的上午，送我走时的情景，依然历历在目。家人及亲戚朋友们都哭了，我不知道他们为什么会哭，是高兴，还是伤悲！忧愁吗？我不知道。人常说，人哭泣的时节，往往并不是在哭别人，其实皆是在哭他（她）自己。那天天气就像人的心情一样昏昏沉沉的。记得一位亲戚帮我找了他们单位的一辆客货车送的我。而我所在的原单位，却总只在嘴上说送我，但久久不见行动，一些同事反倒似乎因为我去了首府银川，而突然与我显得有些隔膜、生分和冷淡起来。这些，都恰恰令我觉得坦然与平静。

我在西海固的这个院子，可以种菜。一季种的菜一年都吃不完，真正的绿色食品。而我种的几株树也已经相继长大和挂果了。我把所有的一切都撇下了，撇给了自己的亲人，只拉了七八尼龙袋子多年陪伴我的书籍。我知道，在这个什么都容易离弃，什么都容易背叛你的世上，只有这些书可以和你相依为命，是永远不会舍你而去的忠诚伙伴和一生的朋友。

那位开车的师傅诧异至极地问我身边的人："就这么搬家吗？就这些东西吗？都是些什么啊？"当得知仅是一些书之时，就古怪地摇头，但是嘴上却掩饰道："好，好，念书的人嘛，把书都当命哩！"他的脸上掠过一丝嘲讽和莫测奥妙的微笑。其实，我的心里也不无痛楚，回想走过的路途，那些动不动和时常更替、易主的身外之物已令我不再感到留恋。另外，我想人不能忘本，不能把赖以生存和维系性命的根须丢弃。只有我自己清楚，那人生的百味已尽在那几尼龙袋子书里头了。

正在往大门口的车上搬书的时候，旁边一位帮忙的亲戚，也像是有意无意地对司机师傅念叨说："你别看这些书，重的还了不得！"他歪着嘴巴努力地抬着，添上一句，"纸这个东西，比别的（东西）就是重！"他因为勒疼了手而使面部显得有些陆离斑驳的样子。

我不知可否地望了他一眼。

妈妈在一旁唠叨，说是工作刚稳定了，却又要走。父亲领着他的外孙子，跟在我的身后走来走去，沉着面孔，一声不吭。车终于起身了，从我家那个巷道里往出走的时节，许多邻居都追出来立在巷子两边看热闹。就在昨天，他们就跑来打探消息，看有没有可以送给他们和可以留下来给他们作为纪念的物什。我把我住的那间充当书房里的几张不用的桌子，几把椅子，还有几盆无有能力带走的花都统统送给了他们。有一个贪便宜的妇人还顺手拿起我家的一块切菜的木板和一把小擀杖（这些还有家人用的），夹在腋下惶惶地走了。我有些哭笑不得，如果她不要逃得急，我还可以送她家一只对于我而言多余的水桶呢。当然，也有送我衣服，送我吃头和给我钱的亲戚、朋友，乃至清真寺里的满拉弟兄及一些邻居。但是我统统都拒绝了，只留下了他们的一番盛情和美意。

当车子缓缓驶出巷道，接近大路上的时节，我看见哥哥、母亲、妹妹几个人的眼圈都已红红的了，片刻就掉开了眼泪。一时，酸楚使我的鼻孔翕动着。我本是个十分敏感和多愁的人，一时心里五味俱全。有一位亲戚，突然追上来悄悄把五十块钱塞进我的怀里，哭着说："这五十块钱你一定要拿上，别看不起我，也别嫌少！"说着，他竟然眼泪汪汪了。我知道这个亲戚这些年过得不怎么顺。但是我不知道他为什么要在这样的境况下哭，是自艾自怜吗？但是我想他定然心里有许多难言的苦衷和不可与人道的心酸。他的悲伤引得我的心里愈加揪心。

车子换了挡位，快速跑了起来，后面跟着的一群人，开始拼命地挥着手。我从车窗中看见他们逐渐模糊在我的视线里，我看见这座县城的那些曾经熟悉的建筑逐渐模糊在我的视线里。

淡淡地离去，淡淡的难过和悲愁。有那么一刻，我的思维变得糊里糊涂的，脑子胀胀地一派迷惘。我觉得人生突然又来了一个急转弯，使我踏上了一条前途未卜的新路，重新成为一个身心与精神完全孤独的人，像从前一样，怀抱着种种希望，却又不知道希望些什么，对生活存着许许多多的期待，却又连自己也说不清期待什么。

初来银川。刚到银川的时候，单位上的朋友帮我暂时把身安顿了下来。我住在单位的一间小屋，做饭、出入都异常不便，但已经令我非常知感了。小屋冬天寒冷，夏天闷热，且一到夏天蚊子就肆无忌惮地袭击。晚上，只要一关灯蚊子们就争先恐后，蜂拥而至。我和这群“空中小姐”们开始捉迷藏：我突然打开灯，它们就不知躲藏到什么地方去了，怎么寻也寻不见。但是你刚一关灯，它们就再次从四面八方飞来，像直升机一样嗡嗡地飞舞在你的上空和周围。短短一阵工夫，就叮咬得你浑身是疙瘩。不知是因为银川蚊子的个头大，生命力顽强，还是别的什么原因，总之我买来的蚊香和专门对付蚊子的药，同时都用上了，依然无济于事。由于蚊子叮的地方奇痒无比，忍不住就要拿指甲一顿猛抠，等抠舒服时被抠的地方也就烂了。我的一位同事曾被两只蚊子相继在同一个地方叮了一下，竟然肿成一个大包，后来发炎了，经过手术切割才得以疗好，至今都留下一个极具纪念意义的伤疤。真是一点办法也没有的事情。

刚来银川，我对周围的环境有些新鲜和好奇。记得每到晚上的时候，凄凉与孤独就像虫子一样噬咬人心，便想出去到街上走走，看看银川的夜景。以前虽然来银川多次，但都是公干在身，忙完就走，对周围的环境依然异常陌生。可是，叫过几次门房看门的人来开门之后，就觉得好像欠了人家什么似的，从此，每到晚上天黑之前就必须赶回小屋，不再出去了。每次在街上吃晚饭，都是吃得紧紧张张的。有西海固的朋友来银川，叫我晚上出去一起吃饭说话，我担心回来又得叫门，就善意地拒绝了。

没来银川前，我认为银川是有许多熟人和朋友的，但是一到银川，才发现人人都忙各自的事情，你根本没有道理浪费别人的生命。所以，原先打算找朋友絮叨絮叨的计划，都一一取消了。其实一群人的欢聚是快意的危险，我的总结是，往往热闹过后等待你的是更大的孤独、悲凉、无助和空虚。在城市里，一个人必须要学会承受寂寞，享受孤独。说实话，那种初来乍到的莫名凄惶的感受使我终身难忘。

那时，听说南门广场和光明广场一到晚上是很有些看头的，就巴结了一番看门老汉，把这两个地方一次性看了，回来时跑得满头大汗。南门的晚上尽是些打工的人，三个一伙，五个一群，穿着褴褛。一部分人可劲儿地踢毽子；另一部分在广场的南门楼子下摆放了一套音响，播放着一种节奏亢奋的舞曲，参差不齐的人群兴奋地跳着一种集体舞蹈，有点像是街舞，他们的面部充满了诙谐但无可轻视的认真和庄严。我审视着他们眼睛和嘴巴里洋溢的激动和满足，心里就在想：这一群人，不知因何如此的欢乐呢，因何那么的少有忧愁啊！？后来，也听到过有人说，那是一种穷开心。我却不以为意，同时又感到难言的滋味。

光明广场有喷泉，摆满了颜色各异的花卉，有一尊象征民族团结的雕塑，但显得了无生趣，乃至拙劣和鲜有创意。游人们大都是银川的居民，觉得像是一个个在家里蹲得百无聊赖和无所事事才出来溜达溜达的，似乎是渴望能否碰上一件“鲜艳”的事情好成为他们近日的口头新闻和茶余饭后的谈资。光明广场因在人民会堂跟前，晚上在搭建的临时舞台上常有一些联谊的演出和广场文化活动，吸引了一部分游客和就近的居民来观看。人民会堂也隔三差五会有一些大型演出，但都是领导和领导的家人、亲戚、朋友们看，普通老百姓因为昂贵的票价，只能望而兴叹。

尽管我是急急参观完这两个广场，然后一口气跑回单位的，但因这两个地方南北相向，及至回去使得看门的人还是早就把门锁实了。那天我在外面差点喊破了喉咙，才终于把那个仿佛极不情愿和表演着惺忪睡意的看门人叫了出来。他嘴里嘟嘟囔囔地说着一些令人不快的话，我一看小灵通上的时间，觉得这个人一天比一天睡得早了。这个看门的，对有的人却是随叫随到，即使三更半夜，也会伶俐地跑出来围着跑前跑后，不无讨好之能事。但是，对我及与我一般的乡下人，却十分怠慢和冷漠。哦，这个人，除了看门，还有一项工作就是掏垃圾，即用一个带铁钩子的木棒从楼房后面的院子的办公楼往下倒垃圾的地方往出来掏垃圾。我们所在的单位，大多垃圾都是些纸质的东西，掏出来堆成一堆，可以卖给那些收破烂和收废纸的人。看门人每天早上上班之前就会准时来到我的宿舍门前，先是一阵惊心动魄地擂门，把我自梦中惊醒。起初，我以为是出了什么大事，就一边紧张地穿衣服，一边说："来了，来了，怎么啦？"

看门人说："你快些出来我给你说！"这个人理直气壮地把我喊起来，竟然是要我跟上他到楼房后面的院子里帮他去掏垃圾。后来，单位上的一些人碰见了，好奇地打量着我，都觉得有些匪夷所思，想着我这个从西海固来的乡下人真是太喜欢劳动和热爱干苦力活了，似乎我不干苦力活就会手心痒痒得不行，就会浑身不舒服。

后来有一次，我拒绝了他，我说："对不起，今天我还有别的工作，您可以让大伙儿轮流帮你掏嘛！"

顿时，我看见他的眉头紧紧地蹙了一下，脸上的表情虽有些难堪，但还是悻悻地走了，以后就再没有来找过我。又过去一段时间，有时我远远望着这个人的样子，就禁不住想起我们老家一些人的面孔和印象，倒是真的想主动帮他干点什么。然而我却不知道怎么做好，却一直也没能付诸行动，只不免常常心生一阵一阵地难过。

在刚来近一年的时间里，我只知道银川有两条街，一条是单位所在的文化街，另一条是与文化街彼邻的处于单位后面的湖滨街。这两条街是我能确定地叫上名字的，因我的双脚已丈量了它们无数回。

我是个方向感极差的人，每到一陌生的环境，就会迷路的。有一次，我去一个单位办事，从正门进去，从侧门出来时死活都找不见回单位的路了，急得出了两手心的汗。

噢，那时我还有一个去处，是不能不说的，即离单位不远的鼓楼旁边的宁园。这个名字总是会令我的心头一热一热的。宁园的规模非常小，其实是靠近马路边一座不大的园子。出了这园子的南边，据说是民国时期的军政首脑马鸿逵居住的地方，而今却是几家小型的茶楼和歌厅。从这园子周围的人气，我似乎依然能够感受到昔日岁月的辉煌与不凡景象。

每日黄昏，在我颇为孤单和精神无助、恐慌的时候，我便跑进那宁园去。我在园子里看那些垂钓的人们。每次，当鱼在上钩前垂钓者不动声色的期待，以及鱼在上钩后人们脸上的哗然、激动，我就想人应当学会灵魂的休憩，身心的自然和淡定。一个人如果没有了静气，就意味着永远的恐慌，永远的劳碌和有始无终。而宁园是我遣散孤独与恐慌时的憩息之所。我用“恐慌”这个词，似乎是当时最为确切的感受。我觉得自己就像一只在城市里被人遗弃的猫，遇见任何陌生的比自己强大的东西，都会感到恐慌和不知所措。有时候，我想一把撕下所谓中国传统文化中那张虚伪的皮，显出内心潜隐未发的恶来，活出所有的率性乃至野性来。但是，我又觉得作为一个读书人，忍耐是最为崇高的，是一项圣行。有时候，我觉得自己的心里躲着一头兽，这头兽有时像狼，有时像豹子，有时是这二者之间抑或兼而有之的一种什么，它在暗处悄悄窥视着，有时简直就像是在心灵的某个地方奔突和乱窜，想要扑出来伤人，连我自己都觉得震动与惊骇。

但是，理性使我努力地将它们克制和镇压下去。当这种野性的东西逐渐消失，内心归于宁静平和的时候，我不禁感到庆幸、感动和安慰，不禁呼唤自己心中敬畏的神。过去，包括在天山牧马的时候，我基本都是处在一种完全自然的状态。记得刚来银川约一个星期的时候，有一位好心的老先生曾深深告诫我说：“娃娃，你要学会夹着尾巴做人哩，这样你就会少吃些亏！”我就在想，人类好不容易才把尾巴蜕掉，现在又要叫我把尾巴夹起来，我心里有些极不情愿。但是，俗话讲得好：不听老人言，吃亏在眼前。年岁大的人通过的桥比我们年轻人走过的路还多，总是有些道理的。于是，有段时间我连走路都蹑手蹑脚，小心翼翼的，深怕自己的尾巴露出来，被人当作辫子揪住不放。

有时我想，无论走到天涯海角，只要是身入都市，你就永远都洗刷不掉自己西海固和乡下人那雕在你骨头和灵魂里的卑微和被轻蔑的烙印。

但是，西海固人所创造的奇迹，是世界所有的人类和那些自以为高高在上者想都不敢想的。他们能够活下来的精神是卑琐者们永不敢正视的。

每当夜深人静的时候，我就在那间小屋里读书，并用一支秃笔抒发自己的情感。小说《废弃的园子》就是我刚来银川时的最最真实的感受。那篇小说，我写了与老鼠一般大小的一名小矮人的生活及命运，但是我知道那是我自己真实的生活和内心写照。写完那篇小说，我觉得我是第一次真正理解了卡夫卡的小说。以前对他的文字是故作理解，或者说半理解不理解。从那时起我是真的懂了卡夫卡和他所描述的世界。我不再把卡夫卡的小说认作是技巧和故弄玄虚，不再觉得卡夫卡的小说是一种虚构，觉得他的小说是比真实生活更加真实和深入骨髓的东西。

后来，我把《废弃的园子》给鲁院同学邱华栋看了，当时也无意于发表，只想让他看看。他看完之后，却让我再写一篇，并附上创作手记寄来。

后来，《废弃的园子》就在《青年文学》上发了出来，那期还把我作为封面人物做了介绍，令我倍觉感激与欣慰。杂志拿到手后，我第一个寄给了远在西海固山区期待阅读我新作的农民哥哥。他在老家看后，就来了信，说他读得一把酸泪。是啊，只有哥哥能懂我，他知道自己的兄弟所走过的道路和人生的磨难，以及穿越过的精神炼狱。

那篇《废弃的园子》算是对我初到银川的一个交代了！

租房和购房

后来，在朋友的建议下，我打算租房，先是自己就近找着看房。到了周末的两天，就会跑得稍微远一些去看房。看了几家出租的房屋之后，都特别令我失望和沮丧，总是有许多的缺憾，总是不能够合乎自己的心愿。但是，自己到小区的门口和楼道周围看到的房屋租赁的信息实在太有限了，加之那些房屋中介把人家房主张贴出去的讯息全部撕走了，所留的电话也撕走了，就是不让租房子者和房主相互建立联系，这样只能经过他们的介绍和牵线搭桥，如此会使他们挣到一笔不菲的中介费。

白白的给两家中介公司交过几回押金，押金自然是要不回来的。看了一大批房子之后，却一无所获，不是价格不合理，就是问题多多。为了能多看几家房子，为了找到令自己满意，价格适中的房子，为了跑得快一些，我购买了一辆自行车。我骑着自行车，几乎把半个子银川城都跑遍了，却租不到自己所期望的房子。我想不通，那么多的有钱人拥有那么多套好房子，却还把租金抬得那么高。我犹豫，彷徨。我骑着车子不停地飞奔，一天天下来，跑得我口干舌燥，眼冒金星，几瓶子矿泉水下去，依然嗓子像冒烟似的。后来，我拖着疲惫不堪的身躯躺在小屋那张简易床上，心里焦躁不安，可是静下心来想一想，算了一笔账，就开始醒悟过来，觉得租几年房子下来的租金一大笔，不如自己购买房子划算。于是，我把思路和方向转变了，由原来的租房转变为设法购买房屋。我想，先看房子再说。

只要一有时间，我依旧跟着中介满银川跑。总会有一间房子是属于自己的，我想。听说距离银川市中心越远，房子的价格就越是便宜，我从老城跑到新城，又从新城拓展到新市区。

一天天过去了，我觉得自己是在和那些出租车赛跑，和时间赛跑。我那马不停蹄的样子，有点像后羿追日的架势。几个星期下来，自行车的座子把我的屁股都磨肿了，屁股几乎不敢长时间地和车座子接触，以免那种难言的酸痛使得我浑身战栗。

后来，有一次我碰上了一个同样境遇的人，他跟我交谈时总是会感慨良多地发一通牢骚，他苦思冥想一阵，突然认真地问我："你说说，那么多的豪华轿车都是谁在开呢？你说说，那么多的洋楼别墅都是谁在里面住呢？"他问我那些人和他到底有着什么本质上的区别？我回答不上来。后来，我们两个结伴而行，他的车技比我的好，无论滑行、冲刺、绕弯都非常讲究和技艺高超，尤其是过红绿灯，他把时间总是掌握、掐算和控制得恰到好处，车子刚到路口时就刚好变成了绿灯。为了按时按点赶到与房主及中介们约定的地方，我们骑得头上的汗珠像水一样往下流淌，背子里的衣衫常常全部都湿透了，紧紧地粘贴在肉上。

每当我们双双骑着自行车跑上一整天，待到夜幕降临的时候，我们就把车子放慢下来，或者干脆从车子上跳下来，推着自行车走上一段。我们一边推着自行车步行，一边聊天。有一次，他的话把我吓了一大跳，他说："我想搞些炸约，你能搞上吗？"

我有些紧张和头皮发麻，摇摇头说："哪里有啊，我没有那东西。"我好奇地问他："你要那些东西干啥呢？"

他不加犹豫地脱口说道："把那些不给别人住，却空着的高级别墅统统炸掉！"

我有些兴奋地望着他一本正经的脸孔，但同时有些恐怖和感到尾巴骨桩的地方凉飕飕的。他却继续说，"你看看，"他用手指着路边渐次灯火辉煌的洋楼用中卫（宁夏的一个地方）话接上道，“日他娘的，世界致（这）么大，那么多的个房子，却没有一间是咱们的！”

我被他重重的方言逗得苦笑了一声，旋即又觉得一股巨大的酸涩从心头掠过。曾记得自己的父母总是用宗教上的一些消极的理念教化我们说：“房是招牌，地是垒，挣下的银钱是催命的鬼！”

这类话或多或少的影响着我和我的那些同胞弟兄。

那天，这个我们在寻找房子时萍水相逢的人，我不知道他的名字，我们权且把他叫“哎”，“哎”那天发了许多的感慨。我默默地听着，因为我不知道说什么。我也只有默默地听着他说下去。

后来，有一天我去看房子，等到从房里出来时，自己的车子却被人“借”走了，并且看样子是不会再还会来了。真是屋漏偏遭连阴雨。我给“哎”打了个电话，向他诉了一下苦。

他富有经验地埋怨我不该骑新的自行车，他说要骑那种扔在任何地方任何人看都不会看一眼，任何人都不会去捡拾的破车子。他还十分气愤和替我抱打不平地说：“像这种丢个自行车什么的，你就是去报了案，也不会引起重视的，你就不必报案了。”他似乎在电话那头想了一下，给我出主意说：“干脆，你也去把别人的（车子）骑一辆回来，这样你就公平了！”

我觉得他说的话像是有一些道理的，但仔细一想，又觉得问题很大：关键是骑走我车子的人和被我将要骑来车子的主人不可能是同一个人。我把这个疑虑告诉了“哎”。“哎”说：“你这个人考虑得那么多干吗哩？你要知道，因为有人把你的车子骑走了，你只管骑一辆和你的样子差不多的车子回来就行了，这叫一报还一报！”

我听了还是觉得矛盾重重，我让一个原本没有拿走我车子的人替我还回一辆车子来，这是很不公平的。

后来，“哎”说：“你如果这么说，那我就没有一点办法了。”最后，他在电话中异常替我感到悲哀和对我的不幸有些抱憾地说：“那我不说了，中（就）当我没有跟你讲，你自己看着办吧！”

我那天是自己走回来的，把脚都走肿了，我一边走，一边看身边过去的每一辆自行车，觉得时不时会有一辆自行车跟自己的车子一模一样，觉得那就是我的车子，且不由自主想观察观察骑这辆自行车的人的面孔和神色，看是否能看出什么破绽和蛛丝马迹来，看这个人是否就是专业“借”自行车的那种。

看了一会儿，竟然有一种怪异的心理在作祟，觉得哪一个人都像是骑我车子的人，觉得哪个人都有待于进一步调查和研究。

我十分败落地走回来，本不打算告诉任何人丢车子的事情。但在和几个认识的人交流的过程中，还是忍不住说了。

那几个人笑着说，都是你们南部山区的人跑到银川偷自行车的，然后骑到玉泉银和石嘴山那边便宜处理了。

我听了十分气愤，光彩的事情都是你们干下的，丢人现眼、偷鸡摸狗都就成了我们那里的人干得了。同时，一股豪情使我觉得如果我的车子真是我们那里的人“借”走的话，我的心里是平衡和心甘情愿的。我甚而有几分要扶贫的冲动和欣慰。竟在心里给他们辩护：如果他们不干这一类事情，难道让那些金钱流淌的人去干吗？如果大家都是一样的，如果你有、我有、全都有，他们还会去干这样的事情吗？是的，一把手指伸出来，确乎是有长有短的，但是长的太长了，短的太短，感觉不像是同一只手上长出来的，这还会让人觉得正常吗？还会让人觉得和谐和平衡吗？那些长得出奇的手指，到底是凭借着什么使它们突然一下子获得了那么大的营养，变得如此夸张，难道这不是一个怪胎和令人诧异的现象吗？

还是不说这些令人扫兴的吧！

事情不能就此半途而废，总有价格与大小都令我中意的房子。我只好在修理自行车的摊点跟前花了25块钱又买了一辆破车子，把圈圆了，车胎重新粘了，尽管不怎么耀眼，连锁子都没有，但跑起来和新车子一样利索。以后每次出去，只要去看的房子稍远一点——我把自己要看的房子的大方向定在西边和北边——我都喜欢骑着自己的破车子转到北京路或者上海路上去，这两条路的路面宽阔，自行车在这样的路上能跑得相对快一些。每到一处去看房子，我就随便让自行车“睡”在地上，因为它连站立的功能都没有，每次看完出来它都安然无恙地躺在原地，似乎看都没有人看它。我就在心里暗暗窃喜，并默默地思想起有一位领导说过的话：“有些人找老婆总喜欢找个最美的，总要千里挑一，但是最美的东西总是不免会有贼来惦记的。”我想着这个人的感慨，一下子有些忍俊不禁。

尽管该跑的路途都跑到了，及至到最后只要一提看房子，竟然连我自己都立马有一种生理上的排斥和恶心。然而房子的事情久久不能落实，许多中介几乎和我都成了朋友和老熟人，他们一看见我就情不自禁地笑着说：“哈哈，你又来了。只要我们一上班，你也就上班来了！”又过去一段时间，房子仍然显得飘忽无定，捉摸不住。

一直到第二年，我有了自己的并不豪华也不气派的房子，但是对于我已经知足了。

海宝书摊

那还是在看房子的期间，有一次转到海宝大厦的旁边，我看见一长绺书摊。以前，我从未看见过这么大的规模的书摊，顿时就被吸引了。我干脆忘记了劳累，忘记了我出来原本要看房子的任务。我浏览着那些旧书，都是过去的好书，书上的标价是一两块钱，几角钱。现在卖给读者不过才四五块、五六块钱。倘若到书店购买，起码得好几十块钱或一两百块钱。我兴奋若狂，就像一饿汉一头扑在白面馒头上。另外，这些书装帧设计都极其朴素，就像过去的人一样本真，回头再看看现在书店里的那些书籍，怪莫怪样，花里胡哨，就像把头发一半染红，另一半染绿的无知少女，让人觉得不伦不类的。

其次，海宝书摊的外国翻译书籍都是过去的那些需要人仰望的大师们翻译的。不像现在的翻译书籍，翻译者本身的文学修养极差，差得一塌糊涂，且又浮躁得只盯着钱，哪里是真正做学问呢。这些人一般都是出版社和蹩脚的书商找三五个对外语略知一二的人来，你弄几章，我弄几章，然后合起来凑成一锅大杂烩出版出来糊弄善良的读者。你们说，现在的读者能读到什么好书呢？现在，出书的人和读者都是很可悲的！

从此，我成了海宝书摊的一名常客，那里成了我的精神寄托和最感欢乐的地方。

银川是一条孤独的河

在银川，我总是会回想起牧马、淘金的日子，总是会想到西海固的童年，想到亲人，想到在文学上给予我指导的农民哥哥。我与哥哥常常通信，那信是这个世上最可宝贵和鼓舞人心的东西。无论任何人，无论你富有还是贫穷，只要你会感到孤独，那么这些信就都是不可或缺的人世间最可珍贵的让灵魂为之闪亮的东西。

有时，我读哥哥的信，泪水会打湿衣衫，他在信中说："弟弟，在我种的粮食颗粒无收的时候，我至少想到这世上还有你这样一个亲人！"

是的，还有什么可说呢。当我愁困无路，当我写不出一个字，或者因写作的文字得不偿失的时候，我同样会想到远在西海固的哥哥。

最后，我必须要说的一个地方是唐徕渠。好多个夜晚，当我的写作跌入低谷，当我感到四顾茫茫之际，我就来到唐徕渠边散步。深夜的银川，哗哗奔涌的水声，我突然一下子就想到了童年的大河——新疆雪山消融的雪水汇成的溪流——西海固的葫芦河。我想着那些河流所带走的我的孤独和悲苦，带走的我的绝望与忧伤。那些河流，它们都是有灵魂的，都是能够懂得人的心事和心情的。这些小河使我想到俄罗斯静静的顿河，想到中国的母亲河黄河。而这条唐徕渠则就是人工开凿的黄河支流。我觉得这水声就是我的心声，这流淌的路线就是我生命划过的轨迹。

终于有一天，我和朋友来到银川东边真正的黄河边，河水浑浊，稠糊糊的，岸边芨芨草摇曳晃摆，白瓜瓜的盐碱地铺满两岸。好久不见的喜鹊在头顶追逐着我。

我跟着黄河向前行进，在一个转弯处，黄河发出一种独特的猛烈的轰鸣，这是这条河流自己的呻吟。这呻吟里有疼痛，也有重负。突然，一股巨大的悲怆淹没了人类在世上所有的欢闹！

缀珠

出这一本书时，我回了趟老家，在沙沟和白崖毗邻的九条沟那个师傅曾今修行的窑洞里，我再一次坚定了自己书写的道路，这是一次狠心的举意，也是向我的精神引领者们的表白和立志：无论周围多么热闹和喧哗，无论外界的红火多么充满诱惑，我都只能沿着这条被遮蔽的布满荆棘的道路走下去。

我知道，我的前路注定了艰辛和磨难，而我宁愿承接这样的沥炼与考验。

我知道，我的道路异样的寂寞和曲折，但这路却是通往底层民众的心灵。一路上，诵念和心中的虔诚陪伴着我。那对久等我的沙沟上空的苍鹰在师傅窑洞的上空盘旋不去，它们在为我出现和舞蹈。保林阿訇的穆罕麦斯里最贵重的章节在他家小院里念响了，那一起一伏，一折一回的天音在西海固十万大山的深处回传着，好似星星被摇落，又复升起来。它鼓舞和成全了我的追求和干办。

一路伴我同行的喜欢读书的农民哥哥，我们在拱北上点了香，他给我讲述着多年来在文学上给我以精神支撑和无数启示的沙沟太爷。也许，那鹰，那路上的风景，只有我和热爱读书的农民哥哥能体会其中的奥义和机密。

在县城，从姑父阿訇那里出来时，干旱了好久，点滴不落的天上，终于掉下了珍贵的雨珠。

那几天，我和我西海固的老乡们在一起，向他们一一请教，一点一滴的学习，他们都是我的老师和引领者。在这里，我要向他们致敬。他们的知识，他们的人道主义和悲悯之情怀，是通向真理之门的金钥匙。

黄土如海，大山如流，这风景引我一点一点地步向极境，走向秘意。

关于我在西海固之外的那些文学艺术方面的真挚朋友，他们也曾跟着我一次次奔波在西海固的深山枯海里，但他们与我一道自得其乐。他们不眼热仕途、金钱和害人的权势。一切尽在选择和高洁的追寻中。他们的节操一如经典中的乐符，飞向底层人民那穷乡僻壤，飘至那仿佛呼啸着的十万大山的瀚海上空。

在沙沟的夜，难以入眠，闭上眼睛：身后是无数衣衫褴褛的人群，他们像海浪一样推动着我继续前行!

了一容

2011年6月12日夜

银川

凝视黑暗

（代后记）

此时此刻，有的只是一片无边无岸的漆黑。眼前，无需灯火，无需喧哗与吵闹，没有任何幻象及虚假之点缀。我置身在这夜的黑暗的空间里，独自默默面对凝重而墨色的墙壁。

不知深居简出的隐者为什么喜欢住在洞窟里。我自己则认为这不是因为简单的信仰与寄托，也不是为了面壁忏悔，只是为了要看到那一派真实的景色，是为了要看懂那活着的死后。

也许，茫茫的黑色才是接近事物最真实的颜色。

你看嘛，在纷繁杂乱的尘世中，在混淆视听的幻象中，你看到的是什么呢？在伸手不见五指的黑暗中，你又看到的是什么？你在这里看到的是物象最真实的状态。

难道不是吗？

我厌恶假象。

有些事物表面看上去华丽、诱人，但终究却发现多么可恶和不甚可靠！我想，这是每个人都曾经历过的。

我是那么喜欢一个人在夜的漆黑中凝注黑暗，倾听自己心音的跳动和微微的呼吸，不是因为好玩，而是在黑暗中我看到了事物的真境。

难道不是吗?

我头疼，远离一切爱慕虚荣的美及华丽。

在光线充足的白昼，一切事物都戴上了面具，在尽情地表演和舞蹈。然而，你揭开那面具，看到的或许是比坚硬冰凉的墙壁，比骷髅更为恐怖的情景。

因而，黑暗的色调反让人感到踏实、亲切、可靠和稳固。

当你在白日里看到的耀眼光环的背后，恰恰是虚伪和腐朽。一个腐朽虚伪和趋炎附势的点缀，在你的生命中会很重要吗?还会留恋吗?不!

在四面光亮充盈的时节，我所看到的，到了后来，才证实皆是一种幻象。因为你没有看到的才是你最想看清的。

不是吗?

你会和我一样。

尽管这样，请在你最孤独的时候，走进那些灰头土脸的人群中，大声喊出我已经被世人遗忘的土得掉渣的名字!

没有什么不能够使你顿悟和释然。

是的，当我于深夜的黑暗中面对一派漆黑，我发现我看见了那种空空的绝望与无底的黑暗的真理。突然一丝暖流像水在宣纸上洇开一样洇向周身，这愈益让人安慰和感动。

每次回头想想自己在白昼里看到的那些花红柳绿的包裹，看到的那些五光十色的幻景，看到的晶莹透明的那些巨大的泡沫，我大吃一惊，那吹涨了的和不可信赖的，都在其中。

我发现我那么喜欢黑色，看见那不可修饰的凝重的黑色，热潮在胸中微微荡漾着，满心激动，我觉到铺天盖地的漆黑毕竟呈现了物象最真实的状态。虽然，它没有某些事物表面看上去那么具备诱惑，那么容易将人引向歧途，引向不切实际的判断，但却让我禁不住狂喜和安心。

这些年，我习惯了一个人独自面对深夜中无尽的黑暗。

此刻，我又一次久久地凝视这不加装饰的表白和大美!